汪曾祺全集

主 编／季红真

汪曾祺全集

7

戏剧卷主编／汪 朝

戏剧 卷

人民文学出版社

1973 年　拉萨

在京剧"样板团"期间

70 年代末期

画作

戏剧卷说明

　　此两卷收入作者自 1957 年创作的京剧、昆曲、戏曲歌舞剧、喜剧小品、电影文学等各类剧本 19 部，其中《小翠》（1980 年版）、《沙家浜》（对白押韵本）、《王昭君》（京剧剧本），与其同名剧作在内容上同中有异，故作为附录收入。作者于 1962 年创作京剧剧本《凌烟阁》，原稿佚失，未收。

人民文学出版社编辑部

目　录

1957 年

范 进 中 举①

时间：科举时代

地点：某乡

人物：魏好古　贾知书　费学礼　卜修文　范　进　书　吏

　　　　周　进　范　母　胡　氏　关　清　顾　白　胡屠户

　　　　院　子　张静斋　门　官　四差役　四秀才　店　家

　　　　艄　翁　三报子　厨　子　邻居数人

第一场　进　学

时间：县考发案之后，学道起马之日。

地点：长亭。

　　〔魏好古、贾知书、费学礼、卜修文上。

魏好古　（念）身入黉宫门下，

贾知书　（念）头戴方巾潇洒，

费学礼　（念）做官不论多大，

卜修文　（念）要从秀才起家。

　　〔范进上，与诸人略拱手为礼，寒暄，呵手，尾厕诸人之后。

魏好古　列位年兄，今年县考，我等侥幸取中，如今大家都是秀才了！

贾知书等　都是秀才了！

1

魏好古　今日宗师周大人起马离县,我等长亭相送。远远听见鼓乐之声,学道大人来也!

　　　　〔杂役执旌旗牌伞过场。书吏、周进上。

魏好古　本科秀才魏好古,

贾知书　贾知书,

费学礼　费学礼,

卜修文　卜修文,

范　进　范……

魏好古等　(齐声)恭送恩师大人!

书　吏　候着! 禀大人,本科秀才长亭相送。

周　进　住轿!

　　　　〔周进下轿介。众拜。

周　进　贤契等少礼! 你等理当回家用功,何须远送! ——哦! 范贤契也来了!

范　进　恭送大人!

周　进　范贤契,你今年多大年纪了?

范　进　门生今年三十岁。

周　进　你,今年,三十岁么?

　　　　〔众掩口笑。

范　进　这……门生名册上面报的是三十岁,门生实年五十四岁了。

周　进　是啊,本道看你须发苍苍,也不像是三十岁的样儿。你应考多少年了?

范　进　门生十六岁应考,到今考了三十八年了。

周　进　哦,你考了三十八年,因何总不进学啊?

范　进　这……想是因为门生的文字不通,不该得中,故而历任各位大人不曾赏取。

周　进　这也未见得。

范　进　(惶然)这……想是门生文字通顺,故而历任各位大人不曾赏取。

周　进　（微哂）范贤契！你交卷的时节,本道将你的文字看了一遍,只觉得乱七八糟,不知说了一些什么。

范　进　门生的文字本来的乱七八糟。

周　进　本道看你的年纪大了,可怜你一番苦志,将你的文字又看了一遍,觉得也还有些意思。

范　进　门生的文字也还有些意思?!

周　进　本道将你的文字看了三遍,方才看出贤契的文字是起承转合,均有法度,抑扬顿挫,铿锵悦耳,字字珠玑,句句惊人,真乃是天地间第一等好文章,本道提起笔来,浓圈密点,将你高高取中了!

〔范进如梦初醒,感激流涕,卜修文等偷觑见之,作眉眼,周进略转面,故如未见。稍停。

周　进　范贤契,本道看你的文章,火候已到,明秋乡试,必可得中,你回得家中,苦苦用功,不可三心二意,这功名举业,全靠志诚忍耐,若是半途而废,就是尽弃前功,你要记下了!

书　吏　起轿!

魏好古等　送大人!

书　吏　免!

〔周进、书吏下,众目送之。范进前行数步,遥望。

魏好古　啊,列位年兄,周大人将范年兄的卷子看了三遍,真乃是一个有心之人。

贾知书等　是个有心之人。

卜修文　啊依小弟看来嘞,范年兄今年本来是一定要取的!

魏好古等　却是为何?

卜修文　你们可晓得我们这位周大人也是五十多岁方才高中的? 我们进场的时节,周大人坐在堂上点名,他那两只眼睛,直往有胡子的脸上看,看来看去,就看到了范年兄。他们二人,一个姓周,一个姓范,这叫做"一粥（周）一饭（范）当思来处不易"呀！

魏好古　取笑了！请！

贾知书等　请！

　　　　〔魏好古、贾知书、费学礼、卜修文下。

范　进　（转面向外）且住！我考了三十八年，也不曾考中，怎么今年
　　　　忽然就考中了？咦，此事实实有些奇怪！如今我是秀才了，不
　　　　是什么（捧须一视）老童生了！（自呼）范秀才！范童生！噫，
　　　　这秀才比童生是要好听得多，待我笑上一笑！啊哈……适才
　　　　宗师叫我明年去应乡试，我赶紧回家，与母亲、娘子商议商
　　　　议，走！

　　　　（唱）周学道他待我恩同再造，

　　　　　　　好一似降甘霖救活枯苗。

　　　　　　　此时候顾不得开怀一笑，

　　　　　　　急忙忙到草堂去见年高。

　　　　　　　我转过了长亭上大道，

　　　　　　　离了大道过小桥，

　　　　　　　我往年去时路短归时遥，

　　　　　　　今年脚步何轻矫。

　　　　　　　猛抬头看见了村头社庙，

　　　　　　　顿觉得天地间腊尽冰消。

　　　　　　　我这里敲柴扉一声高叫！

　　　　开门来！

　　　　〔胡氏上。

胡　氏　（唱）想必是范相公又空走一遭。（开门）

　　　　相公回来了！

　　　　〔范进将头上毡帽摘下，塞入胡氏手中，匆匆径入内室。胡氏
　　　　疑愕。稍停，范进复出。

范　进　你与我放到哪里去了？

胡　氏　甚么？

范　进　三十八年以前，你与我买下的！（忽然自己想起）——哦哦

哦,我想起来了!(又下,即出,戴头巾上,顾盼)

〔胡氏瞠目而看。范母暗上,在稍远处看。二人皆忽领悟,感极。

胡　氏　啊呀相公,你中了秀才了!

范　母　……啊呀阿牛儿,你中了秀才了!

范　进　母亲!娘子!我中了秀才了!

〔范母、胡氏惊喜,不知语从何出。稍停。

范　母　我儿,你场中辛苦了!

范　进　年年如此,倒也不觉辛苦。

胡　氏　相公,你路上可曾用过饭么?

范　进　这……不曾用过。

胡　氏　待为妻前去借米。

〔关清、顾白已上场,三人未觉,关清、顾白亦未惊动。

关　清　范大嫂,你不用去借米啦。今天早上你交给我十双草鞋,让我跟顾大哥拿到集上去卖,这是卖草鞋的钱买的二升米,你赶紧给范相公煮点饭吃吧!

范　母　啊!关大哥,顾大哥,你们来了,范进他中了秀才了!

顾　白　是啊,我们进门就知道啦,老伯母,恭喜你啦。

〔胡氏欲下。

范　母　啊,媳妇!昨日母鸡生的一个蛋,将它烹煮好了,与我儿贺喜。

范　进　多谢母亲。

〔胡氏下。

关　清　范相公,你进了学,可就好了,明年找一家馆,每年有十二三两银子学钱,家里日月可就好过多啦!

范　进　这个……宗师大人道我文章火候已到,明年要去应乡试,这馆嚜,我是不教的。

关　清　哦,你还要去考举人!你要是考上了,不就跟张静斋张老爷一样啦,这么说你是要为官啦,做吏啦?

顾　白　买田啦,置地啦?

关　清　起屋啦,盖楼啦?

顾　白　穿绸啦,吃油啦?

关　清　骑马啦,坐轿啦?

顾　白　鸣锣啦,喝道啦?

关　清　刻石碑,修祖坟啦?

顾　白　拿板子,打穷人啦?

　　　　〔范进原来越听越觉有趣,口中诺诺,至最后一句殊出意外,
　　　　难以为情。

关　清　我们这是跟你说着玩的。你歇着吧,我们走啦!

　　　　〔关清、顾白下,遇胡屠户上。屠户手中提酒一壶,大肠一挂,
　　　　徜徉直入,旁若无人。

胡屠户　我自倒霉,把个女儿嫁给你这个现世宝,穷鬼,历年以来,也不
　　　　知累了我多少! 如今也不知因为我积了甚么德,带挈你中了
　　　　个秀才,我所以带了瓶酒来贺你! ——亲家母,恭喜啦! 酒烫
　　　　烫,肠子煮一开就行,我知道你们家连点酱油都没有,这是煮
　　　　好了来的!

范　进　多谢岳父!

范　母　又要亲家花钱!

胡屠户　这是该花的,只要范进学好,听话,这钱我倒是愿意花。

　　　　〔范母下。

胡屠户　(对范进)你如今中了秀才,就是有身份的人了,凡事要立起
　　　　个体统来。像我这一行,都是有头有脸的人,又是你的长亲,
　　　　你怎敢在我的面前装大!

范　进　哦,是,是,是。

胡屠户　像家门口这些种田的拾粪的,不过是些平头百姓,你要是跟他
　　　　们也拱手作揖,平起平坐,就坏了学里的规矩,连我的脸上也
　　　　无光了。你是个烂忠厚没用的人,这些话我不得不教导你!

范　进　岳父见教得是。

　　　　〔胡氏上。

胡　氏　爹爹,相公,请来饮酒吃饭。

范　进　哦,吃饭!岳父请!

胡屠户　亲家母也来一块儿吃吧!老人家顿顿都是咸萝卜酱豆腐,想
　　　　也难过得很。我女儿也来吃点,自从进了你家门,不知道猪油
　　　　可曾吃过两三回哩,可怜可怜!(下)

　　　　〔范进少伫,忽然想起旅费难筹,沉吟不安,然只如片云一过,
　　　　余兴未杀。下。

第二场　受　　阻

时间:次年秋,乡试前夕。

地点:魏好古家,张静斋家。

　　　　〔魏好古上。

魏好古　(念)闻鸡当起舞,

　　　　　　　临阵要磨枪。

　　　　自从去年侥幸之后,本县秀才公约,做了几次文会。看看秋风
　　　　渐起,乡试不远,须要加紧用功。今日文会,约在小弟家中。
　　　　这般时候,列位年兄想必就要来了。

　　　　〔贾知书、费学礼、卜修文上。范进上,微叹。相见。

魏好古　列位年兄!

贾知书等　魏年兄!

魏好古　天色不早,就此用起功来!

　　　　〔分坐,作文。少顷,魏好古、贾知书、费学礼、卜修文等文俱
　　　　就,互观,独范进焦灼不得一字。众皆诧异。

魏好古　范年兄,你为何独自沉吟,未写一字,难道有甚么心事么?

范　进　只因场期将近,小弟应考的旅费,尚无着落,故而在此烦闷。

　　　　〔贾知书、费学礼、卜修文闻范进言,皆收拾欲去。

魏好古　（将三人叫住）啊列位年兄，范年兄家境清贫，无有旅费，此去省城，少不得也要三两银子，我们大家……

卜修文　对，我们大家帮凑帮凑！小弟敬助一钱银子，此时就交与范年兄，小弟家中有事，我先走一步，先走一步。

费学礼　小弟也敬助一钱，范年兄笑纳。

贾知书　小弟也有一钱。

　　　　〔三人急付银，急走出，互一视，匿笑下。

魏好古　小弟手中也只有三钱银子，这便如何是好？范年兄，你还有甚么亲戚故旧，可以暂借一时的无有？

范　进　这……只怕他不肯借贷与我呀！

魏好古　（忽然想起）小弟记得年兄曾经言讲，你与那张静斋张老爷小时都在观音庵中跟随一个姓秦的先生读过几天书，可是有的？小弟与张老爷原是亲戚，我们去至他家商借一回，有何不可。

范　进　这个……

魏好古　甚么这个那个，功名大事要紧，快快的走！（下）

　　　　〔院子、张静斋分上，一至门里，一至堂上，略有参差。

张静斋　（念）闲云野鹤体态，

　　　　　　　课花摘句生涯。（坐，看书）

院　子　（念）口传百官名姓，

　　　　　　　门迎高车四马。

　　　　〔魏好古、范进上。

魏好古　来此已是，门上哪位在？

院　子　做甚么的？

魏好古　烦劳管家通禀一声，姻侄魏好古，世……

范　进　——晚生范进……

魏好古　特来拜见张老爷，有帖子在此。

院　子　候着。

　　　　〔范进、魏好古旁立。院子入。

院　子	叩见老爷。
张静斋	罢了,今日有甚么人来过么?
院　子	佃户关清、顾白送早租子来啦,小的叫他们交与李先生清查下仓,此时在下房里歇着哩。
张静斋	叫他们稍歇片时,还是快些回去。
院　子	胡屠户送肉来啦。
张静斋	送了多少?
院　子	送了四十斤。
张静斋	他现在哪里?
院　子	在厨房里跟厨子老王聊天哩。
张静斋	这个东西,怎么前日送来的猪肉里面带了两大块骨头!去与他说,月底收钱的时候,要少算两斤价钱!还有甚么事么?
院　子	有两个秀才来拜,拜帖在此。
张静斋	(看帖)魏好古、范进……就说我与陈大人到望江楼赋诗去了,不在家中!

〔院子通禀时,魏好古、范进详察张府门前气派,交谈。

魏好古	小弟十二三岁的时候,与张家是常来常往。那时节进出都由西边那个小门。后来张老爷高中了,来往官员多了,恐怕碰到纱帽的翅儿,方才新开了这座大门。
范　进	哦,哦。
魏好古	这左边一带水磨砖墙内,是一座大花园,本是王家当铺的产业,九年之前,为了一场官司,才送与张家的。
范　进	哦,哦。
魏好古	小弟与张老伯乃是老亲,见面之后,少不得要叙叙家常旧事,这借钱之事嚜,要缓缓提起……

〔院子出。

院　子	二位秀才过来!老爷与陈进士陈大人,高翰林高大人,本县县太爷马老爷一齐到望江楼饮酒赋诗去了,不在家中,二位的原帖请带回去。

范　进　（自语）事到如今,只有向我那岳父开口了。

〔胡屠户出。

院　子　哎,胡屠户,刚才老爷说了,你前儿送来的肉里有两块大骨头,
要扣你四斤肉钱!下回再这样可不行啊!（下）

胡屠户　这是哪里说起啊!

范　进　啊,岳父在这里!

胡屠户　你怎么上这儿来啦,是找我吗?

范　进　正要到岳父家中商量一事。

胡屠户　有甚么事就这儿说吧!

〔关清、顾白出。

范　进　去年小婿进学的时节,宗师说我的文章火候已到,劝我今年务
要去应乡试,只是小婿无有旅费,不知岳父可肯暂借与我?

胡屠户　要多少?

范　进　再有二两多银子,也就够了。

胡屠户　呸!不要做你的梦了!你觉得你中了个秀才,就癞蛤蟆想吃
天鹅肉了!我听人说,就是中秀才,也不是你文章好,还是宗
师看见你老,不过意,才舍给你的,如今痴心就想中起老爷来
啦!这些中老爷的都是天上的文曲星,你不看看张府上来往
的这些老爷,一个个方面大耳,像你这尖嘴猴腮,也该撒泡尿
自己照照,不三不四,就想天鹅肉吃!趁早收了这条心,过两
天在我们同行人家给你寻个馆,每年寻几两银子,养活你那老
不死的娘和你老婆是正经!你向我借钱,我一天杀一个猪还
赚不到钱把银子,都借给你丢在水里,叫我一家老小喝西北风
去?岂有此理!嘿!（下）

范　进　（目瞪口呆有晌）这是哪里说起!

〔魏好古已溜下。关清、顾白相顾,微叹息,下。

第三场　邻　贲

时间:前场后数日。

地点:范进家中。

〔范进上,叹气,摇头,低头,摇头,绕室而行,长叹。

范　进　咳!难道说我这一片前程,就断送在这三两银子上面了么?

(唱)光阴似箭太匆匆,

　　　一年容易又秋风,

　　　风吹落叶飘不定,

　　　愁煞堂前老书生。

　　　河边人语舟争渡,

　　　道上尘飞马不停,

　　　举目纷纷来和往,

　　　全都是赶考应试的人,

　　　唯有范进在家中困,

　　　立不安来坐不宁,

　　　我要走,走不成,

　　　囊中无有三两银!(取出考篮,摩挲拂拭)

唔,我这里已经有了六钱银子,倒不如就是这样的前去,就是吃尽千辛万苦,也是甘心无怨,走!(拎考篮,举步外出,甫及户,踟蹰,一足跷悬良久)哎呀,不可呀不可!此去省城,山长水远,我囊中钱少,且又身无一技,倘若流落他乡,如何是好,走不得走不得!嗳!

(唱)望省城,路几程,

　　　多少长亭更短亭,

　　　山又高,水又深,

无钱寸步也难行。

我手上全无缚鸡力，

腹中只有八股文，

倘若是流落他乡无人问，

岂不要死投沟壑作孤魂！

罢罢罢，且耐忍，

但愿来科登龙门。

也罢，我旅费不足，不可贸然前去，只好安心等待，来科再考！……哎呀不行呀不行！想这乡试大比，乃是三年一科，我今年五十五岁，再无有几个三年好等了！我今科无有旅费，来科何能便有？难道说，我这一辈子就做定了这个白头的秀才了！就是这样的穷困潦倒！这样的落魄恓惶！我就穿的这样的破衣！吃的这样的苦饭！住的这样东倒西歪的茅屋！守的这两本旧卷残书！我就是这样的老死窗下了么！

（唱）四十余年苦用功，

忘餐废寝不稍停，

我口不停念，念得我唇干舌燥耳目昏，

我笔不住写，写得我手指麻木腕臂疼，

足不窥园，头不安枕，

口不知味，耳不知音，

秋非我秋，冬非我冬，

夏非我夏，春非我春，

实指望苍天不负苦心人，

又谁知费尽心机成画饼，事到头来一场空。

我问一声先师孔圣人，

你留的甚么四书著的甚么经！

我问一声太宗太祖高皇帝，

你兴的甚么科举考的甚么文！

你害得我低不就来高不成，

害得我死不死来生不生！

倘若是转世投胎将母认，

发誓不作读书人！（跌足,坐,下意识地捉起案上书,忽
觉,愤然掷去,伏案）

〔关清、顾白、邻人甲乙上,见状,叹息。

关　清　范相公！

范　进　哦哦,众位高邻！

关　清　你是不是还是非想去考一趟乡试不可哇？

范　进　我无有旅费,去不成了！

关　清　范相公,我们这一阵子看见你老是这么愚愚魔魔,失魂落魄的
样子,心里都怪难过的。大伙商量了一下,给你请了个会,凑
了这十几吊钱,合得到一两四五钱银子,你看看,要是路上吃
点苦,能不能勉强够一趟来往盘缠？

邻　众　你一定要去,就去一趟吧！

范　进　（愣了半天,忽然）你们是我的生身父母,救命的恩人！（趴下
来就叩了几个头）

邻　众　别这样,别这样,你这是干甚么！

范　进　（狂呼）母亲！娘子！我有了银子了！

〔范母、胡氏急出。

范　母
胡　氏　多谢各位高邻,请上受我婆媳一拜！

邻　众　别介,别介！快叫范相公上路吧,再迟就赶不上啦！

范　进　母亲,娘子,众位恩人！我就此告别了！

（唱）辞别亲邻把路赶,

　　　心急犹如箭在弦。（下）

范　母
胡　氏　（唱）但愿此去光门楣,

邻　众　（唱）读书种田不一般。（下）

第四场　文　战

时间: 乡试前后。

地点: 往贡院路上,贡院门前。

〔魏好古、贾知书、费学礼、卜修文上。

魏好古　月中丹桂比天高,

贾知书　鱼龙变化在今朝,

费学礼　但愿时来运气好,

卜修文　脱却蓝衫换紫袍。

魏好古　众位年兄,今逢乡试大比,你我省城应试,不知范年兄可能
　　　　赶来?

卜修文　咱们不是一共才给他凑了六钱银子吗? 六钱银子还不够一顿
　　　　鸭翅席的钱哩,他怎么来得了哇! 他不来顶好,少一个不是好
　　　　一个吗? 我巴不得全省就我一个人应考才好哪!

魏好古　等他不来,我们只好先行一步了。

贾知书
费学礼　赶路要紧!

魏好古　请!

贾知书
费学礼　请!(同下)
卜修文

〔四差役、门官上。

门　官　(念)跟随大主考,

　　　　　　奉旨出京朝,

　　　　　　门官职非小,

　　　　　　威风杀气高,

　　　　　　秀才归棚号,

好似入林鸟，

要过门前道，

解怀又搜脚。

来！仔细搜查！

四差役　（同唱）仔细搜查！

〔四秀才上，经搜查，众窜而入。魏好古、贾知书、费学礼、卜修文上，经一一搜查，至卜修文，于其周身各处搜出夹带多本，一本比一本更小，放入。至稍远处，卜修文又于靴筒中摸出一本极精小之夹带，摇示同人，嘻笑而入。

〔一炮。

门　官　（念）顷刻时辰到，

　　　　　锁门贴封条。

四差役　啊！

〔范进内喊："且慢！"急上。

范　进　远方秀才道路阻隔，一步来迟，望求门官老爷，暂开一线之路，放我进去，秀才感戴终身，没齿难忘。你你你……高抬贵手，放我进去！

〔范进跪行叩首，门官三挡，放入。

门　官　去吧！

〔范进急下。

〔三炮。

门　官　（念）咚咚三声炮，

　　　　　考棚静悄悄，

　　　　　有人再迟到，

　　　　　神鬼也不饶！

封门！

四差役　啊！

〔差役封门，门官作式下。

〔吹打。

〔门官上。

门　官　三场已过，九日功成，启封拨锁，开了大门！

　　　　〔四秀才上，一揖，分下。

　　　　〔魏好古、贾知书、费学礼、卜修文上。

费学礼　（念）号棚窄小睡不安，

　　　　　　　累得腰疼腿又酸。

卜修文　（念）天天都吃夹生饭，

　　　　　　　顿顿五香茶叶蛋。

贾知书　（念）且喜三场都已完，

　　　　　　　黎明五鼓交了卷。

魏好古　（念）不知帘官荐不荐，

　　　　　　　主考大人看不看。

　　　　〔范进上。

魏好古　众位年兄，你们考得可还得意？

贾知书　小弟留有草稿在此，魏年兄指教一二。

魏好古　正要拜读。

　　　　〔众看贾知书稿。

　　　　喂呀，年兄的文字起承转合，均有法度，妙得紧！看来年兄此
　　　　科是必要高中的，可喜可贺。小弟亦有草稿在此，年兄请看，
　　　　可还过得去否？

　　　　〔众看魏文。

贾知书　喂呀，年兄的大作抑扬顿挫，铿锵悦耳，妙得紧！看来年兄是
　　　　一定要高中的，可喜可贺！

魏好古　范年兄，你此番考得可好哇？

范　进　列位年兄，请看小弟文章可有取中之望么？

魏好古　大家看来。

　　　　〔众看范进文。

范　进　（向魏好古）可有取中之望呀？

魏好古　这……

16

范　进　（向贾知书）可有取中之望呀？

贾知书　这……

范　进　列位年兄，看小弟文字可有取中之望呀？

卜修文　依小弟看来嘛……啊，列位年兄！你们可曾看见，今科这位主考大人，与我们去年县考的周学道是大不相同：他们二人，——一个是高的，一个是矮的；一个是瘦的，一个是胖的；一个是黑沉沉的长脸，一个是红通通的圆脸；一个是老花眼，一个是近视眼；喏喏喏，一个是满面花白胡须，一个是溜光水滑，一根胡须都无有。他们二人的年貌既不相同，这看文章的眼光也就不会一样，学道大人所赏识称赞者，主考大人未必喜欢。范年兄，我看你呀……

魏好古　（截断卜语）嗐，中与不中，此时焉能预料。卜年兄，你的文章想必是十分得意的了！

卜修文　这……这位主考大人出的题目出于何处啊？怎么我这个夹带上找不到哇？

魏好古　怎么无有哇？

卜修文　在哪儿哩？

魏好古　（检视卜修文夹带）嗐！你这个夹带缺少了一页，题目正在上面。

卜修文　这一定是奶妈给我兄弟擤了鼻涕了！这个老婊子，把我一个举人就这样擤掉了！回去我得赶紧补上！

费学礼　现补也来不及了！

卜修文　今科用不上，下科还要用的！走！这两天的罪也受够了。把中秋节也耽误了。我们赶紧回家，打两斤好酒，炖两只肥鸭，痛痛快快补过一个！我们到江边包一只大船，吃着吃喝，累了就躺着，一帆风顺，平安到家，你们看好是不好？

魏好古　说好便好。范年兄你呢？

范　进　小弟么？步行而归。

卜修文　是啊，年岁大了，安步以当车，最稳当不过。

魏好古　　如此，范年兄，再见了！

范　　进　　（呆立有晌，自语）哎呀，这位主考大人的面上果然是溜光水滑，一根胡须都无有哇！这这这……（恍惚而下）

魏好古　　正是：

　　　　　（念）功名成败未可知，

贾知书等　（念）但等来日放榜时。（同下）

第五场　传　讹

时间：距前场半个多月，约在九月初三、四日。

地点：路上。

范　　进　　（内唱）出贡院离省城不敢耽搁，（上）

　　　　　　　　登高山过长河受尽奔波。

　　　　　　　　一路上不觉得半月已过，

　　　　　　　　影绰绰看见了故乡城郭。

　　　　　　　　忍不住一阵阵腹中饥饿，

　　　　　　　　倾囊中三文钱买个窝窝。

　　　　　我出得贡院，急急行来，不觉半月已过，一路之上受尽辛苦，且喜已到本县地界，只是我腹中饥饿难忍，（摸袋）我囊中尚有三文钱，看那旁有一小小饭店，前去买些干粮充饥，好在已到故乡，就是一钱莫名，也不怕了。

　　　　　〔店家上。

店　　家　　（念）门迎大道，户对官河。

　　　　　　　　小店虽小，买卖不错。

　　　　　　　　人来客往，谈谈说说。

　　　　　　　　听听新闻，倒也快活。

范　　进　　店家请了！

店　家　请了,客官要吃点甚么?

范　进　我这里有三文钱,可买得到两个窝窝?

店　家　窝窝两个钱一个,四个钱两个,三个钱买两个不足,买一个有
　　　　余,我还得拿刀切下半拉。得啦,你拿着两个吧,掌柜的晚上
　　　　结账,我就说是我吃啦。(范接窝窝吞食)哎呀!看你这个样
　　　　子,挎着考篮,八成你是进省乡试回来啊?你怎么在路上走了
　　　　这么多时候哇?本城的秀才早都到了家啦,城里都有了报喜
　　　　的报子来过啦,听说就要放榜啦!街上就要卖题名录啦!

范　进　哦!哦!哦!(插入店家话中)你你你可曾听说本县秀才哪
　　　　一个中了?

店　家　听说是卜修文卜相公中了——这如今该叫卜老爷了!哎呀,
　　　　他往后可阔啦,跟张静斋张老爷是一样的身份啦!

范　进　可曾听说还有甚么人中了?

店　家　这个,倒没有听说。

范　进　多谢了!

店　家　半个窝窝,甭谢啦!(下)

范　进　(唱)适才听得店家话,

　　　　　　范进心中乱如麻,

　　　　　　一时难辨真和假,

　　　　　　急急忙忙赶回家,

　　　　　　来在河边柳树下,

　　　　　　大水滔滔两眼花。

　　　　适才听得店家言道,省城已有报录到来,阊县之中,只有卜修
　　　　文一人取中,一时难辨真假,赶回家去,再作道理。行走之间,
　　　　来到大河堤岸,欲渡无舟,如何是好?看那旁有一渡船来了,
　　　　不免与艄翁商议一番,请他渡我过去。

　　　　〔艄翁上。

艄　翁　(念)驾一小船,往来河下,

　　　　　　渡客运货,捞鱼捉虾;

　　　　　　　水又不深，风又不大，

　　　　　　　稳坐船头，听人闲话。

范　进　艄翁请了！

艄　翁　请了！客人莫非是要过河？

范　进　我远路归来，急欲渡河回家，只是一时囊中不便，艄翁可肯渡
　　　　我过去？

艄　翁　都是喝一条河里的水的人，说甚么肯与不肯。你请上船。
　　　　（顾范进）哎呀，看你这个样子，挎着考篮，八成你是进省乡试
　　　　回来啊？你怎么在路上走了这么多时候哇？本城别的秀才早
　　　　都到了家啦，县里早就有报子来过啦，听说已经放了榜啦，街
　　　　上眼瞧就有题名录卖啦！

范　进　哦！哦！哦！（插入艄翁话中）你你你可曾听见本城秀才哪
　　　　一个中了？

艄　翁　听说满城就一个卜修文卜相公中了——这如今该叫卜老爷
　　　　了，哎呀他这下子可就阔啦，跟张静斋是一样的身份啦。

范　进　可曾听到还有甚么人中了么？

艄　翁　这个，倒没有听说。到了，你请上岸吧！

范　进　多谢了！

艄　翁　过一趟河，甭谢啦！（下）

范　进　（唱）艄翁说得确，

　　　　　　　范进心似灰，

　　　　　　　费尽心和血，

　　　　　　　终成铩羽归。

　　　　　　　近乡情更怯，

　　　　　　　眼前泰山颓。

　　　适才听得艄翁言道，省城已经放榜，本县只有卜修文一人取
　　　中，看来此是确实的了。我铩羽而归，有何面目去见妻子老母
　　　与我那岳父。——哎呀，那旁好像是岳父来了。……

　　　〔胡屠户上。

20

胡屠户 （念）人要富，猪要肥，

人要捧，猪要吹；

人不富，是穷鬼，

猪不肥，腌火腿。

范　进 果然是岳父来了，狭路相逢，只好上前相见。岳父在上，小婿
拜见。

胡屠户 呦！您不是新科的范举人，范老爷，范大人吗？您可回来
了，您赶紧回去吧，家里给您预备的上等酒席，锦缎衣裳，高
楼瓦房，八抬大轿，大骡子大马大叫驴，花猫肥狗胖丫头，就
等您回去享福受用哪！您快走吧，把考篮交给我，我给您拿
着，（范进昏昏然竟将考篮递去，屠户以赶猪棒打在考篮上）
你个现世宝，穷鬼，胎里穷，命里穷，根根头发都穷！我叫你
别去赶考，你瞒着我偷偷的去了，我好容易给你找了家馆，
人家答应了，找不着你，又吹了，往后你还得来拖累我。我
在集上已经打听清楚了，本城报子也来过了，省城也放了榜
了，街上也卖了题名录了，阖城就是卜老爷一个人中了。这
中举人的都是天上的文曲星，你看看张老爷，卜老爷，人家
都是方面大耳，一个个都有万贯家私，一年跟我买肉都买上
千斤哩！你个尖嘴猴腮的也想做举人，也不撒泡尿照照！
我要去赶猪，没工夫跟你多费话！你还不快回去，你家里连
一颗米都没有了！

〔胡屠户下。范进两眼发直，浑身战抖。

范　进 （唱）听罢岳父一番训，

冷水浇头怀抱冰，

眼花缭乱强扎挣，

浑身软弱汗淋淋。

此时如梦又如醒，

如醉如痴往前行。

一步慢来一步紧，

一步浅来一步深，

一步更比一步近，

远远望见旧门庭，

归来不是真范进，

死去的范进未招的魂。(摇摇欲跌，下)

第六场　卖　　鸡

时间：紧接前场。

地点：范进家中。

〔范母上。

范　母　哎！(唱)悔不该不听亲家之言，

　　　　　　　　叫我儿赶考去求官。

　　　　　　　　他那里伤心失意路途远，

　　　　　　　　我这里忍饥受饿望眼欲穿。(伏案)

〔范进上。

范　进　(轻呼)母亲！

范　母　儿回来了？

范　进　孩儿(哭)不曾得中！

范　母　哦，不曾得中？想是因为家门福薄，怪不得孩儿。家中已经断
　　　　炊数日，儿快快将家中那只老母鸡抱到集上卖了，买几升米回
　　　　来，也好煮餐粥吃；为娘已是饿得两眼都看不见了。

范　进　是，孩儿就去。

〔范进下；抱鸡又上。

范　进　啊，母亲，孩儿不会卖鸡！

范　母　这卖鸡儿都不会么？也罢，你将一个草标儿缚在鸡的身上，自
　　　　有人前来问价。母鸡五百钱一斤，这鸡是三斤半重，三五一

五,半斤是二百五,共卖一千七百五十钱,有人给一千五六百
钱,就卖与他吧!

范　进　共卖一千七百五十钱,有人给一千五六百钱就卖与他。一千
　　　　五六百钱,一千五六百钱,就卖与他……（边念叨边出门）

范　母　你媳妇在村前剜菜,你若是看见她时,就叫她回来吧!（下）

范　进　一千五六百钱,就卖与他!（忽放悲声）一千五六百钱!就卖
　　　　与他!（泣下）

第七场　驰　报

时间:紧接前场。

地点:路上。

〔报子趟马上。

报子甲　（念）乡试秋闱要发榜,要发榜;

　　　　　　　出了举人一大帮,一大帮。

　　　　　　　报子只为去求赏,

　　　　　　　千山万水走慌忙。

报子乙　（念）报子报子把喜报,把喜报;

　　　　　　　五湖四海不辞劳,不辞劳。

　　　　　　　我爱秀才大元宝,

　　　　　　　秀才爱我的黄报条。

报子丙　（念）报子报喜马如飞,马如飞;

　　　　　　　报喜一声响如雷,响如雷。

　　　　　　　昨日贫寒今日贵,

　　　　　　　几家欢笑几家悲。

　　　甲
报子乙　我们打从省城到此,寻找新科举人范进,来此三叉路口,不知
　　　丙

是哪一条道路。

报子甲　那旁有一樵哥,前去问来。

报子乙　樵哥请了,请问范进相公,家住哪里?
甲丙

樵　哥　(内应)绕过集镇,沿大路直走,到了一个小小水塘旁边,门前
　　　　有一棵不长叶子的槐树,那就是范进的家。

报子乙　多谢了!
甲丙

报子甲　加鞭赶去者!(下)

第八场　过　　场

时间:与前一场同时。

地点:路上。

〔范进抱鸡上,焦虑万状,过场,下。

第九场　趋　　贺

时间:紧接前场。

地点:路上。

〔魏好古内白:"走哇!"上。

魏好古　(唱)省城乡试发了榜,

　　　　　　范进高中名姓扬。

　　　　　　策马登门去拜望,

深幸与他是同乡。

〔贾知书内白:"魏年兄慢走!"上。

贾知书　（唱）老范进,文章强,

真同海水不可量。

从今事事须仰仗,

登门贺喜走一场。

〔费学礼内白:"二位年兄慢走,小弟赶来也!"上。

费学礼　（唱）范进今年官星旺,

好比太公遇文王。

凑凑热闹捧捧场,

锦上添花理应当。

二位仁兄,走得慌忙,莫非是与范仁兄贺喜去的?

魏好古
贾知书　正是。

费学礼　后面马蹄声响,想必是卜老先生来了。

魏好古
贾知书　我等道旁恭候。

〔卜修文嗽上,后随一挑食盒的厨子。

卜修文　（唱）刚刚补过了中秋把月赏,

转眼又要过重阳。

人逢喜事精神爽,

眉飞色舞趾高气扬,

前几日乡试秋闱发了榜,

我的名字在正中央。

这件事,未免荒唐,

大概是主考大人喝了孟婆汤!

我要不相信,这又不是谎,

现有报帖贴在我家堂屋东板墙!

咦,这才是时来泰山都不能挡,

我心中好比吃了一个大蟹黄。

老范进,也上了榜,

我有面子他风光,

从今咱俩要常来往,

遇见事情好商量。

抬了一坛酒,杀了一只羊,

咱俩痛痛快快地喝一场。

正走之间抬头望,

三个秀才站在道旁。

哦喝,我当是何人,原来是三位秀才!

魏好古 贾知书 费学礼	卜老先生!
卜修文	三位秀才意欲何往呀?
魏好古 贾知书 费学礼	前去与范老先生贺喜。
卜修文	因何不走?
魏好古 贾知书 费学礼	恭候老先生先行。
卜修文	不必客气,你我并辔而行。
魏好古 贾知书 费学礼	晚生等不敢。
卜修文	如此恕小弟我就大胆了。
魏好古 贾知书 费学礼	请!

〔魏等正欲上马,忽闻后面喝道声,众皆急下马。四院子引张
静斋驰上。

张静斋	家院! 来此三叉路口,前去问明,哪里是范老爷的府第!
院 子	那旁有一樵哥,前去问来。樵哥请了,请问哪里是范老爷的 府第?

樵　哥　（内答）哪一个范老爷？

院　子　新科举人姓范讳进的老爷。

樵　哥　（内答）绕过集镇,沿大路直走,到了一个小小水塘旁边,门前
　　　　有一棵不长叶子的槐树,那就是!

院　子　多谢了!

张静斋　家院,吩咐蹼行!

卜修文　啊静斋兄!

魏好古
贾知书　张老先生!
费学礼

张静斋　哦,卜仁兄! 三位秀才,莫非是与范仁兄贺喜去的么?

卜　等　正是要与范 年 兄贺喜!
　　　　　　　　　范老先生

张静斋　卜仁兄先行!

卜修文　不敢,张仁兄请!

张静斋　得罪了!

　　　　〔张、卜、魏等依次下。

　　　　〔胡屠户骑驴急急过场下。

第十场　过　　场

时间:与前一场同时。

地点:路上。

　　　　〔范进抱鸡上,失魂落魄,过场,下。

第十一场 发 疯

时间:紧接前场。

地点:范进家中。

〔胡氏扶范母上。

范　母　(念)我儿不得第,

胡　氏　(念)集上去卖鸡。

〔三报子上。

报子甲　来此已是,门前有一棵光秃秃的槐树,将马拴在树上,一同
　　　　进去。

三报子　报!

〔范母、胡氏惊退。

三报子　捷报贵府范老爷高中乡试第七名亚元。恭喜老爷明年金榜题
　　　　名、状元及第,高官得做,骏马得骑。报子不远千里,马不停
　　　　蹄;老爷欢欢喜喜,多多赏财。报喜呀!

〔堂上寂然。

报子甲　怎么喳,人没啦,刚才还明明看见有两人的? 唅! 有人没有,
　　　　您府上范老爷恭喜高中啦,我们是从省城来报喜的,出来一个
　　　　人接报帖吧!

〔范母上。

范　母　怎么,小儿他他他……中了么?

三报子　原来是老太太,报子叩头!

范　母　少礼,少礼!

〔报子升挂报帖。一院子上。

院　子　本府张老爷、卜府卜老爷、魏相公、贾相公、费相公到府拜会范
　　　　老爷!

28

范　母　这……

报子甲　老太太您就吩咐有请吧！走，咱们下面呆会儿去！

〔三报子同下。

范　母　有……请……

院　子　太夫人有请！

〔张静斋、卜修文、魏好古、贾知书、费学礼上。

张静斋　将马拴在树上，下面伺候！小侄张静斋。

卜修文　卜修文。

魏好古　魏好古。

贾知书　贾知书。

费学礼　费学礼。

众　　参见伯母！

范　母　请……坐……

张静斋等　谢座！

〔胡屠户提七八斤肉，五千钱上。马嘶，胡惊惧溜下。

范　母　啊，张老爷，小儿可是当真的中了？

张静斋　现有报帖在此，焉能假得！

范　母　是呀，现有报帖在此，焉能假得。哎呀，这就好了，这就好了！

张静斋　啊老伯母，怎么不见范仁兄？

范　母　他，他到集上卖鸡去了！

张静斋　快些请他回来，我们也好与他当面贺喜。

范　母　哦哦是是是，老身去至后院，请两位乡邻到集上去找他，只是……

张静斋　伯母只管请去，我们在此等候！

〔范母下。

张静斋　卜仁兄，三位秀才，范仁兄高中，乃是桑梓之福，乡里之光，可喜可贺。某闻得范仁兄的佳作，已为万家争诵，你们可曾见过他的草稿？

魏好古 贾知书 费学礼	晚生等拜读过的。

卜修文 范年兄的文字,论章法,是起承转合俱有法度;论声调,是抑扬顿挫,音调铿锵;字字珠玉,句句惊人,乃是第一等的好文章。小弟嘛是十分的佩服,十分的佩服!

张静斋 卜仁兄一番议论,足见高明,怪不得今科也高中了! 啊三位秀才,你们应当将范仁兄的文字多多揣摩才是。

魏好古等 是啊,晚生此来,正要拜求范老先生窗稿回去诵读。

张静斋 三位秀才有此上进之心,虽不中不远矣! 啊,怎么范仁兄还不见回来?

〔关清、顾白拉范进上。

范　进 二位大哥,小弟乃是伤心之人,你不要与我作耍;我家中无米,等着卖鸡买米救命哪!

关　清 谁还跟你开玩笑! 你们家报喜的贺喜的挤了一屋子啦!

顾　白 你看你们家门口秃头槐树上拴了这么多马,这还会假吗? 到家看见报帖,你就明白啦!

〔关清、顾白推范进入门;关清、顾白下。

张　静　斋		范仁兄,
卜　修　文	（同高叫）	范年兄,
魏好古等		范老先生,

众　恭喜你高中了!

报　子 范老爷!

〔范进惊愕,抬头看见堂上报帖,三步两步,抢入堂中,从正面看了看报帖,又往左右各鹤行数步,引颈而看,面呈痴笑,整冠,理须,端带,奋袖揭取报帖,前行数步,凝视。

范　进 （读报帖）"捷报,贵府……老爷,范,讳进,高中乡试第七名……亚元,京报连登黄甲!"噫,好了,我中了!

张静斋 范仁兄,

卜修文 范年兄,

魏好古等　范老先生,

　众　　我们与你贺喜来了!

范　进　(看报帖,拍手,笑)嘻嘻嘻……噫! 好了! 我中了!

〔范进看报帖,扬举,戏舞之,动作中夹带欢喜与苦痛。张静斋等不知所措,但仍热心地向他贺喜。

张静斋　仁兄高中,乡里之光!

卜修文　明年会试,必占鳌头!

魏好古等　小弟等特来拜求窗稿,早晚揣摩诵读!

报子甲　您把赏钱打发给我们吧!

〔范进觉得人声人影向自己围逼而来,惊疑,将报帖抱紧,如畏人夺去,目光烁烁如攫果之猿,伺鼠之猫,周身曲缩,左右防御,忽然意决,夺门而逃。

〔关清、顾白、邻人急上。

〔张静斋等、范母、胡氏、报子赶出。

〔胡屠户急上。

范　进　(至下场门,回顾)我中了,噫! (下)

关　清
顾　白　他疯了!

〔关清、顾白追下。

〔范母、胡氏追下。

〔张静斋等下。

〔邻人、报子下。

〔胡屠户左右顾,急下。

第十二场　捆　　治

时间:紧接前场。

地点:集上。

31

〔关清、顾白内白:"范相公慢走!"范进上,披发一绺,脚步浮飘。

范　进　哈哈哈……

关　清　范相公!范进!

顾　白　听不见!叫他小名:阿牛!

〔范进闻声转面,举动转为"娃娃生"。——此后范进皆载歌载舞,余人俱随之舞蹈,满台俱有疯意。

范　进　(唱)耳边厢又听唤阿牛,

　　　　哦,你是关清,你是顾白!

关　清　不错,还认得人哪!

　　　　(唱)小河流水清悠悠。

顾　白　前言不搭后语啊!

范　进　水中游鱼来了,

　　　　(唱)小鱼儿摆尾水面皱,(作垂钓状)

　　　　　　香饵空垂不上钩。

　　　　一双蝴蝶飞来了,

　　　　(唱)蝴蝶儿双双分前后,(作扑蝶状)

　　　　　　因风飞过树梢头。

　　　　　　黄莺儿枝头来求友,

关　清　他这是想起小时候跟咱们一起玩儿的事来啦!

范　进　(唱)天宽地大任自由。

顾　白　没有玩几年,他就去上学念书做文章啦!

范　进　你们说什么?

关　清
顾　白　说你后来上学念书做文章啦!

范　进　啊呀!

　　　　(唱)我心中恼恨古圣贤,

　　　　　　平白无故造谣言,

　　　　　　他说了短短一句话,

　　　　　叫我长长作一篇。

　　　　　呕断了心肝无半点，

　　　　　不如投笔学逃禅！（逃走）

顾　白　这家伙，逃学啦！

关　清　追！范相公，你不是会做文章啦吗，你都赶了这么些次考啦！

　　　　范相公！范相公！

　　　　〔关清、顾白追下。

　　　　〔魏好古、卜修文、贾知书、费学礼急上。

魏好古　难得功名到手，怎么又疯了！

卜修文　我看他中了也要疯，不中也要疯，这是命该如此。

　　　　〔魏好古、卜修文、贾知书、费学礼下。

　　　　〔关清、顾白内白："范相公，你不是都赶了三四十年考了吗，

　　　　别跑啦！"范进上。关清、顾白、卜修文、魏好古、费学礼、贾知

　　　　书上。范进闻声举动转为"小生"。

范　进　（唱）听说是一声去赶考，

关　清　是啊，你赶了考啦！

范　进　（唱）换了一身新衫袍。

　　　　我要祷告祷告。

　　　　（唱）在文昌像前去祷告，

　　　　　还要叩求祖宗保佑，

　　　　（唱）祖先堂上把香烧。

　　　　母亲，孩儿去也！

　　　　（唱）老娘亲送我脸含笑，

　　　　　　篮中又放枣儿糕。

　　　　有劳二位大哥摇船送我！

　　　　（唱）有劳二位来举棹，

顾　白　他这是想起第一回进城赶考啦，还记得是咱们俩拿船送他去

　　　　的哪！

范　进　（唱）送我去试紫霜毫。

关　清　就这一回是欢欢喜喜的去的,往后就一回不如一回啦!

顾　白　往后一年比一年寒村,一年比一年窝囊,把好好一个人折磨得
　　　　不成人样啦!

范　进　怎么,你们笑我?

关　清　没有哇!

范　进　你们骂我?

顾　白　没有哇!

范　进　嗳!你们!(向魏好古等)笑骂我了啊!(动作转为"老生",
　　　　满腔悲愤)

　　　　(唱)你笑我须发如飞蓬,

　　　　　　笑我腰驼背似弓,

　　　　　　你笑我鞋露趾来袜露踵,

　　　　　　笑我衣破似悬鹑,

　　　　　　你笑我老,你笑我穷,

　　　　　　笑我是一个疙里疙瘩的老童生,

　　　　　　我和你无仇又无恨,

　　　　　　你苦苦的笑我为何情!(下)

魏好古　范老先生,这都是旧事了,此时还提他则甚,你如今不是已经
　　　　高中了么?

贾知书　是啊,既然高中,这些旧事就不必提起了!

　　　　〔魏好古、贾知书、费学礼、卜修文下,关清、顾白追下。

　　　　〔张静斋、范母、胡氏、邻人、报子上。

范　母　怎生这样的苦命,中了一个举人,就得了这个拙病;这一疯了,
　　　　几时才得好啊!

胡　氏　早上出去,还是好好的,怎的就得了这样的病,却是如何是好!

张静斋　你们大家可晓得甚么治疯病的法儿?

邻　人　先赶上他再想主意吧!(一行下)

　　　　〔卜修文、魏好古等内白:"范老先生,你不要再气愤了,您如
　　　　今已是高中了!"范进上。卜修文、魏好古、贾知书、费学礼、

关清、顾白、邻人、张静斋、范母、胡氏追上。

范　进　　你待怎讲？

　众　　　你中了！

范　进　　我中了？哈哈……

　　　　　（唱）中了中了真中了，

　　　　　　　　你比我低来我比你高；

　　　　　　　　中了中了真中了，

　　　　　　　　我身穿一领大红袍，

　　　　　　　　我摆也么摆，摇也么摇，

　　　　　　　　上了金鳌玉蛛桥，

关　清
　　　　　（阻拦）喰，你要干吗去？
顾　白

范　进　　（唱）我不是有官无职的候补道，

　　　　　　　　我不是七品京官闲部曹。

卜修文　　你是甚么官哪？

范　进　　（唱）我是圣上钦点的大主考，

　　　　　　　　奉旨衡文走一遭。

卜修文　　自己刚考完，又要考别人啊？

范　进　　（唱）我这个主考最公道，

　　　　　　　　订下章程有一条，

　　　　　　　　年未满五十，一概都不要，

　　　　　　　　本道不取嘴上无毛！

卜修文　　这倒新鲜！

　　　　　〔报子、邻人等笑。

范　进　　你笑我，你骂我，我如今才不怕你，我要考你！

　　　　　（唱）你与我考，你与我考，

　　　　　　　　你写了还要写，抄了还要抄，

　　　　　　　　考了你三年六月零九朝，

　　　　　　　　活活考死你个小杂毛！

〔范进逼近魏好古等，魏等退缩。范进忽翩然飞至下场门，回顾作骄胜态，下。关清、顾白追下。胡屠户、厨子、院子急上。

胡屠户　哎呀亲家母、女儿！我听说姑老爷高中了，我正在杀猪哩，我扔下刀，也不管猪是死了没有，急急忙忙就赶来了。他他他怎么又疯了，这这这可怎么办哪！哎呀，张老爷！卜老爷！（请安）这可怎么办哪！

魏好古　与他念上一段易经，不知可治得此病？

张静斋　他又不是被甚么鬼怪迷住了！

卜修文　灌他点大粪！

张静斋　他又不是吃了砒霜！

报子甲　小的倒有一个拙见，不知行得行不得？

张静斋等　快快讲来！

报子甲　范老爷可有最怕的人？他只因欢喜很了，痰涌上来，迷了心窍，如今只消他怕的这个人来打他一个嘴巴，说：“这报录的话都是哄你，你并不曾中。”他吃这一吓，把痰吐了出来，就明白了。

邻人们　（乱哄哄地）这个主意好得紧，妙得紧！范老爷最怕的，就是胡老爹了！

胡屠户　我可不敢做这个事！他虽然是我女婿，如今做了老爷，就是天上的星宿了。天上的星宿是打不得的！我听得斋公们说：打了天上的星宿，阎王就要拿去打一百铁棍，发在十八层地狱，永世不得翻身。我可不敢做这样的事！

邻人们　得了吧！胡老爹！你每天杀猪，白刀子进去，红刀子出来，阎王也不知叫判官在簿子上记了你几千条铁棍。就是添上这一百棍，也打甚么要紧！只怕把铁棍子打完了，也算不到这笔账上来。说不定你救好了女婿的病，阎王叙功，从地狱里把你提上第十七层来，也未可知！

胡屠户　我可不敢打这一巴掌，杀了我也不敢！

报　子　胡老爹，你要权变一权变。

范　母　亲家,你要救小儿一救哇!

胡　氏　哎呀爹爹,你要救他一救啊!

卜修文　胡胖子!范老爷若是久疯不醒,将来上司怪罪下来,我就拿你是问!

张静斋　胡屠户!你要是打这一巴掌,你女婿就是个老爷,你就是老爷的丈人;你要是不打这一巴掌,你女婿就当不成老爷,你这个丈人也就得不着甚么,你是打与不打!

胡屠户　……(意决)给我来碗酒喝!(自厨子担头取酒坛,倒酒)

张静斋　啊,老伯母!范年兄若是醒了,小侄带来贺仪五十两,送与范年兄暂时花用。府上的房屋,过于简陋,小侄有空房一所,三进三间,就在东门大街,范年兄醒来,请即刻搬去安住,明日本县官绅就要前来拜访。范年兄若是思念旧地,小侄在贵庄有三十亩薄田,就是关清、顾白所种,就送与范年兄吧。

卜修文　小侄备得一席酒,范年兄若是醒来,正好就到新居一贺。

　　　〔胡屠户边听,边倒酒,喝酒,连喝三碗,挽袖。

范　母　哎呀,张老爷!小儿他会醒转来么?

　　　〔范进由下场门上,关清、顾白追上。

范　进　(唱)天上有座九曲桥,

　　　　　　昆仑山头白云高,

　　　　　　东海日出红呆呆,

　　　　　　万古飘飘一羽毛。

报　子
邻人们　来了!来了!

范　母　啊亲家!你只可吓他一吓,不要将他打伤了!

卜修文　你要打得重些,打轻了就治不了他的病!

张静斋　你只管大胆的去打!

　　　〔胡屠户两次冲下,退回;卜修文等为鼓勇,胡屠户毅然冲上。

胡屠户　该死的畜牲!你中了什么!

　　　〔胡屠户一掌打去,范进摔倒,关清、顾白接住;范母、胡氏急奔近来;一时之间,万籁俱寂,静场,——能保持多久就保持多久。

〔范进醒。

范　进　（顾视）我怎么坐在这里？

范母等　好了！（场中顿时轻松）

胡屠户　（觉得手疼起来,把个巴掌仰着,再也弯不过来,急呼）哎呀！我的手！我的手！哎呀！阎王老爷！这可不是我要打的啊,我怎么也不敢打天上的星宿啊！是他们逼着我打的啊！

张静斋　哏！

胡屠户　是是,我不嚷嚷！不嚷嚷！（悄悄从腿上揭下一张膏药贴在手上,甩手,轻说）哎,好一点啦！

范　进　我这半日,昏昏沉沉,如在梦里一般。

报　子
邻人们　范老爷,恭喜你高中了。刚才是引动了痰,现在好了！

范　进　是了！我也记得中的是第七名。

〔胡屠户近前,范进畏却。

胡屠户　贤婿老爷！方才不是我敢大胆,是您老太太要我来劝您的！

张静斋　来！

〔车、马齐上。

张静斋　与范老爷更衣！

〔范进更衣。

胡屠户　（对关清、顾白及邻众）我常说,我的这个贤婿才学又高,品貌又好。想当初,我小女在家长到三十多岁,多少有钱的富主要和我结亲,我都不肯,我觉得女儿像有些福气,要嫁个老爷,今日果有其然！不瞒你们说,我小老这一双眼睛却是认得人的！哈哈……

〔范进更衣时摘下头巾,先由张静斋接着,张静斋交与卜修文,卜修文交与魏好古,魏好古交与顾白。顾白拿着头巾,犹如拿着一条死蛇。

张静斋　关清、顾白，见过你家范老爷！

〔范进不知所措。

张静斋　请范年兄上马！

范　进　（问范母）母亲，我们要往哪里去啊？

张静斋　到了那里，自然知道。蹧行者！

〔张静斋、范进、范母、胡氏、卜修文、魏好古、报子等下，最后胡屠户下。

〔台上剩关清、顾白及众邻人。顾白掷头巾于地。

关　清　（与顾白等一视，轻叹）唉！

（全剧完）

注　释

① 本京剧剧本原载《剧本》第三辑（戏剧剧本专刊），剧本月刊社编，上海文化出版社，1957年4月。

39

1962 年

王 昭 君^①
（历 史 正 剧）

时间：汉元帝竟宁元年前数年至竟宁元年

地点：长安　秭归　萧关　康居　龙城

人物：王昭君——名嫱，青衣

　　　　王　穰——昭君父，老生

　　　　王　母——昭君母，老旦

　　　　王　豹——昭君兄，不出场

　　　　王　龙——昭君弟，娃娃生

　　　　汉元帝——刘奭，生

　　　　萧望之——前将军丞相，老生

　　　　刘　向——散骑宗正，老生

　　　　匡　衡——博士，老生

　　　　谷　吉——卫司马，老生

　　　　史　游——掖廷令，丑

　　　　石　成——小黄门，丑

　　　　石　显——中官令，净

　　　　牢　梁——中书仆射，丑

　　　　五鹿充宗——少府，丑

　　　　毛延寿——待诏画工，丑

　　　　应　五——小黄门，丑

　　　　甘延寿——西域骑都尉，武生

陈　汤——副校尉,净

伊　嘉——雁门太守,丑

非　烟——宫婢,旦

彩　舞——宫婢,旦

呼韩邪单于——生

左贤王——生

郅支单于——净

南匈奴当户,且渠(五人)

北匈奴贵人(四人)

送驾官员(四人)

长安父老(四人)

西域各国君主(八人)

探　子

报　子

秭归县

仪仗若干人

场次: 第一场　　初　　议

第二场　　遣　　选

第三场　　别　　家

第四场　　佞　　计

第五场　　入　　宫

第六场　　矫　　伐

第七场　　擅　　盟

第八场　　私　　愿

第九场　　廷　　争

第十场　　慨　　决

第十一场　　朝　　会

第十二场　　出　　塞

尾　　声

第一场　初　议

　　　　　　〔匡衡、谷吉、萧望之、石显齐上。

匡　衡　（诗）射策明经入朝堂，

谷　吉　　　　奉书持节使四方，

萧望之　　　　傅相恩深国忧重，

石　显　　　　中书宠幸世无双。

匡　衡　（白）博士匡衡，

谷　吉　　　　卫司马谷吉，

萧望之　　　　前将军丞相萧望之，

石　显　　　　中书令石显。

　　　　　　　今当早朝，分班侍候。

萧望之等　（同）香烟飘缈，御驾临朝。

　　　　　　〔小黄门应五、石成引元帝上，掖廷令史游随上。

元　帝　（引）赞绪守成，平生愿，四海安宁。

匡衡等　臣等见驾，吾皇万岁。

元　帝　众卿平身。

匡衡等　万万岁。

元　帝　（诗）高皇提剑定山河，

　　　　　　　文武昭宣树楷模，

　　　　　　　见说长城堪屏障，

　　　　　　　新声不唱大风歌。

　　　　（白）孤，大汉天子刘奭。今当早朝，众卿，有何本章启奏？

石　显　今有萧关边将塘报，匈奴五单于纷争，如今裂为南北两邦，境
　　　　内连降大雪，牛羊死者十之八九，人民相燔为食。请万岁明示
　　　　国策，他们也好有所遵循。

元　帝　石卿之意如何？

石　显	臣启万岁,匈奴为害日久,如今其国内灾乱,乃天赐其便,不如乘此机会,征发大军,一举而尽灭之。臣愿带领十万之众,横行匈奴,斩取南北两邦单于的首级,双双悬于阙门之上。
萧望之	老臣有本。
元　帝	太傅奏来。
萧望之	匈奴臣民,颇有向慕我朝之意。前者,匈奴老单于曾欲遣使请求和亲,不幸为其贼臣所杀,今而举兵灭之,是乘其乱而幸其灾。不以仁义兴师,恐怕是劳而无功。
石　显	丞相之意呢?
萧望之	老臣以为当派遣使臣,携带粮食缯絮,抚其微弱,救其灾荒。使四夷闻之,皆贵中国之仁义,如此则可化干戈为玉帛,乃天下后世之福也。
匡　衡	匈奴正在混乱之中,夷狄之心叵测。前年江迺始出使北匈奴,至今下落未明,遣使之事,宜于缓行。
谷　吉	江迺始无应对之计,故为单于所辱。臣愿当殿请命,即日持节出关,宣扬大汉威德,即有不测,死而无憾。
元　帝	壮哉谷卿之言!掖廷令史游,取节仗过来,授与谷卿。
谷　吉	(唱)辞别万岁出宫禁, 　　　　身衔王命万里行。(下)
元　帝	众卿尚有何本?
石　显	微臣尚有一本;后宫嫔妃,已有三年未选,颜色日渐衰老,不堪娱侍君王,宜于民间,广求绝色,以备幸宠。
元　帝	准奏。
萧望之	多选嫔妃,滋事扰民,又非养身修德之道——
元　帝	孤意已决,太傅不必拦阻,石卿,就命卿家主持选妃之事。太傅哇! (唱)非是孤王不把谏纳, 　　　　这边廷由你,宫内由他。 　　　　孤是个太平天子非王非霸,

但愿得克绍箕裘大致不差。

(白)退班!(各下)

第二场　遣　选

〔石显上,应五随上。

石　显　　唔!——喝哈哈……

应　五　　中书今日下朝回宫,为何恼中而带笑?

石　显　　咱家恼的是望之老儿,当殿阻本,坏了咱家的征胡大计。

应　五　　是啊,您现在身居中书,口含天宪,总领百官。再要是手握兵
机,伐平匈奴,封侯挂印,那可真是大权独揽,一人之下,万万
人之上啦!不要紧的,我想这谷司马出使,吉凶未可预卜,倘
若是天保佑,他命丧匈奴,这可就好了。

石　显　　怎么就好了?

应　五　　那时您以雪耻报国为名,二次请命,萧丞相他可就再也阻拦不
了啦。您又乐是什么呢?

石　显　　所幸选妃一事,万岁已然应准。

应　五　　这可是天大的好事。万岁身体不好,又喜好音乐,再要是选进
民间美女,万岁寄情声色,不就更加倚重您啦吗。

石　显　　应五儿,你这猴儿崽子,倒有些心机!

应　五　　敢情,我侍候您这几年,也学出点来啦。

石　显　　吩咐待诏画工毛延寿前来。

应　五　　画工毛延寿走上!

〔毛延寿上。

毛延寿　　(念)幼习丹青工写照,

　　　　　　　全凭笔底定妍媸。

　　　　　　(白)画工毛延寿参见。

石　显　　毛延寿,命你以为选妃钦使,去至民间,广求绝色。

毛延寿　多谢老大人栽培。

石　显　南郡秭归,迭有密报,有一王嫱,生得有沉鱼落雁之容,闭月羞
　　　　花之貌,果系如此,即可宣取进宫。这有圣旨一道,即刻登程!

毛延寿　遵命。(下)

石　显　正是:安排层层软网,

应　五　　　收尽天下大权。

　　　　〔石显视应五,笑,下。

第三场　别　家

毛延寿　(内唱)一封丹诏下九重。

　　　　〔毛延寿趱马上,秭归县跪迎。

秭归县　秭归县恭候钦使。

毛延寿　贵县与石中书打去密报,言说辖下王嫱,生得有闭月羞花之
　　　　貌,沉鱼落雁之容,可是实情?

秭归县　并无谎报。

毛延寿　前面带路!

　　　　(唱)宣取王嫱到深宫。(下)

　　　　〔昭君上。

昭　君　(唱)千山万壑赴荆门,

　　　　　　葳蕤弱质在荒村。

　　　　　　朝朝盼得边关信,

　　　　　　寰宇何年见太平?

　　　　(白)奴家王嫱,小字昭君。父亲王穰,曾随蒲类将军,远伐匈
　　　　奴,夜宿居延水边,感受风寒之症,至今养卧在床。长兄
　　　　王豹,远戍边关,杳无音信。兄弟王龙,尚在童稚。全凭
　　　　母亲与我,朝浣夜织,以维生计。今日天气晴和,不免请

　　　　　出双亲，女儿有请爹娘。

　　　　　〔王穰、王母上，昭君且扶王穰。

王　穰　（念）当年饮马长城窟，

王　母　　　　慎莫稽留太原兵。

　　　　（白）儿啦何事？

昭　君　天气晴和，请出爹爹，堂前负暄，以解宿病。女儿前溪浣纱，母
　　　　亲看守门户。

王　穰　早去早回。

昭　君　我兄弟玩耍回来，厨中留得饽饽，叫他自己取用。

王　母　知道了。溪边石上，青苔滑足，须要小心。

昭　君　女儿自会小心。（取纱篮欲下）

　　　　甕牖蓬窗多情意，

王　母　蒿簪布袖负华年。

　　　　〔秭归县、毛延寿上。

秭归县　来此已是。

毛延寿　上前叫门！

秭归县　开门来！

　　　　〔王穰等惊疑，王母开门。

王　穰　原来父母太爷到了。女儿，回避了。

秭归县　不须回避。

毛延寿　（背供）果然是国色天香！

秭归县　王穰，你大喜啦！

王　穰　喜从何来？

秭归县　万岁宣你女儿入宫伴驾，这就是选妃的钦使。

　　　　〔昭君手中纱篮颓然落地。

王　穰　万岁后宫嫔妃已有数千，为何又要骚扰百姓，这选妃之事，何
　　　　人奏本？

毛延寿　石中书奏本。

王　穰　敢是那石显？

毛延寿 秭归县	大胆！
王　穰	哦呵是了，石显这样广布声色，无非是为了固宠专权，我的女儿岂能由你摆布！
毛延寿	你敢违抗圣旨吗？圣旨下，跪，听宣读！ （宣诏）诏曰："咨尔王嫱，性行端淑，德容俱备，宣入椒宫，虔侍君王，着待诏画工毛延寿，即日宣取入京。钦此！"旨意读罢，望诏谢恩！
王　穰	（满腔愤怨）万万岁！
毛延寿	王命紧急，收拾收拾，即刻登程。
昭　君	容我与家人一别。
毛延寿	休要絮叨！（对秭归县）且去邻家将绣女彩舞一同取进宫去，以为宫婢。

〔毛延寿、秭归县下。

昭　君	爹！娘！ （唱）南山张罗罗漫漫， 　　　北山有鸟高飞难， 　　　妾是庶人甘贫贱， 　　　不愿选在君王前。
王　穰	（示圣旨）王命难违！
昭　君	（唱）实难舍老爹爹得了残疾， 　　　承饮食穿衣衫谁来扶持？ 　　　实难舍我的娘辛劳十指， 　　　夜深沉灯如豆白发如丝。 　　　实难舍小兄弟尚在童稚，

〔王龙奔入。

	只见他发蓬松气喘吁吁。
王　龙	姐姐！
昭　君	看你满脸汗水，头发蓬松，快去取一把梳枇，待姐姐与你梳好。

王　穰　分离就在顷刻,你还与他梳的什么头发呀!

王　母　你哪里知道,你就叫她再梳这一回吧!

　　　　〔昭君为王龙栉发。

昭　君　小弟,姐姐就要进宫去了,你在家中要乖觉一些。哥哥远戍边
　　　　关,姐姐走后,你就是家中支撑门户的人了。

　　　　(唱)要与亲娘分劳苦,

　　　　　　　捡柴汲水扫庭除,

　　　　　　　爱惜衣衫莫要上树,

　　　　　　　头发乱了要自己梳。

王　龙　哎。姐姐,你进宫去了,还回来不回来啊?

昭　君　(唱)一句话问得我泪流如雨。

王　穰
王　母　(唱)儿一去好一似大海遗珠。

　　　　〔秭归县上。

秭归县　怎么没完没了的啦?赶快哭!哭完了好走。

昭　君　如此爹娘请上,受女儿一拜。

　　　　(唱)深深拜,

　　　　　　　拜低低,(正中一拜)

　　　　　　　千拜万拜都在这一拜里,

　　　　　　　这回一拜后,无一拜时。(左一拜)

　　　　　　　拜不尽来日万里长相忆,

　　　　　　　拜不尽十数载养育劳劬。(右一拜)

　　　　　　　女儿出门去,从此远矣,

　　　　　　　相逢处除非是魂梦依稀。

王　穰
王　母　(同)昭君,我儿,啊……女儿啊!

王　龙　姐姐! 姐姐! 啊……姐姐啊!

昭　君　爹娘,兄弟,啊……爹娘啊!

　　　　〔毛延寿、秭归县、车夫上。

毛延寿　只管絮絮叨叨,快些登车!

〔昭君、毛延寿等下。

王　穰　儿啊！
王　母

王　龙　（捡起昭君留下纱篮，哭）姐姐……（下）

第四场　佞　　计

〔石显、应五上。

石　显　（念）十万甲兵藏在胸，

　　　　　　　丈夫须建盖世功，

　　　　　　　两般颜色吾最爱，

　　　　　　　上林花满燧烟浓。

〔（内白）牢仆射、五鹿少府前来议事。

石　显　有请！

〔牢梁、五鹿充宗上。

石　显　牢仁兄、五鹿贤弟来了，请坐！

五鹿充宗　自己哥们，不客气，坐着。恭喜中书，贺喜中书！

石　显　咱家我有的什么喜事啊？

牢　梁　卫司马谷吉出使匈奴，已有数月，至今消息不明，小弟接得雁门太守伊嘉密札，说谷吉先至南匈奴，那呼韩邪单于对他倒是礼貌甚恭。如今他到了北匈奴，北匈奴的郅支单于可不是个好惹的，据小弟看来，他是凶多而吉少。这岂不是一喜？

五鹿充宗　毛延寿民间选美，马上就要回来了，听说选来的美女不少。其中秭归王嫱，乃是国色，这岂不又是一喜？

石　显　这乃是咱们大家之喜。

五鹿充宗　说得不错，咱们这是一根线上拴四个蚂蚱。

牢　梁　此话怎讲？

五鹿充宗　石中书、你、我，还有个雁门太守伊嘉，咱们这四个人，有福

49

同享;他要是一旦倒了霉,可也是飞不了你也蹦不了我,谁也甭打算装做没事人,怎么不是一根线上拴四个蚂蚱呢?

石　显　这是什么讲话!

〔(内白)毛延寿回京复命。

石　显　叫他进来!

〔毛延寿上。

毛延寿　画工毛延寿复命。

石　显　命你民间选美怎么样了?

毛延寿　俱已办妥,现在都在蒲桃宫,听候分排。

五鹿充宗　那秭归王嫱生得如何?

毛延寿　果然天生丽质,实为六宫冠首。

石　显　待咱家慢慢调教于她,也好叫她为咱家在万岁面前作一名枕边的说客。

毛延寿　但愿中书能够称心如意!

牢　梁　毛延寿话中有话。

毛延寿　那王嫱虽然生得姿容绝代,只是生性倔强。她在一路之上,咒骂中书,说是绝不甘心供您驱使。她那故乡又流传一支谣歌,不但说到中书,就连牢仆射、五鹿少府也都捎带在内。此歌若是在宫中传开,只怕于中书不利。

石　显　咱家自有道理。应五,告诉掖廷令史公公,叫他安排新纳宫妃宿住。那秭归王嫱,暂且派在甘泉宫东阁之中。

应　五　那可是不吉祥的地方,万岁爷从来也不到那里去的。

石　显　正要如此。

应　五　噢噢,我明白了!(下)

石　显　听毛延寿之言,倒叫咱家想起一桩心事来了!

牢　梁　中书想起什么心事?

石　显　新纳宫妃,俱是来自民间,未经调教,不知道哪些话当讲,哪些不当讲。如今外面传唱的谣歌甚多,万岁又喜好音乐,倘若传至万岁耳中,这这这……!

五鹿充宗　小弟倒有一计。

石　显　有何妙计?

五鹿充宗　按图召幸!

石　显　何谓"按图召幸"?

五鹿充宗　万岁后宫嫔妃甚多,岂能一一亲览。中书可命令掖廷待诏
　　　　　画工,绘出她们的图像,由您逐日进呈万岁,万岁的御笔点中
　　　　　谁,就由谁当晚侍寝。这么着一来,中书您愿意谁得宠,谁八
　　　　　成就能有指望。您要是要叫谁冷落,她就一辈子也见不着皇
　　　　　上! 画像的人是您派的,画出来的像由您掌握着,她还能跑出
　　　　　了您的手心吗?

牢　梁　这倒是一条好计!

石　显　嗯! 你可真是锦心绣口,念了一辈子圣贤书,都用在这上头
　　　　　啦! 毛延寿听令!

毛延寿　卑人在!

石　显　命你即日图绘宫妃容像。

毛延寿　画下她们的美丑?

石　显　啊噫! 哪里是画下她们的美丑,乃是要画下咱家的好恶呃!

毛延寿　事发之后,那可是要砍脑袋的事!

石　显　都有咱家哩!

五鹿充宗　选妃之事,已经定妥,且去查看边报,看看谷吉这老小子倒
　　　　　是死了没有。

石　显　言得极是,请!

牢　梁
五鹿充宗　请!(下)

毛延寿　都有你哩! 我看事发之后,你第一个就饶不了我,你得灭口
　　　　　呀! 唉!

　　　　　(唱)奴才项下无强骨,

　　　　　　　　事到临身不自由!

　　　　　　　　今日附势供驱走,

只怕要丢吃饭的头！（下）

第五场　入　宫

史　游　（内白）昭君,随着我来呀！

〔史游上,昭君、彩舞随上。

昭　君　（唱）离了故国桑榆景,

　　　　　　　来作汉宫待诏人。

〔非烟上,掸拂尘土。

史　游　来此已是甘泉宫东阁,咱们进去吧。

非　烟　迎接娘娘。

昭　君　少礼。

史　游　这是宫婢非烟。以后她和彩舞就侍候你啦。彩舞是你的同乡
　　　　邻居,从小一块长大的。非烟入宫多年,是个老宫人啦。她知
　　　　道的事情多,人也挺好的,往后有什么事不明白的,只管问她。

昭　君　公公终日劳忙,在此稍坐。

史　游　哎,也都分配得差不多啦。我在这儿歇会子。我说昭君,你是
　　　　得罪了石中书是怎么的?

昭　君　公公何出此言?

史　游　你来看:这边是长定宫,乃是万岁的生母许皇后被毒死的地
　　　　方。这边是永巷,那一头乃是当年囚禁人彘的土牢。这一带
　　　　地方,万岁是从来也不来的。

昭　君　如此倒也清静了。

史　游　就说你住的这个甘泉宫,倒是个好地方。这里曾经住过一位
　　　　绝代的美人李夫人。可人们都说这儿闹鬼,是个不吉祥的地
　　　　方。哎哟,净顾着说话啦,我还有事情哩,我得走啦。

昭　君　送公公。

史　游　不必啦,你就耐心地在这儿住着吧。多咱石显心里高兴,许就

又把你调到别处去啦。回去吧。(下)

非　烟　我说彩舞妹妹,你先陪着娘娘后面歇一会去。这甘泉宫多日无人居住,今天才好好地掸扫了一下,我这还没有归置完哩,回头暴土扬尘的,闹你们一身。娘娘,您看可好啊?

昭　君　舟车劳顿,正要稍憩。

非　烟　收拾完了,我再请您去。

　　　　〔昭君、彩舞下。非烟掸拂,彩舞复上。

彩　舞　非烟姐姐!

非　烟　哎。

　　　　〔彩舞帮非烟同收拾。

彩　舞　非烟姐姐,什么叫人彘啊?

非　烟　这你都不知道啊?人彘乃是高皇帝的宠姬戚夫人。高皇帝驾崩,吕后把她剁去手足,挖去双眼,用药薰聋了耳朵,灌哑了喉咙,成了一个无知无识的肉疙瘩,囚于土牢之中,任人观看,起名就叫人彘啊!

彩　舞　哟!

非　烟　这孩子,怎么啦?噢,你们刚从外面来,听了这些事是要心惊肉跳的。慢慢地你就习惯啦。来,咱们既收拾,就把李夫人的画像也给掸掸尘土,让她也豁亮豁亮。

彩　舞　刚才史公公说咱们这儿闹鬼,这鬼是谁呀?

非　烟　就是她。

　　　　〔彩舞吓得倒退数步。

非　烟　这是画像!瞧你怕的!

彩　舞　这儿怎么有这么一幅画像,又怎么说是闹鬼呢?

非　烟　这呀就说来话长啦!

彩　舞　反正事儿不多,你就慢慢的说吧。

非　烟　李夫人乃是我朝有名的美人,孝武皇帝的爱妃。"北方有佳人,遗世而独立,一顾倾人城,再顾倾人国。"说的就是她呀。李夫人生前住在这里,临死是在这里咽的气。临危的时候,皇上还亲自过宫问病。李夫人正在气息奄奄,听说皇上来了,就赶紧用锦被把头蒙得严严的,枕上遗言,请皇上照顾她的兄弟。皇上说,爱妃就要离我而去了,你让我再看这最后一眼,我好记住你的模样啊。皇上再三要求,李夫人执意不肯,只是转身向里,低低地哭。皇上一生气,就走了。

彩　舞　李夫人干吗要用锦被蒙头,不让皇上看她呀?

非　烟　是啊,李夫人的姐妹在跟前,都埋怨李夫人,李夫人叹了一口气,说——

彩　舞　李夫人说什么呢?

非　烟　李夫人说:我正是为了给兄弟们留一条路,才不让皇上看的。想我只因模样长得好,才从微贱之中,得蒙皇上的宠爱。这以色事人者,色衰则爱弛,爱弛则恩绝。皇上爱的是我平日的容貌,如今我病成这个样子,颜色大非昔比。皇上一见,必然骇怕厌恶,把平日的恩情都冲没了。那他还会照顾我的兄弟吗?看起来李夫人真是聪明,所以后来皇上思念不已,还特地命了高手画工给她画了这么一幅像。要是那会一揭被窝,可就全完了。

彩　舞　怎么又说是闹鬼呢?

非　烟　皇上后来还请了方士到这儿来作法,想叫李夫人显显魂给他看看。

彩　舞　看见了没有啊?

非　烟　都说是看见了。后来就谁都说他看见李夫人了,这就传开了:甘泉宫闹鬼。

彩　舞　倒是有没有鬼啊?

非　烟　我可没看见过。这么一来,石中书可就看中这个地方。

彩　舞　他怎么看中啦?

非　烟　他要是不乐意谁,就给往这里一送,直到你回心转意,听他使唤了,再接出去。这就跟戏上说的冷宫差不多啊。别净咱们俩说话了,也拾掇完了,该把娘娘请出来了。有请娘娘!

〔昭君上。

昭　君　（念）俯仰追陈迹，
　　　　　　惊忧问来年。

非　烟　您这儿坐会儿吧。

昭　君　非烟，那李夫人临终之时，讲说什么？

非　烟　娘娘都听见啦？

昭　君　好个以色事人者，色衰则爱弛，爱弛则恩绝！千古宫妃行状，
　　　　尽在数语之中了。非烟、彩舞，我要在此独坐片时，你们暂且
　　　　退下。

〔非烟、彩舞下。

〔昭君起，徘徊顾视，感触万端。

昭　君　（唱）玉砌阶椒涂壁金铺寒冷，
　　　　　　琐窗密画屏幽闺幕深深，
　　　　　　（注视李夫人画像）
　　　　　　可怜你逞娉婷舞腰软困，
　　　　　　不过是陪欢狎以色事人。
　　　　　　焚宝麝卷珠帘朝朝望幸，
　　　　　　六宫内有多少粉黛如云？
　　　　　　有多少倚翠袖满怀幽恨？
　　　　　　有多少斗蛾眉谣诼纷纷？
　　　　　　运阴谋筹秘计机心用尽，
　　　　　　断手足为人彘骇人听闻。
　　　　　　玉阶下仿佛有重重陷阱，
　　　　　　绣帏中仿佛有刀剑森森。
　　　　　　入门来与人间断绝音问，
　　　　　　这深宫是一座铁铸愁城！

〔内击鼓。

〔（内白）日落昭阳，花昏柳暗，宫中禁断行人，各处馆苑，下锁
　　封门哪！

55

〔远近一片下锁声。

昭　君　（唱）又听得长安宫殿锁千门，

　　　　　　　到如今不闻爷娘唤女声。

　　　　　　　这才是第一日已是难忍，

　　　　　　　从今后风和雨多少黄昏？

〔非烟、彩舞携红灯、奁具上。

非　烟　请娘娘梳妆。

昭　君　这般时候，梳的什么妆呀？

非　烟　请娘娘晚妆。

昭　君　（白）晚妆！……

　　　　（唱）兰在谷泉在山云封雾隐，

　　　　　　　我本是浣纱女生长荒村，

　　　　　　　为什么离故土身入宫禁？

　　　　　　　只可恨被婵娟累了此身！

　　　　（反而将残妆卸去）

　　　　　　　我岂肯终日里调朱弄粉，

　　　　　　　离炙热远繁华一片冰心！

〔非烟无奈，将红灯点起。

昭　君　为何点此红灯？

非　烟　宫中旧制，各宫每晚当门点挂红灯一盏，以备万岁临幸。等万
　　　　岁幸了一处，各处即将红灯撤去。

昭　君　……与我——免了！

非　烟　不挂？这怎么行呢？这是个欺君之罪，若是叫石中书知道了，
　　　　可了不得呀！反正万岁决不会上这儿来，咱们还是虚应故事
　　　　地挂一挂吧，一会儿也就撤下来了。

彩　舞　娘娘，咱们既上这儿来了，有什么法子呢，就挂一挂吧！

〔非烟挂灯。

昭　君　（凝视红灯，倾身向前，似欲夺灯，抑止，郁愤，无语——）罢！

〔昭君急转身，彩舞扶下。非烟轻叹下。舞台光渐转暗，薄明

之中,石显、应五过场下。舞台全黑,红灯一盏,炯炯高悬。

第六场 矫 伐

〔甘延寿、陈汤、伊嘉上。

甘延寿　(唱点绛唇)

陈　汤　镇守边疆,绥靖诸邦,勤瞭望,斥候周详,共把雄关当。

伊　嘉

(白)西域骑都尉甘延寿,

　　　　　副校尉陈汤,

　　　　　雁门太守伊嘉。

甘延寿　匈奴战杀纷纷,祸及邻邦,卫司马谷吉,持节出关,消息杳然,

　　　　未闻一报——

　　　　〔探子上。

探　子　(念)朝饮呼兰水,

　　　　　　　夜宿戈壁霜,

　　　　　　　匈奴杀汉使,

　　　　　　　飞报走慌忙。

　　　　(白)面禀都尉、副尉、太守,郅支单于将汉使谷吉杀死!

伊　嘉　怎么,谷吉他他他死了么?(背供)这可太好啦!

甘延寿　起来讲!

探　子　谷司马到了北匈奴,在康居大城,面见郅支单于,道了天子慰
　　　　问之意,问起前次出使的江迺始今在何处。那江迺始早已被
　　　　郅支单于困辱而死,郅支单于当时翻脸大怒,竟把卫司马也给
　　　　杀了。

甘延寿　一路辛苦,赏领酒肉,出帐去罢。

探　子　谢都尉!(下)

陈　汤　都尉、太守,此事应当怎样区处?

甘延寿　副校尉的高见?

陈　汤　郅支单于,迭杀汉使,骚扰边境。又侵略康居、乌孙、竖昆、丁令、大宛、阖苏等国。若是坐视,实同养虎。如今其本国臣民,皆有贰心,西域诸国,一呼可应。如能乘其骄慢无备之时,轻装捷骑,直薄康居城下,必可一鼓而擒之。然后与呼韩邪单于结订盟约,同申旧好。那呼韩邪单于,久有附汉之意,订盟料无推托。如此,则边关大定,千载之功,可一朝可成也!

伊　嘉　副校尉之言差矣!

陈　汤　何差?

伊　嘉　匈奴为害日久,如今国势浸弱。朝中石中书久有大举征伐之意,苦于师出无名。如今郅支单于迭杀汉使,正好借此兴兵,不分南北,把他们统统地灭掉。此事必要急报中书,你我小小边将,岂可轻举妄动!

甘延寿　暂且各归本帐,容我熟虑之后,飞奏朝廷。

陈　汤　兵贵神速,时不再来。

甘延寿　不可鲁莽!

　　　〔甘延寿、伊嘉下。

陈　汤　说什么小小边将,不可擅主。将在外,君命有所不受! 待我修书。(修书,探子暗上)探子过来。

探　子　在!

陈　汤　命你下书康居、乌孙、乌揭、竖昆、丁令、大宛、阖苏等国君主,叫他们即刻前来帐下会师,协同本部屯田士卒,共伐郅支单于。

探　子　得令! (下)

　　　〔陈汤作身段,击鸣鼓,西域君臣,屯田将士,肃肃而上。甘延寿、伊嘉闻鼓声急上。

甘延寿　议论未定,书札未行,你你你怎么击鼓聚众起来了?

伊　嘉　不奉中书谕示,焉敢大胆胡行?

陈　汤　(按剑)大军已经集会,尔等敢临阵阻行么? (逼视甘延寿)

甘延寿　好好好,但凭于你!

〔陈汤逼视伊嘉。

伊　嘉　我是地方官,守土有责,恕不奉陪。

陈　汤　赫! 下面听者,今奉大汉天子御诏:——

甘延寿　糟了!

陈　汤　"匈奴郅支单于,迭杀汉使,侵扰西域,残暴失道,不佑于天,
　　　　命西域骑都尉延寿、副校尉汤等,约合西域诸邦,尽发屯田将
　　　　士,共围康居,同歼敌首。"传诏已毕,拔营征战去者!

众　　(喧呼)啊! (下)

伊　嘉　小校过来! 这有密札一封,连夜送往石中书府中,将陈汤矫诏
　　　　兴师之事,速报中书知道。

小　校　得令! (下)

第七场　擅　盟

〔郅支单于与北匈奴贵人各持酒葫芦上。

郅支单于　(唱)龙战纷纷十数秋,

　　　　　全凭勇武压诸侯,

　　　　　到如今占康居、略乌孙、降丁令、服大宛,

　　　　　威震西域把大城筑就,

　　　　　高歌痛饮,尽醉方休!

北匈奴贵人　单于杀了汉使谷吉,还要提防一二。

郅支单于　某家康居大城,固若金汤,怕些什么,来来来,饮酒!

　　　　　〔同饮酒。报子急上。

报　子　报! ——来啦!

　　　　　〔报子未及陈词,甘、陈大军已到,手起刀落,尽斩郅支以下诸
　　　　　人,追杀下。甘、陈复上。

甘延寿　且喜康居大城一鼓而下,郅支单于授首。军士们,搜查单于
　　　　武库!

〔军士应声下。一小将持汉节两副,匈奴国玺,匈奴图书一函上。

小　将　搜出汉节两副,匈奴国玺一方,图书一函。

甘延寿　匈奴国玺待我等亲送长安,就命你将汉节两副,图书一函,并郅支单于的首级,飞送京城,不得有误!

小　将　得令!

陈　汤　转来! 将节仗留下一副。

甘延寿　做什么?

陈　汤　我自有用处。

　　　　〔探子上。

探　子　呼韩邪单于率领臣民,亲至营门劳师请罪,已在帐外。

陈　汤　呼韩邪来得正好! 快些大开营门,摆队相迎!

　　　　〔吹打,入帐。

甘延寿
陈　汤　不知单于驾到,未曾远迎,当面恕罪。

呼韩邪　岂敢! 敝邦逆王,屠杀汉使,殃及邻邦。寡人失国,其罪难绾。二位将军,统帅王师,吊民伐罪,某理应肉袒而来,自投于斧钺之下。

甘延寿　辱杀汉使,侵扰西域,乃郅支单于一人之过。无恶可诛,不罪妻孥。请单于即日晓谕匈奴各部,切勿自相惊恐。

陈　汤　单于晓谕匈奴,无有国玺,难以取信。匈奴国玺在此,单于请收下了吧。

呼韩邪　这个——

陈　汤　什么这个那个,收下了吧,收下了吧!

甘延寿　哎哎哎——收下了吧! (背供)这是哪里说起!

陈　汤　汉天子有意与单于结订盟约,求修和好,不知单于意下如何?

呼韩邪　此乃敝邦臣民日夕想望之事,寡人求之不得,岂敢不从。

甘延寿　(拉陈)未奉王命,岂可妄行? 一已为甚,不可再乎。你我又非国家使臣,岂可与他国结盟? 你你你忒以的莽撞了!

陈　汤　譬如为山,岂可功亏一篑?大丈夫作事,要干他一个沉酣痛快。你说我们又非国家使臣,你来看(指节仗)——这是何物?

甘延寿　咦!如此说来,你是早就有心的了?

陈　汤　不瞒你说,从到了边关那天起,我就有这个心了!

甘延寿　好,拼却我这项上的人头,我就陪你干他一个沉酣痛快!(一把抄起节仗)——结盟!啊,单于!这盟约之事,我等奉有天子钦赐节仗,准予方便行事,即日可行。不知单于尚有什么言语,敢请当面赐教。

呼韩邪　寡人失国,赖大汉天子恩威,得归龙庭。寡人有意,亲至长安,朝见天颜;并求赐汉女,立为阏氏,重修高皇文帝之故事,两国结为甥舅之邦。请二位将军回朝之时,代申私悃。

甘延寿　这个——

陈　汤　单于请求和亲,出于至诚。某等去至长安,自当挽出当世名臣,代为陈奏。单于宽心等待,不日自有佳音。如今且请盟誓订约,盟约之后,某当即日回朝。

呼韩邪　胡汉交征,已有百载,今日之盟,乃稀代之盛事。请二位将军与寡人同登诺水东山,刑白马、祠天地,告慰祖宗,以匈奴传国宝器径路金刀歃血饮酒,方昭郑重。

甘延寿　理当如此。单于请!
陈　汤

呼韩邪　二位将军请!

甘延寿　(唱)百年费尽弓和马,

陈　汤　(唱)胡汉从此是一家。(下)
呼韩邪

第八场　私　愿

〔昭君上，非烟、彩舞随上。

昭　君　（念）映阶草色萋然绿，

　　　　　　　　到眼宫花寂寞红，

　　　　　　　　远离故国三千里，

　　　　　　　　杜宇声中春又浓。

　　　　　（白）寒来暑往，又是清明过了。

彩　舞　是呀，日子过得真快啊。咱们刚进宫的时候，娘娘白天长吁短叹，夜晚梦扰魂惊。这些日子，我看你把性子也磨出来了。

昭　君　日坐愁城，徒然自苦。随缘强饭，遥慰双亲。

非　烟　是啊，到了这儿，反正也是出不去了。凡事总得想开着点儿。我在宫里这些个年，看见她们那些个嫔妃，一个个希幸望宠，斗角钩心，也真是把心都使尽啦。像您这样恬淡无为，甘心寂寞，可真是少见。

彩　舞　是啊，自从上次石中书带着毛延寿来画了一次像——娘娘对他们不丢不睬，也不知道画成个什么样子，又不许我们看，咱们这甘泉宫压根儿就没有人来过。万岁爷的凤辇更是从来也不打这一带过。这倒好，也省得那些焚香接驾的麻烦。

昭　君　只是这日长如岁，要想个法儿消遣才好。

彩　舞　消遣消遣？——咱们打双陆。

昭　君　不好。

彩　舞　下围棋？

昭　君　也不好。

彩　舞　那您说干什么好？

昭　君　非烟前几日教了我们几套琵琶，拍破虽明，指法未熟，我们对上两遍可好？

彩　舞　弹琵琶? 好好好! 我去取去!

　　　　〔彩舞取琵琶,三人坐,调弦,合奏,昭君倚声而歌。

昭　君　(唱)妆罢浑无事,

　　　　　　日长如小年,

　　　　　　琵琶翻旧谱,

　　　　　　无人时一弹。

　　　　　　人道琵琶作胡语,

　　　　　　我闻稍觉汉宫宽,

　　　　　　琵琶亦似解我意,

　　　　　　分明哀乐满四弦。

　　　　〔弦声未歇,史游上。

史　游　(念)红尘一骑到长安,

　　　　　　骄虏已平凯唱还,

　　　　　　长乐宫中君王笑,

　　　　　　图书遍赐六宫观。

彩　舞　史公公来了!

昭　君　公公请坐。

史　游　昭君,你什么时候学会弹琵琶啦? 还真弹得不错。

昭　君　初解拢捻,无非遣闷而已。

史　游　哦,我忘了,你屋里现放着一位名师哪! 非烟是曾随黄门乐工
　　　　马上奏琵琶送细君公主远嫁乌孙的。彩舞,你也学会了吗?

彩　舞　闲着也是闲着。

昭　君　公公喜色盈盈,到此何事?

史　游　只因甘延寿、陈汤攻破康居大城,杀了郅支单于,边防大患已
　　　　除,万岁龙心欢悦,叫将匈奴图书遍示后宫,我给你送图书
　　　　来了。

　　　　〔非烟、彩舞展图,史游指点,昭君看。

　　　　你来看:

　　　　这是云中,这是雁门,这是渔阳,这是代郡,出了萧关,就是匈

63

奴了。这些山乃是焉耆山、祁连山、浚稽山，这水是居延水、诺水、余吾水。这是李广失道的绝幕，这是苏武牧羊的北海。

昭　君　（唱）素帛上列山川明如指掌，

　　　　　　　　天如庐盖四野莽莽苍苍。

史　游　这都是自古屯兵交战的所在。

昭　君　（唱）闭目时恍如见平沙万帐，

　　　　　　　　耳边厢似听得铁骑铮锵。

史　游　这些地方不知道成就了多少功臣名将，也不知道有多少子弟血染疆场啊！

昭　君　（唱）云烟里任纵横龙城飞将，

　　　　　　　　丹青中依稀是碧血磷光。

史　游　这是宿营的大灶，这是候烽的戍楼。

昭　君　（唱）哪里是老爹爹得下旧恙？

　　　　　　　　哪里是我兄长闻笛思乡？

史　游　这哪儿看得出来啊！（卷图）

　　　　　　甘、陈二将杀了郅支单于，呼韩邪单于复国归廷。听说他很感念大汉的恩义。甘、陈二将已经跟他订了盟约，这往后，胡汉之间，大概就不会有什么争战了。

昭　君　（唱）多亏了能权衡守边有将，

　　　　　　　　出奇计成大功义著威扬，

　　　　　　　　但愿得从今后羽书不降，

　　　　　　　　胡汉间结一个亲戚之邦。

史　游　是啊，这乃是两国人民所望啊。听说呼韩邪单于已经请求和亲，等甘、陈二将回朝，就能知道确信了。

昭　君　（唱）倘若和亲事有望，

　　　　　　　　愿瓣心香答上苍。

　　　　　　　　省多少青春白发增惆怅，

　　　　　　　　我兄弟也免受陇上寒霜。

史　游　说得是呀！真要是两国和亲，结为甥舅，边城解警，将士还乡，那可就太好啦。就怕是有人从中作梗啊！

昭　君　但不知何人作梗？

　　　　〔史游出，望门。

史　游　就是那石显。

昭　君　石中书一人焉能尽违天下之意？

史　游　单是石显一人，倒还不一定能够左右大局，只是他的羽党众
　　　　多，一呼百应，就怕廷议之时，万岁惑于声势，拿不定主意。

　　　　〔应五上，窃听。

昭　君　石显的党友莫非是牢梁、五鹿？

史　游　是啊，你在深宫，怎么知道这些事情的。

昭　君　（唱）牢耶？石耶？

　　　　　　　五鹿客耶？

　　　　　　　印何累累，

　　　　　　　绶若若耶？

史　游　说得真对呀！如今朝中帘外，佩绶挂印的官儿，都是他们门下
　　　　之客。你是打哪儿听来的这支歌啊？

昭　君　此乃是我故乡的谣歌，如今天下之人皆能歌之。

史　游　万岁喜欢听乐闻歌，可惜就没有人给他唱唱这秧歌，不然也好
　　　　让您知道一点民风得失啊！

昭　君　公公啊！

　　　　（唱）锦城丝管日纷纷，

　　　　　　　半入清风半入云，

　　　　　　　得失只在萧墙内，

　　　　　　　咫尺无由达圣听。

史　游　唉，可不是吗！

昭　君　唔，倘有一日，万岁后宫征歌，我就与他唱此一曲。

史　游　这个话你可不能随便对别人说呀！这宫里净是石显的爪牙。
　　　　特别是应五这个猴儿崽子，简直是石显的耳报神。

　　　　〔应五喷嚏，急下。

你可记住呀！没事的时候就弹弹琵琶,跟这四根弦说说话,这就顶好,省得多少是非口舌。

昭　君　多谢公公指教。

史　游　回去吧,正是:

　　　　含情欲说宫中事,

　　　　鹦鹉前头不敢言。(下)

第九场　廷　　争

〔丞相府家院上。小黄门石成急上。

石　成　来此已是丞相府,事如燃眉,不待通禀,待我进去!

家　院　石成,你慌慌张张,为了何事?

石　成　丞相可在府中?

家　院　现在里面。

石　成　快些有请!

家　院　有请丞相。

〔萧望之上。

石　成　萧丞相,大事不好!

萧望之　何事惊慌?

石　成　甘延寿、陈汤回朝,将矫伐、擅盟并呼韩邪单于请求和亲之事,写本奏上。本章交到中书衙门,石中书转本,万岁叫他交付公卿议论。不想石中书将他二人交付廷尉审处,已经问成斩刑。史公公闻知此事,叫我托故出宫走报,丞相您赶快地想主意吧!

萧望之　待老夫进宫面圣,你你你速去告知散骑宗正刘向,博士匡衡,叫他们即刻进宫!

石　成　是啦!(下)

萧望之　备马侍候!

〔萧望之上马,途遇刘向、匡衡。

萧望之　刘宗正!匡博士!一同进宫!

　　　　〔至宫门,下马,萧望之叩环。史游上。

史　游　何人叩环:——丞相、宗正、博士,来了?

萧望之　说我们有急要之事,叩宫面圣。

史　游　萧丞相叩宫面圣!

　　　　〔元帝上。

萧望之　臣等见驾,吾皇万岁!

元　帝　太傅进宫,为了何事?

萧望之　甘、陈二将交付廷尉审处,已经问成斩刑,万岁可知此事?

元　帝　孤只说交与公卿议论,不曾说什么廷尉审处啊?

萧望之　审处之意出于中书,万岁请问石显、牢梁!

元　帝　速宣中书之官!

史　游　万岁有旨,石显、牢梁、五鹿充宗即刻进宫啊!

　　　　〔石显、牢梁、五鹿充宗上。

石显等　　　　　石　　显
　　　　臣牢　　梁见驾,吾皇万岁。
　　　　　五鹿充宗

元　帝　石卿,孤叫你将甘、陈之事交付公卿议论,怎么样了?

石　显　公卿之意,以为应付廷尉审处。这是他们的奏本(取出本章
　　　　一束),万岁请看!

萧望之　老夫怎么不知此事?

石　显　万岁并不曾说是非得问问您不可!

元　帝　廷尉怎样的审处?

石　显　甘、陈二人矫诏兴师,盗用使节,逾义干法,按律当斩。

刘　向　啊万岁,甘、陈二将消国家万里之忧,定百年平安之局,非唯不
　　　　应问斩,应予以千金赏,封为万户侯。

牢　　梁
五鹿充宗　不杀二人,边将之约束安在?国家之法纪何存?

元　帝　是啊,倘若是人人自作主张起来,要孤这个皇帝何用啊?

当斩!

萧望之　万岁,他二人斩不得!

元　帝　怎么斩不得?

萧望之　自古成大事者不拘小节,计大功者不录小过。若是斩了二人,
　　　　臣恐必有三不服。

元　帝　何谓"三不服"?

萧望之　边城守将不服,黎民百姓不服,夷狄诸邦不服。

元　帝　容孤思之。

萧望之　万岁若是以为二人功过,一时难定,不如且付公卿百姓从容议
　　　　论,日后不难明白。老臣之意,今日还是议论和亲大事要紧。

元　帝　掖廷令史游,传孤意旨,叫他二人,仍回原防,尽忠戍守。孤王
　　　　我不杀他们,也不封侯! 太傅言得极是,议论和亲大事要紧。
　　　　〔史游下。

牢　梁
五鹿充宗　呼韩邪请求和亲,并非出于诚意,只恐其中有诈。

萧望之　匈奴内乱多年,臣民上下皆厌闻鼙鼓之声,而思各安生业。呼
　　　　韩邪赖大汉威力,复国归庭。他感念天子恩德,请求和亲,乃
　　　　是人心所向,大势所趋。牢仆射、五鹿少府,你二人是怎样知
　　　　道他并非出于诚意的啊?

牢　梁
五鹿充宗　呃这个——

石　显　和亲并非一劳永逸之策。

萧望之　敢闻中书你的一劳永逸之策?

石　显　这个——

萧望之　中书不说,待老夫与你说了吧! 无非是自领十万之众,横行匈
　　　　奴而已! 臣启万岁,似此称遂一己私欲,不惜动摇天下之计,
　　　　万岁不可听从!

匡　衡　丞相之言,明白中肯,万岁三思。

元　帝　容孤思之。

萧望之　老臣尚有一本。

元　帝　奏来。

萧望之　我朝自高祖建制，不许宦官干政。如今中书之官，均是阉竖之
　　　　流。朋比为奸，互通声气，百姓讥刺，见于风谣。——万岁若
　　　　是不信，不妨听听后宫歌唱。臣请万岁尽将此等谄佞弄权的
　　　　刀锯余人，逐出朝廷。老臣昏耄，谨冒死切谏以闻！（跪）

石　显　（免冠，跪）万岁，微臣身本罪人，万岁以臣勤勉，置之左右。
　　　　微臣计议国家之事，并无半点私心。只是身在中书，难免结怨
　　　　于人。臣请即日辞了中书职务，愿受后宫洒扫之役，也好长侍
　　　　万岁。万岁与臣作主！（哭）

元　帝　（沉吟，下位）

　　　　（唱）有孤王下了九龙口，

　　　　　　拉起了二贤卿，你们听从头。

　　　　　　萧太傅两朝老臣师恩厚，

　　　　　　石中书与孤王分劳解忧，

　　　　　　你二人议论不合难免常有，

　　　　　　切莫要意气相争论去留。

　　　　　　和亲事既然是瓜熟蒂落，

　　　　　　孤王我且乐得顺水推舟。

　　　　　　石爱卿选宫妃将图像呈奏，

　　　　　　萧太傅传新人习礼应酬。

　　　　　　匡博士作傧相招待宾客，

　　　　　　牢梁、五鹿罗列珍馐。

　　　　　　散骑宗正去送亲边关走走，

　　　　　　你与单于是郎舅——孤姓刘你也姓刘。

　　　　　　孤这个天子丈人稳做就，

　　　　　　但等那单于女婿来拜冕旒。

　　　　　　将身转过屏风后，

　　　　　　岸巾欹枕去听箜篌。

　　　　〔各下。

69

第十场　慨　决

〔彩舞急上。

彩　舞　哎呀且住! 适才听得小黄门石成言道,石中书点中昭君娘娘
　　　　出塞和亲,万岁已经应准。史公公去请萧相国去了。我不免
　　　　急忙报与娘娘知道。(下)

〔内拨琵琶声,昭君上,非烟随上。

昭　君　(念)错落梅花思成客,

　　　　　　　　间关莺语忆江南。

〔坐,与非烟对拨琵琶。彩舞急上。

彩　舞　哎呀! 娘娘,不好啦!

昭　君　何事惊慌?

彩　舞　石中书点中娘娘出塞和亲啦!

非　烟　你你你是听何人言讲?

彩　舞　宫里谁都知道啦,这事错不了!

昭　君　休要惊惶,慢慢讲来。

彩　舞　上次娘娘和史公公议论石、牢一党,传唱谣歌,那应五躲在外
　　　　面都听见啦。今天未央宫廷议,萧丞相参了石显一本。万岁
　　　　把选妃出塞的事交给了他。他咬牙切齿,下得朝来,把上次毛
　　　　延寿给娘娘画的图像送给了万岁,万岁当时就准了!

非　烟　这这这可怎么办呢?

昭　君　(沉吟、转为镇定)非烟、彩舞,当年细君公主远嫁乌孙,乐工
　　　　于马上奏琵琶送她出塞,那旧谱你们可还记得?

非　烟　奴婢记得。

昭　君　我远行在即,你与彩舞,合奏一曲送我。

非　烟
彩　舞　(拭泪)是。

〔非烟、彩舞合奏琵琶,昭君起,绕室徘徊。

昭　君　（唱）人生皆有命,

　　　　　　　　我命何不辰?

　　　　　　　　朝为浣纱女,

　　　　　　　　暮作汉宫人,

　　　　　　　　思亲泪,犹未揾,

　　　　　　　　又遭远嫁难为情。

　　　　　　　　无端一再受摧损,

　　　　　　　　天道至此宁可论?（"论"平声）

彩　舞　这都是石中书怀恨报复,毛延寿为虎作伥!

昭　君　（唱）恨权阉,乱朝柄,

　　　　　　　　偶语睚眦报及身;

　　　　　　　　画师甘作鞲上隼,

　　　　　　　　颠倒黑白太无行!

非　烟　娘娘此去,茫茫万里,白草黄沙,连个说话的人都没有了。

昭　君　（唱）此一去茫茫万里征程,

　　　　　　　　有茸茸白草,滚滚黄云。

　　　　　　　　野旷天低西风冷,

　　　　　　　　穹庐毳帐去安身。

　　　　　　　　饥食肉,渴饮酪,犹可忍,

　　　　　　　　最苦是胡语啾啾不可闻。

　　　　　　　　只见他攒眉蹙目都不解,

　　　　　　　　无一个可道寒温。

　　　　　　　　遐方异俗,喜怒无凭准,

　　　　　　　　好叫我进退失据难做人。

　　　　　　　　终日孑然形吊影,

　　　　　　　　听悲笳阵阵,断尽羁魂。

彩　舞　前几天咱们还盼着和亲能够成功,没想到盼来盼去,把这事情
　　　　盼到了娘娘的头上来了!

71

昭　君　（白）呀！

　　　　　（唱）听彩舞一言有千钧重，

　　　　　　　　心问口来口问心：

　　　　　　　　终朝盼，盼和亲，

　　　　　　　　盼得和亲心又惊。

　　　　　　　　难道我盼的是别人去？

　　　　　　　　她一样要僝僽宛转出塞门，——匹马孤身！

　　　　　（白）罢！

　　　　　（唱）故乡门外即天涯，

　　　　　　　　昭君早是已无家。

　　　　　　　　任凭他爹惦煞，娘牵挂，

　　　　　　　　闭深宫，一样是相见无缘法。

　　　　　　　　流涕叹息终何用，

　　　　　　　　我好比狸猫掌中鼠，蚰蛇口内蛙，

　　　　　　　　——枉费挣扎？

　　　　　（白）爹！娘！

　　　　　（唱）只当你们未把儿生下，

　　　　　　　　儿已是离枝委地，飘零落花。

　　　　　　　　拚却一身万里去，

　　　　　　　　把明眸皓齿，埋向胡沙！

　　　　　〔史游引萧望之上。

史　游　萧丞相到！

昭　君　（唱）听说是来了萧丞相，

　　　　　　　　因何故惊动了这白发的忠良？

　　　　　（白）有请！

史　游　昭君，这就是萧丞相。万岁命萧丞相教你习学礼仪应对。你
　　　　有什么想不开的事，就对您说说吧。

昭　君　（拜，唱）

　　　　　　　　望丞相垂训教觉迷指枉，

　　　　　　也免我没乱里应对仓皇。

萧望之　好说好说。久闻昭君应对娴雅,仪态端庄。今日一见,果然堪
　　　　当重任。老夫此来,不过是与昭君闲话而已。训教二字,愧不
　　　　敢当。请问昭君,家住何乡?

昭　君　(唱)家住南郡秭归县,

　　　　　　开门白水是长江。

萧望之　秭归县,是个好地方!屈父高节,宋玉文章,人人钦仰。堂上
　　　　爹娘,可还安康否?

昭　君　(唱)白发娘亲今犹在,

　　　　　　爹爹养病在绳床。

萧望之　令尊得的什么病症?

昭　君　(唱)他在那征胡途中染沉恙,

　　　　　　夜宿居延受了风霜。

萧望之　哦!可有兄弟姊妹?

昭　君　(唱)弱弟在家年犹未壮,

　　　　　　兄长久戍在边疆。

萧望之　如此说来,也是一个遭受战祸之家了。但不知昭君可愿小弟
　　　　平安成长,长兄解甲归乡,堂上双亲,有人奉养?

昭　君　(白)哦,我明白了。

　　　　(唱)几句话似春风吹开雾障,

　　　　　　孝悌意都藏在娓娓家常。

　　　　　　我这里低下头暗自思想,

　　　　　　计得失权利害休再彷徨。

萧望之　(背供)看她心意稍见开通,我不免再用几句言语打动于她。
　　　　啊昭君,我与你讲一个故事可好?

昭　君　丞相请讲。

史　游　咱们也都听听。

萧望之　这件事乃是汉家后宫之事,就出在五年以里。那一日,万岁带
　　　　了宫人,驾临虎圈,观看斗兽之兽。正斗到热闹中间,有一黑

熊,纵身跳出。攀槛上殿,人立而啼。一时之间,人皆惊惧。一个个纷纷逃走,撇下了万岁,是危在须臾。其时有一位冯昭仪,真乃是有胆有识。她眼看那黑熊直奔万岁而来,就挺身向前,当熊而立。那黑熊见有人来,不解其意,它就停步迟疑。霎时之间,武士们蜂拥齐集,这才将那黑熊立毙如泥。那冯昭仪为了万岁,不顾自己,至今宫人,留为话题,昭君哪!

(唱)当熊救驾是一时之计,

　　　出塞和亲,为的是:千家井灶,

　　　　　　万户生灵,

　　　　　　百载生息。

想人生一世真如寄,

顷刻一念分贤愚。

也有那终朝营营争微利,

也有那成仁取义,磊落襟怀,不计身驱。

昭君你长自民间知民意,

事到临头要深思。

昭　　君　(唱)萧相国一席话如醍醐灌顶,

　　　　　　浇散了王昭君万斛离情。

　　　　　　我这里一鞭残照把雕鞍跨稳,

　　　　　　他那里千夫万卒数归程;

　　　　　　我这里长天漠漠,孤鸿冥冥,

　　　　　　他那里人耕绿野,犬吠花村;

　　　　　　我这里肉食酪饮,

　　　　　　他那里白饭新炊照眼明;

　　　　　　我这里穹庐粪火温残梦,

　　　　　　换取他馨宁语笑,万室生春;

　　　　　　拚却我风扑扑,尘侵鬓,

　　　　　　要慰尽天下父母心。

　　　　　　老相国你忧国忧民把心血用尽,

74

休为我和亲出塞再担心。

到来朝，我含笑扫眉辞汉阙，

不把泪眼对胡君。——老相国，你但放宽心！

萧望之　如此昭君请上，受我一拜！

（唱）我拜你的大忠和大孝，

拜你老老幼幼、一片仁心。

我拜你膺国命，为万民，去和亲，

从今后，长城外又添了一座长城。

昭　君　（还拜）折杀女儿了！

萧望之　昭君深明大义，老夫感慰五衷。但不知昭君尚有什么心意，欲
老夫代陈万岁者？

昭　君　昭君离乡日久，思念父母，不能得见。可否差人，去至南郡，取
我兄弟前来，送我一程？万岁岁遗匈奴财物，望能附赐故土丹
橘一枝，以慰乡思。

萧望之　都在老夫身上！

昭　君　如此多谢丞相。

非烟
彩舞　我们情愿跟随娘娘前去。

史　游　这就交给我啦！

非烟
彩舞　谢谢史公公。

萧望之　（无限深情）保重了！

〔昭君下，非烟、彩舞随下。萧望之、史游出门。

萧望之　难为她了！

史　游　（颔首）是啊！（下）

第十一场　朝　会

〔音乐声中史游偕小黄门石成、应五上，拂拭椅案。匡衡上，

检视会场。五鹿充宗、牢梁、刘向、石显、萧望之依次与匈奴当户、且渠相对而上，互揖，分立两厢。小黄门引元帝，匈奴武士引呼韩邪上。

元　帝　寡人薄德，敢蒙单于亲至长安相会。单于远道而来，请来上坐。

呼韩邪　岂敢；匈奴骨肉相争，国绪几绝，幸蒙天子恩德，讨逆安民。远国藩臣，夙夜倾慕天颜，今日之会，得遂平生之愿。天子请上，受臣大礼参拜。

〔元帝视萧望之，萧摇手示意。

元　帝　你我各为一国之主，岂有君臣之分，请以客礼相见。匡衡，赞礼上来！

匡　衡　伏以：天不颇覆，地不偏载，

汉与匈奴，接壤交界，

盟誓订约，恩义常在，

世世相传，千秋万代。

请奏"永安之乐"。

请告祠天地，叩首！再叩首！三叩首！

天子、单于交拜！

就位！

〔元帝、单于及两国大臣入席。

行酒！

〔牢梁、五鹿充宗酌酒。

举觞！

〔同饮酒。乐止。

元　帝　两国通好，谊如亲戚，寡君有意，将后宫待诏王嫱，许配单于，不知单于肯欣纳否？

单　于　藩臣久有附凤之心，辱蒙仙娥下嫁，何幸如之。

元　帝　宣王嫱上殿。萧相国、石中书阶前导引。

史　游　万岁有旨，王嫱上殿哪！

76

〔内传呼。萧望之、石显降阶而候。

昭　君　来了！

〔场面奏细乐。八宫女奉钿盒、嗽壶、炉香等物前引，二宫女
掌雉扇后随。昭君上，丰容靓饰，光明汉宫，顾影徘徊，竦动
左右。

（唱）听宫娥传丹诏声动虚幌，

　　　掖廷内来了我待诏王嫱。

　　　几年来在深宫慵点唇绛，

　　　今日里对菱花着意梳妆。

　　　顾影徘徊真堪赏，

　　　姗姗细步世无双。

　　　转朱阁，步回廊，

　　　看花影历历，蝶乱蜂忙。

　　　生成丽质终有用，

　　　今日不愧是天香。

　　　拾级欲把丹墀上。

　　　（左右低声喝彩）

　　　又只见满殿人皆竦动他们喝彩声扬。

萧望之　老臣恭候娘娘。

昭　君　不敢！

（唱）那旁来了萧丞相，

　　　他本来吐哺握发架海金梁。

　　　叫丞相但把宽心放，

　　　我心如明镜自生光。

　　　此一去要叫他春生宝帐，

　　　说单于感汉恩忠信绵长。

石　显　微臣石显与娘娘请安！

昭　君　呀咋！

（唱）这一旁来了石君房，

堪恨你蔽日浮云乱朝纲。

你把我当做眼中钉,目中棒,

一心心要叫我憔悴蛮荒,

你料想我必然身颓气丧,

（白）你来看!

（唱）你看我胸满志,甚从容,无挂碍,豪气轩昂。

我此去化干戈把万民屏障,

要叫你满腹心兵都付汪洋。

你今日横行要千秋遗谤,

青史上落一个名姓肮脏!

石　显　（背供）且让你一时得意呃!

萧望之　万岁与匈奴单于在建章宫久候了!

昭　君　（唱）整花钿我这里把丹墀来上,

建章宫朝万岁去见番王。

〔萧望之、石显前导,昭君上殿,除元帝、单于外,余人肃立。

昭　君　（白）妾妃见驾,吾皇万岁。

元　帝　王嫱,寡人有意将你许配单于,你可愿意?

昭　君　两主交欢,愿奉箕帚。

元　帝　抬起面来!

昭　君　万万岁!

〔呼韩邪欢喜赞叹,元帝目乱心迷。萧望之深恐元帝失态,急急宣诏。

萧望之　胡汉和亲,边陲常无兵革,海内从此安宁,天子有诏:将建昭年号改元为竟宁。边城解警,互通关市。大赦天下,赏赐百户牛酒。文武百官,晋爵三级!

众　　　（喧呼)万万岁!

萧望之　王嫱参驾已毕,请回后宫,等待严妆出塞。王嫱,出殿去吧!

〔音乐声中,昭君出殿,下。元帝犹神往不置,忘其所以。

呼韩邪　（唱）多谢天子恩义广,

　　　　　　呼韩邪稽首丈人行。

　　　　　　此去紫台常把汉京望，

　　　　　　但愿得圣天子长乐未央。

　　　　〔呼韩邪率随行贵人下。

元　帝　（唱）佳人已许嫁番邦，

　　　　　　　孤王的后宫空茫茫，

　　　　　　　叫石显近前把话讲，

　　　　　　　是何人画昭君姿色寻常？

　　　　　　（白）昭君图像是何人所画？

石　显　毛延寿所画。

元　帝　将毛延寿斩了！

石　显　（传旨）将毛延寿斩了！

　　　　〔斩杀锣。

元　帝　你与孤王办的好事！赫！摆驾回宫，——去听箜篌！

　　　　〔萧望之等互揖皆下。

石　显　喝哈哈哈……

牢　梁　事到如今，你还笑的什么啊？

五鹿充宗　老兄，你办的这回事，真叫做顾此而失彼，因小而失大啊！

石　显　你待怎讲？

五鹿充宗　你只为报复王昭君私下议论，传唱谣歌之仇，点了她去和
　　　　亲，其奈昭君乃是天姿国色。那呼韩邪见了，甚是欢喜感叹；
　　　　那昭君又是十分愿意和亲，看起来这一和不定要和个百八十
　　　　年的。私仇虽报，征胡用兵之计却是泡了汤了，岂非顾此而失
　　　　彼，因小而失大吗？您这么办事，小弟我实实地不敢领教！

石　显　忒嘿嘿嘿！

五鹿充宗　您还笑什么呢？大将军的令都跑了！

石　显　你们哪里知道，咱家早就安排了一条瞒天过海，釜底抽薪之
　　　　计，管教那昭君死无葬身之地，胡汉之间，从此征战不休！此
　　　　处不是讲话之所，且至府中，待咱家慢慢地告诉你们。正是：

斩草除根根除尽，

将计就计把计定，

和亲岂能便和亲，

我叫你——

竟宁从此竟不宁！

唔——喝哈哈哈！

〔石显下，牢梁、五鹿充宗摊手瞠目，惑然不解，下。

第十二场　出　　塞

〔王龙上。

王　龙　（念）姐姐去和番，取我到长安，

　　　　　　　　送她去出塞，归去报椿萱。

　　　　　　　　长安百万户，家家不种田，

　　　　　　　　人人都有嘴，要吃多少盐？

　　　　　（白）我，王龙。姐姐出塞和亲，把我从南郡秭归取来，伴送一
程。姐姐在后面与宫人们话别，叫我前站等待。耳听朱轮辗
土，鸾吟细细，姐姐来也——

昭　君　（内唱）适才间与宫嫔絮语依依，

　　　　〔昭君乘辇上。非烟背琵琶，彩舞捧书卷，随侍左右。刘向持
　　　　节随上，即将节仗交付仪仗人员。仪仗过场。

昭　君　（接唱）忘利害见真情诉尽疼惜。

王　龙　姐姐！

昭　君　兄弟！

　　　　〔车行。

昭　君　（唱）拜别了汉宫阙参差金碧，

　　　　　　　　到此时也自觉热土难离。

　　　　〔（内白）长安百姓与娘娘饯别。

80

〔长安父老男妇四人上,老翁二人斟酒奉爵。

一老翁　娘娘为了天下百姓,万里长行,愿娘娘一路平安!

昭　君　生受你们!

　　　　(唱)谢父老,谢父老殷勤深意,

　　　　　　　我这里倾金卮把后土奠辞。

少　妇　我们有家书一束,欲烦娘娘随驾人员带往边关。

昭　君　宗正,接了书信者。

　　　　(唱)与他们,与他们问询子和弟,

　　　　　　　把亲情密语带向关西。

父老等　(同)多谢娘娘!

昭　君　推己及人,理当如此。

　　　　〔百姓下。

昭　君　(唱)看起来和亲孚众意,

　　　　　　　便抛乡别井也甚值。

刘　向　前面已至传道,此去万里,车行缓慢,请娘娘换乘马匹。

昭　君　如此备马。

　　　　〔昭君、非烟、彩舞下。

刘　向　马夫走上!

马　夫　(内白)来也!

　　　　〔马夫上。

　　　　(念)生长函关下,

　　　　　　　能降汗血马,

　　　　　　　愿随千里足,

　　　　　　　远送貌如花。

　　　　马夫叩膝。

刘　向　罢了,此马脚力如何?

马　夫　(念)天马来西极,

　　　　　　　风入四蹄轻,

　　　　　　　所向无空阔,

真堪托死生!

是一骑好马也!

王　龙　待我来试乘一回。

〔王龙趟马。

果然是一骑好马,又快又稳。请姐姐上马!

昭　君　(内白)马来!

〔昭君、非烟、彩舞换行装上——琵琶、书卷已付从人。昭君
上马,余人并上马。

昭　君　(唱)紧狮蛮我这里把雕鞍稳跨——

〔趟马。仪仗急走,下。

(接唱)一霎时骋骅骝风掠堆鸦。

　　　　今日里万里之行始于足下,

　　　　不负他把冯后当熊教与儿家。(小圆场)

马　夫　来到回首坡。

昭　君　(唱)回首望,望帝京景色真如画,

　　　　云拥千宫厦,绿树万人家。

　　　　八百里秦川,棋盘儿摆下,

　　　　似这等锦绣河山把人爱煞。(小圆场)

马　夫　到了阳关。

昭　君　(唱)莫愁前路无知己,

　　　　马前休唱阳关曲,

　　　　此一去有两个闺中伴侣,

　　　　把西窗细说,不问归期。(圆场)

马　夫　前面已是古战场了。

昭　君　(唱)重来时犹觉得阴风阵阵,

　　　　浩浩乎平沙无垠夐不见人。

王　龙　姐姐,你看古战场上露着些残兵折铁。

昭　君　(唱)想当年鼓声殰,严杀尽,

　　　　到如今留下些折铁残兵。

王　龙　荒沙萋草之中，白骨森森。

昭　君　（唱）他也曾着裲裆春闺入梦，

　　　　　　　　叫马夫掩却了无主忠魂。

刘　向　（白）马夫，聚土为坟，好生掩埋，免遭风雨。

　　　　〔马夫埋骨。

王　龙　姐姐，这古战场上有人破土犁田啦！

昭　君　在哪里？

王　龙　在那边，那边！

昭　君　（唱）喜沃土千顷，初尝犁刃，

　　　　　　　　一籽落地，转眼间万穗摇金，

　　　　　　　　这其间才见得和亲便稳，

　　　　　　　　不由人春风得意马蹄轻。（圆场）

王　龙　姐姐，你看，前面有骆驼啦？

马　夫　前面已近萧关。

昭　君　啊，怎么有胡人进关来了？

刘　向　两国交好，通了关市，胡人进关与汉人通商交易来了。

马　夫　车驮拥塞，道路不通，请娘娘下马休歇片时。

昭　君　如此我们登高一望。

　　　　（唱）关禁初通，破题儿才成市集，

　　　　　　　　你看他万头攒动，人来人去，攘攘熙熙。

　　　　　　　　这边厢小车上载的是盐和米，

　　　　　　　　那边厢骆驼上堆了些氆氇氈毹。

　　　　　　　　一般是还钱论价，胡语汉语，

　　　　　　　　置办得开门七件样样都齐。

王　龙　姐姐，你看胡人的马与汉人的马拴在一起，在互相啃痒痒嘿！

昭　君　（唱）漫说是关上关下人相识，

　　　　　　　　就是那胡马汉马也相见忘机，

　　　　　　　　似这等雍容和气真堪喜，

　　　　　　　　为什么要动刀兵尔诈我虞？

马　夫　胡人纷纷进关,源源涌涌,形迹可疑。

昭　君　啊!

（唱）看他源源涌涌,事有蹊跷,

莫不是乘通关直入长驱?

莫不是和亲有假意?

把鹊鹊佳期翻作了鸿门筵席?

马　夫　胡人长驱入关,漫山遍野而来。

刘　向　请娘娘上马,暂退一箭之地。

昭　君　且慢!

（唱）莫非他不能把部众拘束,

不羁臣怀贰心匕见穷图?

临危难我岂能张皇失步,

切不可进退无端把国体输。

马　夫　胡人开弓纵马,围逼而来!

刘　向　请娘娘速速后退!

昭　君　这个——

王　龙　这可怎么办呢?

甘延寿
陈　汤　娘娘、宗正休要惊慌,甘延寿
　　　　　　　　　　　　　　　　陈　汤　保驾来也!

〔甘延寿、陈汤急上。

昭　君　你二人因何在此?

甘延寿
陈　汤　奉了丞相手谕,一路之上,暗随娘娘驾后,以防不测。

昭　君　如此甘、陈二将,速去迎敌。

〔甘延寿、陈汤下,内金鼓声。

昭　君　（唱）丞相深谋真不枉,

早差了干城将护定红妆,

只见他挽狂潮夫差一样,

一霎时陷敌阵虎搏群羊。

〔甘延寿、陈汤擒伊嘉胡装上。

甘延寿 陈 汤	胡兵已被杀退,擒得首将在此。娘娘、宗正请看,他是何人?

〔甘延寿、陈汤剥去伊嘉胡冠,萧望之捧令旗宝剑疾驰而上,石成捧印从上。

萧望之 伊嘉!你好大的胆,竟敢假冒胡兵犯驾!

昭 君 刘 向	丞相何故远至边关?

萧望之 和亲诏下,海内欣然。推源究始,乃甘、陈二将首功。万岁明察天下之意,封你二人以为关内侯。

〔石成付印,二人接印。

甘延寿 陈 汤	万万岁!

萧望之 万岁特命老夫前来传旨:长城关塞以内,留下屯田将士,外城戍卒,一概休回,任凭省亲务农。唯恐一二边将,肇事生端,圣上钦赐上方宝剑,立斩不赦!

伊 嘉 丞相饶命,都是石中书指使,不干下官之事。

萧望之 怎么讲?

伊 嘉 石中书有密札到来,叫我带领部卒,假扮胡兵模样,乘此通关之时,混在入关胡人之中,劫杀昭君。一来报了私仇,二来破坏和亲。从此胡汉起衅,他好有所借口,二次请兵,征伐匈奴。不想萧丞相已经密令甘、陈二将有所防备,下官只落得束手被擒,丢人现世!

萧望之 可是实言?

伊 嘉 句句实言。

萧望之 搜!

〔陈汤于伊嘉身上搜出石显密札,付萧。

萧望之 (看札)石君房!这就是你的瞒天过海,釜底抽薪之计了?娘娘请看!

昭 君 (看札)石显!奸贼,你三番两次,阻乱和亲,又要害我的性命,你好狠毒也!

（唱）骂一声石显狗奸佞，

　　　　阴谋启衅阻和亲，

　　　　丞相回朝参一本——

萧望之　老夫回朝，自然要参他一本。石显，奸贼，这就是你的对证！

昭　君　（唱）也不能饶却了这走狗苍鹰！

萧望之　言得极是。不杀伊嘉，焉能服众。陈将军！

陈　汤　在！

萧望之　（授剑）押下去，砍了！——甘将军！

甘延寿　在！

萧望之　（授旗）去至关前，传令休兵。

　　　　〔甘延寿、陈汤下，复上，缴还旗剑。非烟、彩舞下，取琵琶书
　　　　卷上。戍卒过场。

戍　卒　（合唱）久戍获归国，

　　　　解甲事农桑，

　　　　边城百万卒，

　　　　共道蛾眉强。

王　龙　（指远处）那不是我哥哥王豹吗？姐姐，我追上哥哥，跟他一
　　　　起回去啦！

昭　君　一路之上，多加小心！

王　龙　知道啦！

　　　　〔王龙下，探子上。

探　子　匈奴左贤王求见。

昭　君　有请！

　　　　〔左贤王上。

左贤王　参见娘娘！见过相国、宗正！单于闻得伊嘉假冒胡兵冒驾，特
　　　　地差臣前来与娘娘道惊。单于已在关外恭候，请娘娘启驾出
　　　　关，也好同入青庐，成就嘉礼。

昭　君　非烟、彩舞！取琵琶过来，待我弹奏一曲，以写我和亲之愿！
　　　　（唱）胡汉争，有百载，

喜今日长城内外风静无埃。

但愿得恩常流，义常在，

六畜满怀，桑麻如海，五风十雨常无灾。

（白）甘、陈二将！

| 甘延寿
陈　汤 | 在！ |

昭　君　与我折取关前杨柳一枝！

〔二将折柳。

昭　君　（唱）我把这汉家春带向关外去也。

身到处，要叫它写月颷风，

笼烟惹雾，

万里青无碍，

柳色依依入眼来！

〔仪仗过场。

〔昭君疾驰而下。刘向持节萧望之等随下。

尾　声

〔音乐声中，昭君随驾人员，匈奴贵人，西域各国君主上。

〔呼韩邪单于与昭君胡服上，左贤王捧印、绶上。

左贤王　大汉天子，恩被遐荒。仙娥下嫁，匈奴赖以安宁。单于谨册昭
君为宁胡阏氏，以志嘉祥。

〔呼韩邪为昭君加绶，以国玺付昭君。

众　　（喧呼）万万岁！

（合唱）仙娥今下嫁，

甥舅永同和，

剑戟归田尽，

牛羊绕塞多。（末二句重复）

〔昭君、单于及全体演员向观众挥手致意,乐声大作——
幕落。

(全剧完)

"一九六二年五月二十三日校阅,适逢《在延安文艺座谈会上的讲
话》发表二十周年之日。"

注　释

①　本京剧剧本据北京京剧团艺术室 1962 年复写本编入。

小　翠①

故事取材于《聊斋志异·小翠》

人物： 王　煦　老生

夫　人　老旦

王元丰　丑——小生

小　翠　花旦

老　妇　彩旦

王　濬　净

张　济　方巾丑

淮南王　武小生

八　哥　丑

丫　环　花旦

皇　帝　丑

张琼英　青衣，由饰小翠同一演员扮演

家院、门官、中军、龙套、武士等

场次： 幕前致语

第一场　叹朝嗟痴

第二场　惜狐狐化

第三场　送女聘媳

第四场　奸表佞谋

第五场　抛球串戏

第六场　下书装王

第七场　饰姑演帝

第八场　闹朝抽身

幕前致语

〔八哥上,至大幕前,拱揖。

八　哥　诸位观众请了!

今儿我们演的这出戏,戏名是"小翠",本事出于前代先辈蒲松龄蒲老先生的"聊斋"。这个戏说的是一家太师,一家御史,一个傻小子,还有一个狐狸的事儿,少不了自然还有皇上、将军、丫头、院公,还有我这个僮儿八哥。戏编得开门见山,单刀直入,前面并无铺垫闲文,开场即是正戏。所以要请诸位压静一点,免得开头没听明白,到后来摸不清头绪,倒显得是我们交待不到。诸位落座压言,请看这一出花团锦簇的热闹戏文。正是:

戏场纷纷小天地,

天地茫茫大戏场,

是非善恶终有报,

嬉笑怒骂皆文章!

开场喽!

〔八哥由幕边下,起开场锣鼓。

(如前场有垫戏,或剧场秩序甚好,此"致语"即可不用。)

第一场　叹朝嗟痴

〔王煦、夫人上。

王　煦　(念)权奸塞路臣惊恐,

90

夫　人　家有痴儿母担忧。

王　煦　唉！

夫　人　老爷今日下朝，为何这等烦恼？

王　煦　只因淮南王远征塞外，士卒饥寒，迭次派人，催索粮饷。不想太师王潘当殿奏本，言说淮南王劳师动众，未立战功，久拥重兵，有不臣之心，不宜再增粮饷，请将此项粮银，为万岁修造藏娇金屋一所，即命工部侍郎张济主持修建之事。老夫身为御史，一时气愤难忍，出班奏道：淮南王谋反，未有确证，且请稍增粮饷，以观后效。不想王潘含血喷人，言说老夫此议，乃是阴为淮南王臂助，莫非与淮南王有同谋不轨之意！

夫　人　不知圣意如何，可曾降罪于你？

王　煦　万岁准了王潘之本，道我年迈昏庸，妄奏多言，倒也不曾降罪。

夫　人　既然不曾降罪，老爷为何烦恼？

王　煦　夫人哪里知道：那王潘乃是阴险嫉刻之人，巧于罗织构陷。今日之事他岂肯甘休？诚恐日后他要暗算于我。欲加之罪，何患无词。阿呀夫人哪，老夫的处境是危乎呀，殆乎！是非只为多开口，总怪我多口，多口！

夫　人　唉！

王　煦　夫人又因何而烦恼？

夫　人　想你我已是年迈之人，膝下只有一子，取名元丰，不想他幼年得下痴呆之症，今年已有一十六岁，连个公鸡母鸡都分不清楚，这便如何是好？

王　煦　天哪！天！想我王煦，幼读孔孟之书，长行周公之礼，虽未能立德立言，并不曾作过什么伤天害理之事，怎么竟落得这般光景！

夫　人　妾身倒有个拙见在此。

王　煦　夫人有何高见？

夫　人　不如早日与他完婚。与他冲冲喜，他那心里开了窍，只怕这痴呆之症嘛，也就好了。

王　　煦　夫人再休提起与我儿完婚之事！

夫　　人　却是为何？

王　　煦　想那张济,乃是老夫故友,屡经老夫举荐,做了工部侍郎,是他感恩图报,愿将他女琼英,许配元丰为妇。不想他如今爬上高枝,做了王太师的心腹,他呀,过了河,拆了桥,把老夫的提拔之情,可就忘了个干干而净净。

夫　　人　莫非他有悔婚之意？

王　　煦　正是有悔婚之意！

　　　　　〔家院上。

家　　院　工部侍郎张老爷有书信到来。

王　　煦　他的书信来了！呈上来！

　　　　　（拆书,唱）

　　　　　　　　上书张济顿首拜,

　　　　　　　　拜上了御史老兄台,

　　　　　　　　当年曾经蒙错爱,

　　　　　　　　指腹为婚配和谐；

　　　　　　　　都只为令贤郎痴名在外,

　　　　　　　　怕只怕耽误了闺中裙钗,

　　　　　　　　因此上请退婚事出无奈,

　　　　　　　　望兄台多原宥莫要介怀！

　　　　　（白）夫人,当初两家订婚的金锁现在何处？

夫　　人　现在身旁。

王　　煦　取了出来。

夫　　人　我儿痴名在外,若是退了婚姻,哪里再去讨得一房媳妇？不与他！

王　　煦　强扭的瓜儿不甜,取了出来吧！

　　　　　〔夫人取出金锁。

王　　煦　下书人哪里？

家　　院　现在门外。

王　煦	对他言谈,老爷无兴修书,现有两家订婚金锁,叫他拿了回去!这是哪里说起!

〔家院下。

夫　人	唉!

〔八哥上。

八　哥	启禀老爷、夫人,公子他抱了个狐狸来了。
王　煦 夫　人	你待怎讲?
八　哥	小人适才与公子在后花园玩耍,见那后山墙边,太湖石上,卧着一只小小狐狸,正在酣睡未醒,不想隔壁王太师的公子爬在树上,远远看见,是他手执弹弓,弓开满月,弹出流星,一弹子打中狐狸。那狐狸睡梦之中,受了弹伤,扑溜溜就摔了下来,摔得晕了过去。我们公子,一眼看见,欢喜非常,上去一把就给抱住了,他说那是一只猫。公子平日,虽然有些痴呆,见了小猫小狗,可是没了命的喜欢。他得了这么个稀罕的小猫,可就再也不肯撒手了;小人叫他丢过墙去,给了王太师的公子,再不打死它,扔了它,放了它,他是说什么也不干,您瞧,他来啦!

〔王元丰抱一小狐狸上。

王元丰	猫!猫!
王　煦	元丰!
王元丰	爹!猫!
夫　人	我儿!
王元丰	妈!猫!
八　哥	公子,这不是猫,你瞧,这是个大尾巴!
王元丰	大尾巴猫!
八　哥	它是个尖嘴!
王元丰	尖嘴猫!
八　哥	得!认死理儿!说什么它也是个猫!猫!猫!猫!得儿猫

定啦!

王　煦　元丰!此乃是狐狸,并非是猫,还不快快放下!

王元丰　唉!不!

夫　人　快快放下!

王元丰　唉!不!

王　煦　再不放下,为父就要责打了!

王元丰　(哭)唉嘻嘻嘻!

夫　人　小小一个狐狸,料无大害,就让他养活几日吧!

王元丰　妈!好!我走啰!喂我的尖嘴大尾巴猫去了!

　　　　〔元丰雀跃而下,八哥随下。

王　煦　家门不幸,生此痴呆之子,真正叫人没兴!

夫　人　老爷休要愁烦,后堂歇息去吧!

王　煦　唉!

　　　　〔同下。

第二场　惜狐狐化

　　　　〔元丰抱狐狸上,以裍褥承之,用新绵细布为之裹伤,饮之以
　　　　水,食之以饭。

王元丰　七(吃)!七!你不七?噢!你不七饭,你七鱼!我给你去
　　　　找鱼!

　　　　〔元丰下。火彩,狐化小翠。

小　翠　(唱)

　　　　("绕地游")青烟摇漾,现出娇娘相,与琼英宛然无两。

　　　　("步步娇")适才间,酣眠湖山上。花影悬如帐,风过遍体凉。
　　　　　　　一弹飞来,酸疼难抗。蓦地最难防,扑溜溜,直向尘
　　　　　　埃撞。

　　　　("好姐姐")多亏了,元丰痴郎,惜残生,持归护养。新绵如

霜,殷勤为裹伤。也堪想,椿萱爱子从伊望。点水深恩须报偿。

〔小翠拍手,火彩,幻出老妇。

("忒忒令")(老妇唱)点水深恩须报偿,要一个婆婆相傍。(小翠接唱)共你乔扮,似祖孙模样。(合)要与他惩雠仇,降嘉祥,人海里,去兴风作浪。

("尾声")(小翠)嬉笑风生本擅场。(老妇)了却一篇恩仇帐。(合)安排深阱诱豺狼。

〔小翠、老妇幻下,王元丰持鱼上。

王元丰　鱼来啰!鱼来啰!猫呢?我的猫呢!猫没啦!唉嘻嘻嘻!

第三场　送女聘媳

〔丫环引夫人上。

夫　人　(引)痴儿婚事,叫为娘,常挂心头。
　　　　自从张济修书退婚以来,老身为了元丰的婚事,昼夜萦怀。也曾派出媒婆,四出提亲。家家都道元丰痴呆,不肯应允,眼巴巴王门的香烟就要断绝了,这便如何是好!

〔王煦执书暗上,家院上。

家　院　启禀老爷、夫人,有一老妇人前来求见。言道,她有一孙女,愿许配公子为妻。

王　煦　哦,有这等事?(置书于案)

夫　人　快些有请!

家　院　有请老婆婆!

〔老妇上。

老　妇　见过老爷、夫人。

夫　人　这一婆婆何事相见?

老　妇　老身虞氏,就在后山居住,只因连年荒旱,难以度日,有孙女小翠,年已二八,愿嫁与贵府公子为妻,倘得应允,全家感恩不尽。

夫　人　你那孙女现在哪里?

老　妇　我把她也带来啦,您二位看看,是中意呀还是不中意。小翠!呦,这孩子,一眨么眼的工夫,哪去啦? 小翠!

小　翠　(内应)哎!

老　妇　你在哪里?

小　翠　(内应)我在这儿哩!

老　妇　(抬眼)嗨! 这孩子,怎么进门来就爬上大树上去啦! 快下来,见过你的翁姑!

小　翠　(内应)来啦!

〔小翠上。

小　翠　(唱)枝桠上打秋千轻衫微汗,

又听得祖母唤声出堂前,

笑咯咯秋波闪微睨偷看,

哟! 见厅上端坐着一位送子娘娘,

还有一位大老官!

(白)奶奶! 我给您掐了一朵花来了。您转过脸去,我给您戴上。您瞧,白发红花,好像雪地上托着一个红太阳,多好看呀!

老　妇　真正顽皮! 快快拜见你的翁姑! 这就是你的公公!

小　翠　您跟人家都说好了吗? ——啊,那就是爹爹,爹爹万福!

王　煦　罢了!

老　妇　这就是你的婆婆!

小　翠　啊,这就是妈妈,妈妈万福!

夫　人　起来起来! (执小翠之手上下打量)这个女孩长得好!

王　煦　长得好!

夫　人　她的眉眼好!

王　煦　眉眼好!

夫　人　头发好!

王 煦	头发好!
夫 人	手也好!
王 煦	手也好!
夫 人	脚也好!
王 煦	呃,好——好!
夫 人	怎么看来如此面熟,好像在哪里见过呀?
王 煦	呃——是像在哪里见过。在哪里见过,在哪里见过呢……
夫 人	你叫什么名字?
小 翠	我叫小翠!
夫 人	今年多大了?
小 翠	十六啦!

〔小翠见案上书,急取翻阅。

王 煦 夫 人	你翻些什么?
小 翠	我看看这里边有花儿样子没有,我好给爹爹绣一个褡裢荷包, 给妈妈绣一双见面的花鞋啊!
王 煦 夫 人	(情不自禁)哈哈哈……
小 翠	妈妈,他呢?
老 妇	哪个他呀?
小 翠	您不是说给我们找一个小女婿子吗? 就是那个他呀!
老 妇	噢,少时你就会见到了。
小 翠	我们的洞房在哪儿呀?
夫 人	这东厢的配房,装修齐整,正好做洞房之用。
小 翠	那么我们就去打扮打扮,好跟我们的小女婿子拜天地,完花 烛呀!

(唱)绣房走去把新娘扮,

无边春色镜中添,

大姑娘出门乃是头一遍,

我待要揉胭脂,匀粉面,点朱唇,画远山,头上青丝如墨

染,花钿斜插鬓云边,翩翩蛱蝶穿裙裥,袅袅金凤绕珠
冠,耳边瑞云仙乐伴,看我婷婷拜堂前,姑舅亲朋齐声
赞,恰便是天孙织女降尘凡。

〔小翠下,丫环随下。

王　煦
夫　人　(又情不自禁)哈哈哈……

老　妇　老爷、夫人喜笑连声,想必跟这孩子有缘,您啦要是不嫌弃,就
把她留下来吧。

夫　人　但不知要多少聘礼身价?

老　妇　嘻!这孩子跟着我,吃糠都不得一饱,到了这儿来,住的是高
楼大厦,吃的是海味山珍,呼奴使婢,这就足矣了。这又不是
卖萝卜白菜,还要论个价,什么都不用!我们小家户,也备不
起个嫁妆,干脆,两免了吧!我家里还有许多事,一架子扁豆,
还没人摘哩!您啦要是没有什么吩咐的,老身就要跟您告假,
我要先走啦!

王　煦　如此命车备马,送你回去。

老　妇　嘻!这么几步路,哪里就把脚走大了呢?我们庄户人家,上哪儿
都是大脚片子,地下走,——留着车马还要下地干活哩!不用不
用,一概都不用,老爷夫人稳坐,老身告辞了!三朝之后,要是家
里事不忙,腾得开身子,我就再来看看。请回吧,回见啦!(下)

王　煦　恕不远送了!——这个老妈妈倒也爽快有趣得紧!——阿
呀,你这老糊涂,也不问问人家家住哪里!

夫　人　阿呀是啊!喜得我什么都忘记了!婆婆转来,婆婆转来!走
远了!也罢,三日之后再问吧!妾身正在发愁,天与我送来
一个媳妇,这就好了!这就好了!

〔丫环上。

丫　环　启禀老爷、夫人,那一女子,进得绣房,梳洗打扮好了,就要与
公子拜堂成亲哩!

夫　人　这个小姑娘,倒大方得很。事不宜迟,丫环,吩咐八哥,与你家

98

公子穿戴起来,即刻与虞家小翠成亲。

王　煦　喉慢来慢来,如此草率成事,岂不被人耻笑?

夫　人　早一刻娶媳妇,就早一刻抱孙儿,说什么旁人耻笑,此事由不
　　　　得你!

王　煦　好好好,但凭于你!

　　　　〔奏乐,家院、丫环扶元丰与小翠拜堂,八哥赞礼如仪。元丰
　　　　懵懵懂懂,不知牵纱,对小翠极感惊奇,左右端详,目中流露爱
　　　　抚,如小儿初见一极为可爱的小动物,喜不自胜,忘其所以。
　　　　八哥频念"送入洞房! 送入洞房!"元丰浑如未闻。小翠乃揭
　　　　开盖头偷看,以盖头覆元丰顶以纱牵之,元丰随之,行步如小
　　　　驴子,口口作驴鸣,小圆场下,乐止。

夫　人　我的心都提到嗓子眼里来了! 看来这个小姑娘对元丰并无嫌
　　　　厌之意,阿弥陀佛!

王　煦　此事忽然而来,出于望外,是福是祸,尚未可知,只恐烦恼在
　　　　后啊!

夫　人　我把你个老天杀的,大喜的日子,说此不祥之言,真正令人
　　　　丧气!

王　煦　夫人莫要生气,老夫不说,也就是了!

夫　人　这便才是!

王　煦　如此夫人!

夫　人　老爷!

王　煦　随我来呀! 哈哈哈……

　　　　〔下。

第四场　奸表佞谋

　　　　〔王潜上。

王　潜　(引)官居首相,蒙恩宠,独掌朝权。

（诗）炙手可热势绝伦，

翻手为雨覆手云，

收尽公卿归股掌，

独恨淮南小将军！

老夫，王潘，官居首相。掌朝以来，深荷圣恩，言听计从。满朝文武，全都惧怕老夫三分。只有淮南小王，自恃功高，素与老夫不睦。老夫切齿衔恨，时刻在怀。如今他远征塞外，士卒饥寒，老夫乘其危难，断了他的粮饷。管教他全军覆没，阵前身亡。就是不死，也要问罪天牢。深仇得报，好不快意人也。可恨御史王煦，当殿为他辩解，险些坏了老夫计谋。若不惩治于他，焉能威服群臣？张济来时叫他筹划便了。

正是：

克敌要在千里外，

杀人何须血刃刀！

〔家院上。

家　　院　工部侍郎张济有机密大事求见。

王　　潘　有请！

家　　院　有请！

〔张济上，家院下。

张　　济　（念）附势趋炎是惯家，

每日三朝宰相衙，

但得眼前真富贵，

旁人笑骂且由他！

见过太师！

王　　潘　请坐！

张　　济　告坐！

王　　潘　张兄来得正好，与老夫想个计谋，惩治那王煦。

张　　济　惩治王煦，这有何难！只是——啊，太师，可曾闻知淮南王之事？

王　濬　他,阵亡了?

张　济　不曾。

王　濬　兵败了?

张　济　也不曾!

王　濬　他他他怎么样了?

张　济　他就要回朝来了!

王　濬　怎么讲?

张　济　只因边城民户毁家纾难,屯田将士戮力同心,那淮南王他也用
　　　　兵有方,他未曾因为饷尽而溃败,倒打了一个大大的胜仗。目
　　　　前正在塞上陈兵耀武,不日就要回朝来了! 淮南王回朝,少不
　　　　得就要问起军饷不济之事。

王　濬　老夫就说府库空虚,无有粮饷。

张　济　不怕旁人多口?

王　濬　满朝文武,他们哪个敢讲?

张　济　只恐御史王煦有些个不识时务!

王　濬　阿呀这这这……

张　济　下官倒有一计。

王　濬　有何妙计?

张　济　淮南王不日就要回朝,目前摆布王煦有些个措手不及。太师
　　　　不如修书一封,请那王煦老儿过府饮宴。在酒席筵前,用言语
　　　　拢络、威吓于他,软硬酸咸,交参而用,暂且将他稳住。等待风
　　　　浪稍平,事过境迁,再寻个罪名,重则将他处死,轻则将他贬谪
　　　　远恶州郡,叫他老死他乡,永绝后患,太师你看如何?

王　濬　唔,暂且只好如此,待我修书。(修书)
　　　　〔家院暗上。

王　濬　过来! 将此书信下在隔邻王御史府中,不得有误!

家　院　遵命!
　　　　〔家院下。

王　濬　多烦张兄指教,后堂饮酒! 正是:

举棋布局分先后，

张　济　何妨屈己宴佳宾。太师请！

王　潽　请！

〔同下。

第五场　抛球串戏

〔王煦上。

王　煦　（唱）王潽请我去饮宴，

倒叫老夫作了难。

且住！王潽老儿有书信到来，请我过府饮宴，分明是要拢络于我。老夫清白自守，岂能与他同流合污，这场酒宴，我是不去的，待我走了回去！

（唱）任你垂下金钩钓，

鳌鱼岂肯把食贪！

阿呀且住！我若是悍然不去，太师的脸面何存？旧恨新嫌，他岂肯放过于我？还是与他敷衍一回。吃了一场酒食，未必就是卖身投靠于他了。我还是去去的好，去去的好！

（唱）出淤泥，而不染，

混俗和光且自全。

我著此常服，岂可赴宴，待我去至后面，改换衣巾。

〔王煦下。

小　翠　（内白）痴郎、元丰，丫环，八哥，咱们玩来呀！

〔小翠上。

小　翠　（唱）昨日犹是闺中女，

今朝已成新嫁娘。

都说道王元丰是一个呆张敞，

我看他浑璞天真性温良。

且喜得翁姑慈祥，一家和畅，

调羹不待小姑尝。

你看那草长莺飞，桃舒柳放，

困人天气日初长，

针线慵拈懒把妆台傍，

且来嬉戏趁春光。

嗨，我说你们都出来呀！

（内白）来啰！

〔八哥、丫环上，元丰骑竹马上。

小　翠　咱们今儿玩什么呢？

八　哥　咱们放风筝！

小　翠　没风！

丫　环　抓子儿！

小　翠　吼（阴平）脏的！

八　哥
丫　环　那玩什么呢？

小　翠　咱们抛球玩！

王元丰　抛球！好！

小　翠　丫环，你去取球去！

丫　环　哎！

　　　　〔丫环下。

小　翠　咱们把衣裳扎巴扎巴！

　　　　〔丫环持球上，小翠接球，共戏舞。

小　翠　（唱）普天乐，天下圆，

　　　　　　抛球蹴鞠自古传。

　　　　　　鸳鸯拐，玉连环，

　　　　　　善女趺拜莲台前。

　　　　　　花旁楼前舞胡旋，

　　　　　　太真含笑水晶帘。

翻腾倏忽流星闪，

宛转腰肢赛小蛮。

〔王煦上。

王　　煦　饭时已到,待我赶去赴宴!

〔小翠以球摇元丰,作势令掷王煦。

王元丰　爹!球!

〔王煦猝不及防,一球訇然而来,正中头面,摔倒在地。爬起时,右眼青了一圈,纱帽失去一翅。小翠急至其身后拣起帽翅,与丫环、八哥下。元丰睹乃翁之神态而大乐,憨跳不已。

王元丰　爹!眼!青!哈哈哈……

〔王煦抚其右眼。

王元丰　爹!帽!翅!哈哈哈……

〔王煦手摸帽翅,发现失去一只,满地寻找,不得,大气,气得一只单独的帽翅乱颤。元丰犹在憨笑,王煦气急,抓起元丰的竹马痛责之。

王　　煦　(唱)帽翅儿不成双,

眼上又青伤,

痴儿不解事,

憨笑在一旁,

怒冲冲将儿打……

王元丰　妈!打我!唵嘻嘻……

〔小翠急换夫人上,拉住。八哥、丫环后随。

夫　　人　(唱)痛坏了儿的娘!

为何责打元丰?

〔王煦一语不发,示以眼伤、帽翅、地下球。

夫　　人　小小一个帽翅儿,能值几何,慢慢寻找,也就是了,这眼上的青痕,将养两日,也就消退了,何消如此生气?

王　　煦　你看我这个样儿,是怎样的前去赴宴哩?

夫　　人　阿呀是啊……哎!天色也不早了,就是去,也误了,还是回房

104

将息去吧！改日见了王太师,告个罪儿也就是了！

王　煦　唉,这是哪里说起！

夫　人　回房去吧！

　　　　〔王煦愤然将球蹴入场内,下,夫人下。

王元丰　啀嘻嘻……

小　翠　别哭啦,打疼了哪儿没有?

王元丰　啀嘻嘻,疼!

小　翠　(为之搓揉)得啦得啦,别哭啦! 回头到屋里我给你枣吃。

王元丰　(破涕为笑)枣!

小　翠　还有大鸭梨!

王元丰　大鸭梨!

小　翠　咱们走!

王元丰　(指球去处)球!

小　翠　爹把球踢到场外头去啦,咱们不玩球啦。咱们唱戏玩!

八　哥
　　　　唱戏? 好!
丫　环

王元丰　好!

　　　　〔圆场,元丰骑竹马后跟。

小　翠　(唱)戏场纷纷小天地,

　　　　　　天地茫茫大戏场,

　　　　　　粉墨中有许多惩劝褒奖,

　　　　　　痴儿女假搬演谁识行藏。

　　　　这个地方挺宽展,离上房又远,也吵不着老爷和老夫人,咱们
　　　　就在这儿唱吧!

八　哥
　　　　就这儿吧!
丫　环

小　翠　慢着,那不是老院公来了吗?

　　　　〔家院上。

家　院　老爷未见出门赴宴,王太师派人催请来了。老奴前去禀告
　　　　老爷。

小　翠	老院公,您急急忙忙,要上哪去呀?
家　院	哦,原来是少夫人。王太师派人催请老爷赴宴,老奴前去禀告。
小　翠	您甭去啦! 老爷病啦!
家　院	好端端地得了什么病症?
小　翠	他得的乃是眼病。你去告诉来人,老爷偶得眼病,不能前去赴宴。老爷说啦,就是不病,他也不去。不但今儿不去,他从今往后,这一辈子也不会到王太师家吃酒,他们家酒里有蒙汗药。
家　院	哦,是是是!
	〔家院下。
小　翠	且住! 我公爹因被球伤,未能前去赴宴。那王濬老儿,必然另生诡计,要想陷害于他,这——我自有道理! 你想杀人,我就给你把刀! 我说咱们别管他们唱什么戏,咱们还是唱自己的!
丫　环 八　哥	咱们唱什么哩?
小　翠	是呀,唱什么呢?
八　哥	咱们唱《巴骆和》!
小　翠	没刀!
丫　环	咱们唱《十三妹》!
小　翠	没弓!
八　哥 丫　环	要不咱们唱《得意缘》!
小　翠	没镖!
八　哥 丫　环	那唱什么呢?
小　翠	咱们唱《西厢记》! 我唱红娘! 八哥,你会唱什么?
八　哥	我? 我会唱《惠明下书》!
小　翠	好极了! 丫环,你会什么?
丫　环	我就会唱中军。

小　翠	《西厢记》哪有个中军啊？——好吧,你呆会儿再唱。咱们谁先唱？
八　哥 丫　环	您先唱!
小　翠	我先唱就我先唱
	〔小翠唱红娘"小姐小姐多丰彩"一段。
小　翠	唱得好不好？
八　哥 丫　环 王元丰	好!
小　翠	该你的《惠明下书》啦!
八　哥	您得给我来一个长老,前头给我领一句白,要不我张不开嘴!
小　翠	叫我来个老和尚？好来,老和尚就老和尚! 张秀才著你寄信去蒲关,你敢去么？
八　哥	(唱"倘秀才") 　　　　你那里问小僧敢去也那不敢, 　　　　我这里启太师用俺也不用俺。 　　　　你道是孙飞虎将声名播斗南; 　　　　那厮能淫欲,会贪婪,诚何以堪!
小　翠	你当真敢去下书吗？
八　哥	敢!
小　翠	如此八哥听令! 这有书信一封,命你乔装改扮,下在王太师府中,不得有误!
八　哥	您等等,《西厢记》有这个词儿吗？咱们这是演戏哩还是玩真的哩？
小　翠	说是演戏就是演戏,说是真的就是真的! 这叫做真真假假,假假真真,戏中有戏,真假难分!
八　哥	嗨,您瞧哎,不对呀! 这信封上写的是我们老爷的名讳,干吗要下在王太师府中啊？
小　翠	这你就甭管啦! 你就说你敢不敢去吧!

八　哥　要是出了事哩？

小　翠　都有我哩！

八　哥　有少夫人！行！我长这么大还没有不敢做的事哩，您就交给我啵！将书来，您等回音者！

　　　　（唱"收尾"）

　　　　　　您与我助威风擂几声鼓，

　　　　　　仗佛力呐一声喊。

　　　　　　绣旗下遥见英雄俺，

　　　　　　我教那半万贼兵唬破胆！

　　　　〔八哥下。

小　翠　丫环！你不是要唱中军吗，这回我就叫你扮一个中军。别忙，咱们先去休息一会，呆会接着再唱！

王元丰　我哩？

小　翠　有你的事！我叫你扮一个顶大顶大的？走，咱们下去扎扮扎扮去！

　　　　（唱）随心应手布疑阵，

　　　　　　游戏何妨假作真，

　　　　　　设计请君来入瓮，

　　　　　　要惩人间奸佞臣！

　　　　〔下。

第六场　下书装王

　　　　〔王潜、张济上。

王　潜　王煦老儿托病推辞，不来赴宴，其情可恼！

张　济　如此绝人太甚，其中必有缘故！

王　潜　唔——

　　　　〔家院上。

108

家　院　下书人求见。

王　濬　传上堂来！

家　院　下书人上堂！

〔八哥挂髯上。

八　哥　（用韵白）叩见老大人！

王　濬　你奉何人差遣？

八　哥　淮南王差遣。

〔王濬与张济作眉眼。

王　濬　书信下与何人？

八　哥　王大人。

王　濬　哪个王大人？

八　哥　乌衣巷王大人。

王　濬　什么官讳？

八　哥　御史王煦。

〔王濬与张济作眉眼。

张　济　上面就是王大人，书信呈上！

〔张济接书，交王濬，王濬看书失色。

王　濬　告诉你家王爷，书信收到，修书不及，照书行事。下去。

八　哥　哦是是是！（背供）这老小子，真能蒙啊！嗨！不定谁蒙了
　　　　谁哩！

〔八哥下。

张　济　淮南王的书信讲些什么？

王　濬　（读信）"一别尊颜，已有数载。弟幸赖军民将士之力，扫平敌
　　　　房，指日班师回朝，与兄共商大事。把晤在即，不胜翘盼，诸惟
　　　　珍重不宣。"幸亏王煦老儿，不曾前来赴宴，这封书信，才能错
　　　　投本府，落在老夫手内。

张　济　请赐下官一看！（详察书信）图书鲜明，字迹无二，果然是淮
　　　　南王亲笔所写。（速念书文）怪不道前次王煦当朝为淮南王
　　　　缓颊呈辞，今日又托故不来赴宴，原来他与那淮南王暗中已有

来往。这书中的言语，与太师大有干系。自古道先下手为强，后下手的遭殃，太师你，你要想个釜底抽薪法儿扳倒他二人才好！

王　濬　张兄有何妙策？

张　济　啊呀，这仓卒之间，我也想不出主意！

〔家院持帖急上。

家　院　淮南王有名帖来拜！

王　濬　怎么他他他倒来了？

张　济　先去抵挡一阵，礼数不可有亏！

王　濬　吩咐更衣，说我出迎！

〔王濬、张济急下。

家　院　家爷出迎！

〔小翠扮淮南王，丫环扮中军，四龙套、四大铠引上。

小　翠　（唱）到人间阅尽了酸辣甘辛，

　　　　　　朝堂上无非是夺势争名。

　　　　　　贼王濬逞私欲贪婪成性，

　　　　　　惑昏君欺群臣蟹走横行。

　　　　　　老公爹处两难犹豫不定，

　　　　　　履荆棘临深渊战战兢兢。

　　　　　　因此上寄俳优把奸佞戏惩，

　　　　　　卸钗环换戎衣咤叱风生。

　　　　　　蝽首蛾眉芙蓉面，

　　　　　　化作淮南粉将军。

　　　　　　头上盔缨红似火，

　　　　　　匣中宝剑赛寒冰，

　　　　　　战马嘶腾蛟龙性，

　　　　　　旌旗飘展画麒麟，

　　　　　　人马簇簇相呼应，

　　　　　　朱雀桥边甲胄明，

　　　　　　燕子归来日将暝，

　　　　　　前站不走为何情？

丫　环　禀王爷,已到乌衣巷王大人府门。

小　翠　上前搭话!

丫　环　淮南王驾到!

　　　　〔王濬急上。

王　濬　不知千岁驾到,臣迎接来迟,望乞恕罪!

小　翠　(以袖障面)你是何人?

王　濬　丞相王濬。

小　翠　(对中军)本藩拜访的是王御史,哪个要拜望王太师,你们怎
　　　　么将本藩引到这里来了?转驾!

丫环等　转驾!

王　濬　送千岁!

小　翠　免!

王　濬　咋!……

　　　　〔王濬退下,小翠率众圆场还第。张济潜上,随马后。

小　翠　关了府门!

　　　　〔丫环关门。张济作手势溜下。

丫　环　淮南王驾到!

　　　　〔王煦急上,手拿一只纱帽翅,仓卒之间,竟戴不上。

王　煦　(低头)不不不知千岁驾到,臣接驾来迟,当面请罪!

小　翠　岂敢岂敢!你我朝堂一别,不觉十有余载,王大人,你的身体
　　　　可好?

王　煦　仰托千岁洪福,老臣倒也顽健。千岁鞍马困顿,多受辛苦!

小　翠　为国勤劳,何言辛苦!你抬起头来,看看我是何人?

　　　　〔王煦抬头。

小　翠　(吐舌作鬼脸)哞儿!

　　　　〔小翠急下。

王　煦　啊?

〔王煦瞠目结舌。丫环等欲逃下，王煦拦住。

丫　环　为何拦住我的去路？

王　煦　你是何人？

丫　环　我乃中军——丫环是也！

王　煦　你们做什么去了？

丫　环　少夫人领着我们扮了淮南王，到外边溜达了一回。

王　煦　可曾被人看见？

丫　环　别人倒没看见！我们可到隔壁王太师家里逛了会子，王太师
　　　　还接了驾哩！少夫人说："本藩拜望的乃是王御史，你们怎么
　　　　将本藩引到这里来了，转驾！"我们就回来了！老爷，您瞧我
　　　　扮得怎么样啊，像一个中军吗？赶明儿高了兴，我们还许扮皇
　　　　上玩哩，热闹还在后头哩！

王　煦　不不不好了！

丫　环　呦，这是怎么的啦！

　　　　〔丫环急下。

王　煦　（唱）小翠作事太荒唐，

　　　　　　　竟敢假扮淮南王！

　　　　　　　到明天满城风雨沸沸扬扬，百官卿相，

　　　　　　　一个个纷纷言讲——

　　　　　　　你叫我怎样置身在朝堂？

　　　　〔颠足下。

第七场　饰姑演帝

小　翠　（内白）所议之事，不可泄漏，大人请回，本藩告辞了！

　　　　〔内喝道声。

　　　　〔张济欠伸急上，追出数步，远望，无所见，退回。

张　济　且住，昨日淮南王走访王煦，是我跟在马后，只见那淮南王进

门之后,即刻紧闭了府门。我躲藏在朱雀桥边,侦伺了一夜,只见那淮南王进去,未见那淮南王出来!天色初亮之时,是我一时困倦,不觉倚树而眠,竟睡着了。朦胧之中,听得喝道之声。待我闻声追看,已然不见踪影,这——不免速速报与太师知道!

〔圆场。王濬上。

王　濬　张济去打探,

　　　　未见转回还,

　　　　回肠十二转,

　　　　须发几根斑。

张　济　啊呀,太师,事急矣!下官追随淮南王马后,守在朱雀桥边,那淮南王与王煦在府中长谈了一夜,今日天明,才喝道而去,不知他们商谈了什么,太师,只恐于你我大大的不利呀!

王　濬　这这这便怎么办!

张　济　有了,你我不如以探病为名,去至王煦家中,观看动静虚实,相机行事便了!

王　濬　此计甚好,一同前往!

　　　　(唱)实指望边疆困死淮南王,

　　　　　　谁料他转败为胜又还乡,

　　　　　　又谁知他与王煦有来往,

　　　　　　先投书,后走访,彻夜商量。

　　　　　　一着错满盘输难以抵挡,

　　　　　　我只得屈己降尊,过府探病走一场。

　　　　到了!上前搭话!

张　济　门上哪位听事?

〔八哥上,携一放盅头的空圆盒,顺手放在案上。

八　哥　哦呵!原来是老太师、张侍郎,您二位来啦!

王　濬　来了!

八　哥　我就知道您二位会来的!

王　濬　啊？

八　哥　昨儿我不是——哦,昨儿王太师不是请我们老爷吃酒来着吗？
　　　　您二位跟我们老爷有交情,听说您病啦,您二位就来看看您是
　　　　不是？

王　濬　正是探病来了,快去通禀!

八　哥　我们老爷卧病在床,这会子还没有起床哩,不知道能不能见您
　　　　二位,我先把老夫人请出来问问。您二位先候着,要是累了,
　　　　这边有两块怪石。要是渴了,那儿有井!

王　濬　忒以的噜哧了!

八　哥　又噜哧了。又!有请老夫人!

　　　　〔小翠扮老夫人上。王濬、张济窃听。

小　翠　(唱)昨夜晚淮南王降宅来访,

　　　　　　　与老爷论朝政声辞激昂。

　　　　　　　妇人家主中馈把蒸笼倚傍,

　　　　　　　到中宵犹不寐递食传汤。

　　　　　　　是何人扣朱门铜铺声响？

　　　　　　　打叠起老精神且到前堂。

八　哥　启禀老夫人,太师王濬、侍郎张济前来探望老爷病体。

小　翠　哦!王濬、张济来了!

　　　　(唱)张济本是旧亲翁,

　　　　　　　太师王濬是芳邻,

　　　　　　　老爷酣睡犹未醒——

　　　　也罢!

　　　　(唱)叫他扶头待嘉宾。

　　　　老爷尚在酣睡,待我走至后面将他唤醒,你且请二位大人前堂
　　　　稍坐,好生侍候,不可怠慢了!

八　哥　喳!

小　翠　正是:儿媳日高犹未起,

　　　　　　　垂老犹作当家人。

114

搀扶了！

〔丫环扶小翠下。小翠至下场门回头偷望王濬、张济,忽然健步飞奔而下。

八　哥　老夫人请二位大人前堂稍待。

王　濬　前面带路！

〔八哥引王濬、张济至前堂。

八　哥　二位大人请坐,老爷一会就出来了。

〔小翠、丫环由下场门复上。

小　翠　昨日迎接淮南王之后,何人侍候老爷更衣?

丫　环　是八哥侍候的。

小　翠　怎么老爷的衣帽都找不见了,快些叫八哥前来寻找,真正是乱七八糟,若被旁人听见,那还了得！（下）

丫　环　八哥,你把老爷的衣帽都搁到哪儿去啦?

八　哥　我摺得好好的,跟淮南王的衣帽一起放在立柜里的,别是今儿早起淮南王临行之时,匆匆忙忙,把老爷的衣帽也给带走了吧！

丫　环　老夫人叫你去找找,你快来吧！

八　哥　二位大人虚坐片时,我去去就来。啊呀,实在是过于简慢了！连茶也没有顾得上沏！

王　濬　只管请便！

〔八哥下。

王　濬　（唱）淮南王夜访王御史,

　　　　　　密语终宵人不知。

　　　　　　王煦日高犹未起,

　　　　　　看来此事有玄虚！

　　　　且住,王煦与淮南王长谈了一夜,今日又避而不见,虚实难明,这便如何是好?

张　济　这这这……

〔内呵殿声。

王　濬　啊?

　　　　（唱）心中正在犯惊疑,

　　　　　　　喝殿之声过花枝。

　　　〔太监以金炉引元丰旒冕衮服上,宫女障扇跟随,太监一见有
　　　　人,扔下金炉就跑,宫女偃扇齐溜,只余元丰一人,犹在憨立,
　　　　弄其襟袖。王濬、张济见状大惊。稍定,王濬令张济骗取其
　　　　衣冠。

张　济　你不是王元丰吗?

　　　〔元丰点头。

张　济　阿呀,你这身衣裳可真好啊!

　　　〔元丰点头。

张　济　咱们商量商量,把你这身衣裳借给我穿两天,我给你买个大
　　　　鸭梨!

王元丰　好!

　　　〔元丰脱衣帽授张济,张济急急装入圆盒内,拿在手中。元丰
　　　　下,王濬、张济欲行。元丰复上。

王元丰　大鸭梨,两个!

张　济　两个? 好,两个! 明儿我就给你送来! ——快走!

　　　〔元丰下。王濬、张济急出门。

王　濬　好哇!

　　　　（唱）老王煦平日里言拙语钝,

　　　　　　　却原来他家藏衮冕,私设朝廷,久有叛逆心。

　　　　　　　淮南王执掌将军印,

　　　　　　　就是他拥立劝进保驾开国的臣!

　　　　　　　这就是他二人彰彰罪证,

　　　　　　　急忙上殿奏当今。

　　　　　　　喜今日报深仇抓住把柄,

　　　　　　　管教尔等命归阴!

　　　〔与张济笑下。八哥上。

116

八　哥　（捡起金炉）这两个老小子,把我们公子王帽龙袍骗走了,待
　　　　我急忙报与老爷知道,这个戏就越唱越热闹了。（下）

第八场　闹朝抽身

〔喝道声,四龙套、四大铠引真淮南王上。

淮南王　（唱）披文握武尽忠心,

　　　　　　　　立志勤王建功勋。

　　　　　　　　戈挥云变惊雷震,

　　　　　　　　剑扫妖氛靖边尘。

　　　　　　　　朝中出了贼王潴,

　　　　　　　　惑君误国害苍生。

　　　　　　　　挽辔久有澄清意,

　　　　　　　　誓清君侧诛谗臣。

　　　　　　　　人马簇簇相呼应,

　　　　　　　　朱雀桥边甲胄明。

　　　　　　　　燕子翩翩花弄影,

　　　　　　　　前站不走为何情?

〔内鸣锣喝道声。

淮南王　前面何官开道?

　　　　（内应）王太师早朝。

淮南王　哈哈哈!

　　　　（唱）这才是狭路相逢怒恼难禁——

　　　　军士们! 打上前去!

〔家丁引王潴上,张济携圆盒后随。

王　潴　甚么人胆敢拦阻老夫去路?

龙套等　淮南王。

〔龙套大铠打家丁散去,下。

王　濬　反王！

淮南王　奸贼！

王　濬　你与王煦通同谋反！

淮南王　你在朝中惑君误国！

王　濬　你敢与我面君？

淮南王　岂能惧怕于你！

　　　　〔圆场至金殿。

王　濬　（唱）撞金钟——

　　　　〔王濬撞钟。

淮南王　（唱）挝鸣鼓——

　　　　〔淮南王挝鼓。

二人同　面奏当今！

　　　　〔武士、太监急引皇帝升殿。

皇　帝　（唱）孤王三日未早朝，

　　　　　　　忽闻金殿闹嘈嘈，

　　　　　　　钟声乱，鼓声高，

　　　　　　　吵得孤王睡不着，

　　　　　　　内侍摆驾金殿到，

　　　　　　　急急忙忙问根苗。

　　　　　　　宝座之上用目瞧——

　　　　　　喝喝喝，淮南王你回朝来了？

淮南王　回朝来了！

皇　帝　你的气色不错呀？

淮南王　不曾饿死！

皇　帝　干么生这么大的气呀？

　　　　（接唱）你二人争吵为哪条？

　　　　　　　你二人牵须扯带上殿，为了何事？

淮南王　奸相王濬，扣压军饷，惑君误国！

王　濬　淮南反贼，私通王煦，图谋不轨！

118

皇　帝　（背供）扣压军饷，连孤王也牵连在内，这扣饷事小，谋反事

　　　　大，还是先问谋反一案！怎么，此事还有王煦那个老头在内？

　　　　武士们！

武　士　（应）有！

皇　帝　快去捉拿王煦当廷审问！

　　　　〔武士下，押王煦上。

王　煦　（唱）忽听一声宣王煦，

　　　　　　吓得老臣步趑趄，

　　　　　　眼见得全家要处死，

　　　　　　有口难分是和非！

　　　　罪臣王煦见驾，吾皇万岁！

皇　帝　嗯！胆大淮南王、王御史！王太师参奏你二人通同谋反，可有

　　　　此事？

淮南王　哪有此事！

王　煦　实实的并无谋反之事。

皇　帝　你奏他二人通同谋反，有何罪证？

王　濬　淮南王曾有书信一封，暗投王煦，言词暧昧，内藏隐语，罪证一

　　　　也。淮南王私自回朝，未经面圣，直奔王煦家中，密谈终夜，罪

　　　　证二也。王煦家藏冕旒衮服，臣与张济，曾经亲见其子元丰穿

　　　　戴起来，罪证三也。私函，衮冕在此，当廷呈验，反王、王煦！

　　　　你二人还有何言词抵赖？

　　　　（唱）一封书信藏隐语，

　　　　　　密议终宵人难知，

　　　　　　帝王衣冠是凭据，

　　　　　　还不服罪待何时？

皇　帝　罪证彰彰，你二人还有何话讲？

张　济　真赃实证，你二人还是承认了吧！

淮南王　本藩与王煦久无来往，从来不曾去过他家，又哪里来的甚么书

　　　　信，实在是怪谬荒唐，想入非非！

王　煦　　这都是我那疯颠的儿媳她她她胡作非为,老臣家教有疏,罪该
　　　　　万死!

皇　帝　　怎么,你还有个儿媳,孤王我怎么不知道呀?武士们,你们捉
　　　　　拿王煦之时,可曾看见他家有个儿媳?

武　士　　有一个!

皇　帝　　他儿媳长得可好?

武　士　　千姣百媚,貌似天仙。

皇　帝　　怎么,千姣百媚,貌似天仙?——嘟!胆大王煦,有此美貌的
　　　　　儿媳,为何不叫孤王一见?内侍!

　应　　　有!

皇　帝　　传孤的意旨,宣王煦的儿媳——(向王煦)呃,你的儿媳叫什
　　　　　么名字?

王　煦　　名唤小翠。

皇　帝　　小翠?——唔,好一个香艳的名字!传孤的旨意,宣王煦的儿
　　　　　媳小翠当廷受审!

内侍传旨　万岁有旨,小翠上殿!

小　翠　　(内应)来了!(上)
　　　　　(唱)校尉传旨到中庭,

　　　　　　　　掸掸衣襟便起身,

　　　　　　　　山穷水覆疑无路,

　　　　　　　　解铃还须系铃人。

　　　　　　　　站立在殿角来观定,

　　　　　　　　九龙口坐的是无道君。

　　　　　　　　两腮无肉没脖颈,

　　　　　　　　亚赛一只小猢狲。

　　　　　　　　那一旁站的贼王潘,

　　　　　　　　好像是蹲仓的老狗熊。

　　　　　　　　狗张济,多谄佞,

　　　　　　　　多年的耗子成了精。

　　　　淮南王,气填膺,

　　　　老公爹只吓得哆里哆唆汗淋淋。

　　　　大摇大摆在檐前站定——

　　　　问我一言答一声。

皇　帝　下站可是小翠?

小　翠　唔!

　　　　〔张济向前打量小翠,惊奇。

皇　帝　王太师参奏你公爹与淮南王通同谋反,你公爹言道,这都是你

　　　　胡作非为,有这么档子事吗?

小　翠　什么叫谋反呀?

皇　帝　谋反嚜——就是造反。

小　翠　造反哩?有这么回事!

皇　帝　讲!

小　翠　前年,呃大前年,有这么一回,我奶奶出去串门去了,我呀,把

　　　　张家的姐姐、李家的妹妹,都约到家来,我们把奶奶出嫁当新

　　　　娘子的时候穿的裙子、袄子、绣袜、花鞋、钗环首饰、胭脂花

　　　　粉,都翻了出来,玩娶媳妇聘女婿,又敲鼓,又打锣,又吹笛子

　　　　又吹箫,我们足这么一玩,把家里地下、炕上、门道里、灶火

　　　　里,弄得乱七八糟,我老奶奶回来了,那个气呀,说:"丫头们,

　　　　你们要造反哩!"有这么一回。

皇　帝　什么乱七八糟的。孤王问的是篡位谋朝,举兵作乱。

小　翠　哇!

　　　　(唱)谋朝篡位罪名深,

　　　　　　哪一个敢如此含血喷人!

皇　帝　王太师当殿来奏本,你二人对面去辨明。

小　翠　自古道无赃无证,

皇　帝　官司难定。

王　濬　赃有赃证有证板上钉钉。

　　　　若有真赃和实证?

皇　帝　拿他二人问斩刑！

小　翠　若无真赃和实证？

王　濬　臣愿当殿领罪名，——问一个欺当今、诬大臣，愿到边外去充军，——死也甘心！

小　翠　喝，气儿还真铳，话说清楚了！你就亮亮你的赃，你的证吧！

王　濬　书信一封。

小　翠　我瞧瞧！就这个？嗨！

（唱）十六年前婆母怀孕，

生下一子王元丰，

满朝文武来称庆，

淮南王也有礼数通，

礼单装在封套内，

这是一个旧信封。

一个旧信封算不了什么！

张　济　这信封内还有书信，书信的词句，微臣熟记在心，倒背如流，淮南王，这是你亲笔所写，还是招认了吧！

淮南王　本藩不曾写过什么书信。

张　济　竟敢当面抵赖，待我与你背上几句："一别尊颜，已有数载。弟幸赖军民将士之力，扫平敌虏，指日班师回朝，与兄共商大事。"这"共商大事"，不是谋反，还有何事？

小　翠　口说无凭。

张　济　当殿照信念来。

王　濬　（念信）"一"——呃"一"——"一"——

小　翠　"一"，什么？

张　济　太师，快些念啊！

王　濬　"一去二三里，

烟村四五家，

楼台六七座，

八九十枝花。"

啊呀,怎么变了?

皇　帝　嘟!这是什么谋反的书信啊?

张　济　臣启万岁,书信是昨日午后截获,放在书房当中,想是太师忙
　　　　中有错,拿错了,一证不足,尚有二证。

王　濬　尚有二证。

小　翠　那就说说你的二证!

王　濬　淮南王私自回朝,与王煦密谈终夜。

小　翠　淮南王到我们家来了吗?压根儿就没有这么回事,这我比谁
　　　　都知道得清楚,你别在这儿发吃怔了!

　　　　(唱)我公爹家住乌衣巷,

　　　　　　　淮南王镇守在边疆,

　　　　　　　朝堂一别无来往,

　　　　　　　他未必还记得御史依稀旧姓王。

　　　　　　　你说他昨夜来拜访,

　　　　　　　捕风捉影太荒唐。

　　　　淮南王昨日回朝,可是你二人亲眼得见?

王　濬
　　　　亲眼得见。
张　济

小　翠　什么时分?

王　濬
　　　　日落西时。
张　济

小　翠　什么所在?

王　濬
　　　　乌衣巷内。
张　济

小　翠　这就不对了。

王　濬
　　　　怎么不对了?
张　济

小　翠　(问淮南王)千岁几时到京?

淮南王　今日清晨。

小　翠　什么时辰?

淮南王　日出卯时。

小　翠　昨晚驻节何处？

淮南王　瓜州渡口馆驿之中。

小　翠　可曾出外一步？

淮南王　不曾出外一步。

小　翠　何人可以为证？

淮南王　合营将士，馆驿官员，当地百姓俱可为证。

小　翠　我说，你们可愿为淮南千岁作个见证？

内众应　我们亲见淮南千岁，秉烛观书，不曾出外一步。

小　翠　得！我说这个万岁爷，你是相信他们俩人，还是相信大伙
　　　　的呢？

皇　帝　众目睽睽，自然是相信大伙的！我说你们俩是怎么回事，是吃
　　　　饱了没事，俩人一块儿做梦玩来是怎么的？人家昨儿晚上都
　　　　在瓜州渡口看见淮南王，你们俩偏偏在乌衣巷看见他啦，你们
　　　　这么胡诌，就我这么个皇上也都不能相信啊！

小　翠　我说他们俩是发吆怔吗？

王　濬　这——莫非是我二人眼岔了？

张　济　下官也不明白这是怎么的了，昨日傍晚——（想）我二人好像
　　　　不曾睡着呀，不妨事，尚有三证。

王　濬　这三证么！——

小　翠　我说这个王太师、张侍郎，这三证您二位就别亮了吧！

王　濬　莫非是胆怕了？

小　翠　这都是我们小孩子家玩的东西，这当不了什么大不了的，您就
　　　　别拿出来啦，您还给我们吧！

张　济　岂能还你。

小　翠　我怕你撒了。

王　濬　衮衣旒冕，岂有撒去之理。

小　翠　太师、侍郎呀！

　　　　（唱）痴儿幼女闲解闷，

嬉戏之具当的什么真,

你家也有儿和女,

得饶人处且饶人。

何必拿它当赃证,

倘若是一不慎,摔在地,裂了玺,可惜了我那五花凤尾真
龙睛。

您还给我们吧,别拿出来了!

王　濬　　赫!岂能还你!

张　济　　臣启万岁,一证不确,二证不真,尚有三证。

皇　帝　　三证在哪里?

王　濬　　就在这圆盒里面。

张　济　　圆盒内乃是衮衣旒冕,此乃是臣与太师,在王煦家当场搜出,
微臣亲手装入盒内,一路之上,未曾一刻离手,万无差错。当
殿取出,万岁一看,便知淮南王与王煦谋反属实。此乃是如
山的铁证。倘有不实,臣与太师,愿领欺君之罪,万死不辞。

小　翠　　你二人当真要取?

王　濬
张　济　　当真要取。

小　翠　　果然要取?

王　濬
张　济　　果然要取。

小　翠　　你就与我取!取!取!

皇　帝　　当殿取出!

　　　　〔王煦浑身颤抖。

　　　　〔二人开盒取出一个黄包袱,抖开包袱,里面赫然却是一个玻
璃鱼缸,缸中有水,水中有金鱼数尾,拨剌有声。

　　　　〔二人急视圆盒,倒转,里面空无所有。

王　濬
张　济　　啊!

　　　　〔二人股栗,匍伏在地。

125

小　翠　您瞧哎！这二位到金銮殿上变戏法来了！

皇　帝　嘟！

　　　　　（唱）胆大张济和王潚，

　　　　　　　　　竟敢当殿戏寡人；

　　　　　　　　　此事犯了大不敬，

　　　　　　　　　古往今来所未闻；

　　　　　　　　　若且不将你二人惩——

小　翠　（接唱）你岂不成了孱头萝卜缨？

　　　　　我说这个万岁爷，案情大白，他二人分明是痰迷心窍，无理取

　　　　　闹。您说该把他二人怎么办吧？

皇　帝　上风官司归你啦，干脆，你就给我断他二人一个处分！

小　翠　怎么着，叫我给他们定一个处分？

皇　帝　您就给我代劳代劳吧！

小　翠　那我们可就当仁不让啦。

皇　帝　你就来吧！

小　翠　（唱）王潚本应来正法——

王　潚　万岁谅情一二。

皇　帝　念他有为孤王建造金屋之功——

小　翠　也罢！

　　　　　（唱）发配到沙门岛看守鱼虾！

皇　帝　断得好！

王　潚　谢主龙恩！

皇　帝　押下殿去！

　　　　　〔武士押王潚欲下，王潚手中犹持鱼缸。

小　翠　慢走！

　　　　　〔王潚止步。

小　翠　把金鱼缸还给我们！我叫你别打开，看，撒了吧！

　　　　　〔王潚下。

淮南王　张济狗钻蝇营，为虎作伥，也当问罪。

皇　帝　着啊。

小　翠　（唱）狗张济工机巧其心诡诈——

　　　　　〔张济拉王煦至一旁。

张　济　亲翁，与我讲个人情。

王　煦　哪个是你的亲翁！

张　济　（取出金锁，强塞王煦手中）我的女儿依然是你的儿媳。

王　煦　老夫已有小翠为媳，哪个还要你的女儿。

　　　　　〔小翠拉王煦至一边。

小　翠　我说公爹，您还是要了他的女儿吧！

王　煦　你呢？

小　翠　我告诉父亲，我自幼得下不足之症，不能生育，自古道不孝有
　　　　　三，无后为大。您不要他的女儿，往后要是把孙子耽误了，可
　　　　　别埋怨媳妇呀！

王　煦　如此说来还是要下的好？

小　翠　要下的好！

王　煦　这名份呢？

小　翠　我们不争这个。

王　煦　那老夫我就要下了？——啊呀，不成事，不成事！

小　翠　怎么不成事啦？

王　煦　此番与张济联姻，比不得从前娶你，必须要大宴宾客，我儿如
　　　　　此痴呆，如何能够成礼？就是拜堂以后，那进门的媳妇见了
　　　　　元丰不喜，终日啼哭，岂不是平添了一段烦恼？

小　翠　不要紧的，我会治。

王　煦　啊呀，你怎么还会治病么？

小　翠　专治幼年痴呆之症，一治一个准。

王　煦　何不与他早治？

小　翠　那这台戏还怎么唱呀？

王　煦　但不知需要什么药物？

小　翠　都带在身上啦！等这儿完了事，回去我就给他下药治病。

127

王　煦　张济的罪名看在老夫的份上谅情一二!

小　翠　是啦。

　　　　(唱)革职留位,罚俸三月,御花园内哄蚂蚱!

皇　帝　断得好! 押下殿去!

　　　　〔张济欲下,见小翠面貌酷似其女琼英,疑问。

张　济　你是——

小　翠　我是王御史的媳妇小翠!

张　济　你怎么与我女琼英如此的——

小　翠　得了,我跟你女儿琼英怎么啦,快去你的,别废话,回去准备准
　　　　备,我们一会儿就来抬人!

张　济　哦是是是。

王　煦　(唱)一天惊恐都消尽,

　　　　　　谁知绝处又逢生。

　　　　　喜笑颜开往家奔——

　　　　哈哈哈……

小　翠　(接唱)且等儿媳一路行。

皇　帝　转来!

小　翠　事儿都完了,干吗还不让我们走啊?

皇　帝　你说我叫你干吗来啦?

小　翠　叫我们当廷对质,打官司来啦。

皇　帝　非也!

小　翠　非也?

皇　帝　我叫你来是让我看看。

小　翠　那您就看吧!

皇　帝　不是这个看法。

小　翠　要怎样的看法?

皇　帝　我跟你实说了吧! 王濬给孤王建了一所藏娇的金屋,它有了
　　　　屋了,还没有娇哩! 叫你的公爹走人,你呀,你留在孤王的宫
　　　　里住下啵!

小　翠　哦,要把我留在宫里?——我要是不愿意哩?

皇　帝　孤王就传旨锁闭各处宫门,谅你也插翅难飞!

小　翠　我要是跳井、上吊、抹脖子呢?

皇　帝　那我也不活着了!

小　翠　别介! 这么办,咱俩瓶!

皇　帝　来这个:剪刀、石头、布?

小　翠　哎!

皇　帝　几把定输赢?

小　翠　三把,只要你赢了我一把,我就甘心情愿,留在宫里,不回
　　　　去啦。

皇　帝　我要是一把也不赢哩?

小　翠　你要是连输三回,可就得放我走。

皇　帝　行! 我打小就最爱跟人瓶了,自从登极以来,就没人跟我玩
　　　　了,来,豁着我放了你,我过过瘾,连瓶三把,我怎么也能捞住
　　　　一把。

王　煦　哎慢来慢来,无价之身,岂可如此儿戏!

皇　帝　去你一边去! 愿打愿挨,你管得着吗? 咱俩来!

小　翠　别忙,咱们得各找一个保人。

皇　帝　怎么还得找个保人?

小　翠　哎,谁输了也不许赖!

皇　帝　行,你找谁?

小　翠　我找淮南王。

皇　帝　你愿为她作保吗?

淮南王　本藩愿为她作保。

小　翠　你哩?

皇　帝　满朝文武、宫娥内侍,俱可为孤王作保。

小　翠　你们愿意吗?

　众　　愿为万岁作保。

小　翠　好,咱俩来!

（唱）贼昏王，邪心动，

　　　　　强留小翠住深宫，

　　　　　聊用儿戏将他哄，

　　　　　管叫他竹篮打水一场空。

　　　　来！

皇　帝　来！

二　人　瓶、丁、颏。

　众　　万岁输了。

皇　帝　我知道，来！

二　人　瓶、丁、颏。瓶、丁、颏。瓶、丁、颏。

　众　　万岁输了。

皇　帝　我知道，谁要你们他妈的瞎起哄！去去去！来！

小　翠　只有一把了。

皇　帝　一把我也得赢你，你走不了，我手气来了。来！

二　人　瓶、丁、颏！（至七番）

　众　　万岁输了。

〔皇帝颓然欲倒，内侍急忙上前，皇帝正好倒入二内侍臂中。

小　翠　（忙呼）请驾回宫啊！

内　侍　咦？

〔音乐声忽起，内侍拥皇帝下。

王　煦
淮南王　哈哈哈……请！

王　煦　（唱）好一个聪明女晏婴。

淮南王　（唱）谈笑间排难又解纷。

　　　　　当廷一揖往家奔。（与王煦一揖，下）

小　翠　（唱）翁媳相随一路行。

　　　　　回家去，治痴症，迎新人，开芳樽，宴亲朋，合家大小都

　　　　　欢庆。

　　　　　恭喜你来年抱孙孙。

快步流星把家门进——

〔夫人、元丰、八哥、丫环、家院迎上。

夫　人　（唱）又只见他二人毫发无伤喜盈盈。

　　　　你二人安然无恙,回来了?

王　煦　回来了。

小　翠　准备清水一碗!

　　　　〔八哥取水上。

小　翠　这有丹药一丸,与元丰服下。

　　　　〔元丰服药。

小　翠　将他扶入老夫人房中,安睡片时。

　　　　〔家院、八哥扶元丰下。

小　翠　呆一会儿,他的痴呆之症就会彻治根除啦!官司也打赢了;元
　　　　丰的病也快好啦;我前半天就把花轿发出去啦,张家新媳妇马
　　　　上就要进门啦。这就什么都齐全啦,我的心事已了,这儿没有
　　　　我的什么事啦,我要少陪啦。

王　煦
夫　人　贤德的儿媳,恩重如山,请上受我二老一拜!

小　翠　不敢当不敢当,小翠也有一拜。

　　　　（唱）深深拜,拜二老,

　　　　　　　尊声翁姑听根苗:

　　　　　　　投之以芍药,

　　　　　　　报之以琼瑶。

　　　　　　　自入尊宅,多有聒吵,

　　　　　　　唐突嬉戏望轻饶!

王　煦
夫　人　媳妇说哪里话来。

小　翠　（接唱,自语)

　　　　　　　厮磨耳鬓承欢笑,

　　　　　　　一般是了却儿曹,

　　　　　　　尘缘一段今日了——

（回头）临去也,依依别意也难消!（下）

王　煦　否极泰来千般好,

夫　人　花团锦簇一家春!

二　人　（同笑）哈哈哈……

　　　　〔八哥急上。

八　哥　启禀老爷夫人,公子服了少夫人的丹药,汗出如浆,气绝身亡!

王　煦
夫　人　你待怎讲?

八　哥　气绝身亡!

王　煦
夫　人　快些搭了上来!

八　哥　搭了上来!

　　　　〔四家院抬元丰上,全身僵直,以巾覆面。王煦、夫人探手入巾,果然已死。

王　煦
夫　人　快去寻小翠来!

丫　环　是。

　　　　〔丫环急下。

王　煦
夫　人　这是怎生得了!

　　　　〔丫环急上。

丫　环　小翠姑娘她她她不见了!

王　煦
夫　人　啊!分明是用药毒死我儿,抽身逃走了,与我四处追寻!

　　　　〔八哥、家院下。内鼓乐声。八哥急上。

八　哥　张家的花轿到门!

王　煦
夫　人　我儿死在这里,偏偏此时花轿来了,这这这便怎么处?

八　哥　死了一个,走了一个,又来了一个,瞧这份热闹!（看元丰）哎,老爷、夫人,了不得啦,公子他走了尸啦!您看他他他活动啦!

〔众惊怖后退。元丰伸腰展腿，揭巾而起，俊雅翩翩，判若两
人。——此时元丰改为俊扮。

王元丰　（唱）昏沉沉虚飘飘，云推雾拥，

　　　　　　　一霎时灵光内烛照鸿濛，

　　　　　　　梦回始觉真如梦，

　　　　　　　犹恐相逢是梦中。

〔元丰顾视诸人，又看看自己。

王元丰　你是爹爹？

王　煦　元丰！

王元丰　你是母亲？

夫　人　我儿！

王元丰　我那媳妇小翠呢？

王　煦
夫　人　少时就要来了。

王元丰　我这十数载，悠悠忽忽，怎么如同一场大梦！

王　煦
夫　人　你此时觉得怎么样啊？

王元丰　只觉得剔透通明，神清智爽！

王　煦
夫　人　我儿的病症好了？

王元丰　好了！

八　哥　那就快与公子更换吉服，好与新媳妇拜堂成礼啊！

王元丰　啊？我与小翠，已成夫妻，情投意合，相亲相爱，又要我与哪个
　　　　拜堂成礼？

王　煦
夫　人　这——

八　哥　公子，它是这么回事：您与小翠，虽有夫妻名份，因为您那时身
　　　　患病症，并未行礼办事，小翠姑娘只是童养在你们家。如今您
　　　　的病症好了，这才给你们二位完成花烛，这是给你们圆房哩！
　　　　不是叫您又跟别人结婚。

133

王元丰　哦,与我二人圆房? 如此你就与我更衣披红!（下）

王　煦　八哥,多亏你讲了这几句言语。

夫　人　只要他肯与张家琼英拜了花堂,这就好了!

八　哥　是啊,只要他一入了洞房,生米煮成熟饭,就没得什么说的了。

丫　环　八哥,你这个主意真高! 谁教给你的?

八　哥　谁教给我的? 王熙凤教给我的。

　　　　花轿上堂! 动乐! 搀新人!

　　　　〔八哥赞礼。礼毕。元丰牵纱圆场引张琼英至洞房,坐床撒
　　　　帐。王煦、夫人、八哥、丫环后跟听房。元丰揭去新人盖头,果
　　　　然是小翠。

王元丰　小翠!

　　　　〔琼英转身不应。

王元丰　（至另一边）小翠!

　　　　〔琼英又转身不应。

王元丰　小翠啊!

　　　　（唱）依然还将旧来意,

　　　　　　　一般怜取眼前人,

　　　　　　　今口里我二人终身才定,

　　　　　　　为什么我叫你你不应声?

王　煦　他怎么当真把琼英当做了小翠?

夫　人　莫非他的痴症又复发了?

　　　　〔王煦、夫人、八哥急入。

王　煦
夫　人　你怎么当真是小翠啊?
八　哥

琼　英　媳妇乃是侍郎张济之女,名唤琼英,并非是小翠!

四人同　你不是小翠?

琼　英　不是小翠!

四人同　啊?!

丫　环　老爷! 夫人! 公子! 八哥! 你们看小翠姑娘双袖飘飘,站在

云端里,冉冉远去啦!

四人同　在哪里?

丫　环　在那儿哩! 你们看,她还向我们回身招手哩!

同　　小翠! 小翠! 小翠!

——幕落·全剧完

一九六二年九月廿二日三稿成。

　　第三场"送女聘媳"和第八场"闹朝抽身"八哥赞礼之前都加念一段喜歌。

第三场　伏以:公子不分公母鸡,

　　　　　　　夫人老爷都着急。

　　　　　　　一块石头落了地,

　　　　　　　天上掉下好儿媳。

第八场　伏以:新人从门入,

　　　　　　　故人从阁去。

　　　　　　　新人也欢喜,

　　　　　　　故人也愿意。

注　释

① 本京剧剧本是作者与薛恩厚合作创作。据北京京剧团艺术室 1962 年油印本编入。因剧本一度佚失,两位作者于 1980 年重新创作,剧本见附录。

小　翠①

（抒情喜剧）

幕　前　致　语

〔八哥上，至大幕前，向观众拱揖。

八　哥　诸位观众请了！

今儿我们演的这出戏，戏名是《小翠》，故事出于蒲松龄蒲老先生的《聊斋》。这个戏说的是一家太师，一家御史，一个傻小子，还有一个狐狸的事儿。戏里少不了还有皇上、将军、丫环、院子，还有我这个僮儿八哥。这出戏编得开门见山，前面没有闲场子，所以要请诸位落座压言，聚精会神地瞧着，免得错过了头场，到后来摸不清头绪。正是——

剧场纷纷小天地，

天地茫茫大剧场。

是非善恶终有报，

嬉笑怒骂皆文章。

开戏啰！（下）

第一场　恩　仇

〔丫环引王夫人上。

王夫人 （念引）痴儿婚事，叫为娘，常挂心头。

　　　　　　忠厚传家久，

　　　　　　诗书继世长，

　　　　　　老天不长眼，

　　　　　　生下痴呆郎！

老身王门李氏，嫁夫王煦，官居御史。我二老膝下，单生一子，取名元丰。曾与工部侍郎张济的女儿琼英指腹为婚。不想我儿幼年得下痴呆之症。如今一十六岁，连个公鸡母鸡都分不清楚。闻听人言，那张济有悔婚之意，思想起来，好不忧闷人也！

〔鸦鸣。

王夫人 （唱）

　　　　　　老爷朝中当御史，

　　　　　　痴儿不识公母鸡，

　　　　　　抬头只听乌鸦叫，

　　　　　　看来王门要背时。

王　煦 （内白）回府！

〔王煦上。

王夫人　啊，老爷下朝来了。

王　煦　下朝来了。唉，不得不说话，说了又害怕！

王夫人　老爷今日下朝，为何这等烦恼？

王　煦　说来话长！

王夫人　不妨从头说起。

王　煦　自从幼主登基，我朝出了一个奸臣。

王夫人　哪一个奸臣？

王　煦　就是太师王潘。

王夫人　莫非是隔壁邻居王太师？

王　煦　正是此人！

王夫人　他奸在哪里？

王　煦　此人不学无术，手辣心狠，勾结朋党，一呼百应。揭人的阴私，
　　　　寻人的短处，小题大作，无中生有，罗织罪名，造谣诬陷。

王夫人　这样的人到处皆有，就是几百年后，也还是有的。

王　煦　他有一家对头。

王夫人　是哪个？

王　煦　就是那淮南王！

王夫人　他是甚等样人？

王　煦　他乃淮南老王的后代，当今皇帝之堂兄。是他远征塞外，粮饷
　　　　断绝，士卒饥寒，难以取胜。他屡次派人，请求接济粮饷。

王夫人　就该接济与他。

王　煦　不料王潘老儿，出班奏道——闻听人言，淮南王拥兵自重，藐
　　　　视当朝，有谋反之意。倘若接济粮饷，岂不是与虎添翼，不可
　　　　接济于他。——这分明是要淮南王兵败身亡，借外邦之手，除
　　　　自己的仇人，乃是借刀杀人之计！

王夫人　真乃是一条毒计！——此事与老爷又有什么相干呀？

王　煦　老夫身为御史，一时气愤难忍，出班奏道：淮南王谋反，未有确
　　　　证。如今他远征塞外，扣压粮饷，岂非自坏长城！谁知那王潘
　　　　言道，我与他淮南王乃是一党，与他互通声气，久有来往。这
　　　　是哪里说起！

王夫人　不知圣意如何？

王　煦　万岁准了王潘之本。

王夫人　可曾降罪于你？

王　煦　万岁道我年迈昏庸，妄奏多言，倒也不曾降罪。

王夫人　既然不曾降罪，老爷又因何烦恼？

王　　煦　哎呀夫人哪！那王濬乃是阴险刻毒之人，今日我得罪于他，他日后岂能将我放过呀！

王夫人　事已如此，悔之无益。且等事到临头，再作道理。

王　　煦　也只好如此。啊夫人，只顾说话，不曾问你，你我的儿子，他的呆病可曾见好些呀？

王夫人　唉，依然如故。

王　　煦　唉！

〔家院上。

家　　院　工部侍郎张老爷有书信到来。

王　　煦　哦，张济的书信来了！呈上来！

（拆书，唱）

　　　　　侍郎张济顿首拜，

　　　　　拜上御史老兄台。

　　　　　当年曾经蒙错爱，

　　　　　指望儿女配和谐。

　　　　　都只为令贤郎痴名在外，

　　　　　怕只怕耽误了闺内裙钗。

　　　　　因此上请退婚事出无奈，

　　　　　望兄台休烦恼莫要介怀。

　　　　　订婚的黄金锁想必尚在，

　　　　　请交付下书人带回本宅。

　　　　夫人，当初两家订婚的金锁现在何处？

王夫人　现在身旁。

王　　煦　取了出来，把还与他。

王夫人　我儿痴名在外，若是退了婚约，哪里再去讨得一房媳妇？不与他！

王　　煦　强扭的瓜儿不甜！取出来吧！

王夫人　（取金锁）言而无信！矫猫子！

王　　煦　下书人在哪里？

家　院　现在门房。

王　煦　对他言讲,老爷无兴修书,现有两家订婚的金锁,叫他拿了回
　　　　去! 这是哪里说起!

　　　　〔家院下。

王夫人　唉!

　　　　〔八哥上。

八　哥　(念)八哥八哥,

　　　　　　勒里勒得,

　　　　　　爱掏树上鸟,

　　　　　　常挨马蜂螫。

　　　　启禀老爷、夫人,我们公子,他抱了个狐狸来了。

王　煦　你待怎讲?
王夫人

八　哥　小人适才与公子在后花园玩耍,见那后山墙边,太湖石上,卧
　　　　着一只小狐狸,正在酣睡未醒。不想隔壁王太师的儿子淘气
　　　　儿,爬在树上,远远看见了狐狸,是他手执弹弓,弓开满月,弹
　　　　出流星,一弹子打中了狐狸。那狐狸睡梦之中,受了弹伤,摔
　　　　跌在地,摔得晕过去了。我们公子一眼看见,欢喜非常,上去
　　　　一把就给抱住了。他说那是一只猫。公子平日,虽有些痴呆,
　　　　他的心眼儿可是好的,见了小猫小狗,是没命的喜欢。他得了
　　　　这么个稀罕的小猫,可就再也不肯撒手了! 小人叫他扔过墙
　　　　去,还给淘气儿,再不,扔了它,放了它,他是说什么也不干。

王　煦　这个傻东西,他现在哪里?

八　哥　公子,快来!

　　　　〔王元丰抱一小狐狸,手里拿着棉花、细布,端着半碗饭上。

王元丰　猫! 猫!

王　煦　元丰!

王元丰　爹! 猫!

王夫人　我儿!

王元丰　妈！猫！

八　哥　公子,这不是猫,你瞧,这是个大尾巴!

王元丰　大尾巴猫!

八　哥　它是个尖嘴!

王元丰　尖嘴猫!

八　哥　得,认死理儿,说什么也是猫!猫!猫!得,猫定啦!

王　煦　元丰,此乃是狐狸,并非是猫,还不快快放下!

王元丰　唉!不!

王夫人　快快放下!

王元丰　唉!不!

王　煦　再不放下,为父就要责打了!

王元丰　(哭)嗨嗨嗨!

王夫人　小小一个狐狸,料无大害,就让他养活几日吧!

王　煦　家门不幸,生此痴儿,真真叫人扫兴!

王夫人　老爷暂免愁烦,回房休息去吧!

王　煦　唉!

　　　　〔王煦、王夫人、八哥等下。

　　　　〔王元丰以新棉细布,为狐狸裹伤,喂之以饭。

王元丰　七(吃)!七!你不七?噢!你不七饭,你七鱼?我给你找鱼
　　　　去!(下)

　　　　〔火彩,狐狸化为小翠。

小　翠　(唱)

　　　　　　金光闪照华堂青烟摇漾……

　　　　　　一霎时变做了二八娇娘。

　　　　　　适才间酣眠在湖山石上,

　　　　　　花影悬如帐,风过遍体凉。

　　　　　　不提防一弹飞来酸疼难抗,

　　　　　　摔倒在青苔地骨损筋伤。

　　　　　　多亏了王元丰将我护养,

敷创药裹伤痕新棉如霜。

也亏了老夫人从他所望,

似这等点水恩须当报偿。

回头来叫婆婆轻轻击掌……

婆婆在哪里?(击掌)

〔火彩,幻出老婆婆。

老婆婆　小翠,你唤我则甚?

小　翠　(接唱)

报大恩需要你一力相帮。

老婆婆　怎样相帮?

小　翠　(唱)

你和我装做了祖孙模样。

人海里兴风浪嬉笑一场。

老婆婆　成,我傍着你!

小　翠　(唱)

了却一篇恩仇账,

风尘不染旧衣裳。

他年事毕抽身往,

白云深处是故乡。

〔火彩,小翠、老婆婆隐去。

〔王元丰上。

王元丰　鱼来啰!鱼来啰!猫呢?我的猫呢?猫没啦!哎嗨嗨嗨……

——幕落

第二场　成　婚

〔王煦、王夫人由两侧分上。

王夫人　只为传宗接代，

王　煦　把我的靴儿跑坏。

王夫人　求罢爷爷告奶奶，

王　煦　丢人败兴归来。

王夫人　啊老爷，清早起来，你出门请托亲友，为元丰儿做媒，怎么样了？

王　煦　再休提起，十家朱门九不开！

王夫人　怎么，他们不见你？

王　煦　不见我！啊夫人，清早起来，你出门寻找媒婆，为元丰儿保媒，怎么样了？

王夫人　再休提起，十个媒婆九不睬！

王　煦　如此说来，你我二人都是一样！看将起来，元丰的婚姻是无望了！

王夫人　王门的香烟也就要了账了！

王　煦　唉！

王夫人　唉！

　　　　〔王煦无聊，看书。

　　　　〔家院上。

家　院　启禀老爷、夫人，有一老妇人前来求见，言道，她有一孙女，情愿许配公子为妻。

王　煦　(抛书)哦！有这等事？

王夫人　快快有请！

家　院　有请老婆婆！

　　　　〔老妇上。

老　妇　见过老爷、夫人。

王夫人　这一婆婆何事相见？

老　妇　老身虞氏，就在后山居住。只因连年荒旱，难以度日。有孙女小翠，年已二八，愿嫁与贵府公子为妻，倘得应允，全家感激不尽。

王　煦　哦！你的孙女,愿嫁我儿？你可知我那孩儿他……

〔王夫人急忙制止。

老　妇　我也听说啦,公子有点傻。那不要紧,傻人有个傻福气。

王夫人　你那孙女现在哪里？

老　妇　我把她带来啦。您二位看看,中意呀还是不中意。中意哪,就留下;不中意,我再带回去。小翠！小翠！呦,这孩子,一眨眼的工夫,哪去啦？小——翠——

小　翠　（内应）哎——！

老　妇　你在哪儿哩？

小　翠　（内应）我在树上哪！

老　妇　（抬眼）这孩子,怎么进门就上树呀！快下来,快下来！见过你的公婆。

小　翠　（内应）来啦！

〔一阵花瓣飘落,小翠上。

小　翠　（唱）

花枝上打秋千轻衫微汗,

又听得祖母唤声出堂前。

我这里闪秋波偷睛观看,

见堂上端坐着送子娘娘,

还有一位胡子大老官。

奶奶奶奶！我给您掐了一朵花来了。您转过脸去,我给您戴上！

老　妇　真正顽皮！快快拜见你的公婆。

小　翠　您跟人家说好了吗？

老　妇　说好了。这就是你的公公。

小　翠　啊,那是爹爹,爹爹万福！

王　煦　罢了。

老　妇　这是你婆婆。

小　翠　哦,这就是妈妈？妈妈万福！

144

王夫人　起来起来！（执小翠之手上下打量）这个女孩儿长得好！

王　煦　长得好！

王夫人　她的眉眼好！

王　煦　眉眼好！

王夫人　头发好！

王　煦　头发好！

王夫人　手也好！

王　煦　手也好！

王夫人　脚也好！

王　煦　呃，（说不出口）——好！好！

王夫人　怎么看来如此面熟，好像在哪里见过呀？

王　煦　呃，是像在哪里见过！在哪里见过呢？在哪里见过呢？在
　　　　哪里——

王夫人　我想起来了！那年元宵佳节，大放花灯。我们前去观灯，那张
　　　　济也带了他的女儿琼英来了。灯光之下，我见过琼英一面，和
　　　　这个女孩儿长得是一模一样，不差分毫。（拉小翠至明亮处
　　　　细看）你是张琼英？不错！你是张琼英呀！哈哈哈哈……

小　翠　我不是张琼英！我是虞小翠！

王　煦　不错！方才那婆婆讲得清楚，她家姓虞，她叫小翠。怎么会是
　　　　张琼英！你老糊涂了！

　　　　〔小翠见案上有书，急取翻阅。

王　煦　你翻些什么？

小　翠　我看看这里边有花样子没有。

王夫人　你寻找花样子做什么呀？

小　翠　好给爹爹绣一个褡裢荷包，给妈妈绣一双见面的花鞋呀！

王　煦
王夫人　哈哈哈哈！

小　翠　奶奶，他呢？

老　妇　哪个他呀？

小　翠　您不是说给我找一个小女婿吗？就是那个他呀！

王夫人　少时你就会见到了。

小　翠　我们的洞房在哪儿呀？

王　煦　这洞房么，还不曾准备呀。

小　翠　有一间屋子就得了，准备什么！

王夫人　这东厢房倒还干净明爽——

小　翠　就是那一间呀？行，挺好！那我就进去打扮打扮，好跟我们小
　　　　女婿拜天地，完花烛呀！

　　　　（唱）

　　　　　　　洞房去把新娘扮，

　　　　　　　无边春色镜中添。

　　　　　　　我待要擦胭脂，匀粉面，

　　　　　　　点朱唇，画远山。

　　　　　　　头上巧梳盘龙纂，

　　　　　　　八宝花钿碧玉簪。

　　　　　　　身穿大红袄一件，

　　　　　　　煌煌金蝶戏牡丹。

　　　　　　　蝴蝶双双绣裙褦，

　　　　　　　鞋上珍珠粒粒圆。

　　　　　　　仙乐飘飘花吐艳，

　　　　　　　看我婷婷拜堂前。

　　　　　　　姑舅亲朋齐声赞，

　　　　　　　恰便似天仙织女降尘凡。

　　　　〔小翠翩然而下。

王　煦
王夫人　（情不自禁）哈哈哈哈……

老　妇　老爷、夫人喜笑连声，想必是跟这孩子有缘。您啦要是不嫌
　　　　弃，就把她留下吧。

王夫人　但不知要多少身价聘礼？

老　妇　嗨！这孩子跟着我，吃糠都不得一饱。到了这儿，住的是高楼大厦，吃的是鸡鸭鱼肉，这就足矣了。这又不是卖萝卜白菜，还要问个价。我们小家户，也办不起个嫁妆。干脆，两免了吧。我家里还有许多的事。一架子扁豆，还没人摘哪。您要是没有什么别的吩咐，我就跟您告假，我先走啦。

王　煦　如此套车备马，送你回去。

老　妇　不用不用。这么两步，哪能就把脚走大了呢！老爷夫人稳坐，我告辞了！（下）

王　煦　恕不远送了！——这个老妈妈倒也爽快！——啊呀，你这老糊涂，也不问问人家住在哪里！

王夫人　啊呀是呀！喜得我什么都忘记了。婆婆转来，婆婆转来！——走远了！

〔丫环上。

丫　环　启禀老爷、夫人，那一女子，进得绣房，梳洗打扮好了，说是要与公子拜堂成亲哪。

王夫人　吩咐八哥，与你家公子穿戴起来，即刻与虞家小翠拜堂。

王　煦　慢来慢来，如此草率成事，岂不被旁人耻笑？

王夫人　说什么旁人耻笑，早一刻娶媳妇，就早一刻抱孙儿！此事由不得你！

王　煦　无人赞礼呀！

〔八哥持唢呐上。

八　哥　有我哪！

王　煦　也无有鼓乐呀！

八　哥　也有我哪！我全包啦！

（赞礼）伏以：

　　　　公子不识公母鸡，

　　　　老爷夫人都着急。

　　　　一块石头落了地，

　　　　天上掉下好儿媳。

动乐,搀新人!

〔丫环扶小翠上。八哥下,扶王元丰即上,又忙着司仪,奏乐。

八　哥　一拜天地,二拜高堂,夫妻交拜,送入洞房。

〔王元丰对小翠极感兴趣,如见一可爱的小动物,左右端详,忘乎所以,手执红纱,不知行动。

八　哥　送入洞房! 送入洞房! 唉,你怎么不走啊?

〔王元丰仍傻看不动。

〔小翠揭开盖头偷看,反以盖头覆于王元丰头上。

小　翠　驾!

〔小翠牵红纱,王元丰行步如小驴,口中作驴鸣,随小翠圆场下。

王　煦
王夫人　哈哈哈哈……

——幕落

第三场　奸　谋

〔王濬上。

王　濬　(念)世人道我奸,

我笑世人冤,

不靠整人下黑手,

怎能结党作高官!

老夫,王濬。官居宰相。掌朝以来,深荷圣恩。满朝文武,俱是老夫门下之客。唯有淮南小王,专与老夫作对。如今他远征塞外,老夫断了他的粮饷,叫他兵败身亡,方消老夫心头之恨也!

(唱)炙手可热势绝伦,

慎莫近前丞相嗔!

148

〔家院上。

家　院　工部侍郎张济有机密大事求见。

王　濬　有请！

家　院　有请张老爷！

〔张济上。

张　济　(念)夕阳斜照乌衣巷，

　　　　　　　宰相御史都姓王。

　　　　　　　退亲断绝王御史，

　　　　　　　来参宰相献衷肠。

　　　　啊，太师！

王　濬　张兄！

张　济　请受下官大礼参拜！（跪拜）

王　濬　你我至交，何必多礼！请坐！

张　济　谢坐。

王　濬　张兄到此何事？

张　济　太师可曾听到淮南王之事？

王　濬　他阵亡了？

张　济　不曾。

王　濬　兵败了？

张　济　也不曾。

王　濬　他他他怎么样了？

张　济　只因边城民户，毁家纾难，屯田将士，勠力同心，淮南王打了大

　　　　大的胜仗，就要班师回朝了。

王　濬　怎么，他就要班师回朝了？！

张　济　他回之后，少不得要查问扣压粮饷之事。

王　濬　老夫就说，府库空虚，无有粮饷。

张　济　不怕旁人多口？

王　濬　满朝文武，他们哪一个敢讲？

张　济　只怕那王煦，有些个不识时务呀！

王　濬　啊呀这这这……

张　济　下官倒有一计在此。

王　濬　有何妙计？

张　济　太师修书一封，请他过府饮宴。在酒席筵前，软硬兼施，叫他
　　　　不敢多口。

王　濬　他若不来赴宴呢？

张　济　寻他一个罪名，叫他家破人亡！

王　濬　此计甚好，待我修书！（修书）

　　　　〔家院暗上。

王　濬　将此书信，下在隔壁王御史府中，立等回话！

家　院　遵命。（下）

王　濬　后堂备酒，与张兄同饮！请！

张　济　请！

——幕落

第四场　球　戏

　　　　〔家院上。

家　院　有请老爷。

　　　　〔王煦上。

王　煦　何事？

家　院　隔壁王太师有书信到来。

王　煦　啊？我与王濬，为了淮南王粮饷之事，曾在朝堂，一番争辩，他
　　　　为何写信与我呀？（拆书）怎么，他约我过府饮宴？我与他比
　　　　邻而居，素无交往，为何请我饮宴呀？其中必有缘故。自古
　　　　道：宴无好宴，这场酒宴，我是不去的。唔，不去的好！……哎
　　　　呀且住！我若不去，岂非绝人太甚，雪上加霜？吃了他的酒

饭,也未必就是卖身投靠于他了。我不如敷衍敷衍,一言不发,吃了就走。就是这个主意。待我后面更衣。(下,家院同下)

〔小翠上。

小　翠　且住!王溍请我公爹过府饮宴。你要是去了,岂不成了杏儿熬倭瓜,跟他顺了色了吗?你想一言不发,吃了就走,哪有那么便宜的事呀?我不免如此这般!我说痴郎,元丰、丫环、八哥,咱们玩来呀!

（唱）

> 昨日犹是闺中女,
> 今朝已成新嫁娘。
> 都说道王元丰是一个呆张敞,
> 我看他浑朴天真性温良。
> 草长莺飞桐花放,
> 困人天气日初长。
> 针线慵拈懒把妆台傍,
> 且来嬉戏送春光。

嗨,你们都出来呀!

八　哥　(内白)来啰!来啰!来啰!

〔八哥、丫环上。王元丰骑竹马上。

小　翠　咱们今儿玩什么哪?

八　哥　放风筝!

小　翠　没风!

丫　环　抓子儿!

小　翠　肮脏的!

八　哥
丫　环　(同)那玩什么哪?

小　翠　咱们踢球玩!

王元丰　踢球?好!踢球!

丫　环　我取球去！（下，复上）
　　　　　〔小翠接球，踢舞。
小　翠　（唱）
　　　　　　　　普天乐，天下圆，
　　　　　　　　蹴鞠之戏自古传。
　　　　　　　　水浸尖皮分八瓣，
　　　　　　　　一包闲气在里边。
　　　　　　　　鸳鸯拐，玉连环，
　　　　　　　　太真含笑水晶帘。
　　　　　　　　风摆荷叶双飞燕，
　　　　　　　　宛转腰肢赛小蛮。
　　　　　　　〔王煦官服上。
王　煦　一言不发，吃了就走，我就是这个主意！
　　　　　　〔小翠以球授王元丰，示意元丰以球砸王煦。
王元丰　爹！球！
　　　　　〔王煦猝不及防，一球飞来，正中头面，摔倒。爬起时右眼青
　　　　　了一圈，帽翅丢了一只。小翠拣起帽翅藏于身后，急下。王元
　　　　　丰睹乃翁之神态而大乐，憨跳不已。
王元丰　爹！眼！青！哈哈哈哈……
　　　　　〔王煦手抚右眼。
王元丰　爹！帽！翅！哈哈哈哈……
　　　　　〔王煦摸其帽翅，发现失去一只，满地寻找，找不着，气得一只
　　　　　单独的帽翅上下乱颤。王元丰犹在憨笑。王煦气急，抓起元
　　　　　丰的竹马痛责元丰。
王　煦　（唱）
　　　　　　　　帽翅儿不成双，
　　　　　　　　脸上又青伤，
　　　　　　　　如此狼狈相，
　　　　　　　　怎上宰相堂？

　　　　　痴儿不解事。

　　　　　憨笑在一旁。

　　　　　怒冲冲将儿打……

王元丰　嗨嗨嗨,打我!

　　　　〔王夫人急上。

王夫人　(唱)

　　　　　不去又何妨!

　　　　〔王夫人扶王煦下。王煦的一只帽翅犹自颤动不已。

　　　　〔家院上,欲往后堂。

小　翠　老院公,老院公,您急急忙忙,要上哪儿去?

家　院　王太师派人催请老爷赴宴,待我前去禀报。

小　翠　您甭去啦,老爷病啦!

家　院　方才还是好好的呀!但不知得的什么病症?

小　翠　唔,他得的是乌眼青,单翅风,他腿肚子抽筋啦!你去告诉来
　　　　人,老爷不去赴宴。今儿不去,明儿也不去,一辈子也不去啦!

王元丰　公!球!(以球掷家院)

家　院　哎!(逃下)

小　翠　且住!我公爹不去赴宴,王潜老儿必然另生诡计,我自有道
　　　　理。你想整人,我给你送一点把柄;你想杀人,我给你手里递
　　　　一把刀!——咱们不玩踢球啦,玩别的。

丫　环
八　哥　玩什么呢?

小　翠　咱们唱戏。

丫　环
八　哥　唱什么戏呢?

小　翠　是呀,唱什么戏呢?

八　哥　咱们唱《青石山》!

小　翠　不好!

八　哥　咱们唱《纣王宠妲己》。

小　翠　也不好!怎么单挑这个戏唱呀!

八　哥　怎么都不好？

小　翠　这都是写狐狸的戏。这些狐狸都是坏狐狸。有好狐狸的戏没有？

八　哥　好狐狸的戏？狐狸哪有好的呀！

小　翠　唉，你怎么骂人哪！

八　哥　我骂谁啦？

小　翠　不唱狐狸戏，唱人戏，这么着吧，咱们唱《西厢记》。我唱红娘，八哥，你会唱什么？

八　哥　我会唱《惠明下书》。

小　翠　好极了！我就知道你会唱《下书》，要不还不找你哪！丫环，你会唱什么？

丫　环　我会唱中军。

小　翠　《西厢记》哪有中军呀！——好吧，待会儿有你唱的时候。咱们谁先唱？

丫　环
　　　　您先唱！
八　哥

小　翠　我先唱就我先唱！

〔小翠唱"小姐小姐多丰彩"一段。

小　翠　唱得好不好？

丫　环
　　　　好！
八　哥

小　翠　八哥，该你啦！

八　哥　您得给我来一个长老，前头给我领一句白，要不我张不开嘴。

小　翠　叫我来个老和尚？好咧，老和尚就老和尚！张秀才要你寄信去蒲关，你敢去么？

八　哥　（唱）

　　　　　　你那里休问俺敢也不敢，

　　　　　　只看那张秀才用不用咱。

　　　　　　俺觑那半万贼兵犹如一顿包子馅，

　　　　　　不够俺铁禅杖一顿饱餐！

小　翠　你当真敢去下书吗？

八　哥　敢！

小　翠　如此八哥听令！（变出书信一封）

八　哥　在！

小　翠　这有书信一封，命你乔装改扮，下在王太师的府中，不得有误！

八　哥　您等等，《西厢记》里有这个词儿吗？咱们这是演戏哪，还是
　　　　办真事呀？

小　翠　说是真就是真，说是戏就是戏。真真假假，假假真真。戏中有
　　　　戏，难解难分。

八　哥　我瞧瞧，是什么信？不对呀！信皮上写的收信人不是王太师，
　　　　是咱们老爷的名讳呀，干嘛要下在王太师府中呢？

小　翠　就是要这么阴错阳差的，那才有戏哪！简直说，你倒是敢不敢
　　　　去呢？

八　哥　要是出了事呢？

小　翠　都有我哪！

八　哥　行！我长这么大还没有不敢干的事呢！将书来，你等回信者！
　　　　（唱）

　　　　　　助威风你与我擂鼓呐喊，

　　　　　　俺惠明出山门奔向蒲关。（下）

小　翠　丫环，你不是要唱中军吗？这回我就叫你扮一个中军。咱们
　　　　不但在家里唱，还要到外边去唱。咱们大锣大鼓，热热闹闹唱
　　　　他一出！

王元丰　我哪？

小　翠　你先在家里呆着，等我们回来，我叫你扮一个顶大顶大的！
　　　　走，咱们扮戏去！

　　　　（唱）

　　　　　　急管繁弦闹纷纷，

　　　　　　游戏何妨假作真。

　　　　　　设计请君来入瓮，

155

要惩人间奸佞臣！

——幕落

第五场 装 王

〔王濬、张济上。

王　濬　（唱）

后堂设下鸿门宴，

张　济　（唱）

姗姗来迟为哪般？

〔家院上。

家　院　回禀太师——

王　濬　命你催请王御史，怎么样了？

家　院　王御史他不能前来赴宴了。

张　济　却是为何？

家　院　他得了病了。

王　濬　啊?! 方才还是好好的！

张　济　他的病来得好快呀！其中必有缘故！

王　濬　唔！……（向家院）还有何事？

家　院　一下书人求见。

王　濬　传上堂来！

家　院　下书人上堂。

〔八哥挂髯上。

八　哥　（韵白）叩见老大人！

王　濬　你奉何人差遣？

八　哥　淮南王差遣。

王　濬
张　济　淮南王！

156

八　哥　正是。

王　濬　书信下与何人？

八　哥　乌衣巷王大人。

王　濬　什么官讳？

八　哥　御史王煦。

王　濬　你错了！

张　济　不错，不错！上面就是王大人，书信呈上！

王　濬　（理解）呃，不错不错，就是老夫，就是老夫。书信呈上，书信呈上！

〔张济接书，交与王濬。王濬拆看，失色。

王　濬　咋！咋！咋！……哇呀……

张　济　啊，就该打发下书人回复淮南王才是。

王　濬　告诉你家王爷，书信收到。修书不及，照书行事。下去！

八　哥　哦是是是！这老小子，真能蒙啊！哼，不定谁蒙了谁呢！（下）

张　济　（急问）信中讲些什么？

王　濬　（读信）"一别尊颜，已有数载，弟幸赖军民将士之力，扫平敌虏，指日班师回朝。比年以来，朝纲昏暗，奸佞专权。弟为此切齿忧心。回朝之后，即来尊府，共商大事。把晤在即，不胜翘盼，诸惟心照不宣。"——噫！老夫日前奏本，言说王煦与淮南王互通声气，久有来往，本是莫须有之词，不想果有此事，这倒巧得很！"朝纲昏暗，奸佞专权"，这"奸佞"二字，所指何人？

张　济　啊太师，您就不必客气了！这"奸佞"吆，无非是太师一党，下官之辈耳！

王　濬　"即来尊府，共商大事"。——他们要商议什么大事呀？

张　济　唔，这两句话大有文章！大有文章！

〔家院持名帖急上。

家　院　淮南王有名帖来拜！

王　濬　噫！他他他倒来了！说我出迎！后面更衣！（与张济同下）

家　院　家爷出迎！

〔龙套、大铠上。丫环扮中军，引小翠扮淮南王上。

小　翠　（唱）

到人间看透了人情世相，

奸佞人比禽兽更要肮脏。

狼争肉虎拖羊吼叫撕抢，

却不似人害人冠冕堂皇。

贼王濬结私党造谣诽谤，

居然是夜夜酣眠，饭饱茶香。

因此上寄俳优戏惩奸相，

消块垒权当作浊酒一觞。

脱尽脂粉女儿样，

化作戎装淮南王。

人马来在乌衣巷，

前站不行为哪桩？

丫　环　禀王爷，已到王大人府门。

小　翠　上前通话！

丫　环　淮南王驾到！

〔王濬急上。

王　濬　不知千岁驾到，迎接来迟，望乞恕罪。

小　翠　你是何人？

王　濬　丞相王濬。

小　翠　（对丫环）哎！本藩拜访的是王御史，你们怎么将本藩引至此
处来了！转驾御史府！

丫　环　转驾御史府！

王　濬　送千岁！

小　翠　免！

王　濬　咋！

〔王濬退下。

〔小翠等一行圆场回家。

丫　环　淮南王驾到！淮南王驾——到——！

　　　　〔王煦头戴一个帽翅的纱帽,手拿另一只帽翅,仓猝之间,插
　　　　戴不上。

王　煦　(低头)不不不知千岁驾到,接驾来迟,当面请罪！

小　翠　岂敢岂敢！你我朝堂一别已有数载。王大人,你的身体可好？

王　煦　仰托千岁洪福,老臣倒也顽健。

小　翠　抬起头来,看看我是何人？

　　　　〔王煦抬头。

小　翠　(吐舌作鬼脸)哼儿！(急下)

王　煦　啊?!

　　　　〔丫环等欲下。王煦拦住。

丫　环　为何拦住我的去路？

王　煦　你是何人？

丫　环　我乃中军——丫环是也！

王　煦　你们做什么去了？

丫　环　少夫人扮了淮南王,领着我们出去遛了一个弯儿。

王　煦　可曾被人看见？

丫　环　没什么人看见。

王　煦　这倒还好。

丫　环　我们可是到了隔壁王太师府里去逛了逛。

王　煦　你们到王太师府中去了？

丫　环　去啦。王太师还接了驾哪！

王　煦　怎么讲？

丫　环　他还接了驾哪！老爷您瞧我这中军扮得怎么样呀？像吗？

王　煦　呀呀呸！

丫　环　呦！这是怎么啦,喷得我们一脸的唾沫星子！(下)

王　煦　不不不不好了！

（唱）

　　　　小翠作事太荒唐，

　　　　竟敢假扮淮南王。

　　　　到明天王太师告我一状，

　　　　你叫我怎样置身在朝堂？

　　　　你这个丧门星从天而降——

　　　　我这顶纱帽儿就戴不久长！

〔王煦愤然将纱帽翅掷于地下。

王　煦　哎！（摇头背手下）

————幕落

第六场　演　帝

〔张济上。

张　济　（欠伸）哎呀，天已大亮了！——且住！淮南王昨日拜访王
　　　　煦，是我搬了一把太师椅，坐在当街，监视他的动静。怎么只
　　　　见他进去，未见他出来，这是什么缘故呀？莫非他们密谈了一
　　　　个通宵？莫非淮南王下榻在御史府，此时尚未起床？此事蹊
　　　　跷得很，报与太师。有请太师！

〔王濬上。

王　濬　啊张兄，你一夜未眠，辛苦了！——淮南王有什么动静？

张　济　昨日只见他进御史府，至今不见他出来！

王　濬　啊?! 虚实不明，如何是好？

张　济　下官又有一计？

王　濬　讲来！

张　济　想那王煦，昨日托病，不来赴宴。我们不妨顺水推舟，将计就
　　　　计，以探病为名，去至他家，探听虚实，太师你看如何？

王　濬　就请张兄买办药材果品,一同前往。

张　济　当得效劳。

　　　　〔二幕闭。

　　　　〔幕开,御史府。

　　　　〔小翠、丫环、八哥上。八哥携圆笼。

小　翠　(唱)

　　　　　　世间皇帝最自由,

　　　　　　随心所欲砍人头。

　　　　　　人人见他皆叩首,

　　　　　　只因他头上戴冕旒。

　　　　　　这冕旒有什么了不得,

　　　　　　无非是镏金点翠缀绒球!

　　　　　　这玩意家家皆可弄一个,

　　　　　　豁出去二亩沙地半头牛。

　　　　　　檀香瑞脑喷金兽,

　　　　　　一样是凤阁龙楼,万古千秋!

　　　　咱们不是答应元丰,让他扮一个顶大顶大的吗?

丫　环　对,咱们出去玩了一趟,没带他,怪不合适的!

八　哥　这顶大顶大的是什么人哪?

丫　环　就是皇上呗!

小　翠　对!咱们就让他扮一回皇上。

丫　环　没有王帽龙袍呀!

小　翠　(揭开圆笼,取出王帽)这不是吗!

丫　环　那咱们就赶快扮起来!

八　哥　这一回,鸟枪换大炮,越玩越壮啰!

　　　　〔王濬、张济携药包果筐上。

张　济　堂上哪位听事?

小　翠　呦,看戏的来啦。八哥,你先抵挡一阵。丫环!

丫　环　有!

161

小　翠　随我房中扮戏者！

丫　环　得令！

〔小翠携王帽、龙袍下，留下圆笼，丫环随下。

八　哥　是哪一位？呦嗬，原来是老太师、张大人，我就知道您二位会来的。

王　濬　你怎么知道的？

八　哥　昨儿个我不是到您府上下书了吗？——

王　濬　下书？

八　哥　我是说，我到您府上跟门房老头下棋，我输给他了，——我下输了！——哦，我知道，昨天老太师请我们老爷吃酒，我们老爷病啦，您二位对我们老爷不放心是不是？

张　济　咳，这是怎么讲话！

八　哥　我是说，您二位这一宵的工夫，都怪想他的是不是？天亮了，您二位还惦记着他。您二位在家里坐不住啦，您二位心里有块病呀！

王　濬　我无有心病！

八　哥　我是说，您二位心里想着他的病，就来瞧瞧他啦是不是？

张　济　正是探病来了！

八　哥　其实呀，我们老爷的病没什么。他的病说来就来，说好就好啦！昨儿晚上，他还陪客人谈了一宵，这会大概还没有起来哪。既然您二位大老远的从隔壁来探望他，我去给二位禀报一声。您二位宽坐片刻，小的我少陪啦。您二位老老实实呆着，可别乱动，我们家的狗可厉害！

王　濬
张　济　知道了！

〔八哥下。

王　濬　（唱）

　　　　　淮南王昨日来拜访，

张　济　（唱）

御史府中彻夜忙。

王　濬（唱）

人马未出乌衣巷，

张　济（唱）

其中必定有文章。

王　濬
张　济（同唱）

举目抬头四下望……

小　翠（内白）摆驾！

王　濬
张　济（同唱）

何处风飘御炉香？

〔王濬、张济闪至一旁。

〔丫环等饰宫女、内侍各持豹尾、龙节、金炉上。

〔小翠推王元丰冕旒衮服上。小翠即下。

一丫环　有人！

一丫环　啊？有人？

〔丫环等扔下所持御物，四散跑下。

〔王元丰犹在痴立，欣赏自己的衣冠。

张　济　哎，你是王御史的儿子？

〔王元丰点头。

张　济　你名叫王元丰？

〔王元丰点头。

张　济　你这身衣帽真好看呀！

王元丰　好看！

张　济　能不能借给我穿两天呀？

王元丰　借给你？

张　济　不白借你的！我给你一个大鸭梨！（从果筐内取出一个大梨）

王元丰　大鸭梨？一个？

张　济　（递过果筐）都给你！

王元丰　好！

　　　　〔王元丰脱衣帽授与张济。

王元丰　大鸭梨！嗨嗨，大鸭梨！（下）

　　　　〔张济急将冕旒衮服放入圆笼内。

张　济　（对王濬）快走！

　　　　〔二人急下。

　　　　〔八哥上。

八　哥　这两个老小子，把我们公子的戏装都给骗走了！（收拾地下的金炉等物）

　　　　〔王煦上。

王　煦　你方才禀报，王太师、张侍郎过府，他们现在哪里？

八　哥　走啦！

王　煦　你们在这里做什么？（发现金炉）啊，哪里来的这样的东西？

八　哥　少夫人领着我们让公子扮皇上玩来着。

王　煦　可曾有人看见？

八　哥　有哇！王太师、张老爷都看见啦。他们还把公子的王帽龙袍给骗走了哪！

王　煦　怎么讲？

八　哥　他们把公子的王帽龙袍骗走啦！

王　煦　啊呀！

　　　　〔王煦晕倒。

八　哥　可了不得啦！老爷死过去啦！

——幕落

第七场　闹　朝

淮南王　（内唱）

　　　　金镫响凯歌唱军容整壮。

〔龙套、大铠上。

〔淮南王上。

淮南王　（接唱）

　　　　喜边疆烟尘净转回故乡。

　　　　贼王潸运阴谋狐朋狗党，

　　　　欺昏君压群僚独霸朝纲。

　　　　这一回清君侧当仁不让……

〔内鸣锣喝道声。

淮南王　（接唱）

　　　　御街前是何官喝道声扬？

　　　前面何官开道？

内　应　王太师早朝！

淮南王　岂能容他跃武扬威！军士们，打上前去！

〔军士挡道。

〔家丁引王潸上，张济携圆笼后随。

王　潸　什么人敢挡老夫去路？

龙套等　淮南王！

淮南王　与我打！

〔军士打家丁，家丁抱头下。

王　潸　反王！

淮南王　奸贼！

王　潸　你与王煦谋反！

淮南王　你在朝中专权！

王　濬　你敢与我面君？

淮南王　岂能惧怕于你？

王　濬　走！

淮南王　走！走！走——！

　　　　〔二幕闭。

　　　　〔幕开。金殿。

　　　　〔淮南王、王濬撞钟击鼓。

　　　　〔内侍仓皇引皇帝上殿。

皇　帝　（唱）

　　　　　　　昨晚一梦梦得好，

　　　　　　　孤王吞了一只大狸猫。

　　　　　　　正在龙床贪早觉，

　　　　　　　忽闻钟鸣鼓声高。

　　　　　　　内侍摆驾金殿到，

　　　　　　　乱七八糟为哪条？

　　　　呦嗬，淮南王你还朝来了？

淮南王　还朝来了！

皇　帝　你的气色不错嘛！

淮南王　不会饿死！

皇　帝　气儿不顺！你二人撞钟击鼓，为了何事呀？

淮南王　奸相王濬，扣压粮饷欺君误国！

王　濬　淮南反王，私通王煦，图谋不轨！

皇　帝　扣饷事小，谋反事大，还是先问谋反一案。——此事还有王煦
　　　　牵扯在内？武士们！

武　士　有！

皇　帝　快去捉拿王煦当庭受审！

　　　　〔武士下。

皇　帝　淮南王，王濬道你与王煦谋反，可有此事啊？

淮南王　有何罪证！

166

皇　帝　是呀,你奏他二人谋反,有何罪证呀?

王　濬　淮南王有书信一封,暗投王煦,言词暧昧,内藏隐语,罪证一也。淮南王私自回朝,未经面圣,直奔王煦家中,二人密谈终夜,罪证二也。王煦家中藏有冕旒衮服,臣与张济曾亲见王煦的儿子王元丰穿戴起来,罪证三也!

皇　帝　得,罪证昭彰,你还有何话讲?

淮南王　本藩与王煦虽是旧交,久无来往。一向与他未通书信,更未到过他家。冕旒衮服,我是一概不知。王濬所奏,实属怪谬荒唐,想入非非!

王　濬　你可敢与王煦当面对质?

淮南王　有何不敢!

　　　　〔武士上。

武　士　王煦带到。

皇　帝　押上殿来!

　　　　〔王煦上。

王　煦　(唱)

　　　　　　心中恼恨虞小翠,

　　　　　　不该大胆乱胡为。

　　　　　　今日犯下弥天罪,

　　　　　　有口难分是与非。

　　　　　　战战兢兢朝万岁……

　　　　罪臣王煦见驾!

皇　帝　(唱)

　　　　　　王煦你今天要倒楣!

　　　　大胆王煦,王太师参奏你与淮南王通同谋反,可有此事?

王　煦　这都是我那疯癫的儿媳小翠她她她胡作非为。老臣家教不严,罪该万死。

皇　帝　怎么,你还有个儿媳,孤王我怎么不知道啊?(问武士)你们捉拿王煦之时,可曾见到他的儿媳?

武　士　见到了。

皇　帝　她长得好看吗？

武　士　貌似天仙。

皇　帝　嘟！胆大王煦，有此美貌儿媳，为何不叫孤王一见。武士们！
　　　　　捉拿他的儿媳——（问王煦）你的儿媳叫什么名字？

王　煦　小翠。

皇　帝　捉拿小翠。

小　翠　（内白）休要捉拿，小翠来也！

皇　帝　咦！这么会儿工夫，她来啦！宣她上殿！

内　侍　小翠上殿哪！

小　翠　（内唱）

　　　　　　内侍传呼宣小翠……

　　　　〔小翠上。

小　翠　（接唱）

　　　　　　惊散了檐前鸟雀忒楞楞地飞。

　　　　　　偷睛瞬目觑龙位，

　　　　　　五颜六色一大堆。

　　　　　　那一旁坐的贼王濬，

　　　　　　四方大脸抹石灰。

　　　　　　这一旁站的是张济，

　　　　　　亚赛一只绿毛龟。

　　　　　　老公爹战兢兢汗流浃背，

　　　　　　淮南王喘吁吁倒竖双眉。

　　　　　　大摇大摆昂然不跪，

　　　　　　请你来认一认我是谁。

　　　　〔张济上前打量小翠。

张　济　你是我的女儿琼英，你怎么上殿来了？

　　　　〔王煦上前。

王　煦　哎！她是我的儿媳小翠。怎么会是你的女儿琼英？

168

小　翠　他的女儿没准儿是您的儿媳，我可不是他的女儿。

张　济　分明是我的女儿。

王　煦　分明是我的儿媳。

皇　帝　什么乱七八糟的！一个人不能有两个名字，两个人不能是一
　　　　个长相。你自己说，你究竟是谁？

小　翠　知道了还问！我是小翠！

皇　帝　王太师参奏你公爹与淮南王谋反，你公爹言道，这都是你胡作
　　　　非为的，有这么档子事吗？

小　翠　什么叫谋反哪？

皇　帝　谋反么——就是造反！

小　翠　造反哪？——有！

皇　帝　讲！

小　翠　那一年，我奶奶出去串门子去了。我呀，把张家姐姐、李家妹
　　　　妹，约到家里来，玩娶媳妇聘闺女。我们把我奶奶出嫁时候的
　　　　钗环首饰、胭脂花粉、红裙绿袄、绣袜花鞋，都翻出来了，又敲
　　　　锣，又打镲，足那么一折腾，把家里弄得乱七八糟。我奶奶回
　　　　来了，那个气呀！说："丫头们！你们要造反哪！"唔，不错，有
　　　　那么一回！

皇　帝　什么乱七八糟的！孤王问的是谋朝篡位之事！

小　翠　嘟！

　　　　（唱）

　　　　　　谋朝篡位罪名深，

　　　　　　哪一个敢如此含血喷人！

皇　帝　（唱）

　　　　　　王太师殿前来奏本，

　　　　　　你二人当面去辩明。

小　翠　（唱）

　　　　　　定罪须有赃和证。

王　濬　（唱）

169

赃有赃证有证板上钉钉！

若有真赃和实证？

皇　帝　（唱）

拿他二人问斩刑。

小　翠　（唱）

若无真赃和实证？

王　濬　（唱）

臣愿当殿领罪名。

小　翠　（唱）

诬告造反当何罪？

皇　帝　（唱）

罚到边外去充军！

小　翠　（唱）

我劝你不亮赃和证，

也免得行千里早办盘程！

王　濬　一定要亮！

小　翠　那你就亮！亮！亮！

王　濬　书信一封！

小　翠　我瞧瞧！就这个？一个旧信封，是你从烂纸堆里拣去的！

张　济　这信封里还有书信呢！信中的言语，微臣熟记在心，倒背如流。

小　翠　那你就背背！

张　济　是"一"字打头的！（对淮南王）怎么样，招了吧！

淮南王　本藩不曾写过书信！

张　济　赖什么！我给你背背："一别尊颜，已有数载。弟幸赖军民将士之力，扫平敌虏，指日班师回朝。比年以来，朝纲昏暗，奸佞专权。弟为此切齿忧心。回朝之后，即来尊府，共商大事。"——这"共商大事"不是谋反是什么？

小　翠　口说无凭！

王　濬　原书在此,待我当殿念来!

小　翠　念哪!

张　济　(掏信,念)"一"、呃,"一"——

小　翠　别紧念"一"啦!"一"什么?

王　濬　"一去二三里,

　　　　烟村四五家,

　　　　楼台六七座,

　　　　八九十枝花。"

　　　　啊呀,怎么变了哇?

皇　帝　嘟!这是什么谋反的书信呀?!

小　翠　这是红模子上的字儿。我说我描的红模子怎么短了一张,闹
　　　　了半天,是你给偷去啦!你的一证不确!

王　濬　尚有二证!

小　翠　说你的二证!

王　濬　淮南王昨日私自回朝,与王煦密谈终夜。

小　翠　淮南王昨日回朝,何人得见?

王　濬
张　济　我二人亲眼得见!

小　翠　什么时分?

王　濬
张　济　日落酉时。

小　翠　什么所在?

王　濬
张　济　乌衣巷内。

小　翠　这就不对了!

王　濬
张　济　怎么不对了?

小　翠　(问淮南王)千岁几时到京?

淮南王　今日清晨。

小　翠　什么时分?

淮南王　日出卯时。

小　翠　昨晚驻扎何处？

淮南王　瓜洲渡口，馆驿之中。

小　翠　何人可以为证？

淮南王　合营将士，馆驿官员，俱可为证。

小　翠　将士官员，现在哪里？

淮南王　就在殿外。

小　翠　（扬声向外）我说将士官员们听着：淮南千岁，昨晚是住在瓜
　　　　洲馆驿之中吗？

回　应　我们亲见淮南千岁，住在馆驿，秉烛观书，不曾出外一步！

小　翠　得！人家那么多双眼睛，都看见淮南千岁在瓜洲。偏偏你们
　　　　俩看见他在乌衣巷啦！这是怎么回事呀？莫非淮南千岁他有
　　　　分身法吗？我说万岁爷，您是相信大家伙的，还是相信他们
　　　　俩呀？

皇　帝　众目睽睽，自然是相信大家的！

小　翠　得！你的二证又吹啦！

王　濬　不妨事，尚有三证！

小　翠　我说王太师、张侍郎，您这三证就别亮了吧！你还给我们吧！

王　濬　莫非是害怕了？

小　翠　我是有点怕！

张　济　怕什么？

小　翠　我怕你给我们撒了！

王　濬　冕旒衮服，岂有撒去之理！

小　翠　太师，侍郎呀！

　　　　（唱）

　　　　　　　痴儿幼女闲解闷，

　　　　　　　捞虫换水费尽了心。

　　　　　　　你家也有儿和女，

　　　　　　　夺人之爱太无情。

172

何必拿它作赃证，

倘若是摔在地，裂了璺，

缸破水撒金鳞蹦，

可惜了我那五花凤尾真龙睛！

还我们吧！

王　濬　岂能还你！

张　济　臣启万岁，一证不确，二证不真，尚有三证！

皇　帝　三证在哪里？

王　濬　就在这圆笼里面。

皇　帝　内藏何物？

张　济　就是王煦私藏的衮服冕旒。此乃是臣与太师，在王煦家中搜
　　　　出。微臣亲手装在笼内，当场上锁加封，一路之上，未曾一刻
　　　　离手，万无差错，请万岁验看。

小　翠　你二人当真要取？

王　濬
张　济　当真要取！

小　翠　果然要取？

王　濬
张　济　果然要取！

小　翠　你就与我取来！

　　　　〔王濬、张济启锁、开封、揭盖，取出一个黄包袱。

王　濬
张　济　万岁请看，衮服冕旒就在里面！

　　　　〔王煦浑身战抖，颓然坐倒。

　　　　〔张济解开包袱，里面却是一个玻璃鱼缸，缸中有水，水里有
　　　　金鱼数尾，泼剌有声。

　　　　〔王濬、张济急视圆笼，倒转，里面空无所有。

小　翠　您瞧哎，这二位到金銮殿上变戏法来了！

皇　帝　嘟！

　　　　〔王濬、张济匍匐在地。

皇　帝　（唱）

　　　　　胆大张济和王濬，

　　　　　竟敢当殿戏寡人！

　　　　　此事犯了大不敬，

　　　　　古往今来所未闻！

　　　　　若不将你二人来严惩——

小　翠　（接唱）

　　　　　你岂不成了屠头萝卜缨！

　　　我说万岁爷,案情大白,他们二人分明是存心害人,无理取闹,

　　　您说该把他们怎么办吧！

皇　帝　上风官司归你啦,你就给他二人定个处分吧。

小　翠　叫我给他们定一个处分？

皇　帝　你就代劳代劳吧。

小　翠　那我可就当仁不让啦！

　　　　（唱）

　　　　　王濬本应来正法——

王　濬　万岁！念老臣伴驾多年。

皇　帝　谅情一二。

小　翠　也罢！

　　　　（唱）

　　　　　发配到沙门岛看守鱼虾！

皇　帝　断得好！押下殿去！

　　　　〔武士押王濬下。

淮南王　张济狗钻蝇营,为虎作伥,也当问罪。

皇　帝　小翠,一客不烦二主,还是你来吧！

小　翠　（唱）

　　　　　狗张济工机巧其心诡诈——

　　　　〔张济拉王煦至一旁。

张　济　亲翁,与我讲个人情。

王　煦　哪个是你的亲翁！

张　济　（取出金锁,强塞给王煦）我的女儿依然是你的儿媳。

王　煦　老夫已有小翠为媳,哪个还要你的女儿！（将金锁退还）

　　　　〔小翠拉王煦至一旁。

小　翠　爹,你还是要了他的女儿吧。

王　煦　你呢?

小　翠　我自有办法安排这档子事。您就甭管啦！张大人！行啦,我
　　　　公爹答应啦！（收下金锁）

皇　帝　这处分呢?

小　翠　（唱）

　　　　　　罚俸三月,御花园内轰蚂蚱！

皇　帝　断得好,押下殿去！

小　翠　这儿没有我们什么事啦,我该走啦,回见吧！（欲下）

皇　帝　转来！

小　翠　干嘛呀?

皇　帝　你呀,不要回去了！

小　翠　怎么不让我们回去呀?

皇　帝　王煦已有张济之女为媳,你回去不也没有意思不是? 孤王的
　　　　三宫六院都不如你长得好看,你就留在宫里陪伴孤王吧！

小　翠　这么着,咱俩瓶。

皇　帝　来这个:瓶——瓶——瓶瓶,石头、剪刀、布?

小　翠　哎。

皇　帝　几把定输赢?

小　翠　三把。只要你赢了一把,我就甘心情愿,留在宫里,不回去啦。

皇　帝　我要一把也不赢哪?

小　翠　那可得放我们走！

皇　帝　好哎！我打小最爱跟人瓶瓶。自从登基以来,就没人跟我玩
　　　　了。豁着我放了你,我过过瘾。连瓶三把。怎么着我也能捞
　　　　一把。来！

小　翠　别忙,咱们得找个保人。

皇　帝　还得找个保人?

小　翠　输了不许赖!

皇　帝　你找谁做保人?

小　翠　我找淮南王。

淮南王　本藩愿为她作保。

小　翠　你哪?

皇　帝　宫娥内侍,俱可为孤王作保。

小　翠　你们愿意吗?

众　愿为万岁作保。

小　翠　好,咱俩来!

皇　帝
小　翠　瓶,丁,壳!

众　万岁输了!

皇　帝
小　翠　瓶——丁——壳!(二番)

众　万岁输了!

皇　帝　我知道! 谁要你们他妈的瞎起哄! 来!

小　翠　只有一把了!

皇　帝　一把我也得赢你! 我的手气来了!

皇　帝
小　翠　瓶,丁,壳!(三番)

众　万岁输了!

〔皇帝晕倒在宝座上。

小　翠　(高声)请驾回宫啊!

〔内侍连宝座将皇帝抬起。

——幕落

176

第八场 抽 身

〔丫环、八哥引王夫人上。

王夫人 （唱）

老爷被押上金殿，

儿媳随同去辩冤。

心中不住悬悬念……

〔王煦、小翠上。

小 翠 （唱）

一天惊恐化云烟。

王夫人 你们回来了？

王 煦 回来了。

王夫人 谋反一案怎么样了？

小 翠 没事啦！妈，你把我住的那间屋子收拾收拾，准备给元丰娶媳妇吧。

王夫人 元丰已经有了你了哇！

小 翠 我是我，她是她。

王夫人 她是哪个啊？

小 翠 就是从小给元丰订下的张琼英啊。

王夫人 已经退了婚了啊！

小 翠 退了还不兴再给吗？

王夫人 你呢？

小 翠 您就甭管啦，我自己还能找不到个地方吗？

王夫人 元丰幼年得下痴呆之症，他是怎样的娶亲呀！

小 翠 不要紧的，我会治。

王 煦
王夫人　你还会治病么？

177

小　翠　专会医治幼年痴呆之症,一治一个准。我来的时候就带着药哪。(取药)准备清水一碗!

　　　　〔八哥取水,扶王元丰上。

小　翠　给他服下,扶入帐中,躺一会儿,出一身透汗就好啦。

　　　　〔八哥扶王元丰下。

小　翠　官司也打赢啦,元丰的病也快好啦,我把花轿已经打发出去啦,呆一会儿张家的新媳妇就要进门啦,这就什么都齐全啦。我的心事已了,我要少陪了。

王　煦　贤德的媳妇,恩重如山,请上受我二老一拜!
王夫人

小　翠　不敢当,不敢当,小翠也有一拜!

　　　　(唱)

　　　　　　深深拜,拜二老,

　　　　　　尊声翁姑听根苗。

　　　　　　投之以芍药,

　　　　　　报之以琼瑶。

　　　　　　虫蚁知恩,衔环结草,

　　　　　　不似人间无义交。

王　煦　我们无有恩义待你呀!
王夫人

小　翠　(接唱)

　　　　　　自入尊宅,多有聒噪,

王　煦　不妨事!
王夫人

小　翠　(接唱)

　　　　　　唐突嬉戏望轻饶。

王　煦　媳妇说哪里话来。
王夫人

小　翠　(接唱)

　　　　　　痴郎不痴心地好,

178

　　　　他腹中无有杀人刀。

　　　　耳鬓厮磨承欢笑，

　　　　一般是子妇儿曹。

　　　　未有馨香盘怀抱，

　　　　也曾花月度良宵。

　　　　尘缘一段今日了——

　　　〔临去又回头，对翁姑再拜。

小　翠　（接唱）

　　　　临去也，依依别意也难消。（下）

王　煦
　　　这就好了！哈哈哈哈……
王夫人

　　　〔八哥急上。

八　哥　启禀老爷、夫人，公子服了少夫人的丹药，大汗不止，气绝
　　　身亡！

王　煦
　　　你待怎讲？
王夫人

八　哥　他死啦！

王　煦
　　　快快抬了上来！
王夫人

　　　〔家院等抬王元丰上。元丰以巾覆面，全身僵直。王夫人探
　　　手入巾，果然气息全无。

王夫人　（唱）

　　　　泼天大祸从天降。

　　　　快寻小翠这疯姑娘！

　　　〔八哥急下。丫环急上。

丫　环　小翠姑娘她她她不见啦！

王　煦
　　　四处寻找！
王夫人

　　　〔内鼓乐声。八哥急上。

八　哥　启禀老爷、夫人，张家花轿已到门首！

| 王　煦 | 我儿死在这里,偏偏此时花轿又来了! 这这这这便怎么是好? |
| 王夫人 | |

八　哥　死了一个,走了一个,又来了一个,您瞧这份热闹! ——阿呀!
　　　　了不得啦!

| 王　煦 | 何事惊慌? |
| 王夫人 | |

八　哥　公子他他他走了尸啦! 您瞧,他活动啦!

　　　　〔王元丰伸腰展腿,揭巾而起。

　　　　〔众惊怖后退。

　　　　〔王元丰下地,形貌如昔,然而俊雅翩翩,判若两人。

王元丰　(唱)

　　　　　　昏沉沉虚飘飘黑天白夜,

　　　　　　恍惚惚似记得花园月缺。

　　　　　　霎时间仿佛是大梦初觉,

　　　　　　也不知蝴蝶是我,我是蝴蝶。

　　　　〔王元丰环视诸人,似曾相识。

王元丰　你是爹爹?

王　煦　元丰!

王元丰　你是母亲?

王夫人　我儿!

王元丰　你是八哥?

八　哥　没错! 我跟您一块儿半辈子啦。您今儿头一回认得我!

王元丰　我这一十六载,悠悠忽忽,如同一场大梦!

八　哥　常言说:人生如梦嘛!

王元丰　此时如梦方醒。

八　哥　那可很难说,我也不知道我这会是做梦还是醒着哪!

| 王　煦 | 你此时觉得怎么样呀? |
| 王夫人 | |

王元丰　心明眼亮,神清智爽。

| 王　煦 | 谢天谢地! |
| 王夫人 | |

八　哥　　既然公子的病好了,那就请公子更换吉服,好与新媳妇拜堂成礼啊!

王元丰　　啊?我已然有了媳妇,名唤小翠。

八　哥　　他还真明白!

王元丰　　我与小翠,已成夫妻,相亲相爱,情投意合,又要我与哪个成亲啊?

王　煦
王夫人　　这——

丫　环　　这可折子啦!

八　哥　　公子,它是这么回事,你与小翠姑娘,虽是夫妻,只因你身患病症,——您不是不大明白不是?故此并未行礼。小翠姑娘只是童养在你们家。现如今您病好了,这才给你们举办花烛,这是给你们圆房哪,不是叫你跟别人结婚。

王元丰　　如此与我更衣披红!(下)

王　煦　　八哥,你这两句话讲得好啊!

王夫人　　只要他与张家琼英拜堂成礼,送入洞房,生米煮成熟饭,他也就无有什么可说的了!

丫　环　　八哥,你这个主意真高!谁教给你的?

八　哥　　谁教给我的?——王熙凤!

丫　环　　王熙凤?!

八　哥　　(赞礼)伏以:

　　　　　　新人从门入,

　　　　　　故人从阁去。

　　　　　　新人也喜欢,

　　　　　　故人也愿意。

　　　　动乐,搀新人!

　　　　〔王元丰牵纱引张琼英至洞房。八哥、丫环随上。

　　　　〔王元丰剪烛花。

　　　　〔内声:"新郎哪!新郎哪去啦?你得陪我们喝几杯呀!"

八　哥　公子,宾客满堂,你得出去敬敬酒呀!

王元丰　哦,当得奉陪! 当得奉陪! 来了,来了! (下)

　　　　〔八哥随下。

　　　　〔张琼英揭开盖头一角,偷觑王元丰。——张琼英由饰小翠
　　　　同一演员扮演。

张琼英　呀!

　　　　(唱)

　　　　　　都说是王元丰痴呆成性,

　　　　　　我看他貌翩翩秀雅温存。

　　　　　　老爹爹毁婚约闲言误听,

　　　　　　喜今日匹配了如意郎君。

王元丰　(内白)众位亲友,多饮几杯,恕元丰少陪了! 哈哈哈哈……

　　　　〔王元丰上。王煦、王夫人随上。

王元丰　小翠!

　　　　〔琼英转身不应。

王元丰　小翠!

　　　　〔琼英又转身不应。

王元丰　小翠呀!

　　　　(唱)

　　　　　　还将旧来意,

　　　　　　怜取眼前人。

　　　　　　今夜晚我二人姻缘才定,

　　　　　　为什么我叫你你不应声?

张琼英　(对丫环)他为何叫我小翠呀?

　　　　〔王元丰揭开张琼英的盖头。

丫　环　你是小翠姑娘呀!

　　　　〔王煦、王夫人进房。

王　煦
王夫人　你是小翠呀!

张琼英　我乃侍郎张济之女,名唤琼英。

王　煦
王夫人　你是侍郎张济之女,不是小翠?

王元丰　你不是小翠?

张琼英　不是小翠呀!

　　　　〔八哥急上。

八　哥　老爷、夫人、公子,你们看:小翠姑娘,双袖飘飘,站在云彩里,
　　　　飘然而去啦!

　众　　在哪里?

八　哥　你们看!她还回身向我们招手哪!

　众　　小翠!小翠!小翠!

——幕落

(全剧终)

注　释

① 本剧本是作者与薛恩厚合作创作。据北京京剧团 1980 年 2 月油印本编
　 入。1982 年由中国评剧院一团演出,演出本略有不同。初收《汪曾祺文
　 集·戏曲剧本卷》,江苏文艺出版社,1993 年 9 月。

1964 年

芦 荡 火 种^①

（京　剧）

前　言

　　京剧《芦荡火种》的改编，从去年十月下旬着手进行，到正式演出，大概用了四个月的时间。初稿写出后，即付排练。去年十二月间曾经彩排一次。彩排后，吸收了各方面的意见，又重写了一稿。闭门伏案，从头写起。只有两回。但在排演过程中，不断作了许多修改。密针线，去冗词，审轻重，度短长，颠倒裁剪，反复推敲，这些差不多都是在排演场里进行的。戏曲是可以实验的艺术，效果是可以直接看到的。只有通过实践，下了地，立起来，问题才能看得更准确，更清楚。直到现在，还在随时修改。搞京剧现代戏是一项艰巨的工作，我们于此深有感受。

　　京剧《芦荡火种》是根据同名沪剧（上海人民沪剧团集体创作，文牧执笔）改编的。沪剧本刻划了几个鲜明的人物性格，安排了富于戏剧性的情节，为我们的改编提供了丰厚的基础。京剧本如果有一点成绩，溯本追源，应该首先归功于沪剧团同志的辛勤劳动。

　　京剧《芦荡火种》的创作，自始至终，是在上级党的亲切关怀和具体指导下，在剧团党委的直接领导下进行的。因为有党的反复教导，我们才能认识到搞京剧现代戏的伟大的革命意义，感觉到作为一个社会主义时代的戏曲工作者肩上所承担的光荣的历史任务，这样，我们才能用严肃的态度、饱满的热情和充沛的精力，去从事这一工作。在第一次彩排后,研究是立即上演,还是力争高标准,继续加工的时候,是党给我们指出了正确方向。从领导同志的亲切谈话中,我们就更明确地体会到,要搞好京剧现代戏,既要鼓足干劲,又要坚韧顽强。不能懈怠,也不能急躁。既要有革命精神,又要有科学态度——要努力探索京剧现代戏的规律。搞出来的东西,既要是现代剧,要有时代精神,生活气息;又要是京剧。没有党的方向性的、原则性的指示,我们要取得任何成绩都是不可能的。

《芦荡火种》的创作,是一次意气风发、心情舒畅、非常愉快的大合作。京剧是一种高度复杂的、精密的综合艺术,它本身就要求合作。这一次创作,我们是"全梁上坝"。所有成员,包括编剧、导演、音乐设计者、演员、乐队、舞台工作人员,全都参加。大家坐在一起,共同研究。戏的每一场,每一个部分,都经过充分讨论。从剧作方面说,执笔者不但听取了对于文学部分的思想、艺术的意见,也考虑了从演唱、音乐角度提出的要求,舞蹈表演的需要,经过分析,凡是合理的,可行的,都尽量吸收,及时修改。这个剧本,署名只是少数人,但却是全体成员集体切磋琢磨的成果。这里面反映了很多人的意见,包含了很多人的心血。

艺术创作的过程是一个矛盾发展的过程。集体创作更是如此。彼此的认识、见解、修养、趣味,是会有差异的。但是我们有两方面的一致:一个是政治思想的一致,大家都决心要搞好现代戏,把它当作一次严肃的战斗任务;一个是艺术思想上的基本一致——要严格从生活出发,要运用传统,必要时突破它,在传统的基础上创新,发展它。这样,我们就有了共同语言。我们的讨论就是生动活泼的,愉快的。大家越讨论越"对心气",越讨论越觉得有意思;而不是越讨论越有距离,觉得道不同不相为谋。不同的意见就使大家都觉得互有启发,互相得到提高,而不是互相抵消。差异就成了动力,而不是阻力。经过这次合作,我们全体成员,都互相增进了了解,紧密地团结,结下了珍贵的战斗友情。当时接触,觉得长劲;事后回味,也觉得甘美。

我们的改编工作是在沪剧的基础上进行的。除了对人物、情节作了一些更动之外,主要是为了让它能适合京剧的演出。京剧不同于话剧(不是"话剧加唱"),也不同于某些地方戏,因此编剧方法也应该有所不同。在实践中我们遇到不少问题。比如结构组织,人物的上下场,唱和念的安排——唱和念的作用,彼此的关系:推移、起转、过渡、衔接;在戏曲语言方面——用什么语言念,什么语言唱,如何生活化又戏曲化,本色和当行,工整和参差,守格和破格,以及平仄抑扬,浮声切响,这都是搞现代戏的新的课题。对于这些,我们都有一些不成熟的想法,做了一点探索尝试。

由于广大观众对一个新生的剧目的热情欢迎,我们把这个剧本付印了。但是这个剧本还远非完善,还有许多缺点。我们在艺术上的探索,也可能很不妥当,希望观众、读者、剧作家、评论家多多给予批评帮助。

改编者
一九六四年五月

人物：陈天民——男，中共常熟县委委员，三十五岁

阿庆嫂——女，中共党员。地下联络员，三十岁

郭建光——男，新四军某部连指导员，二十八岁

叶思中——男，新四军某部排长，二十二岁

老班长——男，新四军某部班长，四十五岁

小　凌——女，新四军某部卫生员，十八岁

小　王——男，新四军某部战士，十九岁

小　虎——男，新四军某部战士，二十岁

小　李——男，新四军某部战士，二十岁

新四军战士林大根、火德荣、张松涛等人

沙奶奶——女，沙家浜群众积极分子，五十五岁

七　龙——男，沙奶奶的儿子，十七岁

老齐头——男，沙家浜革命群众，六十二岁

沙家浜群众若干人

胡传葵——男，"忠义救国军"司令，四十岁

刁德一——男，"忠义救国军"参谋长，三十四岁

天之九——男，"忠义救国军"马弁

刘副官——男，"忠义救国军"副官

刁小三——男，地痞无赖

"忠义救国军"士兵张得标等人

周仁生——男，日军翻译，二十五岁

黑　田——男，日军大佐，四十岁

日军二人

第一场　接　线

〔抗日战争时期,江苏省常熟县地区日寇盘据的一条公路封锁线。旁有小路可通往沙家浜,台左侧有大树一棵。夜半三更,乌云遮月。

〔幕启:一队日寇巡逻兵,穿公路巡视而过。有顷,中共常熟县委陈天民手持串铃上,巡视。

陈天民　(唱"西皮摇板")

　　　　日寇举兵来侵凌,

　　　　敌后来了新四军。

　　　　近日来敌寇结兵欲蠢动,

　　　　我部队转移迂回战机寻。

　　　　留下了伤病员十八位,

　　　　地方党掩护调理来担承。

　　　　沙家浜群众基础好,

　　　　伤员们百姓家中去安身。

　　　　约定了阿庆嫂来接应,

　　　　伤员未到暂隐身。(隐蔽下)

〔七龙先上,背一包裹巡视,击掌引阿庆嫂上。

阿庆嫂　(唱"西皮摇板")

　　　　县委派人来送信,

　　　　伤员今夜到我村。

　　　　击掌三声为信号,

　　　　大树底下迎亲人。

　　　　七龙伴我来接应,

　　　　须防巡逻的鬼子兵。(拉七龙欲隐蔽)

〔陈天民上。

陈天民　阿庆嫂！

阿庆嫂　陈县委！

陈天民　七龙也来了？

七　龙　我陪阿庆嫂来的。

陈天民　伤员同志要换的便衣带来了么？

阿庆嫂　带来了。

七　龙　在我这儿。

陈天民　你到那边警戒一下鬼子的巡逻兵。

七　龙　是。（向日兵下场处走下）

阿庆嫂　伤员还没到哪？

陈天民　趁伤员还没到，我把县委决定交待一下。（唱"西皮摇板"）

　　　　　伤员隐蔽沙家浜，

　　　　　细心调理养好伤。

　　　　　基本群众组织好，

　　　　　全面工作你承当。

阿庆嫂　（接唱）

　　　　　一切工作已停当，

　　　　　单等伤员去养伤。

　　　　　群众的红心火一样，

　　　　　几家人已然守候在村路旁。

陈天民　好！（接唱）

　　　　　遇困难和群众多多商量——

　　　　　〔七龙跑上。

七　龙　那边鬼子来了。

陈天民　（接唱）荒草小径来隐藏！（三人疾入草丛中隐蔽）

　　　　　〔一小队日兵巡弋而过。少时，新四军排长叶思中和战士小
　　　　　虎由公路旁小路上，巡视一番后招手唤郭建光。郭建光上，至
　　　　　树旁击掌三下，陈天民闻掌声上。阿庆嫂、七龙随上。

陈天民　同志们都来了么？

郭建光　在那边隐蔽。

陈天民　现在就通过封锁线吧。（指路）

郭建光　叶排长，去领同志们。

叶思中　是。

七　龙　我跟你去。

陈天民　这是七龙。

　　　　〔叶思中、七龙同下。

陈天民　我来介绍一下。这是我党地下联络员，大家都叫她阿庆嫂，她的公开身份是春来茶馆的老板娘。这是郭指导员。

　　　　〔郭建光、阿庆嫂互见，问候。

陈天民　同志们！（唱"西皮摇板"）

　　　　　　沙家浜隐蔽把病养，

　　　　　　还必须脱去军衣着便装。

　　　　　　倘若发生新情况，

　　　　　　到那时县委自然有主张。

　　　　〔陈天民上公路瞭望。伤病员由公路旁小路陆续上。战士把包袱打开，将衣物一一发给众伤病员。众伤病员通过大路进入通往沙家浜小路。

————幕闭

第二场　转　　移

　　　　〔离前场半月左右。沙家浜镇沙奶奶房屋门前，有竹椅茶几，地临村边，可见阳澄湖水。郭指导员就在这里休养。

　　　　〔幕启：沙奶奶从室内走出。为指导员郭建光缝缀衬衣、军衣。

沙奶奶　（唱"西皮摇板"）

　　　　　　　云消雾散晴了天，

　　　　　　　新四军抗战到江南。

　　　　　　　伤病员为百姓流血流汗，

　　　　　　　看他们就如同亲人一般。（转"原板"）

　　　　　　　我这里缝上了一针一线，

　　　　　　　他穿在身上要渡过万水千山。

　　　　　　　盼他们身轻爽早早康健——

　　　　〔老齐头手提竹篮上。

老齐头　沙奶奶！

沙奶奶　嘘！（示意郭建光在睡觉）有事吗？

老齐头　我做了点糍粑，送给指导员尝尝。（由篮内取出一碗糍粑交沙奶奶）

沙奶奶　回头我蒸热了给他吃。坐着！

老齐头　我还给那几个同志送点去哪！（下）

沙奶奶　（拿盛衣服竹篮与木棒槌，接唱）

　　　　　　　阳澄湖边洗衣衫。（下）

　　　　〔郭建光身著便装由屋内走出。

郭建光　呀！天都过午了！（唱"西皮摇板"）

　　　　　　　战斗负伤离战场，

　　　　　　　为养伤来到这鱼米之乡。

　　　　　　　乡亲们待同志亲人一样，

　　　　　　　解衣推食情意长。

　　　　　　　且喜今朝身健壮，

　　　　　　　杀敌又能上前方。

　　　　〔叶思中、小凌著便装手提药包上。

小　凌
叶思中　指导员。

郭建光　叶排长。

小　凌　指导员，您吃药。

叶思中　指导员,你身体怎么样?

郭建光　好多啦,叶排长你怎么样?

叶思中　指导员你看,(伸伸右臂)没问题。

郭建光　还要多注意! 同志们怎么样?

叶思中　大部分同志都好了,有些人呆不住了,(递过申请书)这不是,
　　　　又有几个申请归队的。

郭建光　重伤员怎么样?

叶思中　几个重伤员也有好转。

郭建光　小凌,药还够吗?

小　凌　好药不多了。

郭建光　要尽重伤员用。

小　凌　是!

　　　　〔沙奶奶提竹篮上。

沙奶奶　小凌,指导员,叶排长!

小　凌　沙奶奶,我帮您晾。

郭建光　您也歇歇吧,从早到晚,够累的啦。

　　　　〔郭建光看见糍粑。

沙奶奶　累什么,干惯了! 不干还闲得难受哩! 这是老齐头给指导员
　　　　送来的。我给你们热热去。

郭建光　沙奶奶,我们不饿呀。老齐大爷这人可真好!

小　凌　沙奶奶,听说老齐大爷受了一辈子苦,怎么现在倒在村上管
　　　　事呢?

沙奶奶　唉,老齐头可是受了一辈子苦哇! 自从日本鬼子打来了,地主
　　　　保长跑啦,乡亲们推他出头为大伙儿办事,他可是一颗红心向
　　　　着党啊!

郭建光　乡亲们待我们真好! 再过些天,我们就要走了!

沙奶奶　走? 上哪儿去?

郭建光　回部队去呀!

沙奶奶　回部队去? 指导员啊! (唱"西皮摇板")

　　　　　　回去二字休提起，

　　　　　　安心养伤莫着急。

　　　　　　我平日若有怠慢处，

　　　　　　指导员尽管把意见提！

郭建光　　提意见？——好！（接唱）

　　　　　　早就要把意见提，

　　　　　　怕的是说出来你心内急。

沙奶奶　　哟，那就快说吧。

郭建光　　（唱"流水板"）

　　　　　　你把我们当作亲儿女，

　　　　　　问寒问暖影不离。

　　　　　　日上东窗不准起，

　　　　　　夜晚睡迟你不依。

　　　　　　一日三餐好白米，

　　　　　　杀尽了生蛋与报晓鸡。

　　　　　　似这等长期久住来养息，

　　　　　　怕的是心宽体胖步难移，

　　　　　　——上不了战场杀不了敌。

沙奶奶　　哈哈哈——你瞧你说的！

郭建光　　（接唱）待等到伤势稍痊愈——

沙奶奶　　（接唱）

　　　　　　稍痊愈就要走我也不依！

　　　　　　等你们能打能闹能淘气，

　　　　　　能说能笑能调皮，

　　　　　　上山能打虎，下湖能摸鱼，

　　　　　　一日三餐九碗饭，

　　　　　　一觉睡到那日偏西，

　　　　　　那时节——

郭建光　　（接唱）放我们归队去。

沙奶奶	（接唱）能不能归队再商议，
	指导员！
	你何必心急！
小　凌	沙奶奶，那我们就不走啦！在您家住一辈子。
沙奶奶	那敢情好啦！你沙奶奶一辈子就缺个闺女哪！
	〔七龙手提鱼网，网内有鱼，上。
叶思中	七龙回来啦。
七　龙	指导员，叶排长，妈！
沙奶奶	你上哪儿去啦？
七　龙	弄了条鱼，给指导员下饭。
沙奶奶	拿来，我去拾掇！
七　龙	我去吧！（把鱼放在地下，拉过指导员）指导员！我的事怎么样？
郭建光	什么事呀？
七　龙	怎么又忘啦？我参军的事呀！
郭建光	你还小！
沙奶奶	不小啦，带他去吧。跟你们去，我也就放心啦！
七　龙	还小哪？她（指小凌）怎么能参军？
郭建光	她不和敌人拼刺刀啊！
七　龙	拼刺刀算什么，瞧我这俩胳膊，多有劲！（伸伸双膀）
郭建光	我看呀，你还是先在村里多做点工作吧！
七　龙	（想）你们都是先在村里做了工作才参军的？
郭建光	（笑）等我们养好伤，走的时候再说吧。
小　凌	等我们讨论讨论，你也别心急啦！
叶思中	走吧！收拾鱼去。（拿鱼，推七龙进屋）
郭建光	七龙真是个好小伙子！
沙奶奶	受苦人看见新四军，就像见了亲人一样啊！
小　凌	沙奶奶，您总说有七个儿子，怎么就七龙一个人哪？
沙奶奶	说来话长啊！

郭建光　沙奶奶,您说说,我们都听听!

沙奶奶　唉!(唱"二黄三眼")

　　　　　　　想当年家贫困无力抚养,

　　　　　　　七个儿有五个短命夭亡。

　　　　　　　遭荒年欠下了刁家阎王账,

　　　　　　　为抵债他四哥去把活扛。

　　　　　　　刁德一蛇蝎心肠忒毒狠,

　　　　　　　他四哥积劳成病一命身亡。

　　　　　　　七龙儿脾气暴性情倔犟,

　　　　　　　闯进刁家论短长。

　　　　　　　刁德一说他是夜入民宅非偷即抢,

　　　　　　　可怜他十六岁孩子坐班房。

　　　　　　　新四军打下常熟县,

　　　　　　　我儿重回沙家浜。

　　　　　　　共产党像他的亲娘(叫散)一样!

小　凌　沙奶奶,有了共产党咱们穷人就不怕他们了!

沙奶奶　(接唱)无有党早已是家破人亡!

　　　　〔老齐头匆匆跑上。

老齐头　指导员,村头上已经有逃难的老乡啦!听老乡们说,鬼子从南
　　　　面下来啦!做个准备吧!我去找阿庆嫂!(欲下)

郭建光　叶排长!

　　　　〔叶思中、七龙由屋内走出来,阿庆嫂由另一方向匆匆走上。

阿庆嫂　指导员!鬼子开始扫荡啦!行进得很快!县委指示,要同志
　　　　们到芦荡里暂避一时。船、干粮,我都准备好啦!沙奶奶,叫
　　　　七龙兄弟送同志们去吧!

沙奶奶　七龙!……

七　龙　我去!船在哪儿哪?

阿庆嫂　在村西北角。

郭建光　叶排长,小凌!叫同志们村西北角集合!

叶思中 小　凌	是！（下）
七　龙	指导员，咱们走吧！
沙奶奶	慢着，把这点团子带上。（进屋）
阿庆嫂	七龙兄弟！行船要隐蔽，不要让任何人看见！
七　龙	是啦！
阿庆嫂	（对郭建光）同志们安心隐蔽，芦苇荡很大，敌人搜是搜不着的。可是注意：一不要举烟火，二不要大声说话。一旦敌人撤退，我们就派船去接同志们。
郭建光	县委有指示的时候，请想法和我们联系。
七　龙	我可以凫水过去！
沙奶奶	（手提一竹篮由屋内走出，把桌上糍粑也放在篮内）这芦荡无遮无盖，伤员同志们怎么受得了啊！
	〔七龙接篮。
郭建光	沙奶奶，我们有红军爬雪山过草地的传统，什么困难也难不倒我们！
	〔炮声隆隆，并隐隐有机枪声。
阿庆嫂	你们先走吧！隐蔽点儿。
郭建光	再见！（与七龙下）
阿庆嫂	老齐大爷！您给村里老百姓打个招呼，大姑娘、小媳妇的到外村里躲一躲吧！
老齐头	是啦！（下）
阿庆嫂	沙奶奶，你也把东西藏一藏吧！我再看看同志们去！
沙奶奶	是啦！
	〔阿庆嫂下，沙奶奶进屋。
	〔灯光转暗。炮声、枪声渐近，远处火光起，难民逃过；日兵追过，日军官黑田带两日兵上，日军翻译周仁生上。
周仁生	报告：新四军没有，新四军伤员也没有。
黑　田	你去找"忠义救国军"……（耳语）新四军伤病员，叫他们统统

抓到!

周仁生　是!

〔枪声断续。

———幕闭

第三场　勾　　结

〔距前场三天。室内系"忠义救国军"司令部。该军四处游荡,司令部亦极简陋,仅于台中摆设桌椅。

〔幕启:胡传葵的亲信侍卫天之九带"忠救军"数人上。

天之九　来,来,来! 就这宽绰点,就这儿吧!

众　　这儿行吗?

天之九　(边倒牌边说)怕什么! 有我,不怕! 下注,下注! (在桌上掷牌)

〔刘副官上。

刘副官　怎么跑这儿来啦,出去!

天之九　你干什么? 这玩艺儿奉官!

刘副官　(拉过天之九)一会儿刁参谋长和胡司令要在这儿会见日本军的翻译官,你带大伙到别处去玩吧!

天之九　早就知道啦! (刘副官欲下)他妈的,抱上参谋长的粗腿啦! 这队伍是这爷们儿耍出来的!

刘副官　(返回)你嘴里干净点,老子也是开国元勋!

天之九　开国元勋? 你别吹牛啦! (摸枪)

刘副官　你要怎么着!

众　　好了! 都是同参弟兄,不值当!

刘副官　参谋长来了! 立正!

〔刁德一上。

刁德一　（念）平生抱负凌霄汉，

　　　　　　　要凭时世造英雄！

刘副官　敬礼！

刁德一　稍息！这才像个正牌子国民党军队哪！你们干什么哪？

天之九　啊？

刁德一　天之九！到别处去玩吧！等会儿胡司令要接待客人哪！

天之九　好吧！走！不玩啦！

　　众　你赔我们钱！

天之九　砸锅不记账，吹了！（带众兵下，刘副官同下）

刁德一　这帮土匪！

　　　　〔外声："周翻译到。"

刁德一　请。

　　　　〔刘副官伴周仁生上。二人握手。

刁德一　周兄！别来无恙！

周仁生　参谋长，托福托福！

刁德一　（对刘副官）等一会儿再请司令，先弄茶去。

　　　　〔刘副官下。

周仁生　老兄，我给你带来个人。将来就是你的亲信。（对外）刁
　　　　小三！

刁德一　刁小三！那是我一个堂弟呀！

　　　　〔刁小三上。

刁小三　大哥！我投靠您来啦！

刁德一　小三，你从哪儿来？

刁小三　抗战后，我跑到上海，混不下去啦！新四军占着咱们家乡，我
　　　　也不敢回去。上个月跑到常熟城，碰见你的老同学周先生，听
　　　　说您在这儿哪，我投奔您来啦！

刁德一　好哇！我正用人！（对内）来人哪！（一兵上）带他先下去
　　　　吃饭换衣裳，回头再说话。

刁小三　周先生，大哥，回头说话！（随兵下）

周仁生　老兄,军中得意吧?

刁德一　这队伍,从司令到当兵的,都是亡命徒。要靠这支队伍闯荡出
　　　　个江山来,还得费点手脚啊!

周仁生　你老兄才智过人,胸怀大志,这队伍早晚还不是你的!(互
　　　　笑)

刁德一　周兄此来,皇军定有什么打算哪!

　　　　〔二人密语。刘副官送茶上。

刘副官　请周翻译喝茶。

刁德一　刘副官,去请胡司令。

刘副官　是。(下)

　　　　〔刁德一、周仁生复坐。

刁德一　我看没问题。这个土匪司令,在皇军和新四军当间,也混不下
　　　　去啦!他要想吃喝玩乐,不投靠皇军也不行啊!

　　　　〔外声:"胡司令到!"胡传葵上。

胡传葵　(唱"西皮散板")

　　　　　　乱世英雄起四方,

　　　　　　有枪便是草头王;

　　　　　　钩挂三方来闯荡,

　　　　　　老蒋、鬼子、青红帮。

周仁生　噢! 这位就是……

刁德一　这位就是新近改编为"忠义救国军"的胡传葵司令! 这位是
　　　　日本皇军黑田大佐的翻译官周仁生先生!

周仁生　久仰,久仰。

胡传葵　嗯,坐着!

刁德一　胡司令,周先生带了皇军的意见来啦!

胡传葵　说吧!

周仁生　胡司令,上一回,我和参谋长说好了的,要在扫荡中,共同围剿
　　　　新四军。这一次没有消灭新四军,皇军对于胡司令很不满意!

胡传葵　不满意怎么着! 新四军是有胳膊有腿的,日本人没碰着,我就

非得碰着吗？跟你说，上回我也跟刁参谋长说好了的，咱们是共同对付新四军，你皇军不打我，我也不打你，这叫两不吃亏！

周仁生　两不吃亏？恐怕不好说吧！司令这支队伍还敢和皇军招呼招呼吗？

胡传葵　脑袋掉了碗大的疤瘌，从在江湖上混饭吃那天起，脑袋就掖在裤腰带上啦！告诉你，挤兑急了，我还许投奔新四军哪！

周仁生　新四军那个穷日子，司令混不下去吧？

刁德一　都是闯荡江湖的，有话慢慢说！司令，这一回周先生在皇军面前，还替咱们帮了不少忙哪！

胡传葵　帮忙？那我胡某人心领啦！可是这忙分怎么个帮法。我这儿也是一千人的队伍，要钱、要枪、要子弹，光说好话顶"毕十"呀！

刁德一　枪支、子弹、经费倒是给咱们预备下啦！

胡传葵　给多少？

刁德一　枪支二百，子弹两万发，经费是一百根金条！

胡传葵　哦！什么时候运来？

周仁生　得先讲讲条件！

胡传葵　那咱们就要价还价吧！

周仁生　皇军要求胡司令完全听从指挥，不能讲价钱！

　　　　〔胡传葵一愣。

周仁生　不然的话，皇军也就不客气啦！

刁德一　胡司令，我看可以答应，答应了，枪支、子弹、经费就有了着落啦。咱们还真能靠蒋介石过日子吗？这么一来，咱们这块"忠义救国军"的牌子，倒还能迷惑一下新四军，打他一个冷不防哩！

周仁生　怎么样？胡司令，皇军还让你们常驻沙家浜，这可是个鱼米之乡啊！

刁德一　咱们占了新四军的沙家浜，这筹粮筹款可就不用满天打游飞啦！

周仁生　咱们要谈妥了,皇军叫你们今天下午就进驻沙家浜!

胡传葵　占了新四军的沙家浜,可就得防备新四军哪!新四军可不是好惹的呀!

周仁生　司令!您要不跟新四军打仗,皇军能给您这么些好处吗?新四军不好惹,皇军也不好惹呀!

刁德一　司令,江山是打出来的,背靠皇军还怕什么!答应吧!

胡传葵　好吧!一言为定!

周仁生　还有个小条件。

胡传葵　你哪来那么多的条件啊!

周仁生　新四军有一批伤病员,原来隐藏在沙家浜,皇军要求胡司令一定把他们抓到。

刁德一　这没问题,我包下啦!

胡传葵　既然要一块儿打共产党,这是小意思!

周仁生　胡司令,这一百根金条,可是按一千人给的,您这队伍也就是五百多人哪?要是皇军知道了,这一百根金条可也就靠不住啦!

刁德一　这点经费,周先生既然出了力气,不能没您的好处。是不是,司令?

胡传葵　我胡某人讲的是交情义气,既然周先生为我出了力,不能没您的好处。往后么,咱们是有福同享,有难同当!

刁德一　这就叫不打不成交!

胡传葵　天之九!

　　　　〔天之九上。

天之九　有!

胡传葵　预备饭!传我的命令:下午三点,队伍开往沙家浜!

天之九　是!(下)

刁德一　胡司令,这一回,您是明靠蒋介石,暗靠日本军,真是左右逢源,曲线救国,可算得是一代英雄啊!

胡传葵　明也好,暗也好,还不全靠参谋长接的线吗!这一回到了你的老家啦！你可以重整家业,耀祖光宗,就是我这强龙也压不过你这地头蛇哟!

周仁生　彼此一样喽!(笑,同下)

——幕闭

第四场　智　斗

〔日军"扫荡"了三天,撤离了沙家浜。

〔春来茶馆。这是南方集镇上常见的小茶馆,设在埠头路口,小屋三间,外搭凉棚,茶座不多。棚里摆有茶具、水桶等物,窗口挂一竹笠。

〔幕启:乡亲数人,陆续过场。他们是逃难回来的。

少　女　妈,您坐在这儿歇会儿吧。

中年妇人　唉,不累,咱们赶紧回家看看吧。(同下)

〔阿庆嫂由屋内走出。

阿庆嫂　(唱"西皮散板")

　　　　敌人"扫荡"三天整,

　　　　今天上午离了村。

　　　　逃难的众邻居都回乡井,

　　　　我也该打双桨去接回亲人。

〔沙奶奶、七龙上。

沙奶奶　阿庆嫂!

阿庆嫂　你们来啦!

七　龙　鬼子走啦,该把伤病员同志接出来啦!

阿庆嫂　对!七龙,你去预备船,咱们这就走!(欲走)

〔老齐头匆匆走上。

老齐头　阿庆嫂,胡传葵的队伍进了村了。

202

阿庆嫂　胡传葵来啦！日本人前脚走,他后脚到,怎么这么快？(对老齐头)您看见他的队伍没有？

老齐头　看见啦！有好几百人哪！

阿庆嫂　好几百……

老齐头　打的旗子是"忠义救国军",帽子上戴了国民党的帽徽。

阿庆嫂　"忠义救国军",国民党的帽徽……

老齐头　还听说刁德一也回来啦。

沙奶奶　刁德一……

七　龙　这可是一条咬人的地头蛇！

阿庆嫂　胡传葵来了,是长住是路过还不清楚,伤病员同志们先不要接出来,想办法给他们送点干粮去。

老齐头　我去预备炒米粉！

七　龙　我去预备船！

阿庆嫂　要提高警惕！

〔老齐头疾走下。阿庆嫂进屋。七龙与沙奶奶欲下,似望见胡传葵队伍,便改路下。几个"忠救军"由村内搜索而出,过场,下。刁小三着"忠救军"装,拉老齐头上。

刁小三　老齐头,来来来！正好,我要找你！

老齐头　您找我什么事？

刁小三　这村里你在支应着哪？

老齐头　是啊。

刁小三　你混得不错呀！草料钱粮,都打你手里过,水过地皮湿,经手三分肥,多少的,嗳,还能没有你一点好处吗？

老齐头　乡亲们推我出来给大伙办事,我也就是跑跑腿。

刁小三　那好！我们来了,你得供应得好一点！

老齐头　这个走了,那个又来,乡亲们也实在够呛啦！不能逼得他们太狠啦！

刁小三　废话！你瞧着办！稍为有一点缺欠,小心你那老骨头！

老齐头　哎,我尽力去张罗。(愤愤而下)

刁小三　这个老东西！（向屋内喊）沏茶！老子走路走渴了！快点,快
　　　　点！咳,你他妈的倒是快一点！（拍桌子,瞪眼）

　　　　　〔阿庆嫂由屋内走出。

阿庆嫂　日本人刚走,水没有挑,火没有烧,要喝茶,还得等一会。

刁小三　得等多大工夫？

阿庆嫂　那可难说。（边说边收拾茶具）

　　　　　〔刘副官上。

刁小三　你这是成心啊！不给你点颜色瞧瞧,你也不认得马王爷三只
　　　　眼！（抽下皮带,作势要打人）

刘副官　（故意买好）喂！刁小三！——阿庆嫂！

阿庆嫂　啊！刘副官呀,你们回来啦？

刘副官　阿庆嫂,两年没见啦,你好啊？刁小三！都是自己人,你在这
　　　　儿闹什么！

阿庆嫂　是啊！这位兄弟,眼生得很,没见过,在这儿跟我有点过不
　　　　去哩！

刘副官　（拉过刁小三）刁小三！你怎么不长眼睛！这是阿庆嫂,救过
　　　　司令的命！你在这儿捣乱,司令知道了,有你的好儿吗？

刁小三　我哪儿知道啊！阿庆嫂！我刁小三有眼不识金镶玉,您宰相
　　　　肚里能撑船,别跟我一般见识！

阿庆嫂　没什么。一回生,二回熟。我可不会倚官仗势,背地里给人送
　　　　蒲包。刘副官,您是知道的！

刘副官　人家阿庆嫂是厚道人。去吧！（向刁小三使眼色）去去去！

刁小三　是！阿庆嫂,回见！（下）

阿庆嫂　刘副官,您请坐！呆会水开了给您沏茶。您是稀客,难得到我
　　　　这小茶馆里来的。

刘副官　阿庆嫂,您别张罗。我是奉司令的命来先看看您的,司令一会
　　　　儿就来。

阿庆嫂　司令？

刘副官　就是老胡啊！

阿庆嫂　就是胡队长吗？

刘副官　这回是司令啦！人也多了，枪也多了，可跟上回大不相同，阔多啦！今非昔比，鸟枪换炮啰！

阿庆嫂　哦！那好哇！刘副官，一眨眼，你们走了有两年啦！这回，你们可得多住些日子呀。

刘副官　这回来了，就不走了。

阿庆嫂　不走了？好哇！正盼你们长住下去哪。

刘副官　要在沙家浜扎下去啦。司令部就安在刁参谋长家里，已经派人去收拾房子去啦！司令说，先到茶馆里来坐坐。

　　　　〔天之九内呼："胡司令到！"

　　　　〔天之九、数伪军持枪上。胡传葵、刁德一上。

胡传葵　（唱"西皮摇板"）

　　　　　　　旧地重游心欢畅，

刁德一　（接唱）今日衣锦又还乡。

胡传葵　阿庆嫂，你好啊？买卖兴隆，混得不错吧？

阿庆嫂　啊呀，胡司令！什么风把您吹回来啦！托您的福，我还混得下去。

胡传葵　来来来，我给你介绍介绍，这是我的参谋长，姓刁，是本乡财主刁老太爷的公子，刁德一。

阿庆嫂　刁参谋长！我借重贵方一块宝地，落脚谋生，参谋长树大根深，往后还求多照应。

胡传葵　是啊，参谋长还真得多照应点。

刁德一　好说，好说。

胡传葵　阿庆呢？

阿庆嫂　唉，别提啦！跟我拌了两句嘴，一跺脚，走啦！

胡传葵　哟，怎么啦？你们不是挺好的吗？他就是脚野一点，不爱在家里呆着。

阿庆嫂　是啊，就为的这个。我跟他说，你整天这么提笼架鸟的，到处转悠，把这个茶馆交给我一个人，那怎么行啊！他一生气，就走了。

胡传葵　上哪儿去啦？

阿庆嫂　有人看见他,在上海跑单帮,说是不混出个人样儿来,不回来
　　　　见我。

胡传葵　好啊！男子汉嘛,就是该有点雄心大志！

阿庆嫂　咳,您还夸他呢!

胡传葵　阿庆嫂！我上一回大难不死,才有了今天,这可要谢谢你呀!

阿庆嫂　哪里！那是您本身的造化。净顾着说话啦,叫您二位干坐着。
　　　　等我给您沏茶去。司令这一回来,可真是的,水流千遭归大
　　　　海,人生何处不相逢啊!

　　　　〔阿庆嫂进屋。

胡传葵　刘副官,你到司令部去布置布置去!

刘副官　是!

刁德一　(已经端详了阿庆嫂很久)司令！这么熟识,她是什么人？

胡传葵　噢,你问的是她？(唱"二六板")

　　　　　　三年前老子的队伍才开张,

　　　　　　拢共才有十几个人七八条枪。

　　　　　　不料想与皇军顶头大撞,

　　　　　　措手不及进退无路只好开枪。

　　　　　　阳澄湖边打一仗,

　　　　　　只杀得死的死来伤的伤。

　　　　　　皇军紧追不肯放,

　　　　　　我只得逃奔在沙家浜。

　　　　　　多亏了阿庆嫂真正胆壮,

　　　　　　她叫我在水缸里面把身藏。

　　　　　　她那里提壶续水,面不改色,无事一样,

　　　　　　骗走了东洋兵我才出缸。

　　　　　　似这样救命之恩终身不忘,(阿庆嫂提壶上)

　　　　　　才称得起敲得应,叫得响,吉登嘎登,闯荡江湖的青红帮,

俺义重情长！

阿庆嫂　这么一点小事，您快别老挂在嘴上说啦，我那也是急中生智。事过之后，也是后怕得很哩！（边说边倒茶）司令，您从前打鬼子的事，沙家浜的人，到现在还当着评书鼓词来说哩！

胡传葵　啊！

阿庆嫂　参谋长请喝茶。（进屋）

刁德一　（看阿庆嫂的背影，唱"西皮流水"）

　　　　我是本乡生来本乡长，

　　　　从小儿住在沙家浜，

　　　　全村的男女老少，大大小小，了如指掌，

　　　　怎么会不认得这位老板娘？

胡传葵　（接唱）

　　　　八一三，炮声响，

　　　　你全家避难到苏杭，

　　　　那时节他们夫妻来到集镇上，

　　　　开一家茶馆度时光。

　　　　你去她来无交往，

　　　　你怎会认识这位老板娘！

　　　〔刁德一至屋门窥视，正遇阿庆嫂提壶上。

刁德一　（唱"西皮摇板"）

　　　　这一个女人不寻常！

阿庆嫂　（接唱）刁德一有什么鬼心肠？

刁德一　（接唱）她能言善语双睛亮；

阿庆嫂　（接唱）他笑里藏奸有锋芒。

刁德一　（接唱）她态度不卑又不亢；

阿庆嫂　（接唱）他神情不阴又不阳。

刁德一　（接唱）她使的什么风，靠的什么港？

阿庆嫂　（接唱）他到底姓蒋还姓汪？

刁德一　（接唱）我待要旁敲侧击将她访；

阿庆嫂　（接唱）我必须察言观色把他防！（欲走）

刁德一　阿庆嫂！（唱"西皮流水"）

　　　　　　　适才听得司令讲，

　　　　　　　阿庆嫂真是不寻常！

　　　　　　　我佩服你沉着镇静有胆量，

　　　　　　　竟敢在鬼子面前耍花腔。

　　　　　　　若无有抗日救国的好思想，

　　　　　　　焉能够舍己救人不慌张！

阿庆嫂　（接唱）

　　　　　　　参谋长休要谬夸奖，

　　　　　　　舍己救人不敢当！

　　　　　　　开茶馆,盼兴旺,

　　　　　　　江湖义气第一桩。

　　　　　　　司令常来又常往，

　　　　　　　我有心背靠大树好乘凉。

　　　　　　　也是司令的洪福广，

　　　　　　　方能够遇难又呈祥。

刁德一　（接唱）

　　　　　　　新四军久住沙家浜，

　　　　　　　这棵大树有荫凉，

　　　　　　　你与他们常来往，

　　　　　　　想必是安排照应更周详！

阿庆嫂　（接唱）

　　　　　　　垒起七星灶，

　　　　　　　铜壶煮三江。

　　　　　　　摆开八仙桌，

　　　　　　　招待十六方。

　　　　　　　来的都是客，

　　　　　　　全凭嘴一张。

　　　　相逢开口笑,

　　　　过后不思量。

　　　　人一走,茶就凉。

　　　　有什么周详不周详!

刁德一　嘿、嘿、嘿、嘿,阿庆嫂,真不愧是开茶馆的,说起话来,滴水不
　　　　漏啊! 佩服,佩服!

阿庆嫂　司令! 这算什么呢!

胡传葵　他就是这种人,阴阳怪气儿! 阿庆嫂你不要多心!

阿庆嫂　没什么!(进屋)

胡传葵　老刁,你这是干什么? 难道你对这个阿庆嫂是有什么怀疑吗?

刁德一　司令! 这个阿庆嫂,眼观六路,耳听八方,胆大心细,遇事不
　　　　慌。咱们要在沙家浜久占,要搞曲线救国,这可是个用得着的
　　　　人。就是不知道她跟咱们是不是一条心啊?

胡传葵　阿庆嫂? 自己人!

刁德一　要是问问她新四军的伤病员,她不会不知道,就怕她知道了
　　　　不说。

胡传葵　要问,我去问。你去,准得碰钉子!

　　　　〔阿庆嫂手托着一盘瓜子上。

刁德一　那是啊! 还是司令有面子!

阿庆嫂　(自语)哼! 把这个草包撺掇出来了! 司令,吃点瓜子。这个
　　　　茶到这会儿才喝出味儿来啦!

胡传葵　不错不错,喝出味儿来了! 阿庆嫂! 我跟你打听点事——

阿庆嫂　但凡是我知道的……

胡传葵　我问你,这新四军——

阿庆嫂　哦,新四军! 有,有!(唱"西皮摇板")

　　　　　　司令何须细打听,

　　　　　　此地住过许多新四军。

胡传葵　住过新四军,有伤病员没有?

阿庆嫂　(接唱)

　　　　　　还有不少伤病员，

　　　　　　伤势有重也有轻。

胡传葵　在什么地方？

阿庆嫂　（接唱）

　　　　　　我们这个村子里，

　　　　　　家家住过他们的人。

　　　　　　就是我这个小小茶馆里，

　　　　　　也时常有人前来喝茶灌水涮手巾！

胡传葵　（对刁德一，得意得很）怎么样？

刁德一　现在呢？

胡传葵　对！现在呢？

阿庆嫂　（接唱）

　　　　　　听得一声集合令，

　　　　　　浩浩荡荡他们出了村！

胡传葵
刁德一　（同问）伤病员也走了？

阿庆嫂　（接唱）

　　　　　　伤病员也无踪影。

　　　　　　远走高飞难找寻！

刁德一　都走了？

阿庆嫂　都走了！

胡传葵　奇怪！日本人三面包抄，水陆并进，密密层层，只留下一条路，我们在小桥东面等了一夜，怎么会没有碰上他们？

阿庆嫂　哦，司令，你们驻在小桥东，日本人从那儿过，你们没有碰上日本人吗？

胡传葵　日本人，早碰上了！

阿庆嫂　（自语）碰上了，不打？唔，一定是勾结上了。（对胡传葵）司令，您说咱们这儿还会打仗吗？日本人会来吗？您不知道，乡亲们老是逃难，地都荒啦，就是我这个小茶馆，也经不住几折腾啦！

胡传葵　叫乡亲们放心吧！有我胡某人在，日本人不来啦。

阿庆嫂　（自语）哦，日本人不来啦！这是私下里谈妥啦！（对胡传葵）胡司令，您干吗要打听新四军伤病员啊？

胡传葵　我们要消——

刁德一　对，我们要消除他们的疑虑，我们都是抗日的队伍，是友军，他们现在处境很艰难，要看病没有医生，要治伤没有药品，我们是想帮帮他们的忙。胡司令，你说是不是？

胡传葵　啊啊啊。

阿庆嫂　哦！刁参谋长一片好心，可惜他们都走啦。要不，日本人扫荡了三天，把沙家浜像篦头发似的篦了一遍，也没有找出他们来呀！

刁德一　嚇、嚇、嚇，日本人，人地生疏，两眼一抹黑，这么大的沙家浜，要藏起个把人，那还不容易吗！就拿胡司令来说，当年还不是被你阿庆嫂就在日本人眼皮子底下，往水缸里一藏，就藏过去了吗！嚇嚇嚇嚇！

阿庆嫂　噢，这么说，新四军的伤病员是我给藏起来啦！这就叫锣鼓听声，听话听音，照这么看，胡司令，我当初不该救您，现在反而落下这么一个话柄！

胡传葵　阿庆嫂，别别别……

阿庆嫂　不不不！胡司令呀，当着您在这儿，就请你们的弟兄把我这个小小的茶馆，里里外外，前前后后都搜一搜！省得有人疑心生暗鬼，叫我们里外难做人！

胡传葵　参谋长，你瞧你！（对阿庆嫂）阿庆嫂，你放心！我们安清帮门里，讲的是个义字！决不能过河拆桥，有恩不报！

刁德一　说一句笑话嘛，何必当真呢！嚇嚇嚇嚇……

胡传葵　是啊，参谋长说的是句笑话！

阿庆嫂　参谋长，这个笑话我们可担当不起呀！（下）

刁德一　（对阿庆嫂背影）嚇嚇嚇嚇……（转面对胡传葵）司令！我看

新四军伤病员一定在附近,没有走远!

胡传葵　那在哪儿呢?

刁德一　(指向芦苇荡)很有可能,是在对面的芦苇荡里。

胡传葵　芦苇荡?对,来人!

　　　　〔刁小三、天之九上。

胡传葵　往芦苇荡给我搜!

刁德一　不能搜!老胡,你不是这里的人,你还不太知道芦苇荡的情形。这芦苇荡无边无沿,地形复杂,咱们这么去瞎碰,那简直是大海捞针。再说,他们在暗处,我们在明处,那可就净等着挨黑枪啦。咱们要向日本人交差,可不能做这种赔本买卖!

胡传葵　那你说怎么办?

刁德一　叫他们自己走出来!

胡传葵　你别大白天说梦话啦,他们自己会走出来?

刁德一　我自有办法!刁小三,把村里的老百姓都叫到春来茶馆房后头集合!我给大伙训话!

刁小三　是!(下)

胡传葵　叫老百姓干什么?

刁德一　叫他们下阳澄湖捕鱼捉蟹!

胡传葵　叫他们捕鱼捉蟹,你馋啦?

刁德一　每只船上都派上我们的人,都换了便衣,芦荡里要是有伤病员,看见老百姓都下湖捕鱼,以为村子里没有事了,就会自动走出芦苇荡,到那时,各船一齐开火,岂不就……

胡传葵　哈哈哈,老刁,真有你的。

　　　　〔后台响起众乡民声音,由远而近。

　　　　〔刁小三上。

刁小三　老百姓都来了。

刁德一　告诉他们我要训话。

刁小三　静静!参谋长要训话。

刁德一　老乡们!我们是"忠义救国军",是抗日的队伍!我们来了,

212

知道你们很苦,也拿不出什么来欢迎慰劳我们,我们也不怪你们。可是要你们下湖去捕鱼捉蟹,我们照市价收买!

〔内群众鼓噪:"我们不去! 要是碰到日本人的汽艇,就没命啦! ……"

刁德一　好了好了,你们不要怕,你们每条船上派三个弟兄保护你们!

〔内群众鼓噪:"我们不去! 不去! 我们还要留命吃饭哩!"

胡传葵　他妈的,谁不去? 不去就枪毙!

〔刁德一、胡传葵下,刁小三随下。阿庆嫂由屋内匆匆走出,望着房后的众乡亲们。

阿庆嫂　(唱"西皮散板")

　　　　刁德一,贼流氓,

　　　　毒如蛇蝎狠如狼,

　　　　安下了钩丝布下网,

　　　　只恐亲人难提防,

　　　　渔船若是一举桨,

　　　　顷刻就要起祸殃。

〔内群众鼓噪,伪军弹压。

阿庆嫂　(接唱)

　　　　乡亲们若是来违抗,

　　　　也要流血把命伤。

　　　　恨不能肋生双翅飞进芦荡,

　　　　急得我浑身冒火无主张。

〔内鼓噪。一伪军喝叫:"不去,不去就开枪啦!"

阿庆嫂　开枪?!(接唱"快板")

　　　　若是村里枪声响,

　　　　枪声报警到芦塘,

　　　　亲人们定知村中有情况,

　　　　芦苇深外把身藏。

让他们打枪! ——有了!(取下笠帽,扣在壶上)

休孟浪,莫慌张,

风声鹤唳,引诱他们来打枪!

〔阿庆嫂将草帽茶壶扔进水中。急进屋。刁小三跑上。

刁小三　有人跳水!

〔胡传葵、天之九急上。

胡传葵　他妈的,想逃,开枪!

〔天之九连开几枪。胡传葵又连开几枪。刁德一急上。

刁德一　不准开枪! 不准开枪! 唉!

胡传葵　芦苇荡一定有新四军伤病员,不然怎么会有人游水出去? 快叫弟兄们上船,逼着老百姓划船进荡!

天之九　是!

刁德一　回来! 叫老百姓都解散!

〔天之九应声下。

胡传葵　怎么又不去啦?

刁德一　老兄! 村子里枪声打得这么紧,芦苇荡的新四军又不是聋子,他们还会出来吗?

胡传葵　你怎么不早说呀?

〔天之九上。

刁德一　刁小三! 你马上换了便衣到司令部等我! (刁小三下) 天之九! 叫人把去芦荡的口子统统封死! 所有的船只,全都扣起来! 谁要下湖,就给我枪毙! 我把你们困在荡里,饿也把你们饿死!

胡传葵　对! 我要斗不过这几个负伤带病的新四军,我就不姓胡! 回司令部!

——幕闭

214

第五场 坚 持

〔前场次日,拂晓、芦荡。

〔幕启:几个战士扛芦苇过场。小虎、小李扛苇子上。

小　虎　小李,天天在这芦荡子里可真有点憋的慌,还不如到前方打一
　　　　个漂亮仗痛快呢!

小　李　你着什么急呀,把伤养好了再去也不晚呀。

小　虎　嘿!

〔二人同下。郭建光扛苇子上。

郭建光　(唱"西皮摇板")

　　　　　　隆隆炮声渐消隐,

　　　　　　又闻枪鸣有数声;

　　　　　　岸上连络断音信,

　　　　　　荡中口粮无一升。

　　　　　　处境艰难要冷静,

　　　　　　必须要靠群众艰苦斗争。

〔老班长上。

郭建光　老班长,窝棚搭的怎么样?

〔二战士扛苇子上。

老班长　指导员,这窝棚可真美呀!(念数板)

　　　　　　提起这窝棚架,

　　　　　　当年常住它,

　　　　　　给地主扛长活,

　　　　　　夏夜里去看瓜;

　　　　　　躺在窝棚里一搭腿,

　　　　　　蛐蛐蝈蝈唱小曲;

　　　　　　如今伤员们住进去,

被单一挂是帘子，

不怕夜风吹脊梁，

不怕蚊子咬大腿，

呼噜呼噜睡好觉，

养好伤病再上前线去打日本！

二战士　你老这么爱说爱笑的！

〔二人笑下。

郭建光　你的病怎么样了？

〔叶思中、小凌上。

老班长　（念数板）

提起我这点病，

受点小罪它要不了命，

发点小疟子，

吃喝全不碍事。

要不是连长命令我来休养，

我怎么会来在这风景优美的芦荡子？

如今是三天不犯病，

专门侍候你们大家伙！

小　凌　老班长真能逗笑！

郭建光　我们的粮食怎么样？

〔老班长吞吞吐吐未答话。

郭建光　你说吧。

老班长　指导员，炒米都吃光了，有的人身上还许有个把团子，眼看就要断粮了。

小　凌　咱们得快想办法解决吃的问题。

郭建光　（唱"西皮散板"）

干粮炒米已用尽，

饥肠辘辘似雷鸣。

眼前一事最当紧，

千方百计把食粮寻。

叶思中　是不是我想办法出去和阿庆嫂联系一下？

郭建光　不，敌情一点也不了解，不要轻举妄动！

叶思中　那——

郭建光　我相信地方党一定在千方百计想办法，老百姓也一定会来支援我们的，我们能坚持下去就是胜利。（不觉眼前一阵发黑，有点支持不住。叶思中、小凌忙扶）

叶思中　指导员你怎么了？

郭建光　没什么。

叶思中　不，你手上冷冰冰地，头上直出冷汗。

郭建光　不要紧。

小　凌　指导员已经有两天没有吃东西了。

郭建光　我不是刚刚还吃过两只团子吗？

小　凌　（对叶思中）临走时沙奶奶送给我们的团子，他一个也没吃。

叶思中　小凌！你过来！

小　凌　……

叶思中　（从身上掏出一只团子，交给小凌，叫她送给郭建光吃，见小凌犹豫）这是命令，你一定执行！

〔叶思中与老班长同下。

小　凌　是。（走向郭建光）指导员。

郭建光　什么事？

小　凌　啊——

郭建光　有话说嘛！

小　凌　指导员，请你把它吃了吧！（把团子递给郭建光）

郭建光　我吃不下去。小凌！你把它保存好！

张松涛　（内喊）指导员……

〔张松涛急上。

张松涛　指导员！小王同志昏过去了！

〔林大根背小王上，叶思中、老班长、小李、火德荣、小虎同上。

217

众　人　小王同志,小王……

郭建光　他是不是伤势恶化了?

小　凌　(看小王腿上的伤口)伤口没有什么变化。

郭建光　那是?

张松涛　他是饿的支持不住才昏过去的。你早上给他两个团子他没有
　　　　吃,省给重伤员们吃了……

小　王　指导员,我不饿!

郭建光　小凌,刚才那个团子呢?

　　　　〔小凌把团子交给郭建光。

郭建光　小王,你快把团子吃了!

小　王　指导员你看,我已经站得起来了!(挣扎着站起来。众扶其
　　　　坐下)

众　人　小王你吃了吧!

郭建光　小王你就吃了吧!

　　　　〔小王把团子分给其他战士。

小　凌　(唱"西皮流水")

　　　　　　　小小的米团儿分了又分,

　　　　　　　一个个心窝里热血奔腾。

　　　　　　　易分那有限的千捶细粉,

　　　　　　　难分这无限的阶级深情。

郭建光　同志们!(唱"西皮散板")

　　　　　　　海角天涯能适应,

　　　　　　　置之绝地也能生,

　　　　　　　克服困难要有坚韧性,

　　　　　　　要学当年的老红军!

小　虎　克服困难没问题,可是没吃的,咱们怎么办?

老班长　红军爬雪山过草地,怎么过来着?穷人遇见灾荒年,吃草根树
　　　　皮不是也能过活吗?

火德荣　这儿遍地都是芦苇,咱们吃什么?

老班长　（想，看见芦苇）苇子生出的嫩芽子不是能吃吗，不是叫芦笋吗？

众　人　对呀！

郭建光　着哇！（唱"西皮散板"）

　　　　困难吓不倒英雄汉，

　　　　众人的智慧大如天；

　　　　饥餐芦笋香又甜，

　　　　坚持斗争胜利在明天。

　　　　小凌，你好好照顾小王。同志们跟我挖芦笋去！

叶思中　跟我来！

　　　　〔众人下。场上剩小王、小凌二人。

小　王　小凌，你去照顾其他伤员吧。

小　凌　我搀你回窝棚去。

小　王　不，我在这儿风凉一会儿。

小　凌　我去看看他们去。（下）

小　王　小凌同志，你看看张明怎么样了。

　　　　〔小凌内应。小王走至台中，小凌上。

小　王　同志们怎么样？张明怎么样？

小　凌　同志们睡得都很好，张明的伤口也不流血啦！

小　王　小凌，你看我这伤还得多少天才能好呢？

小　凌　小王，别着急，少说话，多静养，依我看再换几次药，伤口就会合上，那个时候再安心的休养些天，就会恢复健康了。嗯，到那时候我们敲着锣，打着鼓给你饯行，送你到前方。小王！你到了前方，同志们要问你在什么地方把伤养好的，你就说，你的疗养院就在芦苇荡。（唱"二六板"）

　　　　疗养院，驻扎在芦苇荡，

　　　　湖水环绕好风光，

　　　　大地当床天作帐，

　　　　绿叶青枝代围墙。

小王啊,心莫慌,安心把伤养,

有小凌在身旁看护有方,

你闷来我把救亡歌儿唱,

歌唱那新四军战士上前方。

你喜来我把舞儿跳,

舞一个"庆丰收"喜悦飞扬。

喂,小王,你听!(转"流水")

军民正在反"扫荡",

暂时缺粮也无妨。

一切事儿莫要想,

你的任务是养伤,

养好伤,恢复健康,

重上战场打"东洋",

立下战功夸红榜,

落个神枪手的名儿到处传扬。

〔一放哨战士内呼:"指导员!"急跑上,郭建光、叶思中和众战士闻声亦上。

放哨战士　报告指导员:湖面上发现一条船,朝我们这边划过来了。

郭建光　就是一条船吗?

放哨战士　就是一条船,上面坐着一个老乡。

郭建光　你继续放流动哨,监视他的行动。

放哨战士　是。(下)

刁小三　(内)这儿有新四军没有? 我是沙家浜来的! 给你们送吃的来了!

郭建光　(对林大根)你去搜搜他,把他带来。

〔林大根下,带刁小三上。刁小三伪装成农民,手提竹篮上。

刁小三　哎哟,这芦荡可真难找,要不是你领我,我哪儿找得着哇!

林大根　(对郭建光)就是这个老乡,给咱们送吃的来了。

刁小三　哎哟,我可找着你们啦,这几天,把老百姓想坏了。

郭建光　老乡,你从哪儿来?

刁小三　我是沙家浜的,姓王,叫小三。

郭建光　村里现在还有没有敌人?

刁小三　日本鬼子一扫而过,现在驻的是"忠义救国军"胡传葵的军队。

郭建光　啊,胡传葵?——谁叫你送吃的东西来?

刁小三　有马……马鸿章,李老四,老齐头,王三元,他们叫我来的。

郭建光　你怎么知道我们在这儿?

刁小三　我这么一琢磨你们就在这儿!这两天你们可受了罪了,来,吃吧。(由篮内取出烧饼,让战士们吃,众不接。刁小三见没人吃)这疑心什么,我先吃。(自己吃起来,偷看别人)

郭建光　(唱"西皮散板")

　　　　　看此人獐头鼠目两眼乱转,

　　　　　言语恍惚神不安,

　　　　　话中不提阿庆嫂,

　　　　　必须要把他的来龙去脉细问根源!

　　　　　这些烧饼从哪里来的?

刁小三　是大家凑的,各家各户敛来的。

叶思中　(检查)各家敛来的,怎么都是一般大的,一个样儿的?

刁小三　这……这是大家凑了钱在一家定作的嘛。

郭建光　那好吧,你就留下吧。

刁小三　好好,我把烧饼留下。

郭建光　我叫你留下!

刁小三　我?(惊)不,不,不!我还要回去,过两天我再来,我知道你们住在这儿了,再见,我走了!(欲走,被小李拦住)

郭建光　你不能走,你说的很对,你知道我们住在这儿了,你回去要是有人发现问起来,对你,对我们都不方便!看起来只好留你在这儿住几天,等我们出去时再把你一齐带出去。你带来的烧饼还够你吃几天的。叶排长,好好照看这位老乡,让他住在一间结实一点的窝棚里。

叶思中　小李,把这个老乡送到咱们第一号楼房去!

小　李　是。(拿桨,押刁小三下)

小　虎　嘿,我看这家伙是个敌探!

众　人　对,一定是敌探!

郭建光　同志们看得对,他是个敌探。可是他来对我们很有好处。同
　　　　志们!(唱"二黄三眼")

　　　　　　　这敌探过湖来暴露了情况,

　　　　　　　沙家浜多变化大有文章。

　　　　　　　胡传葵因何故来此驻防,

　　　　　　　阿庆嫂断联系所为哪桩?

　　　　　　　为什么这敌探突然进荡,

　　　　　　　这件事应引起大家提防!

小　虎　指导员,现在有了一条船,待我划到沙家浜,保证把粮食搞来。
　　　　胡传葵要找磨擦,我就拼他几个,拼一个抵了本,拼两个赚
　　　　一个。

小　凌　革命靠你一个人那样硬拼能取得胜利吗?

郭建光　小虎同志!(唱"二黄原板")

　　　　　　　情况不明,怎能乱闯,

　　　　　　　靠蛮干,使我们会遭损伤。

　　　　　　　远望着沙家浜寂寥沉静,

　　　　　　　湖面上望不见帆过船航。

　　　　　　　分明是有征候向我告警,

　　　　　　　要作好战斗准备监视敌方。

林大根　指导员,我的伤已经好了,我不愿呆在后方过这种和平安静的
　　　　日子,论打仗还是前方! 我要求到前方去!

郭建光　林大根同志!(接唱)

　　　　　　　说什么论打仗要上前方,

　　　　　　　休把这芦苇荡来比寻常。

　　　　　　　这绿色的围墙并非是和平景象,

芦荡中内无粮外有敌斗争紧张。

临困难莫陷迷网，

明方向把斗志激扬。

同志们！这芦荡就是战场，就是前方。我们一定等待上级命令，要坚持到胜利！

众　人　我们要等待命令，不怕困难，坚持到胜利！

〔风暴骤起。

小　虎　暴风雨来了！

郭建光　（唱"二黄唢呐腔"）

要学那泰山顶上一青松，（重句，众合唱）

挺然屹立傲苍穹，

八千里风暴吹不倒，

九千个雷霆也难轰。

烈日喷炎晒不死，

严寒霜雪，郁郁葱葱。

那青松，逢灾受难，经磨历劫，伤痕累累，瘢迹重重，

要显得枝如铁，干如铜，蓬勃旺盛，倔强峥嵘。

崇高品德人称颂，

俺十八个伤病员，要成为十八棵青松！

——幕闭

第六场　授　　计

〔春来茶馆。台右是室内，屋后有窗，室外是茶棚。

〔幕启："忠义救国军"士兵张得标巡逡瞭望。刘副官上。

刘副官　新四军的伤病员不见影子。日本人等着要回话。小三进了芦荡，到现在还没有回来。情况这么紧张。张得标！

张得标　有!

刘副官　刁参谋长有命令,不准走掉一条船,不准闲人乱出乱入。

张得标　是!

刘副官　我到那边看看,刮了一天大风,船直晃,别把缆绳晃断了。你在这儿看着点。

张得标　是!

刘副官　来回蹓跶着! 别老在一个地方杵着!

张得标　是!

　　　　〔刘副官下。伪军荷枪往来蹀躞,下。

　　　　〔风声飒飒,落叶萧萧。阿庆嫂上。

阿庆嫂　(自语,朗诵)一场大雨,湖水陡涨。满天阴云,郁集不散,把一个水国江南,压得透不过气来。不久只怕还有更大的风雨呀! 有什么办法,能救得亲人出险哩?(唱"二黄慢板")

　　　　　　风声紧雨意浓天低云暗,

　　　　　　不由人一阵阵坐立不安。

　　　　　　亲人们缺粮食消息又断,

　　　　　　芦荡内怎禁得浪激水淹?(转"快三眼")

　　　　　　他们是革命的宝贵财产,

　　　　　　十八个人都和我骨肉相连。

　　　　　　阴雨中要保存这星星火种,

　　　　　　看他日乘东风势成燎原。

　　　　　　联络员身负着千斤重担,

　　　　　　陈县委临行时叮嘱再三。

　　　　　　我岂能遇危难一筹莫展,

　　　　　　辜负了党对我培育多年。

　　　　　　我本当过湖去见亲人面,

　　　　　　怎奈是水又深,湖又宽,身无双翅飞渡难。

　　　　　　我本当去把陈县委来见,

　　　　　　怎奈是港也封,路也断,刁德一派了岗哨又扣了船。

224

怎么办,怎么办,怎么办?

事到其间好为难。

党啊,你给我智慧,给我勇敢,

你帮我战胜顽敌渡难关。

〔沙奶奶引七龙上。

沙奶奶　(唱"二黄摇板")

胡传葵投敌寇原形已现,

挂念那伤病员心似油煎。

〔沙奶奶、七龙同进阿庆嫂屋。

七　龙　阿庆嫂,干粮送不过去呀!

沙奶奶　七龙藏起来的一条小船,也被他们给搜去啦!

七　龙　我想凫水过去,可是又怕炒米粉泡坏了。

阿庆嫂　县委指示还没来,伤员同志们还不能转移,得想办法弄一条
　　　　船,给同志们送点干粮去。

七　龙　今晚上,我去偷它……

阿庆嫂　(摇手示意)咱们看看船去。

〔三人同出屋。刘副官内声:"好滑的道儿啊!"阿庆嫂与沙奶
　奶耳语。七龙装病。

刘副官　阿庆嫂!跟您赊壶茶喝行吗?

阿庆嫂　刘副官,您可真见外,干吗说赊呀,等一会水就开。

刘副官　这是谁?

阿庆嫂　这是沙奶奶的儿子。

刘副官　在这儿干吗哪?

沙奶奶　唉!病啦!刘副官,您行个好,借给我们一条船,叫孩子进城
　　　　看看病吧!

刘副官　借船?门儿也没有!

沙奶奶　阿庆嫂,您给求个人情吧!

阿庆嫂　刘副官,孩子病成这样,咱们这又没个大夫,您行个方便吧!
　　　　(示意沙奶奶,并给沙奶奶钱)

沙奶奶　（递过钱去）您行个方便吧！

刘副官　（接钱）阿庆嫂！不是我驳您的面子，我可作不了这个主。船，有的是，就在那边！可是一条也不能动！这是刁参谋长的命令。阿庆嫂，你也知道刁参谋长认定芦荡里有新四军，还怀疑村里有共产党，这才封港扣船。风声这么紧，借船？这不是玩脑袋的事吗？阿庆嫂，您可少管这路事，免得招惹是非。沙奶奶，您这份意思，我领啦！（收钱）船呢，这会子还不行，过几天我一定替你想办法。

阿庆嫂　唉！这孩子病得怪可怜的！

　　　　〔串铃响。伪军内声："站住！干什么的？"陈天民内应："看病的大夫！"阿庆嫂示意沙奶奶。

沙奶奶　这可好了，请大夫过来吧。

刘副官　啊？

沙奶奶　哦，刘副官在这儿哪！

刘副官　这不行啊！

　　　　〔陈天民上。

陈天民　（念）一生常在风雨里，

　　　　　　　　到处逢人售奇方。

阿庆嫂　陈大夫！

陈天民　你们好！

沙奶奶　可盼您来呀！

刘副官　你不知道这儿不能来吗？

陈天民　江湖医士，串铃一响走四方。有病家的地方，我是常来走走的呀！

刘副官　赶快走！

沙奶奶　刘副官！既然您不借船，就请大夫给孩子看看病吧！

刘副官　不行啊！沙奶奶，参谋长不许闲人到这儿来呀！

　　　　〔阿庆嫂再递钱给沙奶奶，并示意沙奶奶。

沙奶奶　这位陈先生，常到我们这来看病的。

226

阿庆嫂　是啊！这村里谁不认识陈大夫啊！

沙奶奶　刘副官,您只当救孩子一命吧！(递钱)

刘副官　那么,快着点,别让参谋长知道了。

沙奶奶　唉！先生请过来诊脉！

陈天民　请过左手。

沙奶奶　伸出左手来。

　　〔陈天民诊脉,刘副官对坐监视。

阿庆嫂　(扯沙奶奶衣角)刘副官,陈先生,我给您沏茶去。(进屋)

陈天民　不必客气！

刘副官　你是哪儿来的?

陈天民　常熟城里,三代祖传世医,专治疑难杂症。

沙奶奶　我给您拿笔墨去。(进屋)

刘副官　有良民证吗?

陈天民　有,有,有！长官请看！

阿庆嫂　(在屋内)您去找齐大爷,想法把刘副官支走一会儿。

沙奶奶　是啦！(出屋,放笔墨)阿庆嫂！您替我招呼着,我去拿点钱,
　　　　等一会好给先生。

阿庆嫂　您快点回来！

沙奶奶　是啦！(下)

阿庆嫂　(手托茶盘,盘内放两个茶碗,由屋内走出)刘副官,参谋长要
　　　　抓共产党,瞧你们这忙乎劲！这陈大夫村里人谁不认识呀！

刘副官　哪里,哪里,我是对医道颇有兴趣。不过参谋长的命令也不能
　　　　不小心哪。

阿庆嫂　刘副官,你们不是怀疑芦荡里有新四军的伤病员吗? 为什么
　　　　不派兵去搜?

刘副官　参谋长说了,这芦荡大得很,哪搜得出来。(对陈天民)你快
　　　　看病！

陈天民　脉象悬浮,其病在肾,肾属水,是不是觉得水很多?

阿庆嫂　是呀！

陈天民　看看舌苔。

刘副官　当大夫的都是这一套。

陈天民　唔,中焦阻塞,是不是呼吸不畅,胸口里堵得慌?

阿庆嫂　是呀! 刚才在这儿还说胸口堵得慌哪!

陈天民　呵一口气;胃有虚火。唔,平日饮食不周,缺食!

阿庆嫂　是啊! 饮食不周呀!

陈天民　肝郁不舒,容易急躁。

阿庆嫂　对啦! 着急得很哪!

刘副官　头疼脑热的,着什么急呀!

陈天民　这个病,有内伤!

阿庆嫂　有内伤!

陈天民　有外感!

阿庆嫂　有外感!

刘副官　这病还真不轻啊!

陈天民　不要紧,我先开个方子,吃一剂药,保管病好。

　　　　〔沙奶奶上,与阿庆嫂示意。老齐头在屋后站着。

陈天民　(唱"四平调")

　　　　　　内有伤外有感难禁风雨,

　　　　　　平日里缺饮食体弱神虚,

　　　　　　存元气去湿水方为上计,——

老齐头　(上前)刘副官,粮草现款都敛齐啦! 我找不着刁小三,您来
　　　　收一收吧。我看,这些事,往后还是找您吧。咱们是熟人,好
　　　　办事呀!

刘副官　粮草现款? 好吧! 交我吧!

老齐头　您快去点点吧! 等一会刁小三来要就得交他啦!

刘副官　我要等这个大夫走了,才能去哪!

　　　　〔老齐头与刘副官耳语,以草帽遮刘副官视线;陈天民速写一
　　　　纸条交七龙。

刘副官　你等着我! 快点看病!

陈天民　好了。（接唱）

　　　　　照此方服一剂药到病除。

刘副官　拿来。（抢过药方）

陈天民　见笑！见笑！药要早吃，不要过了今天晚上。

沙奶奶　（递钱给陈天民）先生，这是一点小意思。

陈天民　这服药，只能医得眼前症候，若要除根，你们还要注意他的行动坐卧一切情况；过些日子，我再来，你们再把他的（指刘副官）病情详细告我。

刘副官　快走吧！（药方交沙奶奶）

陈天民　这就走！

阿庆嫂　您走哇！路上小心！
沙奶奶

陈天民　不怕！我们走江湖串四方的，走惯了崎岖不平路，过惯了连阴久雨天。不怕，你们照顾病人要紧。回见！（下）

刘副官　走！老齐头！（与老齐头同下）

七　龙　阿庆嫂，你来看。（拿出纸条）

阿庆嫂　（同念）转移红石乡！
七　龙

沙奶奶　得想办法弄到一条船呀！

七　龙　我倒有个主意。

沙奶奶　你有什么主意？

七　龙　待我跳进水里，砍断缆绳，偷偷地推出一条船，不撑篙，不使桨，船上没人，不太显眼，只要推出半里路，大湖之中，烟雾迷茫，就更看不清了。事到如今，火烧眉毛，只有这一条计啦！

沙奶奶　他有一身好水性，让他去吧！

阿庆嫂　事到如今，也只有他能去啦！（对七龙）七龙，你可要小心哪！

沙奶奶　七龙！（唱"西皮摇板"）

　　　　　送船去救亲人命，

　　　　　我儿千万要小心。

阿庆嫂　（接唱）

行动轻捷要机警，

提防岸上有敌人。

七　龙　（接唱）

七龙自幼识水性，

妈！阿庆嫂！

你们但放宽心！

〔七龙脱衣。阿庆嫂提水一桶，暗示：七龙一跳水，她随即倒水入湖，以乱其声、掩其水纹。七龙会意，旋纵身入水，阿庆嫂倒水。张得标上。

张得标　什么人跳水？什么人跳水？

阿庆嫂　是我……倒了一桶水呀！

张得标　哦！

〔阿庆嫂向另一方向注目，伪军随之而看；阿庆嫂松弛下来，表示没有什么值得注意的；伪军也松弛下来，依旧往来蹀躞。阿庆嫂向七龙游出的方向看，提桶入屋。

〔刘副官上，翻着一本账簿。

刘副官　哈哈，这管粮草现款真有油水。（数钱）我先来它一个经手三分肥。

〔刁德一、天之九同上。

刁德一　刘副官。

刘副官　参谋长，请坐，请坐！

刁德一　附近有什么情况吗？

刘副官　附近我都瞧了，没有什么情况！

刁德一　刁小三呢？

刘副官　还没有回来呢。

刁德一　唔！过两天派你一桩美差。

刘副官　什么事？

刁德一　胡司令要结婚。

刘副官　女家是谁？

刁德一　周翻译的妹妹。

刘副官　不用说是参谋长的大媒啦！

刁德一　过两天派你进城办嫁妆！

刘副官　哦！我鞠躬尽瘁！

　　　　〔刁德一走向湖岸的高坡用望远镜瞭望湖中。

刁德一　不对！这水面上怎么仿佛有一条船？

刘副官　船？大概……是风把缆绳刮断了，空船顺水漂出去了。

刁德一　不对！

刘副官　啊？

刁德一　空船断缆只能顺风顺水而行，这船是逆风逆水而上。船底下
　　　　一定有人！快，天之九派几个人给我追！

刘副官　是！

　　　　〔风雨陡起，雷声轰鸣。

——幕闭

第七场　转　　移

　　　　〔紧接前场，芦荡水涨，高地水已没足，风雨交加。

　　　　〔幕启：郭建光、叶思中在雨中查哨。

叶思中　指导员。

郭建光　有情况吗？

叶思中　沙家浜这方面黑洞洞的，连个灯火也没有。

郭建光　叶排长，你继续监视沙家浜方向。

叶思中　是。（下）

郭建光　（唱"高拨子散板"）

　　　　　　秋雨连绵天地暗，

　　　　　　坚持斗争愈艰难，

芦荡中这两日(转"回龙")水涨数遍。

伤员们数次迁移,衣湿漉漉脚陷泥中,受尽熬煎。

〔战士上,他手托芦苇编的蓑衣给郭建光披上,二人互相推让。

郭建光 (接唱"原板")

真个是重伤轻伤互相体念,

风雨中愈困难斗志愈坚。

保存这革命火种我肩负重担,

留得青山胜利在明天!

小　凌 (内)指导员!(与小虎同上)湖水又涨了!

小　虎 已经没了同志们的脚面了。

郭建光 叫同志们向高地转移。

小　虎
小　凌 是。(下)

〔叶思中内喊:"谁?"七龙内应:"我是七龙。快!帮我拉一下船!"

郭建光 啊!七龙!

〔叶思中、七龙同上。

郭建光 七龙,你干什么来啦?

七　龙 指导员,是阿庆嫂叫我来的。县委陈天民的指示,叫你们转移到红石乡。——我听后面有划船的声音,要马上转移。

郭建光 叶排长!叫同志们马上转移红石乡!押着那个特务走。

叶思中 是。(与七龙同下)

〔众伤员彼此挽扶,有的背负重伤员,陆续过场,小虎押刁小三随后。有一伤员忽然滑倒,郭建光急扶,亦倒,一战士又急扶。刁小三乘机钻入芦苇中,小虎欲开枪。

叶思中 别打枪!捉活的。

郭建光 不要管他,马上转移!

叶思中 是。(同下)

〔台上稍静片刻,天之九带数伪军搜索上。刁小三由芦苇中爬出,摔了一跤,伪军发觉。

天之九　谁!

〔众欲开枪。

刁小三　别开枪,别开枪,我是刁小三。

天之九　举起手来!(对众)搜搜他!

〔众搜刁小三。

刁小三　自己人!干嘛呀!

天之九　你怎么上这儿来了?

刁小三　参谋长叫我来的。

天之九　新四军呢?

刁小三　都跑啦,是沙七龙给他们送的船,赶快回去报告参谋长!

天之九　回司令部!

〔同下。二幕闭。

——幕闭

第八场　审　沙

〔紧接前场。二幕外:天之九、二伪军押沙奶奶过场。

〔幕启:刁德一家的厅堂(即伪司令部),摆设着红木家具。正面悬挂着一幅《达摩渡江图》中堂。两边配挂着对联,上联"安清不分远和近",下联"三祖传留到如今"。胡传葵上。

胡传葵　(唱"西皮散板")

实指望芦荡中消灭老共,

又谁知一步之差扑了空。

抓住了沙老太婆逼她的口供,——

〔刁德一上。

233

刁德一	（接唱）怎奈她咬定牙关不放松！
	〔天之九、刁小三上。
天之九 刁小三	报告，老太婆不招！
胡传葵	别瞎耽误工夫啦，拉出去毙了得了！
刁德一	慢！司令，老太婆不能枪毙。皇军要她的口供，不要她的老命。
胡传葵	枪毙一个人的自由都没有，真他妈的憋气！
刁德一	司令！毙一个老太婆，算得了什么，这根线索，可就断了。我们要从她身上，追出在幕后活动的共产党！
胡传葵	好吧，随你！
刁德一	（对天之九等）再打！——回来！只许打伤，不许打死。
天之九	是！
	〔天之九、刁小三下。
胡传葵	共产党！只怕是共产党坐在咱们面前，咱们也认不出来！
刁德一	司令，有一个人很值得怀疑。
胡传葵	谁？
刁德一	司令，那天，天之九冒冒失失打了一阵枪，在哪儿？扣下的船，丢了一只，又在哪儿？
胡传葵	唔？
刁德一	都离春来茶馆不远。
胡传葵	你是说……
刁德一	阿庆嫂！
胡传葵	嗯！
刁德一	司令，太可疑了！
胡传葵	那你打算怎么办？抓？
刁德一	不好！咱们把她请来，问问。
胡传葵	怎么问？——"你是共产党吗？"
刁德一	哪能这么问！咱们当着她的面，审沙老太婆……（与胡传葵

耳语)明白了吗？

胡传葵　好！好！行！

刁德一　就说司令要办喜事，请她来帮忙。

胡传葵　好！来人！

〔刘副官上。

刘副官　报告！阿庆嫂求见！

胡传葵　啊？

刁德一　请！

刘副官　是！（下）

〔阿庆嫂上。

阿庆嫂　（唱"西皮散板"）

老妈妈受苦刑已在险境，

我身临虎穴来探隐情。

此时间必须要从容镇定——

恭喜司令要成亲！

胡传葵　阿庆嫂，你都知道啦？

刁德一　真是消息灵通！请坐！沏茶！

阿庆嫂　满村里，谁都知道啦！刘副官已经叫老齐头通知各家各户自愿送礼啦！

胡传葵　阿庆嫂，你来得正好！我这办喜事，正想找你帮忙哪！

阿庆嫂　是呀！胡司令要办喜事，刁参谋长家里这会又没有女眷，怕有些事要问问我的，趁茶馆里这会没有事，我就来啦！

〔刘副官捧茶上，又下。

刁德一　阿庆嫂真是热心人！喝茶！

阿庆嫂　刁参谋长今天怎么这么客气呀？

刁德一　到了我这儿来了嘛！

阿庆嫂　司令，都齐备了吗？

胡传葵　差不多了。过两天叫刘副官进城去一趟，就齐了。

阿庆嫂　轿子订了吗？

235

胡传葵　哟，这个轿子嘛，你知道哪一家的好？

阿庆嫂　这我知道！（唱"西皮摇板"）

　　　　办喜事，要排场，

　　　　花轿要算头一桩。

　　　　讲时兴，论大方，

　　　　满城就数兴隆行。

胡传葵　哦，兴隆行？回头告诉刘副官。

阿庆嫂　吹鼓手哩？

胡传葵　吹鼓手！哪儿的吹鼓手好？

阿庆嫂　（唱"西皮摇板"）

　　　　江南江北访一访，

　　　　吹打无过陆家浜。

　　　　我与他们常来往，

　　　　想必定肯来帮忙。

胡传葵　好，那就拜托你啦！

阿庆嫂　司令，厨子哩？

胡传葵　哦！厨子！阿庆嫂你有熟人么？

阿庆嫂　（唱"西皮摇板"）

　　　　有一个厨师本姓王，

　　　　南北名菜都擅长；

　　　　他若肯来把厨掌，

　　　　喜事添了三分光。

胡传葵　（忘其所以）那好极了！好极了！一定请他来！你回去就写
　　　　信，我叫刘副官专诚去请！

刁德一　（大喝）老太婆招了没有？

　　　　〔内应："没有！"

刁德一　带上来！

阿庆嫂　司令，你们有事，我在这儿不方便，我走啦。

刁德一　阿庆嫂，既来了，何必就走呢？我们办我们的事，你坐你的！

236

胡传葵　嗳,既是参谋长留你,那你可得坐坐!

阿庆嫂　那我就再坐坐。

刁德一　带沙老太婆!

　　　〔天之九、刁小三架沙奶奶上。

沙奶奶　(唱"西皮小倒板")

　　　　　且喜亲人已脱险!(接"散板")

　　　　　粉身碎骨也心甘。

　　　　　挺身来把仇人见,

　　　　　阿庆嫂为何在堂前?

胡传葵　沙老太婆,你到底招是不招?

沙奶奶　你要我招些什么?

胡传葵　芦苇荡里的新四军是不是你儿子七龙送走的?

沙奶奶　不知道!

刁小三　什么?不知道!我在芦荡里亲眼看见的,你还赖得了!

胡传葵　新四军伤病员转移到什么地方去啦?

沙奶奶　不知道!

胡传葵　你和你儿子干的这些事,是谁的主谋,谁的指使?

沙奶奶　不知道!

胡传葵　他妈的,一问三不知!今天我叫你尝尝我的厉害!

　　　〔胡传葵欲打沙奶奶,刁德一急忙制止。

刁德一　司令!何必动气,有话好慢慢说嘛!起来!(对刁小三等)搀
　　　　起来!沙奶奶受委屈了,来来来,坐下,坐下。听我跟你说!
　　　　(唱"西皮摇板")

　　　　　沙妈妈休要想不开,

　　　　　听我把话说明白:

　　　　　你不出乡里年纪迈,

　　　　　岂能够出谋划策巧安排?

　　　　　必定有人来指派,

　　　　　她在幕后你登台。

到如今你受苦受刑难忍耐，

她袖手旁观稳坐在钓鱼台。

只要你说出她的名和姓，

刁德一我保你从此不缺米和柴！

刁小三　你好好地想想吧！

刁德一　沙奶奶，你想明白了没有？

〔沙奶奶不语。

刁德一　阿庆嫂，你劝劝她吧。

阿庆嫂　我？

刁德一　你跟沙奶奶是街坊，你劝她两句嘛！啊！（示意胡传葵）

胡传葵　对，你劝她几句。

阿庆嫂　好，既是刁参谋长看得起我，我去试试。不过这老太太的脾
　　　　气，我是知道的，恐怕也是要碰钉子的。（走近沙奶奶）沙奶
　　　　奶！参谋长的话你听清楚了没有？你一说出来，什么事都
　　　　完了。

沙奶奶　（背躬）我不说，他们就没有一点办法！

阿庆嫂　沙奶奶呀沙奶奶，你这么大年纪，你为了什么呢？

沙奶奶　（背躬）我为了穷人翻身！

阿庆嫂　沙奶奶，你要好好想想，认清了谁是好人，谁是坏人。

刁德一　对！阿庆嫂，你说说谁是好人，谁是坏人？

阿庆嫂　司令，参谋长是在问我吗？

胡传葵　哎，哎……

刁德一　嚇嚇嚇嚇。

沙奶奶　我说！谁好谁坏，自有公断；黎民百姓，敢怒敢言！（唱"二黄
　　　　快三眼"）

八一三，日本鬼子开了仗，

江南国土都沦亡，

尸骨成山鲜血淌，

满目焦土遍地火光。

238

新四军,共产党,来把敌抗,

历尽千辛,东进江南,深入敌后,解放城市与村庄。

红旗举处歌声朗,

百姓们又见天日光。

似这等子弟兵人人敬仰,

除非他与百姓两样心肠。

你们号称"忠义救国军",

为什么见日寇不发一枪?

我问你救的是哪一国?

为什么不救中国助东洋?

为什么专门袭击共产党?

你忠在哪里义在何方?

你们是汉奸走狗卖国贼,

少廉无耻,丧尽天良!

胡传葵　住口!

沙奶奶　（接唱）

你有理,敢当着百姓讲,

纵然把我千刀万剐也无妨!

沙家浜,总有一天得解放,

且看你们这些走狗汉奸好下场!

胡传葵　（真动了气）拉下去! 枪毙!

〔刁小三、天之九押沙奶奶下。刁德一至门边作手势阻止。

阿庆嫂　司令!

刁德一　（向外）慢动手! 阿庆嫂有话说!

阿庆嫂　……我该走啦! 参谋长,您这都是公事,我们可不敢随便多嘴呀!

胡传葵　不! 不! 今儿个就想听听你的主意哪!

刁德一　司令要枪毙沙奶奶,你跟沙奶奶是好邻居,还能见死不救吗?

阿庆嫂　参谋长,这沙奶奶会有人救她的!

胡传葵　谁？

刁德一　哦？

阿庆嫂　既然七龙给新四军送了船,他能不来救他的妈妈！新四军也一定会来救沙奶奶的！

胡传葵　我马上枪毙她,看他们救谁！

阿庆嫂　是呀！您要是枪毙了沙奶奶,谁也就不来啦！没有人来救沙奶奶,您可谁也就逮不着啦！

胡传葵　（大悟）哦！你是说留着老太婆,好放长线,钓大鱼,叫他们上钩？

刁德一　照这么说,沙奶奶还是不枪毙的好？

阿庆嫂　枪把子在您手里。大主意您自己拿,我不过是替司令着想啊。

刁德一　好啊！阿庆嫂真是自己人！这么办,你往后认为有什么可疑的人,请你报告我们一声,好吗？

阿庆嫂　既然参谋长这么信得过我,我一定照办！我告辞啦！

胡传葵　过两天办喜事,还要请你帮忙啊！

阿庆嫂　那哪儿少得了我呀！回见啦！（下）

刁德一　刘副官！你亲自看住阿庆嫂,有什么行动,马上来报告。

刘副官　是。（下）

胡传葵　又瞧出什么来啦？

刁德一　再瞧瞧！

胡传葵　啊！啊！

　　　　〔同下。

————幕闭

第九场　假　　报

〔前场后三天的夜里。春来茶馆。景同六场。

〔幕启：张得标在茶馆附近徘徊。刘副官上，示意让张得标下。张得标下。刘副官至屋门口窥伺阿庆嫂，阿庆嫂开门，二人相视，刘副官尴尬。

刘副官　阿庆嫂，我赊壶茶喝吧。

阿庆嫂　好，好，您等一会，我给您沏去。（下）

〔刘副官至棚内桌边，坐下。阿庆嫂提水壶、马灯上。

阿庆嫂　刘副官您慢慢喝着。

刘副官　嗳。

阿庆嫂　（回屋内，唱"西皮摇板"）

　　　　刘副官这两日将我看定，

　　　　分明是刁德一遣鬼差神。

　　　　齐大爷探敌情尚无音信，

　　　　我这里监视重重难以脱身。

〔阿庆嫂站在屋内静听刘副官动静。

老齐头　（内）刘副官！刘副官！

刘副官　谁？

〔老齐头持酒、菜上。

老齐头　我，老齐头！

刘副官　来啦？

老齐头　刘副官，你要的酒和菜弄来了。

刘副官　哎，好！好！多少钱？

老齐头　也就是——

刘副官　那我谢谢啦！

老齐头　您慢慢地喝着吧。我顺便找阿庆嫂要一要"自愿"送礼的钱，各家各户都收得差不多了，就她这儿我还没顾上来。

刘副官　去吧！（慢慢地吃着酒菜）

老齐头　阿庆嫂！（进屋）

阿庆嫂　哦，齐大爷，您是来取摊派的钱的？我给您预备好啦！

老齐头　（大声）呃，春来茶馆，应当"自愿"五十块钱。这是收条，给你。

阿庆嫂　哎。

老齐头　（小声）这是你要的情报，都写在上面，赶紧收起来。

阿庆嫂　（大声）还有什么事吗？

老齐头　（大声）过两天司令的正日子，客人多，怕还要跟你借几套茶壶茶碗使。

阿庆嫂　（大声）行啊！您要用，就来拿吧，都是现成的。我给您倒碗茶去。

老齐头　（小声）刘副官明天进城买东西去。（大声）别忙活啦。我走啦！

阿庆嫂　不送您啦！

〔老齐头下。

阿庆嫂　（唱"西皮散板"）

　　　　　齐大爷情报探得准，

　　　　　这机密怎能送出村？

　　　　　左思右想心不定……（扫一句）

〔阿庆嫂听窗外有声音即开窗，见叶思中，与之耳语，示意外面有敌人；叶思中又与七龙耳语，叫他过去逮住敌人。叶思中越窗而进，同时小虎、七龙将刘副官逮住。这时屋内屋外同时交叉对话。

〔屋内：

阿庆嫂　叶排长，这是情报！

叶思中　这包里是枪，藏好，到时候要用！

阿庆嫂　哎，刘副官明天进城！

叶思中　知道啦。我们一走，你就去报案，明白吗？

阿庆嫂　好！

〔叶思中越窗出，阿庆嫂进内室。

〔屋外：

小　虎　不许动！

242

刘副官　啊！

七　龙　我妈在哪儿哩？

刘副官　在、在、在司令部。（被堵嘴）

小　虎　警告胡传葵、刁德一，要是伤了沙奶奶一根头发，叫他们小心
　　　　点儿，以后大家还要见面！

刘副官　……

　　　　〔叶思中上。

叶思中　这个茶馆的老板娘呢？

刘副官　（努嘴）……

　　　　〔叶思中推门。七龙推刘副官进屋，小虎在外警戒。

叶思中　胡说，屋里没人！（对七龙）窗子开着，大概是跑了。（对刘副
　　　　官）你也警告她！她救过胡传葵的命，叫她不要帮着胡传葵
　　　　办事，祸害村里的百姓！不然，饶不了她！

刘副官　……

叶思中　对不起，委屈你一会！

　　　　〔叶思中将刘副官绑在桌子腿上。

叶思中　走！

　　　　〔叶思中、小虎、七龙下。

　　　　〔阿庆嫂引胡传葵、刁德一、天之九、刁小三及伪军数人急上。
　　　　天之九、刁小三持枪逼门。

天之九
　　　　出来！不出来，我们要开枪啦！
刁小三

　　　　〔胡传葵挥手。天之九、刁小三到屋内搜索，将刘副官解下，
　　　　推出屋来。

胡传葵
　　　　新四军呢？
刁德一

刘副官　走啦！

胡传葵
　　　　走啦?！给我搜！
刁德一

　　　　〔伪军下。

243

刘副官　他们还警告你们俩！叫你们不许损伤沙奶奶一根头发,说将来还要见面。

胡传葵　还说了什么?

刘副官　还警告阿庆嫂,说她救过司令的命,叫她不要给司令办事,不要害苦了老百姓,幸亏阿庆嫂跑了,不然,他们也饶不了她!

刁德一　哦?!

胡传葵　老刁!听见没有?(对阿庆嫂)阿庆嫂,你受惊了。别忘了过两天来帮我办喜事!回司令部!

　　　　〔胡传葵、刁德一率众下。阿庆嫂独自沉思入门,下。

————幕闭

第十场　捉　　　刘

　　　　〔二幕外:沙家浜至常熟县城之间某地。七龙巡视上,见无人,招手。叶思中、小虎上。

七　龙　刘副官还没有来呢?

叶思中　等一会刘副官来了,不要打枪,不要伤他,要抓活的。你们在那边隐蔽,我在这边截着他。(下)

　　　　〔小虎、七龙又巡视,见刘副官来。

小　虎　隐蔽!

　　　　〔二人隐下。

　　　　〔刘副官上。

刘副官　(念数板)

　　　　　　昨儿晚上受虚惊,

　　　　　　今天乔装又进城。

　　　　　　胡司令,要成亲,

　　　　　　叫我照单办事情。

买银盾,买花瓶,

穿衣镜,琉璃灯,

枣栗子,子孙饼,

千头鞭炮要全红。

请花轿,到兴隆,

吹鼓手,早登程,

这趟差事真有劲,

二八回扣拿在手掌中。

就怕碰到新四军,

那可就鸡飞蛋打拔蜡又吹灯!

七　龙　(由二幕出,双手将刘副官抱住)哪儿跑!

刘副官　坏了!怕什么有什么。哟嗬,七龙!

七　龙　对,熟人!

〔七龙与刘副官开打。小虎上,亦打。

刘副官　又一熟人!

〔七龙、小虎将刘副官逮住。同时叶思中上。

叶思中　不许动!

刘副官　全是熟人,要我干什么就吩咐吧。

〔郭建光上。

郭建光　把他绑起来。

叶思中　(对七龙、小虎)把他绑起来。

郭建光　嗳,陈县委来了。(迎上去)

〔陈天民上。

郭建光　陈县委!

陈县委　郭指导员!

郭建光　把他带下去,详细审问!

刘副官　这不是大夫吗?

〔叶思中、小虎、七龙带刘副官下。

郭建光　陈县委,开完会啦?

陈天民　开完啦。同志们伤都好啦？

郭建光　好啦！咱们大部队都开过来啦？

陈天民　开过来啦！

郭建光　会议有什么决定？

陈天民　胡传葵投敌叛国，已经是汉奸伪军。司令部决定要消灭这股
　　　　伪军。叫你赶快回去汇报敌人的兵力武器的情况。我要动员
　　　　群众支援战斗。

　　　　〔叶思中上。

叶思中　报告！根据敌人副官的口供，与阿庆嫂提供的情报基本上
　　　　一样。

郭建光　叶排长，你带领同志们继续侦察敌情，我们要派些人混进沙家
　　　　浜去，准备打它一个里应外合，消灭这股伪军！

叶思中　是！

郭建光　（对陈天民）咱们走吧！

　　　　〔同下。

——幕闭

第十一场　聚　　歼

　　　　〔胡传葵结婚之日。

　　　　〔幕启：刁德一家。厅堂布置成为喜堂，红烛高烧，张灯结彩。
　　　　老齐头手持引牌，引着客人经过喜堂而下。天之九、刁德
　　　　一上。

刁德一　找到刁小三没有？

天之九　可村里都找遍啦，找不到！

刁德一　没用的东西！再找！

〔刁德一下。

天之九　找,上哪儿找去? 我看他八成是上他姥姥家去了! (下)

　　　　〔阿庆嫂由屋内走出,老齐头上。

阿庆嫂　刁小三解决了吗?

老齐头　解决啦! (见胡传葵来,急下)

　　　　〔胡传葵上。

阿庆嫂　司令,您看这喜堂布置得怎么样啊?

胡传葵　好! 好! 阿庆嫂,这两天可把你忙坏了。我这个喜事,要没有
　　　　你,可就抓了瞎了!

阿庆嫂　司令,您别客气,这是应该的!

胡传葵　就是刘副官还没有回来,可别误了事啊!

阿庆嫂　误不了。该来的,都会来的!

　　　　〔老齐头上。

老齐头　吹鼓手到!

胡传葵　这是阿庆嫂请来的,我得见见。

老齐头　吹鼓手进来。

　　　　〔新四军战士扮吹鼓手上。

战　士　好热闹。

阿庆嫂　你们都来了?

战　士　都来了。

阿庆嫂　这是胡司令。

战　士　司令,大喜,大喜!

阿庆嫂　你们怎么就来了这么几个人哪?

战　士　放心吧,来了二十多个哪,一半接轿子去了,其余都在外面等
　　　　着,我是个领头的,给主家道喜来了。

胡传葵　你们都会吹什么?

战　士　会吹的可多啦! 什么"得胜令"、"哭皇天"、"山坡羊",一句
　　　　话,眼面前的牌子都会吹。伙计,咱们吹一个给司令听听。

　　　　〔二战士吹一个牌子。

胡传葵　好,好。

阿庆嫂　你们那边歇会儿去。

战　士　好,好,伙计们,咱们那边歇会儿。

　　　　　〔众战士同下。

老齐头　城里铺子里送货的来啦,说是刘副官还有点事,随后就到。

胡传葵　搜查过了吗?

老齐头　天之九搜查过了。

阿庆嫂　您瞧,来了不是?

胡传葵　好! 要他们进来!

　　　　　〔老齐头下,引众战士扮送货人上。其中有叶思中、小凌。老
　　　　　　齐头随下。

叶思中　哪位是胡司令?

阿庆嫂　这位是胡司令。

叶思中　司令大喜!

胡传葵　你们都是哪儿的?

叶思中　我是绸缎铺的。

小　凌　我是花粉铺的。

战　士　我是糖果店的。

叶思中　刘副官叫我们送东西来啦,这儿有刘副官的亲笔信。

胡传葵　(看信)是他亲笔!

叶思中　那还有错,我们看着他写的!

胡传葵　好。阿庆嫂,你告诉他们放在哪儿。

阿庆嫂　放在那边去吧。

叶思中　好! (与小凌、众战士同下)

　　　　　〔老齐头上。

老齐头　厨师到!

胡传葵　请。

　　　　　〔老班长带两个战士扮厨师傅上。

老班长　(念数板)

248

胡司令,娶媳妇,

请我来当大师傅,

烤全羊,烧小猪,

样样咱都不含糊,

要问什么最拿手,

就是小葱拌豆腐。

阿庆嫂　王师傅,您来了。

老班长　来了。

阿庆嫂　见过胡司令。

老班长　司令,您大喜。

胡传葵　老师傅,可要辛苦你啦!

老班长　司令您客气,司令办喜事,阿庆嫂邀我,我不能不来。

胡传葵　老师傅多受累啦。

阿庆嫂　厨房在那边,都等着您收拾哪!

老班长　那没问题,什么王八、甲鱼、螃蟹我都把他收拾得干干净净。

　　　　(向胡传葵)一个也跑不了!

胡传葵　(笑)啊……

老班长　一会儿见吧。(进了中堂的左门巡视着由右门复出)这是哪?

　　　　怎么又回来啦。

阿庆嫂　厨房在那边。

老班长　啊,在那边,走。(与二战士、老齐头同下)

　　　　〔刁德一上。

刁德一　刚才周翻译官来电话,说是黑田大佐决定来参加你的婚礼,汽

　　　　艇这就出发。咱们迎一迎去!

胡传葵　好!

　　　　〔胡传葵、刁德一下。老齐头提一食盒上。

阿庆嫂　齐大爷! 枪都交给他们了吗?

老齐头　都有啦,我这就给厨师傅送去。

阿庆嫂　去吧!

249

〔老齐头下。

阿庆嫂　（"叫头"）胡传葵！刁德一！你们投敌叛国，反共反人民，今天是你们的末日到啦！（唱"快板"）

　　　　　　胡传葵投日寇明目张胆，

　　　　　　刁德一穿针线勾搭连环。

　　　　　　大好河山，堂堂华汉，

　　　　　　岂容他们来摧残！

　　　　　　县委早已有妙算，

　　　　　　亲人们擦掌又摩拳，

　　　　　　但等瓜熟好摘蔓，

　　　　　　把群丑在堂前一鼓聚歼！

老齐头　（内报）黑田大佐到！

阿庆嫂　黑田大佐到，吹打！（下）

　　　　〔黑田、胡传葵、刁德一、周仁生上。

胡传葵　鄙人的婚礼，承蒙大佐光临，鄙人觉得非常荣幸。

黑　　田　胡司令与周翻译官的妹妹结婚，这对日华亲善，是很有意义的事。我们从此，就是一家人了！

胡传葵等　哎，是一家人了！皇军以后有什么吩咐，胡某一定照办！照办！

　　　　〔外鼓噪。

刁德一　外头吵什么？

　　　　〔天之九上。

天之九　抬轿子的嫌钱给得少，他们要闯进来！

刁德一　挡住他们。

天之九　是！不准进来。（下）

　　　　〔郭建光带着几个战士扮抬轿人上。

郭建光　拿去，不要你们的臭钱！（扔钱落地）

刁德一　你们怎么不懂规矩，闯到这儿来了！

胡传葵　惊动了大佐，那还了得！

郭建光　大佐是什么东西！

黑　田　八格牙路！

郭建光　不许动！

　　　　〔枪声猛响,战士们由各路一拥而出,把胡传葵、刁德一、黑
　　　　田、周仁生绑起。

胡传葵　阿庆嫂、阿庆嫂,这都是你约来的?

阿庆嫂　嗯,参谋长,你一来就问我是什么人,这回你明白啦吧?

刁德一　你们是什么人?

郭建光　瞎了你的狗眼,我们就是你们千方百计要抓到的新四军的十
　　　　八个伤病员。

刁德一　(冷笑)你们只有十八个人,你们逃不出这沙家浜。

郭建光　别做你们的梦了,我们十八个人,后面有千千万万爱国的中国
　　　　人民。(远处传来军号声)你们听! 我们新四军主力部队又
　　　　回来啦! (向众战士)把他们押下去。

　　　　〔战士把胡传葵、刁德一、黑田、周仁生押下。

　　　　〔陈天民带新四军众战士上。七龙身穿军服,挽着沙奶奶上。

陈天民　同志们,咱们的大部队又开回来啦! 沙家浜又回到人民手里
　　　　啦。我们要坚持斗争,反对投降。最后的胜利,是我们的!

　　　　〔大家欢呼,鼓掌。

　　　　　　　　　　　　　　　　　　　　　　　　——幕闭·剧终

注　释

① 本京剧剧本根据上海人民沪剧团集体创作、文牧执笔的同名沪剧改编,是
　作者与杨毓珉、肖甲、薛恩厚合作创作。中国戏剧出版社 1964 年 6 月
　出版。

1966 年

雪　花　飘[1]

时间：某年除夕，夜里十一点钟到十二点。下大雪

地点：北京，某胡同

人物：陈大爷

　　　　李小红，少先队员

　　　　小红妈，陈大爷的同院邻居

　　　　十条四号住户，不出场

　　　　十条十四号住户，不出场

　　　　十条二十四号住户康某

　　　　余技师

〔幕启：一家公用电话代办户。一间小屋，十分洁净。一张桌子，一把旧藤椅，一个电话机。

〔陈大爷上，他刚从外面送了电话回来。进门看看，自言自语：老伴上哪去啦，噢可能是又送电话去了，解下围巾放在椅背上，拿块白布擦电话机。

〔陈大爷今年六十六了，上唇留下浓密的胡子，已经有点灰白。在他脱去皮袄的时候，我们看到他上身穿着一件补洗得很干净的蓝色棉制服，缀着铁路上的铜扣子。周身结束得十分利落，肩上斜挎着一支手电筒。

陈大爷　　（唱）打罢新春六十七，看了五年电话机。

　　　　　　　　传呼一千八百日，

舒筋活血强似下棋。

〔小红捎着一双冰鞋上,过陈大爷门口,向门内喊一声。

小　红　陈爷爷。

陈大爷　啊?李小红,你溜冰回来啦?

小　红　啊。

陈大爷　进来暖和暖和。

小　红　哎,(进门,发现菜锅)

小　红　陈爷爷,您还没吃饭哪?

陈大爷　明儿个就是新年,今儿电话多。爷爷刚坐上锅,铃儿就响啦,
　　　　一趟一趟的,就耽误啦!

小　红　我帮您做饭吧。

陈大爷　不用了,我自己来。

小红妈　(内)小红,你在跟谁说话呐?

小　红　我在跟陈爷爷说话哪。

小红妈　陈大爷回来啦?

陈大爷　哎,李婶有事吗?

小红妈　有件事儿告诉您一声,陈大妈跟一个病人上医院啦!……

陈大爷　我知道啦,准是有人在我们这打电话叫出租汽车上医院,她看
　　　　人家没人招呼,她陪着一块去啦!

小红妈　对,是这么回事,陈大妈临走时候说菜是现成的,面也和好啦,
　　　　叫您自己烙张饼吃。

陈大爷　谢谢您。

小红妈　别谢啦,小红,快回来吧,别搅你陈爷爷啦,叫你陈爷爷吃
　　　　饭吧!

小　红　哎,陈爷爷明天见。

陈大爷　不是明天见,是明年见啦。

小　红　噢,明年见。(开门出门向陈爷爷招手下)

陈大爷　关门。(掏怀表看)十一点啦,我该吃饭啦。(把菜倒进锅里)
　　　　老伴上哪个医院啦,这时候还不回来,(开门)下雪啦,好雪,

好雪呀!

(唱)想当年开机车来往奔驶,

　　　　风雪中数十载塞北关西,

　　　　退休后安居在北京城里,

　　　　闲日月闷得我发烦起急。

　　　　儿女们回家来纷纷建议,

　　　　都劝我请市局安装话机。

　　　　又谁知小小的电话有如此的威力,

　　　　它把我和全城连在一起、共同呼吸,

　　　　约会、通知、订联系,

　　　　请医、探病、问归期。

　　　　工农战线千军万马奔腾急,

　　　　我也曾欢欣鼓舞报消息。

　　　　每逢到劳动节、十月一,示威游行反美帝,

　　　　千门万户把人齐。

　　　　想不到,晚年生活别有一番新天地,

　　　　为人民哪怕他寒风透体雪钻衣。

〔菜热开了。他正要起锅,电话铃响了,连忙又把锅放在火
上,接电话。

陈大爷　对,是,公用电话。您找谁?

　　　　……

　　　　找一个姓余的技师,他在哪儿住? 十条四号,噢他们那段公用
电话打不通,没人接啦,好你告诉我吧。

　　　　……

　　　　哦,他上这儿来看他老丈人的病来了。

　　　　……

　　　　他老丈人姓什么? 姓张,什么事?

　　　　……

　　　　哦? 你们厂的电滚子坏了,叫他赶紧回来修理! 全厂的生产

都停了,就等着他哩!啊?十二点以前一定要找到。

……

啊!过十二点他就离开他老丈人家,回海淀,就不好找了。

我一定给你们找到。是十条四号吗?好来!我就去。

〔挂上耳机,写通知。拉门,风声,关门,披上皮袄,拉门,带上门。

陈大爷　(唱)北风号,雪花飘,披风戴雪奔十条,

　　　　　急忙忙去把四号找……

〔用手电照门牌。

是这儿:

(接唱)

　　　　休惊动众街邻,把门户轻敲。

四号住户　(内搭架子)谁呀?

陈大爷　请问这儿是姓张吗?

四号住户　是啊。

陈大爷　您有个女婿在工厂当技师吗?

四号住户　有啊,刚来家,是有电话找他吗?

陈大爷　对!他工厂里来电话了,有要紧事情。

四号住户　快!叫你姐夫,工厂里来了长途电话啦!

陈大爷　对不起!您女婿在哪儿工作?

四号住户　在汉口。

陈大爷　您就一个女婿吗?

四号住户　就一个。

陈大爷　啊!不对!错了!

四号住户　我的女婿,我不知道!那还能有错!

陈大爷　不是你错了,是我错了!是我把电话送错了!

四号住户　嘻!

陈大爷　对不起,打搅您了!歇着吧!啊?!

　　　　(唱)我听得真来写得明,

为什么门里不是这家人？

风雪之中暗思忖……

对呀,是十条四号哇,怎么不对呀,噢! 莫不是他说得急促我听得慌忙,不是四号……哦,可能是十四号……十条十四号,十条十四号,对! 准是这么回事! 走!

〔走近十四号,附耳在门边一听。

（接唱）

隔墙隐隐有人声。

〔轻叩门环。

有人吗?

十四号住户　（内应）来啰!

陈大爷　请问,您这儿是姓张吗?

十四号住户　是姓江。

陈大爷　姓江?——您有个女婿在北京工厂当技师吗? 在北京,不是在汉口。

十四号住户　老大爷,您找错了吧? 我这辈子就没养活过闺女,哪来的女婿啊?

陈大爷　喔,怪我怪我! 荒唐荒唐! 半夜三更把您吵起来,这是怎么话说的! 您快歇着吧。

十四号住户　没什么。

陈大爷　咳! 歇着吧,歇着吧,咳!

（唱）我太莽撞,太荒唐,

她根本不是丈母娘!

无头官司糊涂账。

好不叫人费思量。

我本当回个电话到工厂,

又恐怕往返徒劳费时光。（思索）

逢四敲门再寻访……

〔用手电筒照门牌。

二十四号！

〔估摸着这一家的宅院。

（接唱）

　　　　拾一块断头砖砸他的后院墙。

〔拾砖砸墙。

二十四号住户　（内应）谁这么半夜三更地吵人哪？

陈大爷　对不起，是我，送电话的。

　　　　　　〔二十四号住户康某上。

二十四号住户　什么事？

陈大爷　您贵姓？

二十四号住户　我姓康！

陈大爷　姓康？您有女婿吗？

二十四号住户　跟没有一样！

陈大爷　哟，这是怎么啦！

二十四号住户　怎么啦，我闺女要生孩子，我姑爷倒好，一出去就不回
　　　　家，我刚从外边回来，好，连我闺女也不知道上哪儿去啦！挺
　　　　重的身子，还不说老实点！这要是出点差错那可怎么办！真
　　　　叫人揪心！——你找他干什么？

陈大爷　我不找他。

二十四号住户　不找他，那你砸我的院墙？！

陈大爷　对不起，我找错了门了。

二十四号住户　我说你这人是怎么回事？不打听清楚了，就这么瞎撞
　　　　啊！你瞧你叫这三分钱给支使的！

陈大爷　你可别这么说，我可不是为了三分钱！

二十四号住户　嘻！无利不早起，不为了三分钱！那是为了什么呀！
　　　　跟你说当初街道上要把电话安在我家里，我就推辞了！这么
　　　　大的人，手背冲下，跟要小钱似的，够多寒碜呐！有这工夫，在
　　　　家里暖和一会，好不好！怎么话说的真是的！

　　　　〔康某一边叨唠，一边关门自下。

陈大爷　咳！

（唱）我岂是为了三分钱，

是为了人民财产万万千！

想这时工厂内机器不转，

动力车间冒浓烟，

我看到工人同志一张一张流汗的脸，

我看到党政领导一分一秒算时间。

无数双眼睛朝我看，

看着我穿街过巷把信传。

怕什么闲言冷语遭埋怨，

愚公有志能移山，

下决心，排万难，

热血奔腾气力添。

我就是把内外九城都踏遍，

一定要找到他，——百折不还！

〔陈大爷整顿衣服，疾奔而下。

〔小红上。

小　红　陈爷爷！陈爷爷！

（上望看，找陈爷爷状）那不是陈爷爷吗，他怎么穿横胡同直奔七条去啦？哦，准是他没找到那家，上街道主任那儿去调查研究去啦！我追他去！（下）

陈大爷　（上唱）

办事处找到了街道主任。

他告我四条十号有这么一家人。

十和四颠倒颠发音不准，

发话人想必是个外省人。

小　红　（内呼）陈爷爷！陈爷爷！

陈大爷　小红！你来干什么？

小　红　我妈不放心，叫我出来看看您。您问到那一家了没有？

陈大爷　问倒是问到了。只是现在已经快到十二点,我怕余技师已经
　　　　离开张家。他从这边来,我从那边走,两下错过,那可就误了
　　　　大事了!

小　红　那怎么办呢?

陈大爷　有了!你出东口去截,我出西口去迎,两下包抄,总有一个
　　　　碰着。

小　红　对!这个主意不错!

陈大爷　小红!路上行人,不论是谁,你都要看个清楚,问个明白,千万
　　　　不可放过一个,小红!这可是关系重大的事儿。这电滚子要
　　　　是不能修好,时间长了,对生产上损失可就大啦!

小　红　陈爷爷,您放心吧。我走啦!

陈大爷　去吧!

　　　　〔小红疾下。

陈大爷　(唱)大雪纷纷下得紧,

　　　　　　　雪遮人面看不真,

　　　　　　　左边寻来右边问,

　　　　　　　顾不得一脚浅来一脚深,

　　　　　　　急急忙忙往前奔……

　　　　〔陈大爷一边顶着西北风往前走,一边察看行人。一会儿走
　　　　在马路左边,一会儿走在马路右边,顾得了看人,顾不了脚下,
　　　　雪深路滑,行步不稳,高一脚,低一脚,深一脚,浅一脚地往
　　　　前走。

　　　　〔远远有一辆自行车驶来。陈大爷不但不躲,反而迎着车灯
　　　　走去。自行车一劲儿按铃,他也不理。他过于热中,只顾看骑
　　　　车的人,一足失空,摔倒在地。

　　　　〔余技师推着自行车,手里拿了一包药上。

余技师　老大爷,摔坏了哪儿没有?

陈大爷　没什么!没什么!

　　　　〔小红上。

小　红　陈爷爷,您摔着啦? 疼不疼?

陈大爷　不要紧! 搀爷爷起来。

　　　　〔小红搀陈大爷起来。

余技师　对不起,老大爷,您要是不碍事,我就走啦! 我还有事!

陈大爷　小红,拉住他!

　　　　〔小红拽住余技师的车。

余技师　老大爷,您这……

陈大爷　我问你,你姓什么?

余技师　我姓余。

陈大爷　你丈人姓什么?

余技师　我丈人姓张。

陈大爷　你丈人住在哪儿?

余技师　四条十号。

陈大爷　你老丈人住在四条十号,他姓张,你姓余,你就是那个余技师?
　　　　我可找着你啦,你看看。

余技师　(看电话通知)老大爷,太谢谢您啦!

陈大爷　甭谢我! 快登上车回厂吧! 好几百人都等着你哩! (余技师
　　　　应声欲走)你回来,——你手里拿的这药?

余技师　是给我老丈人配的。

陈大爷　你交给我!

余技师　老大爷,叫我怎么说呢? 我保证连夜修好机器,来报答您老人
　　　　家的深情厚意!

陈大爷　上车!

余技师　哎! (登车疾驶而去)

小　红　陈爷爷,我给他送药去! (夺过陈大爷手里的药包下)

陈大爷　小红! 慢点跑,记清楚了,四条十号!

小　红　哎! (下)

陈大爷　(接唱)

　　　　　　抬头只见她背影,

　　　　　　白雪红巾两分明。

　　　　　　一步一个深脚印，

　　　　　　一代新人已长成。

小红妈　（内）陈大爷，家里又接到一个电话，您赶紧再给送送去。

陈大爷　哪儿？

小红妈　（内）十条二十四号。

陈大爷　谁家，十条二十四号？噢，是不是那个康家？

小红妈　是呀。

陈大爷　什么事？

小红妈　他女儿在妇产医院生啦，是个小子。

陈大爷　谁打来的电话？

小红妈　陈大妈。

陈大爷　哦！闹了半天，她是跟康家的女儿上医院去啦？

小红妈　对啰！

陈大爷　大人孩子都挺好？

小红妈　母子平安！叫家里放心。

陈大爷　好来，我这就去！

　　　　（唱）康家老头脾气梗，

　　　　　　舌头底下压死人。

　　　　　　许他说话不中听，

　　　　　　不许我传话不尽心。

　　　　　　二次再把十条进……

　　　　　　拍门惊醒梦中人。

二十四号住户　（内）三更半夜你上哪儿去啦，你还回来呀，真不像话。

　　　　（上，开门）哟！又是你呀！我说你还有完没完呐？为了三分

　　　　钱，你把我吵起来两次，你也太难啦你！

陈大爷　这回还是非把你吵起来不可啊！你得了个外孙孙。

二十四号住户　啊？

陈大爷　是这么回事，您的女儿，上我们那儿打电话要出租汽车，我的

老伴看她没人照顾,就自告奋勇,随她一块去啦。刚才打电话来,说,您女儿已经生啦,生了个小男孩,大人、小孩都挺好的,叫您放心!

二十四号住户　啊呀!这可太,太谢谢你们啦!老哥!老嫂子!你们可真是太,太好啦!我,嘻!我刚才说的太不像话啦。

陈大爷　也难怪你,半夜三更,大风大雪,三番两次,从热被窝里叫起来,搁谁身上,心里也是不痛快呀!

二十四号住户　唉!快别这么说啦!您不是还在大风大雪里千门万户地找人传话呐吗!我呀,就是给自己想得太多,给别人想得太少啦!老哥!这会儿什么也不说啦,您快进来烤烤火,暖和暖和!

陈大爷　不用啦。有您这两句话,比烤火还暖和哪!我还得回去盯着,怕有别的电话。您歇着吧,明儿一早到妇产医院瞧瞧去!

二十四号住户　好,谢谢您!您走了,我不送了。……

　　　　〔陈大爷整理围巾,欲走。

二十四号住户　老哥,您请回来!

陈大爷　有事吗?

二十四号住户　我还得给您三分钱送话费哪!(摸口袋)哎呀,我身上还没带着零钱!我给您拿去。(欲走)

陈大爷　咳!明儿再说。

二十四号住户　(深感惭愧)我明天一早儿给送去吧!明儿见。

陈大爷　老哥哥我可不是为了那三……!

　　　　〔二十四号住户惭愧关门下。

陈大爷　坏了!坏了!我的菜锅还在火上哪!菜要煳了!锅要炸了!别叫火苗儿蹿上来把顶棚燎着了啊!我得回去看看去。

小红妈　(内)陈大爷你别着急。火,我给您盖上啦!菜也热得了,饼也烙好了,我还给你烫了二两二锅头,您快回来吃饭吧!

陈大爷　您把菜饭都给我做好啦,还给我烫了二两二锅头,我太谢谢您啦!

小红妈　　咳！这么点小事，谢什么！

陈大爷　　是得谢谢，是得谢谢你呀！

　　　　　（唱）谢你的心，谢你的情，

　　　　　　　　多谢你一片真心为旁人。

　　　　　　　　同在天安门下住，

　　　　　　　　不是亲来也是亲。

　　　　　　　　漫天风雪不知冷，

　　　　　　　　北京城，有多少人，同心协力迎新春。

　　　　　　　　愿将一杯暖肠酒，

　　　　　　　　献与红色热心人。

　　　　　〔电报大楼钟声响。

　　　　　（掏怀表看）十二点啦，新的一年又开始啦！

　　　　　〔——《东方红》曲头后，电报大楼的钟，正敲十二点，报道新
　　　　　的，战斗的一年来临。

（谢幕时手执一杯葡萄酒向观众祝贺新年）

——闭幕

注　释

① 本京剧剧本根据浩然同名小说改编。据北京京剧团 1966 年油印本编入。
　初收《汪曾祺全集》第七卷，北京师范大学出版社，1998 年 8 月。

1969 年

杜　泉　山[①]

时间:序幕,一九二七年九月上旬

第一场至尾声,一九二七年十月中至同年十一月

地点:湘东某处杜泉山地区

人物:贺　　湘——女,二十八岁,杜泉山农民自卫军党代表

柯　　亮——男,三十岁,杜泉山农民自卫军队长

李开石——男,二十六岁,农民自卫军党的支部委员

罗成虎——男,二十四岁,农民自卫军侦察员

杜小山——男,十四岁,农民自卫军司号员

张得胜——男,三十四岁,农民自卫军战士

农民自卫军战士若干人

杜妈妈——女,五十多岁,杜小山的祖母,革命的妈妈

老　　金——男,三十五岁,革命群众

赤卫队员若干人

温其久——男,三十岁,混入革命队伍的个人野心家,担任

过农民自卫军的队副

胡仕坦——男,三十五岁,反动地方武装挨户团的团总

挨户团团丁若干人

场次:序　幕　秋收起义万岁

序　幕

时间:一九二七年九月上旬

地点:杜泉山下走马坪前

〔开幕前,大幕外,追光照射着一个裹着头巾,脚着草鞋,背着
马叶刀,挎着独撅枪的农民自卫军战士。

农民自卫军战士朗诵:

一九二七年春夏之交,右倾机会主义者投降国民党,轰轰烈烈的大
革命失败了。蒋介石挥舞屠刀,到处血流成河,人头滚滚。在这万分危
急的关头,是谁挺身而出,挽救了中国革命?是我们的毛委员!毛委员
冲破重重险阻,不顾个人安危,横渡莽莽洞庭,踏遍四水三湘,号召全党
抓武装,到农村建立根据地,亲手发动了秋收起义,把中国革命领上了
正确的航程。

秋收时节暮云沉,霹雳一声暴动,秋收起义的烈火遍地燃烧起来
了。让我们紧跟毛委员,猛烈地战斗吧!

〔序曲雄伟,愤怒,战斗。

〔幕启:天幕上云雾沉沉,一个通红的火炬,闪烁跳动。转瞬

间,化为无数火炬。终于燃成漫天烈火。

〔暴动的农民自卫军及革命群众,高举梭标,马刀,抬着雷火枪,拉着松树炮冲上。

〔农军及群众,同抱一根粗大的杉木杠,撞开团防局的大门,攻入团防局。

〔农军拉出胡仕坦的父亲,宣布罪状,枪决。

〔群众高呼暴动口号:

"暴动,打倒国民政府!"

"暴动,杀土豪劣绅!"

"暴动,农民夺取政权!"

"暴动,胜利万岁!"

群众合唱　秋收时节暮云沉,霹雳一声暴动!

紧跟领袖毛泽东

要叫阳光普照

大地通红!

〔天幕上映出一行大字:

"秋收起义万岁!"

——幕落

第一场　毛委员派人来

时间:一九二七年十月中,某日清晨

地点:杜泉山的一个山头

〔幕启:白云出谷,朝阳初上。

〔罗成虎带两个侦察员上,搜索,打一个"哦嗬"招呼后面的队伍下山。

〔李开石上，布哨。

〔农民自卫军正在上山，红旗渐渐露出。

〔一战士扛农民自卫军军旗上，插好军旗。

〔柯亮上。

柯　亮　（对山后）弟兄们！咱们在深山里艰苦转战，今天又转回家乡来了。大家就地休息，枪不离手，准备随时打仗！

战　士　（在山后齐应）是！

〔柯亮走近山泉，手捧泉水，连喝几口。

柯　亮　（唱）

秋收暴动铁铳响，

扶犁的大手拿起枪。

豪绅地主奔走逃亡，请兵又调将，

他们疯狂反扑，三县搞联防。

自卫军拉上山打了几仗，

弟兄们一团怒火在胸膛。

捧几口山泉水心雄胆壮，

紧握着烈士的枪我要再干一场。

〔李开石上。

李开石　老柯，岗哨已经派出去了，罗成虎下山去侦察，我去找一趟杜妈妈，看看党里有没有人来联系。

柯　亮　咱俩一块去。

〔温其久上，疲惫而又焦急。

温其久　哎呀，柯队长，你怎么这么不听说啊？哪里不好去，你干吗非把队伍往这里带？！

柯　亮　这儿是我的家乡故土。

温其久　它也是胡仕坦的老巢！

柯　亮　我正要找他再拼一场！

温其久　你还要拼？！这一个月你拼了三回，哪一回你得了便宜哪？枫林坳一场遭遇战，离现在才几天？好容易才撤出来啊！多悬哩！再拼，你这个队伍准完！

柯　　亮　就是拼得一个不剩，也落个痛快！我这回奔这儿来，就没有打算活着离开！

李开石　老柯，你要为老夏报仇，为杜山大哥报仇，为牺牲的弟兄报仇，你的心我懂。可是不要做这种不留后路的打算。

温其久　是嘛！留得青山在，不怕没柴烧，胡仕坦咱们惹不起，躲得起。天下地方大得很，哪儿的水土不养人？只要站住一方天下，招兵买马，扩充实力，将来一切包在我的身上。现在你就剩下这五十多人，二十几条枪啦，要是把这点老本也踢蹬啦，你就什么也不是了！

李开石　你这是保存实力，逃避斗争！

温其久　那你赞成硬拼？

李开石　拼不是办法，不过像你那样躲着敌人，带起队伍到处跑，只奔酒肉，不打土豪，这么跑下去，这支队伍不是散，就要变。

温其久　哦，合着我们队长队副的心思都不合你的意！

李开石　你甭往一块掺和！

温其久　那你说个主意！

李开石　这一阵子，我总捉摸，咱们这支农民自卫军到底要奔哪里去？这么瞎碰乱撞，非常危险！

柯　　亮　唉，老夏，老夏要是还在……

李开石　对！老夏在的时候，咱们眼前亮亮堂堂，干什么心里都是踏实的。咱们得赶紧找到党！

温其久　找到共产党，那敢情好哇，共产党能给你派一个活神仙来。可是你哪儿找去？没有啦，这一片的共产党组织都破坏得干干净净的啦，你还不死了这条心啊？

柯　　亮　党啊，你在哪儿啦？我哪一天不想，哪一天不盼，可是杜妈妈的联络点里一直没有人来。我们这支农民自卫军是老夏同志从安源来照着党的指示拉起来的，如今却成了断了线的风筝。听说领导秋收起义的毛委员现在奔江西去了，我要是能找到关系,就是千山万水,我也去!

〔山下传来"哦嗬"声。

杜小山　(从幕里喊着出来)柯叔叔!李叔叔!你们回来啦!

〔杜小山奔上。

柯　亮　小山子!奶奶那儿来了人没有?

杜小山　来啦!

柯　亮
李开石　来啦?!

杜小山　是从江西来的,从主力红军来的,从前敌委员会来的,从毛委
　　　　员身边来的!

柯　亮
李开石　从毛委员身边来的?!

杜小山　她要看看你们,看看队伍,奶奶叫我来找你们。

柯　亮　老李,咱们去带队伍!(下)

杜小山　奶奶,柯叔叔的自卫军回来啦!(奔下)

温其久　真来啦?!(下)

〔贺湘上。

贺　湘　(唱)

　　　　　　　昨日赣水滨,今日湘江岸,

　　　　　　　前委有指示,飞传到这边。

　　　　　　　原曾想和老夏并肩作战,

　　　　　　　把这支暴动农军带上井冈山。

　　　　　　　才知道烈士已将生命献,

　　　　　　　队伍转战处境难。

　　　　　　　党的任务一定要实现,

　　　　　　　涉长途,挑重担,敢把高峰攀。

〔杜妈妈、杜小山上。

〔柯亮、李开石、温其久上。

柯　亮　你是从毛委员身边来的——

贺　湘　我是前敌委员会派来的联络员,我叫贺湘,你是柯队长?

柯　亮　　柯亮。

贺　湘　　这位是温队副？

温其久　　（很惊异贺湘的眼力,过分谦虚的）温其久。

贺　湘　　你是老李？

李开石　　李开石,原先是干石匠活的。

贺　湘　　工人阶级。听杜妈妈说过。

柯　亮　　你是来——

贺　湘　　来找老夏的。

柯　亮　　老夏！……你是他的什么人？

贺　湘　　我们是老战友,是同志。

柯　亮　　老夏牺牲啦！老夏从安源来,发动了这里的暴动。那回打团
　　　　　防局,为了掩护我和冲上去的弟兄,中了敌人的枪弹。我们把
　　　　　他抢下来,已经不行了。他临死交给我一支手枪,叫我带着队
　　　　　伍,跟着咱们的党,好好地干革命。说完了,就闭了眼睛,他就
　　　　　死在我的怀里。我真愿这一颗子弹打在我的身上,把他换下
　　　　　来。这支农民自卫军不能没有他啊！这是他留下来的那
　　　　　支枪。

贺　湘　　（接过枪,抚摸着,这支枪,她太熟悉了）老夏,你死得很英勇。
　　　　　你留下的担子,会有人挑起来的。这支队伍,一定会在党的领
　　　　　导下走上正路的。你,放心吧。柯亮同志,这支枪是老夏从敌
　　　　　人手里夺过来的,是一支好枪,一支革命的枪,希望你好好地
　　　　　使用它,消灭敌人。

柯　亮　　（接枪）我一定对得起这支枪。贺同志,你要看看弟兄们？

贺　湘　　请同志们过来吧。

柯　亮　　都过来！

　　　　　〔队伍靠前。

贺　湘　　同志们！我是从主力红军来的,前委很关心这支队伍,叫我来
　　　　　看看同志们。同志们,你们在深山里转战游击,辛苦啦！

战　士　　不辛苦！贺同志,你爬山涉水地来看我们,你辛苦啦！

贺　湘　听说这一个月来,你们的仗打得不很顺利,革命遇到了困难,大家有些苦闷,是不是这样?

战　士　是这样。

贺　湘　不要紧的。这没有什么了不起。只要我们按照前委的精神办事,走主力红军的道路,什么问题都可以解决。

一战士　贺同志,你留下来吧,别走啦!

柯　亮　贺同志,你留下来,领着我们干吧!

李开石　你来当我们的党代表吧!

战　士　欢迎贺同志担任党代表!

贺　湘　我来的时候,前委曾经指示,叫我根据情况,协助老夏工作。既然同志们有这样的要求,为了革命的需要,我愿意留下来。在上级批准之前,担任你们的临时党代表。

李开石　(领呼口号)欢迎党代表!(众应)感谢毛委员!(众应)

杜小山　贺姑姑,你看见过毛委员吗?

贺　湘　看见过,临走那天还看见哩。

战　士　毛委员身体好吗?

贺　湘　毛委员身体很好!

柯　亮　毛委员现在到了哪儿,他怎么领导着主力军干革命,这些,你都给咱们讲讲!

贺　湘　好,我给大家讲讲!(唱)

　　　　　　中国人民受苦受难几千年,

　　　　　　开天辟地出了一个毛委员。

　　　　　　领导工农搞暴动,

　　　　　　指出了枪杆子里出政权。

　　　　　　文家市,振臂一呼,决定历史转折点,

　　　　　　不取长沙和武汉,先到农村把家安,亲自带兵,胜利进军井冈山。

　　　　　　缔造红军,威震湘,鄂,赣,

　　　　　　红旗展,敌胆寒,人民抬头把身翻。

武装割据创立空前新局面，

要靠它打出一个红彤彤的革命江山。

李开石　咱们要是能当上正规红军,那多好哇!

杜小山　能当上吗?

贺　湘　能!（接唱）

只要我们发动群众,加紧训练,

就一定能争取早日奔赴井冈山。

〔罗成虎上。

罗成虎　报告,胡仕坦到了走马坪。

柯　亮　胡仕坦到了走马坪?!

罗成虎　刚到一会。他这回回家,是准备给他老子出殡的,再有几天就
　　　　是他老子的头七。

贺　湘　他带了多少人?

罗成虎　三县联防已经各归本县,走马坪只有他自己的挨户团,一共百
　　　　十来人,七十条枪。

柯　亮　咱们下去打他!

温其久　百十来人,七十条枪那也是绝对优势。咱们不能去捅这个马
　　　　蜂窝,这里不是久留之地,咱们赶紧走。

李开石　贺同志,你看呢?

贺　湘　我看这倒是个机会。我们要打开走马坪,给人民一个振奋,打
　　　　土豪,发动群众,有了群众的帮助,路子才能越走越宽。

温其久　敌我力量悬殊。

贺　湘　可以攻其不备。

温其久　敌军岗哨如林。

贺　湘　你们过去有没有搞过夜袭?

柯　亮
李开石　夜袭?
温其久

柯　亮　这个主意好。胡仕坦没有吃过这个,准可以打他个措手不及,
　　　　弟兄们! 养精蓄锐,做好准备。

272

李开石　查断路口,封锁消息。

贺　湘　具体计划,再开会研究一下。

柯　亮　大家解散休息,今天晚上夜袭走马坪!

杜小山　慢!打走马坪有没有我?

柯　亮　你?

杜小山　又是"太小啦"?

杜妈妈　柯亮,这回让他去吧!我杜家三代都死在抗粮造反一件事上。
　　　　你杜山大哥死后,你把我当着亲娘看待。这孩子,你就当着你
　　　　的儿子一样栽培吧!打起仗来,只许他上前,不许他靠后,叫
　　　　他在革命的路上一天一天朝上去,这才对得起你杜山大哥。

柯　亮　党代表……

贺　湘　叫他锻炼!锻炼!

柯　亮　好!头一回就叫你打一个漂亮仗!弟兄们!
　　　　(唱)
　　　　　　　毛委员派来了党代表,
　　　　　　　战士们人人劲头高,
　　　　　　　眼前一股阳关道,
　　　　　　　到明天走马坪前红旗飘!

——幕落

第二场　人民军队

时间:前场当夜。暗转前夜十二时;暗转后凌晨三四点钟。

地点:走马坪,胡仕坦的家中院。

〔幕启:侧幕间传出拷打动刑的声音。

〔胡仕坦上场,吸着水烟。

胡仕坦 　（念）八月中秋，农民作乱，到处枪声响，

　　　　　　搞得我威风扫地，家破人亡。

　　　　　　豁着洋钱如水淌，

　　　　　　拉起了三县联防。

　　　　　　虽然不曾消灭农军，活捉柯亮，

　　　　　　我谅他们再不敢骚扰家乡。

　　　　　　回家来我要一笔一笔算清旧账，

　　　　　　不叫它刀头滴血，怎能够重霸一方！

　　　　把他们押上来！

　　　〔团丁应下。

　　　〔吴振坤及群众若干人上，昂然挺立，怒视胡仕坦。

胡仕坦 　你们这些犯上作乱的亡命暴徒，胆敢伙同农民自卫军，搞什么
　　　　"秋收暴动"，打进团防局，把老团总都枪毙了，吴振坤，这件
　　　　事有你，不过，你要是把同案的人都供出来，我可以从轻发
　　　　落。讲！

吴振坤 　哼！你别来这一套，我告诉你，杀你老子的是我，我没有亲手
　　　　拧下你这狗头，算是便宜了你。

胡仕坦 　拉出去，立即枪毙。

团　丁 　走！

　　　〔吴振坤大笑下。

　　　〔枪声。口号声："打倒蒋介石！""打倒反动派！"

胡仕坦 　你们说不说？不说，吴振坤就是榜样！（众不理）好，都这么
　　　　口紧！过几天我要安葬老团总，我要把你们拉到我的祖坟上，
　　　　摘出你们的肝花来给老团总上供！把他押下去，都给我吊
　　　　起来！

　　　〔乡亲下。

　　　〔一团丁上。

团　丁 　报告团总，县长派了人来，说是七十五师刘团长来县视察，请
　　　　团总立即进城开会。

胡仕坦　传轿子,吩咐卫队,带二十支盒子枪跟我走。

团　丁　是!

　　　　〔一团丁打着团防局的灯笼引胡仕坦下。

　　　　〔暗转。

　　　　〔灯亮,李开石带自卫军上,与挨户团开打,获胜。

　　　　〔柯亮、温其久上。几个战士随上。

李开石　报告,战斗结束,一共缴了五十支枪,不少子弹,打死打伤敌兵
　　　　二十五人,俘虏了十五人。

柯　亮　枪在哪儿?

李开石　都集中在后院。

柯　亮　我去看看!(对温其久)这儿有什么事,你就瞧着办!

温其久　你放心吧!

柯　亮　(对李开石)走!(同下)

温其久　(大权独揽,分派一切。对战士丁)你去封了胡仕坦的厘局税
　　　　卡!(对战士丙)你叫张得胜带的人清点胡仕坦的浮财细软,
　　　　白米光洋!(对战士乙)找几个老百姓杀猪宰羊,准备酒筵!
　　　　(对战士甲)通知部队,放假三天,自由活动!

战士甲　放假三天,这合适吗?

温其久　你说什么?

战士甲　我说这合适吗?

温其久　我的话就是命令!

　　　　〔战士甲、乙、丙、丁下。

　　　　〔几个战士抬了两口朱漆樟木箱,提了一包细软上。放在当
　　　　院,下。

　　　　〔温其久翻翻包袱,发现一只金表,他掏出自己的一只坏表,
　　　　放下坏表藏起金表。

　　　　〔几个战士端酒壶上。

战士戊　温队副,喝酒!

温其久　你们喝!你们喝!(他登记着木箱里的财物)

〔贺湘送被胡仕坦吊绑的乡亲出门。

贺　湘　同志们！乡亲们！你们受惊了。大家赶快先回家看看,家里
　　　　人一定很惦记你们。农民自卫军这回打下走马坪,要把这里
　　　　的群众组织重新恢复起来。许多事情都还靠大家来办,一两
　　　　天还要请大家来商量。

乡　亲　贺同志,你有事就招呼,我们登上草鞋就来。
　　　　〔李开石上。

李开石　党代表,有好多乡亲们要求参军。

贺　湘　好啊,你先去登记一下。我一会儿去看他们。

李开石　好!（下）

贺　湘　（对战士）你们谁会写字啊,咱们来写几条标语。

战士戊　温队副会写。

温其久　你们写,你们写,我有事。
　　　　〔贺湘及一战士写标语,有的战士贴标语。
　　　　〔张得胜上。

张得胜　报告,光洋细软,查到不少,这些浮财,怎么办?

温其久　都分给弟兄。作战勇敢,立了战功的,多分一点。队副以上留
　　　　个双份,党代表才来,看有什么有用的东西,多留一点。

张得胜　是!

贺　湘　温队副,这样分配不合适。除了部队留下必要的给养,应该都
　　　　分给群众。这些东西都是胡仕坦从群众那里剥削来的,应该
　　　　还给他们。

温其久　党代表,我是柯亮的队副。

贺　湘　队副……队副就更应该理解党的政策嘛。

温其久　好,好!你就按党代表的意思去办!

张得胜　抓来的俘虏怎么处置?

温其久　我不是规定过嘛,还问什么!（作极刑手势）

张得胜　是!

贺　湘　怎么处理?

276

〔张得胜重复温其久的手势。

贺　湘　不能这样,红军对待俘虏的政策是:缴枪不杀。跟他们讲讲,
　　　　愿留的可以留下来当兵,不愿留的发给他们一点路费,送他们
　　　　回去。不要侮辱他们,不要搜他们的腰包。

张得胜　是! 温队副,我可以走了吗?

温其久　去,去,去,我什么都不是! (愤然而下)

　　　　〔张得胜茫然。

贺　湘　张得胜同志……

张得胜　有!

贺　湘　稍息,稍息。你当过兵吗?

张得胜　报告党代表,我是温队副把我从七十五师带下来的。

贺　湘　哦,你不要紧张。刚才的问题跟你没有关系,你去休息吧。

　　　　〔贺湘继续写标语。

　　　　〔李开石上。

李开石　党代表,温队副跟柯亮队长不知说了些什么。柯亮发了脾气。
　　　　他这人性情暴躁,你可得小心点啊。

贺　湘　不要紧,老柯是个直爽人。要求入伍的同志都安顿啦?

李开石　挑选了一下。都安顿了。

　　　　〔柯亮上。温其久跟在后面。

柯　亮　是谁作主,不给弟兄们一点犒赏,往后我这兵还怎么带? 谁作
　　　　主,把抓来的俘虏给放了? 他们杀了我们多少弟兄,刚才还对
　　　　着我们的脑袋开枪。这样做,是什么道理?

贺　湘　柯亮同志,你先不要发脾气,有话慢慢地说。

柯　亮　有什么可说的,谁帮助胡仕坦,谁跟着土豪劣绅,谁帮助地主
　　　　老财办事,我就跟他势不两立。把送走的俘虏都给我抓回来!

温其久　(下令)张得胜! 都抓回来!

张得胜　是! (下)

　　　　〔场上空气十分紧张。

　　　　〔忽然外面吵嚷起来,一些队员连声喊打。

〔长工老金上，张得胜拿竹扁担上。

张得胜　报告，俘虏都走远啦，往县城方向追歼残敌的弟兄抓住一个给胡仕坦运谷子的坏人。

老　金　谁是柯亮？

柯　亮　我！

老　金　你们为什么打我？

张得胜　你是土豪！

老　金　我不是土豪，我是胡仕坦家的长工。

柯　亮　你帮土豪运谷子，你就跟土豪一样！

老　金　你们不讲道理，你才跟土豪一样！

柯　亮　你……给我重重地打！

　　　　　〔张得胜举起扁担。

贺　湘　不准打！这简直是胡闹！

柯　亮　胡闹?!（唱）

　　　　　　　　弟兄们出生入死把命卖，

　　　　　　　　为什么不许分浮财？

　　　　　　　　挨户团与咱们仇深似海，

　　　　　　　　白白地放走为何来？

　　　　　　　　他和土豪是一派，

　　　　　　　　教训他几扁担有什么不应该？

　　　　　　　　赏罚不公不分好和歹，

　　　　　　　　这样的规矩我就想不开！

贺　湘　柯亮同志，你为什么要打他？

柯　亮　胡仕坦的几个粮仓都空了，都是他们帮他运走的。半夜里还要帮地主运谷子，不造地主的反，没有一点硬骨头，死心塌地当奴才，这种人该打！

贺　湘　他这样做，有没有他的难处，他的苦衷，你替他想过没有？

柯　亮　这……

贺　湘　柯亮同志，不要这样性急。咱们办什么事都不能凭自己的脑

278

　　　　　子一想，先要把情况了解清楚嘛。

柯　亮　……

贺　湘　（走近长工，略为观察，断定这是一个地地道道的劳动人民）

　　　　　（唱）看这人粗手大脚多刚劲，

　　　　　　　　看来家累很不轻。

　　　　　　　　两眼沉郁含怒火，

　　　　　　　　一朝暴发敢斗争。

　　　　　　　　回想起萍乡茅屋，安源炭棚，

　　　　　　　　曾见过多少这样穷弟兄。

　　　　　　　　想当年毛委员下矿井，

　　　　　　　　和矿工促膝谈心在底层。

　　　　　　　　永难忘那神态，那情景，

　　　　　　　　无比亲切，无限同情。

　　　　　　　　要挽着他的手儿问一问，

　　　　　　　　才能够听得到他的痛苦心声。

　　　　〔贺湘倒了一碗水，送到老金面前。

贺　湘　老乡先喝点水，坐。

　　　　〔老金很出乎意料。接水，坐下。

贺　湘　你姓什么？

老　金　姓金。

贺　湘　你在胡仕坦家当了多久长工了？

老　金　今年秋后才上的工。

贺　湘　你不是这里的人吧？

老　金　不是，我是苦竹坡的，离这里有八十里。

贺　湘　你是怎么到他家当长工的呢？

老　金　咳！（唱）

　　　　　　　　我老婆生病孩子没人带，

　　　　　　　　亲娘死去不能埋，

　　　　　　　　无奈何借了胡家总管一笔债，

　　　　　　他把我骗上了贼船难下来。

　　　　　　他逼我没明没夜把稻谷运载，

　　　　　　派了团丁荷枪实弹当解差。

　　　　　　好几回我拔步飞奔把车子甩，

　　　　　　都被他们抓回来。

　　　　　　枪托皮鞭打得我浑身上下青一块紫一块……

　　　　　（脱了上衣露出背上伤痕，接唱）

　　　　　　我是个受压迫的长工，不是奴才！

贺　湘　同志们！天下乌鸦一般黑，到处的豪绅地主都是一样歹毒。
　　　　天下的农民都姓苦，像老金这样的痛苦，咱们不是也都经受过
　　　　吗？谁受过地主的压迫、剥削的，举手。

　　　　〔在场战士举手，张得胜也举了。只有温其久举不起来。

贺　湘　柯亮同志，你不是也给地主抬过多年轿子吗？

　　　　〔柯亮举手。

　　　　〔温其久溜下。

贺　湘　柯亮同志，(唱)

　　　　　　他推车，你抬轿，

　　　　　　常在一条路上行。

　　　　　　你奔波，他劳碌，

　　　　　　汗珠落地分不清。

　　　　　　同甘苦，共命运，

　　　　　　两颗苦瓜一根藤。

　　　　　　你们都有仇和恨，

　　　　　　你怎能不体谅他的冤屈苦衷？

柯　亮　（接唱）

　　　　　　党代表一番话把我的深情触动，

　　　　　　酸甜苦辣涌在心。

　　　　　　我帮工抬轿十四年整，

　　　　　　肩膀上压的是地主豪绅。

三伏天,烈日当空一盆炭火头上顶,

到冬来,踩霜踏雪,冻裂双脚血淋淋。

想想他,想想我,

我们本是一样的人。

他遍体伤痕都是豪绅罪证,

我怎能在他的旧伤痕上再加新伤痕?

说不尽心中悔和恨。……

党代表,我错了!老金哥,我对不起你!

〔柯亮向老金赔罪,老金一惊!

老　金　队长你——

柯　亮　什么队长,我也是个卖力气的,跟你一样!

（接唱）

我们是阶级骨肉亲弟兄。

贺　湘　柯亮同志,你说的很对。毛委员说过:"谁是我们的敌人?谁是我们的朋友?这个问题是革命的首要问题。"

我们是人民的军队,跟历史一切旧军队根本不同。我们干革命是为了什么人,依靠什么人,这个问题必须搞清楚。这是我们一切政策和策略的出发点。

柯　亮　今天的事给我教育太大了。我要永远记住。

老　金　也给我上了一课。不打不相识,柯队长,往后咱部队有什么事用得着我,你们就说话!我走了。

〔贺湘、柯亮欲送老金,老金拦阻。

李开石　我送送,老金哥,咱们一路还能说说话。

老　金　好。(下)

贺　湘　(对李开石)你顺便请温队副来一下。

〔在场战士下。

贺　湘　老柯,走马坪打开了。胡仕坦这回遭受的损失不小,估计他三五天里不会打回来。下一步,咱们该干什么呀,你考虑了没有?

柯　亮　党代表，我就管打仗，以后凡事听你的。你管到天边，我服从。你说吧！

贺　湘　我们是不是首先要宣传群众，组织群众，武装群众，把地方政权建立起来？我建议把缴来的枪送十支给赤卫队，你舍得不舍得？

柯　亮　舍得！舍得！

贺　湘　队伍扩大了，是不是要整训一下？

柯　亮　对！要整训。

贺　湘　那就不能放假三天，自由活动了。

柯　亮　那当然！

　　　　〔温其久上。

柯　亮　老温！咱们不放假了，你去通知一下。

温其久　刚下了命令，就收回？

柯　亮　部队要整训。

温其久　整训？（转念）啊，好！我去通知。本来嘛，新兵入伍，连枪都不会放，老兵也站不好队列。温某人干过几天军队，步兵操典还是熟的，三操两讲一点名，我一定尽心竭力！我负责训练！

贺　湘　首先要练思想，练政治。

温其久　练政治？！

——幕落

第三场　政治整训

时间：前场后五天。上午。

地点：杜泉山的山冲里。

　　　　〔幕启：下政治课的哨音。

〔杜小山奔到山坡上,练号。

〔柯亮上,掏出小本写字。

柯　亮　小山子! 你来看看我写的这字没有安错了胳臂腿吧?

　　　　〔小山子奔下,看柯亮写的字。

杜小山　挺好的,就是大小个儿不匀。

柯　亮　这么说,这认字也不太难哩。一天认五个,十天就是一个排,
　　　　一个月就是一个连,认它一年,我就能当个军长啦!

杜小山　您为什么对学习那么积极啊?

柯　亮　嗨,小山子,你不知道哇,党代表上了政治课,我明白了好些革
　　　　命道理,可就是记不住。要是能写下来,那多好啊。再说,咱
　　　　们要是成了正规红军,将来毛委员来个命令,我都认不大清,
　　　　懂不透,那不坏事吗?

　　　　(唱)党代表她把政治课来讲,

　　　　　　明白生动,随处打比方。

　　　　　　她说的都是方圆百里,真情实况,

　　　　　　却原来这里面有一篇深刻道理革命的大文章。

　　　　　　我越学心里越透亮,

　　　　　　一坐半天不嫌长,

　　　　　　我好比一块生铁要炼成钢,

　　　　　　我好比一条小河要流入那奔腾万里的扬子江。

　　　　　　我一心紧跟共产党,

　　　　　　不掉队,不回头,永不下战场!

杜小山　柯叔叔,几天政治整训下来,您的进步真不小啊!

柯　亮　我岁数大了,不像你们心灵,就怕跟不上呀!

　　　　〔战士甲、乙、丙、丁上。

战士甲　柯队长! 小山! 你们干吗呢?

杜小山　我们在谈上政治课的事哩。

战士乙　哎,杜小山,刚才我们念《工农读本》,你怎么不出声啊?

杜小山　我都会背啦,老念干吗!

战士乙　你都会背啦?我不信,我得考考你!

杜小山　考就考!

战士乙　(拿出读本)第十课!

杜小山　(背书)《土地革命》"实行土地革命没收地主阶级的土地,归
　　　　工农兵代表会议——苏维埃政府处理,分配没有土地和地少
　　　　的农民耕种。"

战士乙　第十一课《武装暴动》。

杜小山　"怎样才能实现土地革命呢?向地主和政府要求么?他们都
　　　　是不答应的。怎样才能推翻国民党的政权呢?希望天爷或圣
　　　　贤出来推翻他么?都不会有这么一回事。那么,怎样呢?只
　　　　有工农兵联合起来举行武装暴动。"

战士乙　真行,一个字不错!

战士丙　你别瞧他会背,这里头的道理他可不懂,他这么点岁数,会知
　　　　道什么叫压迫,什么叫剥削吗?

杜小山　我怎么不懂?!

战士丁　不能这么说。小山苦大仇深,三辈子都是抗粮造反的硬骨头,
　　　　他懂。

　　　　〔贺湘上。

柯　亮　党代表!讲了半天课,累了吧?歇会儿!

贺　湘　不累。怎么样,我们的整训内容,是不是安排得过于紧张啊?

战士甲　不紧张。

贺　湘　大家对这一段整训有什么意见没有?

战士甲　挺好!听了毛委员的革命道理,知道为谁当兵,心里透亮,劲
　　　　头就足了。

战士乙　如今官兵平等,上下一致,废除打骂,经济公开,还发伙食尾
　　　　子,我们都很满意。

战士丙　还有士兵委员会,大家都有开会说话的自由,我们连做梦都没
　　　　有想到过。

战士丁　特别是俘虏过来的老兵,他们说这和旧军队相比,是天上地下,他们打心眼里觉得痛快。

贺　湘　柯队长,你看这样整训,行不行?

柯　亮　好! 很好!

贺　湘　我可听到有人有不同的意见哪。有人说,军队天生是打仗的,只要枪打得准,上那些政治课干什么! 说咱们这一套是卖假膏药。

战士甲　这是谁说的?

贺　湘　甭管是谁说的吧,你们同不同意这种看法?

战士甲乙丙丁　不同意!

贺　湘　咱们不是不重视军事课,枪打不好是不行的。不过先要弄清楚,枪由谁拿着,向什么地方放。

　　　　〔内吹哨音。

贺　湘　上军事课了,大家去下操吧。

　　　　〔罗成虎上。

罗成虎　温队副说他头疼,不能带操。

战士甲　他又头疼啦?!

柯　亮　今天是什么科目?

罗成虎　"射击要领"。

柯　亮　打枪? 嗨,这难不倒人! 别的我不行,讲打枪,我还能对付! 我去上课! 我去二排,你们一排叫老罗讲讲。走!

　　　　〔柯亮及杜小山、罗成虎、战士们下。

贺　湘　(目送战士奔向操场,满怀豪情)

　　　　(唱)政治整训成效大,

　　　　　　　战士们一个个生龙活虎,神采焕发。

　　　　　　　把军队放置在党的绝对领导之下,

　　　　　　　喜看三湾精神到处开花。

　　　　　　　强敌在旁,瞬息风云有变化,

　　　　　　　革命的洪流中也难免夹带泥沙。

　　　　　望征途,并非是平川走马,

　　　　　要随时保持警惕,紧张戒备,"弯弓待发"。

　　　〔杜小山上。

杜小山　党代表!(迎面看见李开石走来)李叔叔!

贺　湘　小山,有事吗?

杜小山　我本来要跟您谈点事,还要让您看一件东西,待会吧,你跟李
　　　　叔叔先谈要紧的事。

贺　湘　你的事不着急吧?

杜小山　不急!(下)

贺　湘　老李,你看我们整训了这几天,大家的思想是不是普遍地有所
　　　　提高啦?

李开石　有提高。许多根本道理弄清楚了。

贺　湘　我在考虑要争取时间,把整训告一段落,尽快地把队伍带到中
　　　　心根据地去。胡仕坦在城里招兵买马,反动部队正在集结,要
　　　　防备他们突然进攻。我写了一个报告,向前委请示工作,你准
　　　　备一下,上一趟井冈山,把报告给前委送去。

李开石　好。

贺　湘　柯队长跟你谈过没有,他有入党的要求。他本质很好。下一
　　　　批我们就发展他。他的家乡观念比较重,你和老罗要多帮助
　　　　他,温队副怎么样?

李开石　还是那样,整天耷拉着脸子,好像谁欠他二百钱似的,这个人,
　　　　根子不正,早晚要出问题的。

贺　湘　我们还是要尽量争取他,能不能跟过来,那就要看他自己啦。

　　　〔张得胜上。

张得胜　杜小山!杜小山!

　　　〔杜小山上。

杜小山　干吗?

张得胜　上回打开走马坪,你是不是拿了人家一块红布?

杜小山　拿啦。

张得胜　温队副要你快去！

杜小山　去就去！

贺　湘　小山，你拿了人家东西啦？

杜小山　没有。

李开石　刚才还说拿了。怎么又不承认啦？

杜小山　党代表，我刚才找您就为这件事，是这么回事……

张得胜　杜小山！队副发脾气啦，要关你的禁闭，叫你快去！

杜小山　咳！这一下子说不清楚。党代表，您放心，我没有做坏事。走！

〔杜小山、张得胜下。

贺　湘　（唱）温队副从不关心群众纪律，

李开石　（唱）他自己就有私弊爱找便宜。

贺　湘　（唱）他声言只管军事不问政治，

李开石　（唱）为什么这一回断然处置？

贺　湘
李开石　（唱）值得深思。

〔罗成虎上。

贺　湘　刚才是怎么回事？

罗成虎　打开走马坪的时候，一个挨户团抢了老乡一块红布，杜小山上去追了回来，老乡走远了，没法还他。他想缝一面工农革命军的军旗，已经缝好了。昨天你讲了三大纪律，有人提出应该给杜小山批评处分。士兵委员会经过讨论，明确了问题的实质，大家一致同意不予处分。温队副知道了士兵会的意见，突然下命令把小山绑起来关进了禁闭室。

贺　湘　哦，他这是挑战。那他就试试吧。

〔柯亮上。

柯　亮　出了什么事啦，老远就听见温队副嚷嚷？

〔内争论声。

〔战士多人追着温其久辩论，温其久退上。

战士甲　为什么要关杜小山禁闭？为什么要绑人？

战士乙　我们提了抗议,温队副为什么不但不理睬,反而当着我们的面在禁闭室加了一道锁,你这是什么意思?

战士丙丁　我们要求温队副收回成命,放出杜小山!

温其久　你们这是无组织无纪律,无政府主义,聚众要挟,目无长官!

李开石　同志们!

　　　　(唱)有理不在高声喊,

　　　　　　　大家都有发言权。

　　　　　　　只问理长和理短,

　　　　　　　不论是兵还是官。

战士们　我说!(举手)

贺　湘　还是请温队副先谈谈。

温其久　(唱)红军也分兵、伕、官、

　　　　　　　当队副管士兵不算越权,

　　　　　　　三大纪律要兑现,

　　　　　　　抓典型开风气理应从严。

战士甲　杜小山犯了什么纪律?

温其久　(唱)他持枪行劫把路断!

战士甲　(唱)抢布的本是挨户团。

温其久　(唱)就应该还老乡!

战士甲　(接唱)——人已走远。

战士乙　(唱)无名无姓,

战士丙　(接唱)——素不相识,

战士丁　(接唱)——无法归还。

温其久　(接唱)缴获品不归公私自保管,

　　　　　　　发洋财,"打埋伏",铁证如山!

战士甲　(接唱)这军旗是公物还是私产?

温其久　这!(接唱)谁批准他自由处理不报官!

战士甲　(接唱)你不看实质看表面,

　　　　　　　抓住一点故意刁难。

288

　　　　　　　纪律不是一块板，

　　　　　　　要看他主导思想，中心向往在哪边。

温其久　（接唱）谁敢担保他心地纯洁没污点？

战士 甲乙
　　　 丙丁　（同唱）叫小山！掏出红心大家来看！

　　　　〔一群战士簇拥着杜小山上，张得胜随上。

杜小山　（唱）那一天，党代表和咱们才见面，

　　　　　　　她说是咱也有当上红军那一天。

　　　　　　　从此我朝思暮也盼，

　　　　　　　朝朝暮暮常有一面红旗飘扬飞舞在眼前。

　　　　　　　走马坪缴到布一卷，

　　　　　　　大红颜色好新鲜。

　　　　　　　我就想，这要是做一面红旗多显眼，

　　　　　　　我又想，不求人，自己干，我照着描，比着剪，

　　　　　　　起早贪黑，亲手做成旗一面，舒舒贴贴，平平展展，

　　　　　　　横瞧竖看，越看心里越喜欢。

　　　　　　　独自无人常叨念，

　　　　　　　别贪玩，好好练，早早练成一名红军战斗员。

　　　　　　　到那天，队伍齐把军装换，

　　　　　　　扛上红旗，威威武武大步开上井冈山。

　　　　　　　这就是我的衷心意愿，（取出红旗，举起）

　　　　　　　红旗下，受检阅，去见亲爱的毛委员！

李开石　同志们！小山的心愿也是我们大家的心愿。我建议，我们把
　　　　这十天的伙食尾子拿出来，找到那位老乡，把布钱给他送去。
　　　　这面军旗就算我们大家献给部队的，大家同意不同意？

众战士　同意！

战士甲　要求温队副撤消对杜小山的处分！

战士乙丙丁　要求温队副接受士兵会的意见！

李开石　温队副，你接受不接受啊？

温其久 （向柯亮）柯队长，你说一句话，我参加你这部队，都是冲你。

柯　亮 大家说得都挺在理，说得对，你就接受嘛！认个错，就完了嘛！

温其久 我不能接受。叫我向士兵屈服，我这个干部还怎么当？那，我只有不干了，我辞职！

柯　亮 老温，你这是干什么？

李开石 你别来这一套！这一套吓不倒人！你今天搞的这一套，目的很清楚！你不是冲杜小山，你是冲士兵会来的！你想借此把士兵会压下去，叫大家以后不敢说话，说了也不算数，想把农民自卫军拉回到旧军队的老路上去，那，绝对办不到！

贺　湘 温队副，士兵会的章程，你是知道的。士兵会的职权，你了解的很清楚嘛，为什么还要较量一下呀？人民军队的建军原则，是不能动摇的，你好好考虑考虑。

众战士 欢迎党代表讲话！

贺　湘 同志们，我支持士兵会的合理要求。

　　　　（唱）同志们所有发言在情在理，

　　　　　　　有分析有论据水平不低。

　　　　　　　自从盘古开天地，

　　　　　　　哪有个当兵的敢对官长把意见提？

　　　　　　　是谁人使大家开会说话有权利？

　　　　　　　毛委员一拳击碎几千年的陈规陋习，

　　　　　　　我们是阶级弟兄，同志关系，

　　　　　　　同甘共苦，互敬互爱不分等级。

　　　　　　　这一条原则要坚持到底，

　　　　　　　一万年不动摇，铁定不移。

　　　　　　　温队副近日来种种不如意，

　　　　　　　许多事想不通，也不能求之过急。

　　　　　　　共产党不拒绝同别人合作共事，

　　　　　　　但不能争权位较量高低。

　　　　　　　开诚相见，明白交底，

希望你翻然醒悟郑重三思。

温其久　好！我学习不够,问题处理不当,态度也不大好,我再考虑考
　　　　虑。(下)

贺　湘　大家回班,把今天的事讨论一下。根据连日的情报,胡仕坦可
　　　　能要进攻,大家继续加强战备! (战士们下)张得胜同志……

张得胜　有!

贺　湘　你对我刚才讲的话有什么意见啊?

张得胜　报告党代表,没有意见!

贺　湘　不要这样。咱们不用旧军队那一套。

张得胜　报告党代表,是没有意见。咱们这个军队,好!

贺　湘　你出身很苦,人很憨厚。但是以后不要那样唯命是从,什么事
　　　　情都要自己想一想。

张得胜　哎。

贺　湘　你回班去吧。有什么不明白的事,可以随时找我谈谈。

张得胜　哎。(下)

〔侦察员上。

侦察员　报告,胡仕坦重新纠集三县的挨户团,还有一连保安队,进犯
　　　　杜泉山,前哨已离枫林坳不远!

柯　亮　来了!

贺　湘　咱们是不是按照预定计划,转移上山?

柯　亮　敌进我退,这种打法我还没经验过,既然干部们都同意,那,就
　　　　招呼吧!

贺　湘　杜小山!

杜小山　有!

贺　湘　头一回用你这个司号员,你给咱们吹一个集合号,把咱们的人
　　　　都集合起来!

杜小山　是!

〔杜小山吹起集合号,号音回绕在群山之间。

——幕落

第四场　驾驭战争

时间：前场数日后，黄昏。

地点：杜泉山的一个山头，山高势险，筑有简陋的工事。一角是一个杉树皮盖顶的寮棚。一堆篝火。

〔幕启：山下传来一阵阵急烈的枪声。几个战士扛铁锹镐头等修筑工事回来过场。柯亮背对观众站在一个高坡上向山下瞭望。

柯　亮　（唱）敌人围剿常出动，

连日不断小交锋。

新仇旧恨心头涌，

哪一天才能够快打猛冲？

〔杜小山上。

杜小山　队长！你的米袋，司务长要集中。

柯　亮　（把身上的米袋解下交给小山）没有米啦！

杜小山　没米好几天啦，往后天冷野菜也怕不好找啦！

柯　亮　小山，怕苦啦？

杜小山　没有！刚才士兵会开会都分工啦，我和胡大姐集中米袋，负责解决伤员的粮食。

柯　亮　小山，敌人围山，把咱们和山下的乡亲隔断了，往后困难可不小啊！

杜小山　柯叔叔，我才不怕，在家和奶奶不也是吃野菜过冬吗？

〔哨兵内喊："杜妈妈来啦！"

杜小山　（惊喜）奶奶上山来啦！

〔哨兵挽杜妈妈背一袋番薯上。

杜小山　奶奶！

柯　亮　娘！

哨　兵　杜妈妈是驮着口袋爬上山来的,差点摔下去,多危险啊！
（下）

杜妈妈　你们转移到这里,倒是个好地方,连我都差点没找到。

杜小山　番薯！好奶奶……

杜妈妈　我知道你们快断粮啦,乡亲们被敌人挡着上不来,都把东西送
到我那儿,这两天可把我急坏啦,党代表哪？

杜小山　在寮棚写报告呢,我去叫她！

杜妈妈　不用啦！

柯　亮　娘,山下乡亲们怎么样？

杜妈妈　你放心,敌人再折腾得凶,乡亲们也挺得住,一到夜里人们就
听动静,说自卫军不定哪会儿摸回来收拾胡仕坦。

柯　亮　嗯,总有自卫军消灭胡仕坦的那一天。娘,您就留在山上不要
下去啦。

杜妈妈　你们要是不转移,我在这儿呆一天也行,给你们缝洗缝洗,我
去看看同志们去。

柯　亮　娘,您先进寮棚歇会儿！

杜妈妈　我不累。

〔杜小山背口袋随杜妈妈下。

柯　亮　多么刚强的一位老妈妈啊！

〔温其久上。

温其久　队长！

柯　亮　哦,老温,又犯心思啦？

温其久　嗐,我替队长担心！

柯　亮　嗯？

温其久　这……

柯　亮　有话你就说嘛！

温其久　不说也罢！

柯　亮　哎呀,你们念过几天书的人,就是这么吞吞吐吐的,说错了不

怪你;听错了,过在我!

温其久　我怕!

柯　亮　怕就不说!

温其久　我是为队长好!

柯　亮　那就不怕!

温其久　队长!咱们部队天生是打仗的,敌人来了,影子还没看见,就让出一大片地方,这不是逃跑吗?

柯　亮　噢?

温其久　政治归党代表管,这打仗得听你队长的,什么都听党代表的,还要你这个队长干什么?

柯　亮　党代表做得对,就该听嘛。

温其久　想想过去,呼喇喇干他一下子,杀几个土豪,烧个把寨子。酒,大坛大坛地喝;肉,整猪整羊地宰;有多痛快。可是如今……

柯　亮　温队副,我看你是吃不住啦,实在吃不住,你就走吧!

温其久　走?往哪里走?!

柯　亮　那你就找个吃喝好的地方去。

温其久　不,自卫军是我的家,你舍得,我可舍不得丢开这份家当不要。

〔杜小山内喊:"队长……"温其久急躲下。小山上。

杜小山　队长,奶奶要给伤员同志洗伤换药,伤员们不让,奶奶生气啦!

〔杜妈妈上。

杜妈妈　柯亮,我走啦!

柯　亮　娘,刚才不是说好留在山上吗?

杜妈妈　我呆不下去!

柯　亮　出了什么事啦?谁得罪您老人家啦!

杜妈妈　伤员们没换药,伤口都化脓啦,你怎么不说?

柯　亮　……

杜妈妈　家里还有些好刀伤药,我取了就上来!

柯　亮　娘,还是留下吧!

杜妈妈　你叫我眼瞅着他们的伤口化脓,我怎么在这里呆得下去呀!

柯　亮　路上有敌人不好走啊!

杜妈妈　傻孩子,你忘啦,小山爷爷在世采药开出的那条小路从咱屋后
　　　　就能上山吗?

柯　亮　您这么大年纪,担不起这风险!

杜妈妈　风险?嘻!我这一辈子都是从刀尖上过来的,还从来不知道
　　　　什么叫个风险!

　　　　(唱)自卫军为乡亲流血流汗,

　　　　　　　伤员们连日转战在荒山。

　　　　　　　缺医少药伤口都溃烂,

　　　　　　　一个个强忍疼痛面带笑颜。

　　　　　　　这情景瞒不过我老年人的眼,

　　　　　　　自卫军个个都是我的亲骨肉,哪一个有痛苦

　　　　　　　　我的心中也不安。

　　　　　　　能为咱子弟兵多流几滴汗,

　　　　　　　我口含黄连也觉甜。

　　　　　　　说什么风险不风险,

　　　　　　　我拿定主意要下山!

柯　亮　娘!……

杜妈妈　孩子,不要拦着娘。你们都别动!

　　　　〔杜妈妈下。

　　　　〔杜小山下。

柯　亮　娘,您多加小心!

　　　　(唱)老人家穿林过岗已走远,

　　　　　　　留不住追不回我的心不安!

　　　　〔温其久上。

温其久　(唱)柯亮他这几天心烦意乱,

　　　　　　　我正好趁此时推波助澜。

柯　亮　老温,前面有什么情况?

温其久　……唉,气死人!

柯　亮　怎么啦？

温其久　别提啦！

柯　亮　到底是为什么？

温其久　胡仕坦！

柯　亮　胡仕坦怎么啦？

温其久　他太欺侮人！他叫他的士兵弄个喇叭筒在战壕里羞辱咱们，我恨不能带一排人冲过去杀狗日的去！

柯　亮　他羞辱你？

温其久　那我生不了那么大气。是指着你的名字叫阵,说柯亮是个孬种,躲在山里不下来。有种的,下山来较量较量。

柯　亮　唔！

温其久　他们还说了好些话,太难听！

柯　亮　说什么？

温其久　说你……嗐,说你叫一个女人治住了！

柯　亮　女人,女人怎么啦,是好样的,还管男女！

温其久　我也是这么想,不过,胡仕坦在走马坪把乡亲们可糟害苦啦,石头过刀,茅草过火,人种要换过。

柯　亮　这我知道。

温其久　弟兄们都是本乡本土的人,都吃不住劲啦,他们说党代表是外乡人,乡亲们受苦受难与她有什么相干,可咱们柯队长是喝杜泉山泉水长大的,如今也稳坐泰山,坐视不管,这是忘了本！

柯　亮　你胡说！我忘了本？……

温其久　你去问问弟兄们去！

柯　亮　你给我滚！

温其久　队长……

柯　亮　滚！滚！

温其久　滚？我温某人加入自卫军以来,跟着你柯亮出生入死的干,鞍前马后的跑,没有功劳,也有苦劳,想不到,到头来却落了一个“滚”字,痛心啊！……

柯　亮　……

温其久　温某人心直口快,惹队长生气,是我的不是。唉,眼前的问题
　　　　也确实很难,难哩! ……(下)

柯　亮　我柯亮是喝杜泉山泉水长大的,如今,我忘了本?!
　　　　〔杜小山拿两个番薯上。

杜小山　队长,给,(把两个番薯给柯亮)这是今天的晚饭。

柯　亮　番薯?!

杜小山　就是奶奶刚背上来的,都是乡亲们接济咱部队的。

柯　亮　乡亲们! ……

杜小山　柯亮叔叔,你病啦? 我给你拿件衣服去。(下)

柯　亮　喝杜泉山泉水、吃乡亲们的番薯长大的,我忘了本?!
　　　　(唱)一块番薯在手中攥
　　　　　　　勾起我多少往事到心间。
　　　　　　　我从小父母双亡讨米要饭,
　　　　　　　多亏了邻居们送暖嘘寒。
　　　　　　　年青时当轿夫,天阴下雨没活干,
　　　　　　　大革命造了反,几次遇险在深山,
　　　　　　　每到有急和有难,
　　　　　　　都是乡亲接济咱,
　　　　　　　一块番薯掰两半,
　　　　　　　曾受深恩三十年。
　　　　　　　到如今山下来了胡仕坦,
　　　　　　　杀人放火把父老摧残!
　　　　　　　我稳坐高山不去管,
　　　　　　　隔岸观火心怎安,
　　　　　　　我有心下山去挥刀血战,
　　　　　　　又怕贺湘来阻拦。
　　　　　　　思来想去难决断,
　　　　　　　闹革命为什么这样难!

〔杜小山上，取来一件夹袄，为柯亮披上。

〔侦察兵急上。温其久暗上。

侦察兵　不好啦！敌人把杜妈妈绑走啦！

柯　亮　你说清楚！

侦察兵　我下山到板栗坳观察，忽然听到一阵枪声，原来胡仕坦在杜妈妈家的周围埋伏了人，一下子就把杜妈妈从屋里推出来，押到走马坪去了。

温其久　后来呢？

侦察兵　他们在杜妈妈背上插了一个标子，敲着锣，吹着号，村里村外游街示众，后来把杜妈妈五花大绑吊在村口的大樟树上。杜妈妈已经昏厥过去了！

柯　亮　胡仕坦！

杜小山　奶奶！

温其久　杜山大哥是为革命牺牲的，杜妈妈对你恩重如山，胜过亲娘，甩手不管，良心上可过不去呀！

柯　亮　全队集合！

〔罗成虎和战士们上。

柯　亮　同志们！敌人在山下烧、杀、掠、抢，糟害乡亲，如今又把杜妈妈插标游街，吊在树上，我们能够甩手不管吗？

众战士　不能！

柯　亮　乡亲们要不要去救？

众战士　要！

柯　亮　胡仕坦要不要去打？

众战士　打！

罗成虎　为群众流血牺牲是我们的本分，没什么好讲的，队长你下命令吧！

柯　亮　跟我走！

贺　湘　（内喊）等一等！（上）

柯　亮　党代表！杜妈妈现在吊在村口大树上，她一家三代都死在官

298

衙地主的手里,我不能眼看着这位老娘也死在胡仕坦手里。我的心都要烧炸啦! 党代表,咱们下山打吧!

〔贺湘非常激动,霍然掏出枪来,好像就要同意下山。

柯　亮　全队出发!

贺　湘　慢! ……胡仕坦绑走了杜妈妈……

侦察兵　还给她插了标子游街示众,标子上写着这是柯亮队长的娘。

贺　湘　插标示众……

侦察兵　现在就吊在村口大樟树上。

〔贺湘关上保险,把枪放进枪套。

贺　湘　不能下去。

柯　亮　不能下去?

贺　湘　敌人为什么要大肆烧杀,这样惊师动众在杜妈妈身上大作文章?

柯　亮　唔?

贺　湘　敌人围山数日,求我主力决战不得,无计可施,才使出这一手,这是敌人的激战法,是一计。

柯　亮　一计?

贺　湘　金钩钓鱼之计,他想把你急昏了头,惹红了眼,蒙头转向带着队伍冲下山,要把你一网打尽。

柯　亮　他想钓我这条鱼? 好吧,他就钓吧! 不是鱼死,就是网破,下山我也不怕他!

贺　湘　柯亮同志,现在依然是敌强我弱,我们不能上当。这几天,敌人吃了我们不少苦头,他的伤亡很大,如果,把敌人彻底拖垮,就到了我们动手消灭他的时候啦。不要忘记我们要相机把部队带上井冈山的全盘部署啊!

柯　亮　柯亮生是杜泉山的人,死是杜泉山的鬼,就是走,也要提着胡仕坦的脑袋一块走!

贺　湘　柯亮同志,要有长期斗争的打算! 我们闹革命不是为了要报一家一户的仇,也不是单单只为了这　个山头。

柯　亮　那就不打,不救乡亲,不救杜妈妈!

贺　湘　要打、要救,可是不能这样下去。

柯　亮　那你说怎么办?

贺　湘　我有个初步想法,今天夜里,我们发动一次佯攻,吸住敌人的
　　　　主力,以少数精干力量,和赤卫队配合,来一个突然袭击,解救
　　　　出乡亲和杜妈妈,立刻回山。

柯　亮　今天夜里?可是眼下,眼下、眼下杜妈妈吊在树上!

贺　湘　柯队长,你要冷静!

柯　亮　我冷静不了!

贺　湘　你打算怎么消灭敌人?

柯　亮　自有把握!

贺　湘　凭什么?

柯　亮　凭我!

贺　湘　凭你?

柯　亮　就是他千军万马,不够我柯亮一个人砍的!老实说,你怕啦?

贺　湘　不怕!

柯　亮　不怕为什么不敢打?

贺　湘　打,是要打!

柯　亮　那就下命令!

贺　湘　这要经过干部会议研究,作出决定。

柯　亮　这一仗我决定啦!

贺　湘　你这个决定不正确!

柯　亮　全体表决!

贺　湘　这是极端民主!

柯　亮　我一个人去!

贺　湘　谁也不准动!

柯　亮　党代表!你在讲政治课的时候,怎么给大伙讲的?你看看,这
　　　　是什么!(他撕下一个战士的衣襟,露出紫黑色的伤疤)这又
　　　　是什么!(他举起一个战士受伤的手臂)你的老爹呢?你的

妹妹呢？你的老婆孩子呢？这是什么，这是阶级仇恨！

贺　湘　比伤疤、比眼泪，大家都有，这不是时候。

柯　亮　你是安源的工人，你的对头是矿山老板。

贺　湘　矿山的老板，这里的土豪，他们是一路货色。我们要看得大一些，远一些！

柯　亮　现在没有时间讲这些大道理！

贺　湘　柯亮同志，大道理不讲就要出岔子呀！这支农民自卫军很快就要加入红军的队列，你是队长，是指挥员，你怎么能凭一时个人复仇的猛劲，去冒险呢？同志啊，这关系着整个部队的生死存亡，你要严肃考虑！部队解散待命，干部到三号寮棚开会，研究对敌方案。(干部战士下，柯亮不动)柯亮同志……

柯　亮　就来！

　　　　〔贺湘下。

　　　　〔山后起火。

柯　亮　(唱)党代表说的话意义深远，

　　　　　　　止不住我心中海倒江翻。

　　　　　　　一霎时大火冲天，鸦飞鹊乱，

　　　　　　　多少户好人家化作灰烟！

温其久　(内白)走马坪起火啦！好大的火啊！(上)柯队长，胡仕坦在杜妈妈身上浇了煤油，眼看就要活活地被烧死啦！是摊泥、是块钢，就看这个时候啦！

柯　亮　(接唱)老妈妈活生生要遭火殓，

　　　　　　　急得我浑身肉跳，刀扎心肝。

　　　　　　　不管他山崩地又陷……

　　　　〔杜小山上。

杜小山　队长，党代表叫你去开会！

柯　亮　小山，告诉党代表，我下山救奶奶去啦！

杜小山　我跟你去！

柯　亮　谁也不许动，我一个人去！

（接唱）不杀那胡仕坦我誓不回山！（下）

杜小山　队长！队长！党代表！同志们！队长下山啦！

温其久　喊什么！自己的奶奶要烧死啦，还不去救，胆小鬼！

杜小山　胆小鬼？（踩脚下）

〔幕后跑上一些战士向柯亮下山的方向跑去。

温其久　弟兄们！党代表的命令，一个也不许动！

〔后上来的战士被温拦住。

〔李开石急上。

李开石　出了什么事？

温其久　队长下山啦，这不，我紧着拦也拦不住哇！（向战士）解散！

（战士下）

〔温其久下。

〔贺湘急上，罗成虎等随上。

李开石　党代表……山下都是白军，这……

贺　湘　你回来的好。罗成虎，你马上从后山下去，找到老金，叫赤卫队向
　　　　走马坪收拢，作好准备，配合我们的行动。接上头即刻返回！

罗成虎　是！（下）

李开石　（从伞柄中取出文件）前委的指示。

〔贺湘看文件。

贺　湘　前委审查了我们的报告，指示我们甩掉敌人，边打边走，把部
　　　　队尽快带上井冈山。柯队长下山，这是个意外的事故，我提
　　　　议，今天半夜，我带两个班由后山下去，突进走马坪，抢救柯
　　　　亮、杜妈妈和被害的乡亲。你在正面发动一次佯攻，然后在此
　　　　坚守。你看怎么样？

李开石　我同意这个方案，不过，是不是你自己亲自去？那太危险！

贺　湘　那我就更应该去。我下山后，党代表职务由你代理。你马上
　　　　召集党员紧急开会研究讨论这个方案。现在部队情绪有些动
　　　　乱，要党员去做工作。温其久这个人很可疑，要注意！

李开石　我知道！

贺　湘　开石同志,担子重呀!

李开石　挑得起!

贺　湘　路,还长远!

李开石　再远,也走得到!

贺　湘　你先去掌握开会,我在这里再考虑一下前委的指示。

李开石　好。(下)

　　　　〔贺湘独立山头,再看文件。

　　　　〔山下传来紧密的枪声,少顷,枪声渐疏。

　　　　〔乱云飞渡,松涛怒吼,暮色苍苍。

贺　湘　(唱)乱云飞,松涛吼,群山奔涌。

　　　　　我心中,难平静,事故不轻,似煤窑要冒顶,

　　　　　　挺双肩把千斤重担来担承。

　　　　　曾记得,征途上接受使命,

　　　　　老首长,讲指示,反复叮咛:

　　　　　整训农军、扩充主力、要坚强、要谨慎。

　　　　　想不到临胜利差错横生,

　　　　　辜负了党的嘱托,我的心情沉重……

　　　　　　心沉重、望长空,

　　　　　　　望长空、想五井,

　　　　　　　　五井光辉日夜明,

　　　　　　　　　我看到伟大领袖毛泽东

　　　　　　　　　挥手屹立在顶峰。

　　　　　毛委员啊! 毛委员,

　　　　　想当初霸主挥刀、黑云压顶,

　　　　　您挺身而出,挽救革命。

　　　　　八七会议,痛斥右倾,

　　　　　浏阳河边留脚印,

　　　　　风尘仆仆到湘东,

　　　　　长沙决策,安源举兵,

303

亲手点燃暴动火，

霹雳一声天地惊。

任凭它排山浊浪连天涌，

紧握舵轮、巍然不动，把中国革命领上了

　正确的航程。

想起您顿觉得从容镇定，

想起您顿觉得信心百倍成竹在胸。

小小困难何足论，

您的一句教导胜过百万兵。

毛委员呀毛委员，

我面向井冈山，

向您作保证，

队伍一定要带到，

任务一定要完成。

漫道是瞬息万变风云紧，

我眼前自有那灿烂辉煌的北斗星。

〔浮云散尽，夜空如洗，北斗七星，高高照耀。

〔罗成虎上。

罗成虎　报告，我找到了老金，赤卫队正在村边收拢，老金准备作我内应。

〔李开石上。

李开石　党代表，党员会议完全同意你的方案。我已通知小分队整装待命，你看还有什么准备的？

贺　湘　小分队集合！

李开石　小分队集合！

〔小分队战士整队跑上。

贺　湘　出发！

——幕落

第五场 营救战友

时间：接前场。

地点：走马坪。暗转前,胡仕坦家祠堂门外,暗转,村外山坡上杜妈
妈家,院中。

〔开幕前一阵紧密的枪声,渐渐零落。

〔幕启:胡仕坦背立,向祠堂内逐一辨认被俘的自卫军战士。

胡仕坦　怎么搞的,你们那么多人,还会让柯亮跑了,真是饭桶!

团丁甲　团总,你不知道,这个柯亮真像一只老虎似的,他顶住枪子儿
往上冲,挡不住啊,就这样叫他冲开一个缺口,突出去了。我
们请保安队帮着追击,他们说,他们的任务是堵住山上下来的
自卫军,说什么,打铁,卖糖,各管一行,管堵不管追。

胡仕坦　唔,管堵不管追?嗯,不错,柯亮下来只是少数人,山上主力未
动,保安队还是对付山上的贺湘!(转念)来呀!把那个杜老
太婆放回家去!

团丁甲　放回家去?

胡仕坦　派团丁暗中监视,柯亮没有救走他的娘,他是不死心的,我还
要再钓他一回!

团丁甲　是!(传令)团总有令,把杜老太婆放回去,暗中监视,捉拿
柯亮!

〔对面山下传来十分猛烈的枪声和喊杀声。

〔团丁乙上报。

团丁乙　报告,贺湘带着队伍由杜泉山正面发起反击,攻势很猛!

胡仕坦　好极了!贺湘也下来啦!赶快派一个连支援保安队!

团丁甲　团总,走马坪一共只有两个连哪!

胡仕坦　逮柯亮用不了那么多人!兵书上说:虚则实之,实则虚之,你

知道吗？

团丁乙　是！（传命）团总命令，一连赶快到杜泉山抓贺湘去！（下）

胡仕坦　这回生擒贺湘，活捉柯亮，农民自卫军彻底完蛋，我可真要叫它石头过刀，茅草过火，人种换过，要叫走马坪血流标杆，用以告祭我的先父在天之灵！（欲下）

〔老金上。

老　金　团总，保安队长从前面下来啦！请您回去！

胡仕坦　你去告诉厨房，给保安队长准备饭！（下）

老　金　好的。

〔团丁甲乙看守祠堂。

〔老金连划三根火柴作暗号。

〔贺湘率战士上，摸掉两个团丁，打开祠堂大门，救出被俘战士。

〔赤卫队长上。

杜小山　党代表！（上前拉住贺湘的手，眼望着贺湘的脸，心中激动地说不出话来）

贺　湘　柯队长没有跟你在一起？

杜小山　我看柯叔叔一定突围了。

贺　湘　（问老金）胡仕坦知道了吗？

老　金　知道了，他下令把杜妈妈放回家去，他一共有两个连，用一个连在四面包围监视，另外一个连调到前线支援保安队去了。

贺　湘　我们预定的计划已经部分实现，佯攻起了作用，把敌人的主要兵力吸住了。在一定时间内，敌人的后方比较空虚，我们在赤卫队的接应之下，已经插到胡仕坦的心脏里来啦。一个新的情况是，柯队长突围了，胡仕坦转移钓饵！我们要针对敌情展开活动，我们要把敌人的心搞得再乱一些，要他们完全听从我们的指挥调动！（唱）（对赤卫队长）

　　　　你通知赤卫队高声喊嚷，

　　　　虚张声势，忽东忽西，四面放枪。

（对老金）

　　　你到他的后院把火放，

　　　烧得他晕头转向，忙乱惊慌。

　　　小分队快随我营救柯队长，

　　　这一把尖刀要搅得他倒肚翻肠！

　　〔暗转。

　　〔灯明，杜妈妈家的院子。

　　〔众团丁押杜妈妈上，把杜妈妈推倒在屋门外，众四下设伏。

　　〔赤卫队四面打枪，团丁张惶四望。

　　〔远处胡仕坦家起火。

　　〔老金急上。

老　金　柯亮在团总家里放了火啦！团总叫你们快去救火捉柯亮呵！

团丁甲　快去救火，捉柯亮！

　　〔众团丁持枪向胡仕坦家方向跑去，团丁甲命团丁乙留守杜
　　妈妈家，下。团丁乙感到一个人抵挡不了柯亮，跑到很远的地
　　方监视。

　　〔柯亮上。

柯　亮　（唱）满腔怒火实难按，

　　　　　冲破敌人的包围圈。

　　　　　这时候顾不得多盘算，

　　　　　救出了亲娘，战友血战回山。

　　〔柯亮扶起杜妈妈。

柯　亮　娘……

杜妈妈　（苏醒过来）柯亮！是你！

柯　亮　是柯亮，娘！

杜妈妈　你来作什么？

柯　亮　背娘上山。

杜妈妈　孩子，胡仕坦抓我一个苦老婆子有什么用，他们要的就是你，
　　　　你还不快走！

柯　亮　我背娘一块走。

杜妈妈　我走不动啦,这里四下都是挨户团,听娘的话,快走!

柯　亮　娘这话,儿不能听。

杜妈妈　你这次下山,贺湘同意了吗?

柯　亮　……

杜妈妈　就是你一个人?

柯　亮　不少同志都被俘虏啦!

杜妈妈　这一定是你私自下山,带着部队来送死?

柯　亮　我不能眼巴巴看着乡亲们有难不管,看着娘死不救呵!

杜妈妈　唉,孩子,你错啦!

　　　　(唱)胡仕坦几次攻山,劳人费马无其奈,

　　　　　　　才使出这条毒计来。

　　　　　　　你怎么看着火坑往里迈,

　　　　　　　因小失大任意蛮干你不成材!

　　　　　　　挨户团埋伏在四外,

　　　　　　　这里万万不能待!

　　　　　　　听为娘一句话,莫把娘急坏,

　　　　　　　快回山找贺湘再作安排!

柯　亮　娘,我错啦,往后,我一定改,别的先甭说了,我背您上山吧!

杜妈妈　不要管我,你快走!

　　　　〔挨户团丁上。

众团丁　捉柯亮呵!

　　　　〔团丁一拥而上,柯亮与团丁交锋。正在危急时,贺湘率小分
　　　　队赶到,开打。团丁有的被打死,有的逃走。

杜小山　奶奶!

杜妈妈　你怎么亲自来啦!

贺　湘　杜妈妈,您受惊啦! 柯亮同志,挂花了没有?

柯　亮　(有千言万语说不出一句话,只叫了一声)党代表! ……

贺　湘　柯亮同志,你率领受伤的同志们,背杜妈妈从小路撤退上山,

　　　　　　我到那边吸住敌人火力,掩护你们撤退!

柯　亮　我掩护,你撤退!

贺　湘　这是命令! 再不赶快撤,等敌人明白过来,把正面火线上的兵
　　　　　力收回来,就撤不出去啦!

柯　亮　是。同志们跟我来!

　　　　　〔罗成虎背杜妈妈,引伤员撤退。

　　　　　〔远处枪声骤起,胡仕坦带团丁向贺湘方向追去。

　　　　　〔柯亮返回,发枪牵制胡仕坦。

　　　　　〔胡仕坦又率团丁冲向柯亮。

　　　　　〔柯亮连毙几个团丁。正在瞄准一个团丁,未搂扳机,团丁已
　　　　　倒,柯亮这才发现杜小山也跟在身边。

柯　亮　小山,你怎么还不走?

杜小山　我不能留你一个人在这里。

柯　亮　我命令你!

杜小山　你命令我也不走!

柯　亮　这里危险!

杜小山　你一个人更危险!

　　　　　〔二人又射击敌人。

　　　　　〔一弹飞来,小山挂花。

柯　亮　小山,小山!

　　　　　〔柯亮抱起小山,急忙撤退。

　　　　　〔胡仕坦上。

胡仕坦　都跑了! 给我追!

　　　　　　　　　　　　　　　　　　　　　——幕落

第六场　党指挥枪

时间: 前场次日夜。

地点: 杜泉山上,景同第四场。

　　〔幕启:北风呼啸,红旗漫卷。农民自卫军战士围坐在篝火旁
　　边。有的在擦枪。一个战士在打草鞋。山头有值哨战士来回
　　走动。远处有断续枪声。

　　〔杜妈妈手捧乳钵,在研刀伤药。

　　〔李开石上。

李开石　(唱)党代表亲自下山把局面扭转,

　　　　　　阻追敌打迂回激战正酣。

　　　　　　听枪声一阵阵时续时断,

　　　　　　防意外稳军心责在双肩。

　　〔罗成虎上。

罗成虎　老李,派到樟树岭方面去接应党代表和柯队长的战斗小组回
　　　　来啦。

李开石　有消息吗?

罗成虎　还是没有。

李开石　(考虑了一下)再派几个人向敌方纵深侦察一下。

罗成虎　好。(下)

战士甲　老李,来烤烤火,暖和暖和。

李开石　好。同志们,党代表、柯队长没有回来,大家都很挂念吧?

战士乙　那是啊,都一天一夜啦。

李开石　大家放心,贺代表精通战略战术,柯队长那么勇敢,又熟悉这
　　　　一带地形,他们一定会把敌人甩掉,安全回山的。

战士甲　老李说的一点不错,他们一定能回来的。我正等着他们一回

来就把我们带上井冈山哩。这不,我连他们路上穿的草鞋都给预备好啦!

杜妈妈　对,什么时候都要看得开阔。小山缝的那面大红旗,准能用得上。

〔温其久上。

温其久　杜妈妈,你还在这儿啦,几个伤员疼得大汗珠子直掉,你还不给上上药去!

杜妈妈　我这就去。(下)

温其久　你们几个去修修工事,多流汗少流血,别老这儿坐着。(战士下)

〔温其久坐近火堆。

温其久　(咂着字眼说话)老李啊,对眼前这个局势,你有个什么打算没有?

李开石　什么打算? 等党代表和老柯回来,立即行动,甩掉敌人上井冈山。

温其久　这不大现实。我是说你个人有什么打算没有?

李开石　我个人? 除了部队的行动,我个人有什么打算!

温其久　别说这冠冕堂皇的话,咱们说真的。

李开石　(按着性子)这怎么是冠冕堂皇的话! 你说我现在该有什么打算啊?

温其久　决定一个人沉浮升降的机会并不很多,错过去了,就再也找不回来了。你现在正是机会来敲门的时候。现在这支部队在你手里。温某人愿意披肝沥胆,为老弟借箸代筹,我建议你把部队转移一下,不要在这里坐待。

李开石　(早已看穿温的脏心烂肺,但是他现在更策略了,没有马上发作)转移,向什么方向转移?

温其久　向西北方向转移。

李开石　西北? 我问你井冈山在哪一面?

温其久　(没有料到这一问,他不假思索地回答)东面。

李开石　井冈山在东面,你要咱们往西北,这是什么用意?

温其久　哎,西北、东南,一样。

李开石　不一样!西北是七十五师驻地,你是要去投奔你的国民党老
　　　　上司去吗?

温其久　(回避)哎,你不要这样、这样啊,不要这样想吗!转移一下有
　　　　好处。你同意不同意转移吧!先确立第一步原则。

李开石　转移?我们不等党代表和柯队长啦?

温其久　哎呀,你怎么那么死心眼哩,你以为他们还能回来呀?

李开石　不行!党代表临下山时叫我们坚守山头,雷打不动,在她回山
　　　　之前,一步也不能转移。

温其久　党代表!党代表!你怎么把她的话当作金科玉律呀,一个妇
　　　　道、一个炭古佬家庭出身的矿工,有什么了不起!

　　　　〔一些战士上。

李开石　不许你侮辱党代表!不错!贺代表是矿工出身,因此她才有
　　　　这样坚强的革命性!

　　　　(唱)世间无如矿工惨,

　　　　　　成年累月不见天。

　　　　　　直到一九二一年,

　　　　　　云开雾散,红太阳照亮安源山。

　　　　　　贺湘同志工人夜校把书念,

　　　　　　牛角坡小屋握拳宣誓作党员。

　　　　　　大罢工义无返顾真勇敢,

　　　　　　反抗工贼斗志坚。

　　　　　　秋收暴动是骨干,

　　　　　　短发齐眉,英姿飒爽,参加了工农革命第二团。

　　　　　　攻萍乡、克醴陵、直取浏阳县,

　　　　　　文市风、三湾雨,脚下芦溪泥未干。

　　　　　　红军中提起贺湘人人称赞,

　　　　　　都说她能文能武、英明干练、忠心赤胆,

312

步步紧跟毛委员。

你对她恶意污蔑明目张胆，

这问题要提交全队讨论不能包涵！

〔战士更多人上。

温其久　弟兄们，这完全是误会。我对贺代表是非常敬佩的，她对我的帮助很大，刚才我只是说，贺代表的意见是正确的，但是我们执行起来可以灵活一点。贺代表不顾个人安危，命令部队守山不动，表现了伟大的胸怀。但是我们作为她的部下和战友，对她和队长的生命不能无动于衷。我向李开石同志建议，下山接应他们一下，这有什么错？现在，我还是要当着大家再度正式向老李建议：你自己应该带一部分人下山去！

李开石　（没有想到温其久是如此的两面三刀、翻云覆雨，气得他一时说不出话来）……你这个不要脸的东西！

温其久　哎，你怎么张嘴骂人哩！好！你不下去！我下去！弟兄们！凡是对党代表和队长还有一点阶级感情的，敢革命、不怕死的，都跟我来！

〔一些战士不明真相，跟了过去。

李开石　同志们，提高你们警惕性，擦亮你们的眼睛，认清楚了温其久是个什么人，不要相信他的花言巧语，不要上他的当。他会不怕死，他会想革命，他会有什么阶级感情，他会关心党代表和柯队长的安全吗？这都是鬼话！他刚才还跟我说，党代表和柯队长不会回来了，劝我们丢下他们不管，叫我们转移。他的目的是把部队拉走，他把柯队长鼓动下山，是个险恶的阴谋。党代表不顾个人的安危，亲自去营救柯队长，他以为他的计划一步一步的实现了。他对我进行了卑鄙的拉拢，拉拢不成，又使出这样的花招。他想把我挤兑下山，好叫这支队伍由他左右，任意指挥。此计不成，就用革命词句蛊惑军心。同志们！你们要是跟他下山，就是上了他的贼船，他会把你们全都卖了。他刚才劝我向西北方向转移。西北方是七十五师的驻军,叫我们向那边靠拢,这是什么意图,难道不是十分清楚了吗? 同志们,凡是愿意跟着党走,愿意在贺代表、柯队长领导之下干革命的,都站过来!

〔受蒙蔽的战士全都站在李开石一边。

温其久　李开石,你这是无中生有,当众造谣,是对我的莫大污蔑,政治陷害,我什么时候跟你说过那样的话,有谁听见了? 有谁可以证明? 你编的也太神了! 你稳坐高山,按兵不动,坐视两位领导处在极度的危难之中而不管,你才是包藏祸心,你巴不得他们死了,这支军队就是你的啦! (他最后使用苦肉计,企图动摇一部分人)好吧! 让事实说话,让实际行动证明一个人的真伪! 我愿意冒着枪林弹雨去接应贺代表和柯队长,看看我温某人是不是为朋友两肋插刀,是骡子是马拉出来遛遛! 谁都没有一点热血,我温某人一个人也去! 弟兄们,我向你们告别,以后,大概再也见不着了! (流泪)请你们忘记温某人平常的言语差错! 再见!

李开石　你做什么戏,你上哪里去?

温其久　下山!

李开石　你的问题没有搞清楚,你不能走!

温其久　把路让开!

李开石　回去!

温其久　(拔枪)让开!

李开石　你敢!

〔战士都拔出枪来。

一哨兵　柯队长回来啦!

〔柯亮背杜小山上。

李开石　队长!

战　士　队长!

〔一战士扶杜小山下。

柯　亮　(四面看了一下)贺湘同志没有回来?

314

战　士　……

〔柯亮转身便走。

李开石　队长你?……

柯　亮　贺湘在,我就在。党代表不在,柯亮也不在啦!我就是一千个
　　　　死,也要把贺代表找回来。同志们,我柯亮连累大家吃了不少
　　　　苦,我对不起大伙。老李是共产党员,从今往后,大家万事听
　　　　他的。扛上红旗,紧紧地跟上共产党,把队伍带上井冈山去!

〔柯亮押满一排子弹,向部队挥手,急速转身,欲下。

〔哨兵上。

哨　兵　党代表回来啦!

〔众迎上,贺湘上。

战　士　党代表!

贺　湘　同志们!……咱们的人都回来啦?

柯　亮　都回来啦!

贺　湘　损失不大?

李开石　损失不很大。

贺　湘　局面挽救过来了?

李开石　挽救过来了。

贺　湘　整个计划没有受影响?

罗成虎　没有。

贺　湘　这就好了。

温其久　党代表,您可回来啦!……

贺　湘　温其久,你又搞什么花样啦?

温其久　党代表你!……

贺　湘　你干得好事呀!原来我们就知道你有个人野心,你在共产党
　　　　领导的人民军队内摆威风、闹地位、争军权。你反对党的绝对
　　　　领导,反对军队的民主生活,破坏政治整训,抗拒毛委员的建
　　　　军路线。为了达到个人目的,不惜流尽同志的鲜血。我们知
　　　　道你手段阴险毒辣,品质极端恶劣。还没有想到,你有了那样

具体的行动步骤,你和国民党军队挂钩,要把党的军队拖到反动的道路上去,成为你升官发财的资本。你叛变投敌,两手血腥,你是个地地道道的内奸,十足的反革命!

温其久　贺湘!你无凭无据,血口喷人!我抗议,我要上告!

贺　湘　你要凭据吗?叫张得胜!

〔张得胜上。温其久手起一枪。但是枪响处,他的枪却掉了。李开石吹散枪口的蓝烟。

贺　湘　把他的枪下掉!

〔罗成虎下温其久的枪。

张得胜　姓温的,你这一枪打得好!你叫我把你彻底地认清楚了!今天中午,他交给我一封信,叫我从后山流水沟里爬出去,往西北方向走,找到集镇把信发出去。我一看收信人的姓名好眼熟,这不是七十五师的刘团长,他的老上司吗?我就在草窝里等着,把信交给了党代表。

贺　湘　这是他亲笔写的信,提出了条件,约好了接头地点,从信上看,他们过去就有过联系。同志们!温其久蓄谋叛变,已经给部队造成损失,刚才又企图杀人灭口,消灭罪证,大家看,应该怎么处理?

张得胜　枪毙!

战　士　叛徒,反革命,就地枪决!

柯　亮　(走近温其久,一把揪住了他)你个人面兽心的东西!

　　　　(唱)你两面三刀好毒辣,

　　　　　　　竟敢要人民的军队和党分家。

　　　　　　　你要把大家推到万丈深坑悬崖下,

　　　　　　　踩着同志们的鲜血你要往上爬。

　　　　　　　也是我柯亮眼睛瞎,

　　　　　　　养一条豺狼来看家。

　　　　　　　我要不亲手宰了你呀……

温其久　(跪求)柯队长,饶命!……

柯　亮　走！

〔温其久狂奔下山，柯亮连发三枪击毙之。

〔杜妈妈捧着乳钵缓慢地走上。

杜妈妈　小王……不行啦！

贺　湘　（低声对罗成虎）好好掩埋。

〔罗成虎下。

〔全场寂静。

柯　亮　党代表，我柯亮身上有罪，心里有愧，我对不起共产党，你重重
　　　　地处分我吧。

贺　湘　柯亮同志，你错啦。

柯　亮　我知道。

贺　湘　不！你不知道。

柯　亮　党代表，你刚到的那一天，你叫我好好使用这支枪，我不该盲
　　　　动下山，造成了部队的伤亡。

杜妈妈　柯亮，你这支枪是谁的？

柯　亮　老夏的。

杜妈妈　你知道老夏是贺湘的什么人吗？

柯　亮　……？

杜妈妈　他们是夫妻。

柯　亮　啊？！

杜妈妈　老夏是牺牲在这儿的。贺湘心里有仇，眼里有恨。可是她是
　　　　怎样的呢？她想的是整个阶级，她要把枪口对准一切反动派，
　　　　她连提都没提过。你呢？你又是怎样的呢？你只看到杜泉
　　　　山、走马坪这么一点地方，忘记了全中国革命的大事，你看得
　　　　太小啊，你对得起手里这支枪吗？

柯　亮　（唱）娘的话一字字有千斤分量，

　　　　　　　我愧对手中烈士的枪。

　　　　　　　党代表你把它收回，叫别人带上……

贺　湘　柯亮同志，你错了，这不是老夏个人的枪。

（唱）这是阶级枪,党的枪。

（念）这支枪,来之不易呀!

中国人民流血流汗,镇日奔忙,拌桶方响,饿断肚肠,只因为江山是别人掌、自己手里没有枪。辛亥革命后,一切军阀都爱兵如命,有枪就称王。他们投靠帝国主义你争我抢,互不相让,到头来都是百姓遭殃。

年轻的中国共产党,从成立到参加北伐,还不认识枪杆子的重要性,北伐战争到了半路上,蒋介石叛变革命,向共产党猛扑过来,就在这紧急关头,党内右倾机会主义者把大权拱手相让,屈膝投降。我们手里没有枪,敌人要杀就杀,要绑就绑。四·一二、五·二一、七·一五、上海、长沙、武汉,人头滚滚,烈士的鲜血到处流淌。

南昌起义,打响了革命的第一枪。

秋收起义号角响,毛委员号召全党都来抓武装。政权出在枪杆子上,敌人是我们的兵工厂。抢枪、缴枪、夺枪,从此工人农民才有了自己的独立的武装,有了革命的枪,阶级的枪,党的枪。

同样是一支枪,要看它掌握在谁的手上。温其久手里拿着枪,他混在革命队伍里,他用它来干肮脏的勾当,企图叫革命夭亡。

同样是一支枪,要看它对准什么方向。

只能由党来指挥枪,不能叫枪来指挥党!

听党的话,处处打胜仗,不听党的话,自作主张,发展下去,就会凌驾在组织之上,最后就会走到军阀的老路上,前途不堪设想。柯亮同志,手里拿着枪,可不能随便乱放啊!

（唱）你盲动下山真莽撞,

险些儿打破了部署影响着全军存亡。

你受人挑拨可以体谅,

思想上要深刻检查,不怕触动致命伤。

私自行动不曾通过党,

这样的错误不比寻常。

希望你把血的教训牢记心上……

柯　亮　（接唱）

党代表一番话语重心长。

细思量我这一错错在根本上,

我再不能掌军权、再不能接替烈士使用这支枪!

贺　湘　同志,你这才是真正的错了!

（唱）血泊里擦得双眼亮,

知错就改更刚强,

放下枪不是党的希望,

党希望你重新拿起这支枪,为人民、为阶级,更好的使用
这支枪。

战　士　队长! 我们希望你改正错误,继续领导我们干革命!

柯　亮　（唱）同志们的深情,党的希望,

感动得柯亮我热泪盈眶。

毛委员啊毛委员!

您的恩情比天高比海广。

我柯亮愿为您一辈子把枪扛。

走南闯北把革命的江山创。

全国不解放,到死不还乡!

党代表你分配给我任务吧! 不论多么艰巨,我一定完成!

贺　湘　同志们!（取出前委指示）毛委员指示我们:"打得赢就打,打
不赢就走","强敌跟追,用盘旋式的打圈子政策。"要我们把
这一带的敌人消灭掉,把队伍带上井冈山。同志们,我们是要
准备十年、二十年不回家乡。大家舍得吗?

战　士　舍得!

贺　湘　经过这一次教训,我相信大家的觉悟普遍提高了,我们就有了
长期斗争的思想基础。现在大家研究　下,我们怎么能把敌

人打垮。

罗成虎　我主张立即出发,向井冈山挺进。敌人一定会追上来,我们牵着他的鼻子走,然后选择有利地形,消灭他!

李开石　我主张大队由间道转移,赶到枫林坳设伏,张好了口袋等敌人来钻。为了给大队有一个休整时间,以逸待劳,歼灭敌军——

柯　亮　需要派一个小分队,引着敌人从最绕远最难走的路上,绕他几个圈子,把他们拖得筋疲力尽。

贺　湘　我同意这个方案,这样互相补充,就很完整了。现敌人围山半月,又叫我们佯攻奇袭,搞得他十分疲劳了。我们自己也相当疲劳了。在这种情况下,我们还能战胜敌人吗?

战　士　能!

贺　湘　为什么?

战　士　因为我们是毛委员的军队,有对人民的赤胆忠心!

贺　湘　对!我们就要靠这一点把他们比输打垮!

柯　亮　党代表!这个计划很好!我要求带小分队!

贺　湘　你太累了!

柯　亮　党代表!我给党造成这样大的损失,你不叫我完成这个任务,你叫我拿什么脸上井冈山,拿什么脸去见毛委员?!

李开石
罗成虎　党代表,让队长去吧,我们跟他一起去!

贺　湘　好!大家检查一下服装弹药,立即出发!

　　　　〔战士列队。

　　　　〔杜小山缚着绷带,扛着红旗,站在队列前面。

——幕落

第七场　盘旋诱敌

时间: 前场后二日,下午。

地点: 杜泉山主峰至枫林坳途中。

〔幕启:大雪满天,群山半白,苍松劲竹,青翠犹存。

柯　亮　(内唱)

　　　　大风雪强行军飞越千嶂。

〔柯亮、杜小山、罗成虎及小分队上,亮相。

柯　亮　(接唱)

　　　　一路来专走这羊肠小道,峭壁山梁,

　　　　运动中把敌人调到我军枪口上,

　　　　战士们热情奔放气昂昂。

　　　　家乡啊,我要为天下穷人去打仗,

　　　　你的一草一木都帮我战胜豺狼。

　　　　峰崖险——

小分队战士　(作身段,接唱)叫敌人攀登难上。

柯　亮　(接唱)陡坡滑——

小分队战士　(作身段,接唱)好叫他骨碎筋伤。

柯　亮　(接唱)山涧宽——

小分队战士　(作身段,接唱)叫敌兵徘徊沮丧。

柯　亮　(接唱)荆棘深——

小分队战士　(作身段,接唱)正好是杀敌刀枪。

柯　亮　(接唱)遇困难,迎头上,同志们精神抖擞意志要坚强,坚持到
　　　　底,胜利有保障,让红旗映飞雪高高飘扬!

〔胡仕坦、保安队队长、匪兵狼狈追过。

〔自卫军舞刀舞枪。

〔柯亮及小分队上,鸣枪,摇晃红旗诱敌,下。

〔胡仕坦率匪兵急追,下。

〔自卫军飞越险山。

〔自卫军气势高昂,攀登高峰。

〔同时,挨户团疲惫不堪,在胡仕坦的督战之下,踉跄过场。

——暗转

第八场　伏击歼敌

时间:接前场,拂晓。

地点:枫林坳。

〔灯亮后:天晴雪霁,远山皆白,银花玉树,大地无埃。

〔农民自卫军、赤卫队在李开石指挥下进入阵地。松树炮,步枪,梭标,各得其所。

〔柯亮出现,试了试大马刀的刀锋,背好。

〔贺湘出现,视察阵地。

贺　湘　(唱)

　　　　战士的心犹如这上膛的枪弹,

　　　　保安队挨户团疲惫不堪。

　　　　这一场伏击战稳操胜算,

　　　　看红日将照遍万里关山。

〔贺湘、柯亮转至阵地后面。

〔胡仕坦率挨户团上,保安队上,疲乏狼狈,东倒西歪。

胡仕坦　怎么一个农民自卫军都看不见了? 这是哪儿?

一团丁　枫林坳。

胡仕坦　准是转过了山头了,快追!

保安队长　老子不干了,这一路走得我都快散了架了! 要追你一个
　　　　人去!

胡仕坦　给我上! 追上柯亮、贺湘,我给光洋! 给烟土!

　　　　〔匪兵大多数未动,有几个挪几步,又倒下了。

　　　　〔松树炮轰,四眼铳响,鞭炮齐鸣,战鼓咚咚,遍山红旗如火。
　　　　杜小山吹起冲锋号。

　　　　〔大开打。农民自卫军干净彻底地歼灭了挨户团和保安队。

尾　声

时间:走马坪附近。

地点:清晨。

　　　　〔走马坪干部、群众、赤卫队员来欢送子弟兵出发,锣鼓喧天。

　　　　〔贺湘、柯亮、李开石等上,与乡亲一一告别。

贺　湘　柯亮同志,党已批准你为中国共产党党员,祝贺你! (握手祝
　　　　贺)

柯　亮　(非常激动)我永远忠于党。

贺　湘　罗成虎同志,你留下协助地方开展工作。

　　　　〔杜小山吹起了嘹亮的进军号。

　　　　〔农民自卫军已经归入红军队列,战士们换了军装,向乡亲们
　　　　告别,整队向井冈山出发了。

　　　　〔乡亲们欢送子弟兵。

　　　　〔天幕变,井冈山。

　　　　〔新编的红军上,红旗飘飘,军容整壮。

　　　　〔天幕上映出伟大领袖毛委员的光辉形象,万丈光芒。

〔幕后歌声：井冈山道路通天下，毛泽东思想照全球。（重复三遍）

——幕落

（全剧终）

注　释

① 本京剧剧本是在京剧《杜鹃山》（根据王树元创作的同名话剧改编，1964 年由薛恩厚、张艾丁、汪曾祺、肖甲编剧）的基础上，1969 年 3 月重新创作，是作者与薛恩厚、梁清濂合作编剧，汪曾祺为主要编剧。据北京京剧团 1969 年 3 月油印本（署名"北京京剧团《杜泉山》创作组"）编入。

　1973 年 10 月 9 日发表在《人民日报》上的京剧《杜鹃山》剧本是在本剧本的基础上重新创作的，其中第二、六、八场由汪曾祺执笔。本卷未收录。

1970 年

沙 家 浜①

人物表：郭建光——男，新四军某部连指导员

阿庆嫂——女，中国共产党党员，党的秘密工作者

沙奶奶——女，沙家浜群众积极分子

程谦明——男，中国共产党常熟县委书记

叶思中——男，新四军某部排长

班　长——男，新四军某部班长

小　凌——女，新四军某部卫生员

小　王——男，新四军某部战士

小　虎——男，新四军某部战士

新四军战士林大根、张松涛等人

沙四龙——男，沙奶奶的儿子，沙家浜基干民兵，后参加

　　　　　新四军

赵阿祥——男，沙家浜镇镇长

王福根——男，沙家浜基干民兵

阿　福——男，沙家浜革命群众

沙家浜群众老幼男女若干人

胡传魁——男，伪"忠义救国军"司令

刁德一——男，伪"忠义救国军"参谋长

刘副官——男,伪"忠义救国军"副官

刁小三——男,刁德一的堂弟

伪"忠义救国军"士兵若干人

黑　田——男,日寇大佐

邹寅生——男,日寇翻译

日寇士兵数人

第一场　接　　线

〔抗日战争时期。半夜。江苏省常熟县地区,日寇设置的一条公路封锁线。

〔幕启:沙四龙由树后拨开草丛上,侦察四周,脚下一绊,翻"小毛",警惕地张望。向幕内招手。

〔阿庆嫂上,后随赵阿祥、王福根。

阿庆嫂　(唱"西皮摇板")

程书记派人来送信,

伤员今夜到镇中。

封锁线上来接应……

〔沙四龙吹苇叶为联络暗号,无反应。沙四龙欲沿公路上寻找,阿庆嫂急忙制止。

阿庆嫂　(接唱)

须防巡逻的鬼子兵。

〔阿庆嫂拉着沙四龙,示意赵阿祥暂时隐蔽。王福根突然发现程谦明走来,急回身招呼阿庆嫂。

王福根　阿庆嫂,来了!

〔程谦明上。

程谦明　阿庆嫂! 老赵同志!

阿庆嫂 赵阿祥	程书记!
阿庆嫂	伤员同志都来了吗?
程谦明	同志们都来了。你看,郭指导员来了。

〔郭建光上,亮相。叶思中、小虎随上。

郭建光	(向叶思中)警戒! (向程谦明)程书记!
程谦明	我来介绍一下:这是郭指导员。这是沙家浜镇长赵阿祥。这就是阿庆嫂,她是这儿的党支部书记,又是联络员,她的公开身份是春来茶馆的老板娘。她的丈夫阿庆,是我们党的交通员。
阿庆嫂 赵阿祥	郭指导员!
郭建光	赵镇长! 阿庆嫂! (与二人热情地握手)
程谦明	你们安心在沙家浜养伤,如果情况有变化,我会来跟你们联系。马上通过封锁线。
郭建光	叶排长,把同志们领过来。
叶思中	是!
小 虎	指导员! 鬼子的巡逻队!
郭建光	隐蔽!

〔军民迅速隐蔽。

〔一支日本帝国主义的小分队极其凶恶、狡猾地巡逻而过。

〔沙四龙从树后出,矫健敏捷地翻"单蛮子",急向日寇下去的方向窥视。回身向阿庆嫂等招手,众上。沙四龙、赵阿祥等照顾伤员们通过封锁线。郭建光、阿庆嫂与程谦明握手告别。

——幕闭

第二场　转　　移

〔前场十多天后。阳澄湖边，沙奶奶家门前。垂柳成行，朝霞瑰丽。

〔幕启：沙奶奶正在缝补衣裳。小凌整理绷带、药品。小王在折口袋。

小　凌　小王，来换药！

小　王　换药？我不换！

小　凌　为什么？

小　王　小凌！咱们药品这么困难，应该先尽着重伤员用，我这伤很快就会好了。

小　凌　药是不多了，可是咱们的流动医院很快就要给咱们送药来了。你的伤不算重，可也不算轻啊！

小　王　我是轻伤员！

小　凌　轻伤员？那指导员带着轻伤员帮助老乡收稻子，为什么不叫你去呀？

〔小王语塞。

小　凌　小王，来换药吧！

小　王　我就不换！

小　凌　指导员叫你换的！

〔小王无可奈何地同意换药。回身看见沙奶奶。

小　王
小　凌　沙奶奶！

沙奶奶　唳！小王，你们伤病员同志，就应该听医生、护士的话，可不能由着性子来！

〔小王顺从地让小凌为他换药。

小　凌　瞧，沙奶奶都批评你了！

小　王　哼！沙奶奶特别喜欢你,所以说话就总向着你呗!

沙奶奶　你说我向着她,我就向着她!人家姑娘说话办事总占在理上,我就喜欢她嘛!

小　王　那,赶明儿让四龙跟我们走,把小凌给您留下,我们拿姑娘换您个小子!

沙奶奶　那敢情好!沙奶奶这辈子养了四个儿子,还就是缺个女儿呀!

〔沙奶奶坐。小凌搬小凳坐沙奶奶身边。

小　凌　沙奶奶,您总说您有四个儿子,怎么我们就看见四龙一个人哪?

沙奶奶　(万分感慨,阶级仇恨涌上心头)那都是过去的事,还提它干什么!

小　凌　沙奶奶,我们都想听听。

小　王　是啊,沙奶奶,您说给我们听听。

沙奶奶　(满腔仇恨,忍不住向亲人控诉一生的苦难。唱"二黄三眼")

　　　　　　　说来话长……

　　　　　　　想当年家贫穷无力抚养,

　　　　　　　四个儿有两个冻饿夭亡。

　　　　　　　遭荒年背上了刁家的阎王账,

　　　　　　　为抵债他三哥去把活儿扛。

　　(转"原板")

　　　　　　　刁老财(站起,更加愤慨地控诉)蛇蝎心肠忒毒狠,

　　　　　　　他三哥,终日辛劳,遭受毒打,伤重身亡。

　　　　　　　四龙儿脾气暴性情倔强,

　　　　　　　闯进刁家论短长。

　　　　　　　刁老财他说是夜入民宅,非偷即抢,

　　　　　　　可怜他十六岁孩子也坐牢房。

　　　　　　　新四军打下沙家浜,

　　　　　　　我的儿出牢房他得见日光。

　　　　　　　共产党就像天上的太阳一样!

小　凌　　沙奶奶,您说得对呀!

沙奶奶　　(接唱"二黄摇板")

　　　　　　　　没有中国共产党,早已是家破人亡!

小　王　　沙奶奶,有了共产党,咱们穷人就不怕他们了!

沙奶奶　　是啊!

　　　　　〔阿福端一碗年糕上。

阿　福　　沙奶奶!

沙奶奶　　阿福。

阿　福　　我妈叫我给指导员送点年糕来。

沙奶奶　　我也蒸了一点。

阿　福　　我妈说这是对咱们军队的一点心意啊!

沙奶奶　　说得对!放在这篮子里,呆会儿我炒一下给他们吃!

阿　福　　小王,李大妈等着你拿口袋装稻谷,好去藏粮食!

小　王　　(一直沉湎在沙奶奶的痛苦的家史里,忽然想起,要找刁老财
　　　　　去算账)沙奶奶,您说的那个刁老财他在哪儿?

沙奶奶　　怎么,你还想着这件事哪?刁老财死了!喉,他还有个儿子,
　　　　　前几年听说在东洋念书,现在也不知道哪儿去了。

小　凌　　沙奶奶,小王就是爱打破砂锅问到底!(向小王)小王,李大
　　　　　妈还等着口袋藏粮食哪!

小　王　　哎!

阿　福　　咱们一块儿走。(与小王同下)

　　　　　〔沙奶奶提篮子,要去洗衣裳,被小凌发现。

小　凌　　沙奶奶您又去洗衣裳!我去洗!

沙奶奶　　嘻!指导员连夜帮我们抢收粮食,我洗两件衣裳,还不应
　　　　　该吗?!

小　凌　　那我跟您一块儿去。

沙奶奶　　好!走!(与小凌同下)

　　　　　〔郭建光与叶思中乘船上。把一箩一箩的稻谷搬下船。

叶思中　　指导员,当心哪!

郭建光　好,叶排长,(指稻谷)把沙奶奶的稻谷赶快藏在屋后埋在地
　　　　下的缸里,坚壁起来!

叶思中　是。(将稻谷挑到沙奶奶屋后)

　　　　〔郭建光顺手拿起扫帚打扫场院。劳动之后,面对江南景色,
　　　　他心情激动,思念战友,渴望尽快重新奔赴战场。

郭建光　(唱"西皮原板")

　　　　　　　　朝霞映在阳澄湖上,

　　　　　　　　芦花放稻谷香岸柳成行。

　　　　　　　　全凭着劳动人民一双手,

　　　　　　　　画出了锦绣江南鱼米乡。

　　　　　　　　祖国的好山河寸土不让,

　　　　　　　　岂容日寇逞凶狂!

　　　　　　　　战斗负伤离战场,

　　　　　　　　养伤来在沙家浜。

　　　　　　　　半月来思念战友(转"二六")与首长,

　　　　　　(转"流水")

　　　　　　　　也不知转移在何方。

　　　　　　(转"快板")

　　　　　　　　军民们准备反"扫荡",

　　　　　　　　何日里奋臂挥刀斩豺狼?!

　　　　　　　　伤员们日夜盼望身健壮,

　　　　　　　　为的是早早回前方!

　　　　　　〔沙奶奶偕小凌上。

小　凌　指导员!

沙奶奶　指导员!

郭建光　沙奶奶!

小　凌　指导员,沙奶奶又给咱们洗衣裳了!

沙奶奶　这姑娘,洗两件衣裳还不应该吗!

郭建光　哈……哈……

沙奶奶　（向郭建光）同志们都回来啦？

〔小凌晾衣裳。

郭建光　回来啦。稻子全收完啦。把您的稻谷都给藏好了。

沙奶奶　好！累坏了！

郭建光　不累呀，沙奶奶！

沙奶奶　快坐这歇会儿！指导员，你看，这是阿福给你们送来的年糕。

郭建光　乡亲们待我们太好了！

〔沙四龙提了两条鱼和螃蟹、虾米上。

沙四龙　妈！我摸了两条鱼，还有螃蟹、虾米！

沙奶奶　四龙，刚干完活就下湖去了？

沙四龙　好给指导员下饭哪！

郭建光　哈……哈……

沙奶奶　好啊，拿来，我拾掇去。

郭建光　我来吧。

沙四龙　妈，您甭管了，我去拾掇。（进屋）

郭建光　沙奶奶，您坐。

〔叶思中从屋后上。

叶思中　指导员，有几个同志申请归队。（递上申请书）

郭建光　都这么性急！（看申请书）好，叶排长，我看，一部分同志伤已经好了，可以先走。

叶思中　是。

沙奶奶　走？上哪儿去？

郭建光　我们找部队去呀！

沙奶奶　找部队去？那哪儿成啊！

（唱"西皮摇板"）

　　　　同志们杀敌挂了花，

　　　　沙家浜就是你们的家。

　　　　乡亲们若有怠慢处，

　　　　说出来我就去批评他！

叶思中　　沙奶奶……

　　　　　〔郭建光用手一拦。

郭建光　　沙奶奶叫咱们提意见。提意见……沙奶奶,我给您提个意
　　　　　见哪!

沙奶奶　　给我提意见?(爽朗地)好哇,提吧!

郭建光　　好吧!沙奶奶,您听着。

　　　　　(接唱)

　　　　　　　　那一天同志们把话拉,

　　　　　　　　在一起议论你沙妈妈。

沙奶奶　　(认真地)说什么来着?

郭建光　　(接唱)

　　　　　　　　七嘴八舌不停口……

沙奶奶　　哦,意见还不少哪!

郭建光　　(接唱)

　　　　　　　　一个个伸出拇指把你夸!

　　　　　〔郭建光、叶思中、小凌同笑。

沙奶奶　　我可没做什么事呀!

郭建光　　沙奶奶。

　　　　　(亲切地,唱"西皮流水")

　　　　　　　　你待同志亲如一家,

　　　　　　　　精心调理真不差。

　　　　　　　　缝补浆洗不停手,

　　　　　　　　一日三餐有鱼虾。

　　　　　　　　同志们说:似这样长期来住下,

　　　　　　　　只怕是,心也宽,体也胖,路也走不动,山也不能爬,怎能

　　　　　　　　　　上战场把敌杀!

沙奶奶　　(对叶思中等)哟!你瞧他说的!

　　　　　〔郭建光、叶思中、小凌同笑。

郭建光　　(接唱)

　　　　　待等同志们伤痊愈——

沙奶奶　（接唱）

　　　　　伤痊愈,（亲热地）也不准离开我家。

　　　　　要你们一日三餐九碗饭,

　　　　　一觉睡到日西斜,

　　　　　直养得腰圆膀又扎,

　　　　　一个个像座黑铁塔,

　　　　　到那时,身强力壮跨战马——

郭建光　（接唱）

　　　　　驰骋江南把敌杀。

　　　　　消灭汉奸清匪霸,

　　　　　打得那日本强盗回老家。

　　　　　等到那云开日出,家家都把红旗挂,

　　　　　再来探望你这革命的老妈妈!

　　　〔阿庆嫂、赵阿祥、王福根、阿福匆匆上。沙四龙闻声从屋里
　　　出来。

阿庆嫂　指导员!

郭建光　阿庆嫂。

阿庆嫂　鬼子开始"扫荡"了。进行得很快! 县委指示,要同志们到芦
　　　　荡里暂避一时。船和干粮,我都准备好了!

郭建光　阿庆嫂,老赵同志! 你们通知民兵,带领乡亲们转移出去,把
　　　　余下的粮食尽可能地赶快坚壁起来,来不及坚壁的,就带
　　　　着走!

阿庆嫂
赵阿祥　好!

阿庆嫂　指导员你放心吧。就到咱们看好的地方去,到时候我去接你
　　　　们。沙奶奶,叫四龙、阿福送同志们去吧?

沙奶奶　好!（进屋取年糕、锅巴)

沙四龙　船在哪儿?

阿　福	在镇西北角。
郭建光	叶排长,镇西北角集合!
叶思中	是!

〔小凌收了晾着的衣裳,与叶思中同下。

阿庆嫂	四龙啊!行船要隐蔽,千万别让任何人看见,啊!
沙四龙	哎!

〔沙奶奶提竹篮上。

沙奶奶	把这点锅巴、年糕都带上。(把篮子交给沙四龙)这芦荡无遮无盖,伤员同志们怎么受得住啊!
郭建光	沙奶奶,我们有毛主席英明领导,有红军爬雪山过草地的传统,什么也难不倒我们!

〔炮声隆隆。

阿庆嫂	指导员,你们走吧!
郭建光	阿庆嫂,赵镇长,沙奶奶,你们都要当心哪!
阿庆嫂 沙奶奶 赵阿祥	我们知道。
郭建光	阿福、四龙,咱们走吧。(与沙四龙、阿福下)
阿庆嫂	(向赵阿祥、王福根)按照郭指导员的布置马上行动!
赵阿祥	我带领着乡亲们转移出去。
王福根	我带一部分人把没有坚壁好的粮食藏起来。
阿庆嫂	要快!
赵阿祥 王福根	哎!(下)
阿庆嫂	沙奶奶,您赶快把东西收一收!我再看看同志们去!
沙奶奶	好!

〔阿庆嫂走上土坡。沙奶奶收拾茶具,走向屋里。

〔灯光转暗。炮声、枪声渐近,远处火光起。灯光渐亮。阿庆嫂、赵阿祥扶老携幼,布置群众转移。日寇枪杀群众,群众愤怒地挺身反抗。王福根勇敢地砍死一日寇,背起受伤的乡亲;

沙四龙夺得一支步枪,同下。日寇翻译邹寅生上。日寇大佐
黑田带日寇士兵上。

邹寅生　报告! 新四军没有,新四军伤病员也没有!

黑　田　你,去找"忠义救国军",新四军伤病员,叫他们统统的抓到!

邹寅生　是!

黑　田　开路!

——幕闭

第三场　勾　　结

〔距前场三天。伪"忠义救国军"司令部。

〔幕启:刁德一与邹寅生耳语。

刁德一　我看没有什么问题,这个土匪司令在新四军和皇军中间也混
　　　　不下去了,他要想吃喝玩乐,不投靠皇军是不行喽。

邹寅生　投靠皇军,我看这位胡司令还没拿定主意,现在这支队伍还是
　　　　他说了算哪!

刁德一　他说了算? 用不了多久就得我说了算!

邹寅生　你可真高明啊!

〔刘副官上。

刘副官　报告,司令到!

刁德一　好。

〔刘副官下。

〔胡传魁一副骄横凶狠相,上。

胡传魁　(唱"西皮散板")

　　　　　　乱世英雄起四方,

　　　　　　有枪就是草头王。

　　　　　　钧挂三方来闯荡:

　　　　　老蒋、鬼子、青红帮。

刁德一　我来介绍一下,这位就是新近改编的"忠义救国军"的司令,
　　　　　胡传魁,胡司令!司令,这位是日本皇军黑田大佐的翻译官邹
　　　　　寅生先生。

胡传魁　好!坐,坐,坐!
　　　　　〔胡传魁大大咧咧地与邹寅生握手。

刁德一　司令,邹先生带来皇军的意见。

胡传魁　好,说吧!

邹寅生　胡司令,上回我和刁参谋长说好了的,在扫荡中,共同围剿新
　　　　　四军,这回没有消灭他们,皇军对于胡司令很不满意!

胡传魁　他不满意怎么着!新四军是有胳膊有腿的,皇军碰不着,那么
　　　　　就应当我碰着吗?跟你说,我不能拿着鸡蛋往石头上撞。这
　　　　　个队伍,我当家!

邹寅生　这个队伍是你当家,可是皇军要当你的家!

刁德一　司令!黑田大佐要消灭咱们这支队伍!多亏了邹先生从中帮
　　　　　忙啊!

胡传魁　帮忙!他也不能光用话甜和人哪,咱们这个队伍,要钱,要枪,
　　　　　要子弹!

刁德一　这些,倒是都给咱们准备下了。

邹寅生　咱们要是谈妥了,皇军命令你们驻防沙家浜。

刁德一　司令,这可是个鱼米之乡啊!

胡传魁　老刁,沙家浜是共产党的地方,那新四军可不好惹啊!

邹寅生　司令!皇军也不好惹啊!

刁德一　司令,有奶就是娘!背靠皇军,咱们干他一场!就看你有没有
　　　　　这个胆量了!

胡传魁　好!一言为定!(与邹寅生握手)

邹寅生　还有个小条件。

胡传魁　(向刁德一,不满地)他怎么这么些个条件哪!

邹寅生　新四军有一批伤病员,原来隐藏在沙家浜,皇军要求胡司令一

定把他们抓到。

刁德一　这没问题,我包下了!

胡传魁　既然是一块儿打共产党嘛,这是个小意思。来人哪!

〔刘副官、刁小三上。

刘副官
刁小三　有!

胡传魁　传我的命令:今天下午,队伍开进沙家浜!

刘副官
刁小三　是!(下)

刁德一　司令,您这回是明靠蒋介石,暗投皇军,真是左右逢源,曲线救
　　　　国呀!您可算得是当代的一位英雄!

胡传魁　他明也好,暗也好,还不是你刁参谋长挂的钩吗!这回到了你
　　　　的老家了,你可以重整家业,耀祖光宗。哎,就是我这强龙也
　　　　压不过你这地头蛇!

邹寅生　彼此,彼此……

邹寅生
胡传魁　哈哈哈……
刁德一

——幕闭

第四场　智　　斗

〔日寇在沙家浜镇"扫荡"了三天,已经过境。

〔春来茶馆。设在埠头路口。台的左右各有方桌一张,方凳
　两个。日寇过后,桌椅茶具均遭破坏,屋外凉棚东倒西歪。地
　下有一些断砖碎瓦,春来茶馆的招牌也被扔在地下。

〔幕启:阿庆嫂扶老携幼上。

阿庆嫂　您慢着点!

老大爷　阿庆嫂,谢谢你一路上照顾!

阿庆嫂　没什么,这是应当的。

老大爷　看,叫他们糟蹋成什么样了!

〔又一批群众上。

群　众　阿庆嫂!

阿庆嫂　你们回来了!

群　众　回来了。

老大爷　我们大家伙帮助收拾收拾吧!

阿庆嫂　行了,我自己来吧。

〔阿庆嫂从地下把招牌拾起,放在桌子上。众扶起翻倒的桌
凳,捡走破碎的茶具、砖瓦,支起凉棚。

少　妇　阿庆嫂,我回去了。

老大爷　阿庆嫂,我们也回去了。

阿庆嫂　您慢点走啊!

老大娘　我们也回去了。

阿庆嫂　(向小姑娘)搀着你妈点!

〔群众下。

〔阿庆嫂掸净招牌上的泥土,对着观众,亮出招牌上的字样,
然后挂起招牌,打开放置茶具的柜子。

阿庆嫂　(唱"西皮摇板")

敌人"扫荡"三天整,

断壁残墙留血痕。

逃难的众邻居都回乡井,

我也该打双桨迎接亲人。

〔沙奶奶、沙四龙迎面而来。

沙奶奶
沙四龙　阿庆嫂!

沙奶奶　你回来了。

阿庆嫂　回来了。

沙四龙　鬼子走了,该把伤病员同志们接回来了!

阿庆嫂　对！四龙,咱们这就走!

沙四龙　走!

〔内喊:"胡传魁的队伍快要进镇子了!"

〔群众跑上,告诉阿庆嫂:"胡传魁来了!"……赶快跑下。

〔赵阿祥、王福根上。

赵阿祥　阿庆嫂,胡传魁的队伍快要进镇了!

阿庆嫂　他来了! 日本鬼子前脚走,他后脚就到了,怎么这么快呀?
　　　　(向王福根)你瞧见他们的队伍了吗?

王福根　瞧见了,有好几十个人哪!

阿庆嫂　好几十个人?

王福根　戴的是国民党的帽徽,旗子上写的是"忠义救国军"。

阿庆嫂　(思考)"忠义救国军"? ……国民党的帽徽? ……

赵阿祥　听说刁德一也回来了。

沙奶奶　刁德一是刁老财的儿子!

阿庆嫂　(向王福根)你再看看去。

王福根　哎。(下)

阿庆嫂　胡传魁这一回来,是路过,是长住,还不清楚,伤员同志们先不
　　　　能接,咱们得想办法给他们送点干粮去。

赵阿祥　我去预备炒米。

沙四龙　我去准备船。

阿庆嫂　要提高警惕呀!

赵阿祥
沙四龙　哎!

〔沙四龙扶沙奶奶下,赵阿祥随下。

〔阿庆嫂走进屋内。

〔内喊:"站住!"

〔一妇女跑下。

〔内喊:"站住!"刁小三追逐一挟包袱的少女上。

刁小三　站住! 老子们抗日救国,给你们赶走了日本鬼子,你得慰劳

慰劳!

〔刁小三抢少女包袱。

少　女　你干吗抢东西?!

刁小三　抢东西? 我还要抢人呢! (扑向少女)

少　女　(急中生计,求救地喊)阿庆嫂!

〔阿庆嫂急忙从屋里出来,护住少女。

阿庆嫂　得啦,得啦,本乡本土的,何必呢! 来,这边坐会儿,吃杯茶。

刁小三　干什么呀,挡横是怎么着?! ……

〔刘副官上。

刘副官　刁小三,司令这就来,你在这干吗哪?

阿庆嫂　嗷,是老刘啊!

刘副官　(得意地)阿庆嫂,我现在当副官啦!

阿庆嫂　喔! 当副官啦! 恭喜你呀!

刘副官　老没见了,你倒好哇?

阿庆嫂　好。

刘副官　刁小三,都是自己人,你在这闹什么哪?

阿庆嫂　是啊,这位兄弟,眼生得很,没见过,在这儿跟我有点过不去呀!

刘副官　刁小三! 这是阿庆嫂,救过司令的命! 你在这儿胡闹,司令知道了,有你的好吗?

刁小三　我不知道啊! 阿庆嫂,我刁小三有眼不识泰山,您宰相肚里能撑船,别跟我一般见识啊!

阿庆嫂　(已经察觉他们是一伙敌人,虚与周旋)没什么! 一回生,两回熟嘛,我也不会倚官仗势,背地里给人小鞋穿,刘副官,您是知道的!

刘副官　哎,人家阿庆嫂是厚道人!

阿庆嫂　(向少女)回去吧。

少　女　他还抢我包袱哪!

阿庆嫂　包袱? 他哪能要你的包袱啊! (向刁小三)跟她闹着玩哪,是吧?(向刘副官)啊?

刘副官　啊。(向刁小三)闹着玩,你也不挑个地方!

〔刁小三无可奈何地把包袱递给阿庆嫂。

阿庆嫂　(把包袱给少女)拿着,要谢谢! 快回去吧!

〔少女下。

刘副官　刁小三,去接司令、参谋长。去吧,去吧!

刁小三　阿庆嫂,回见。

阿庆嫂　回见,呆会儿过来吃茶呀。

〔刁小三凶横地、恨恨不满地下。

刘副官　阿庆嫂,他是我们刁参谋长的堂弟,您得多包涵点呀!

阿庆嫂　这算不了什么。刘副官,您请坐,呆会儿水开了我就给您泡茶
去,您是稀客,难得到我这小茶馆里来!

〔阿庆嫂欲进屋,刘副官从后叫住。

刘副官　阿庆嫂,您别张罗! 我是奉命先来看看,司令一会儿就来。

阿庆嫂　司令?

刘副官　啊,就是老胡啊!

阿庆嫂　哦,老胡当司令了?

刘副官　对了! 人也多了,枪也多了! 跟上回大不相同,阔多喽。今非
昔比,鸟枪换炮了!

阿庆嫂　哦。(下决心进行侦察)啊呀,那好哇! 刘副官,一眨眼,你们
走了不少的日子了。(一面擦拭桌面,一面观察刘副官)

刘副官　啊,可不是嘛。

阿庆嫂　(试探地)这回来了,可得多住些日子了?

刘副官　这回来了,就不走了!

阿庆嫂　……哦! (断定他们是长住了,就故意表示欢迎的态度)那
好啊!

刘副官　要在沙家浜扎下去了,司令部就安在刁参谋长家里,已经派人
收拾去了。司令说:先到茶馆里来坐坐。

〔内一阵脚步声。

刘副官　司令来了！

　　　　〔刘副官忙去迎接。阿庆嫂思考对策。

　　　　〔胡传魁、刁德一、刁小三上。四个伪军从土坡上走过。

胡传魁　嘿,阿庆嫂!

　　　　〔胡传魁脱斗篷。刘副官接住,下。

阿庆嫂　(回身迎上)听说您当了司令啦,恭喜呀!

胡传魁　你好哇?

阿庆嫂　好啊,好啊,哪阵风把您给吹回来了?

胡传魁　买卖兴隆,混得不错吧?

阿庆嫂　托您的福,还算混得下去。

胡传魁　哈哈哈……

阿庆嫂　胡司令,您这边请坐。

胡传魁　好好好,我给你介绍介绍,这是我的参谋长,姓刁,是本镇财主
　　　　刁老太爷的公子,刁德一。

　　　　〔刁德一上下打量阿庆嫂。

阿庆嫂　(发觉刁德一是很阴险狡猾的敌人,就虚与周旋地)参谋长,
　　　　我借贵方一块宝地,落脚谋生,参谋长树大根深,往后还求您
　　　　多照应。

胡传魁　是啊,你还真得多照应着点。

刁德一　好说,好说。

　　　　〔刁德一脱斗篷。刁小三接住,下。

阿庆嫂　参谋长,您坐!

胡传魁　阿庆哪?

阿庆嫂　还提哪,跟我拌了两句嘴,就走了。

胡传魁　这个阿庆,就是脚野一点,在家里呆不住哇。上哪儿了?

阿庆嫂　有人看见他了,说是在上海跑单帮哪。说了,不混出个人样
　　　　来,不回来见我。

胡传魁　对嘛! 男子汉大丈夫,是要有这么点志气!

阿庆嫂　您还夸他哪!

胡传魁　阿庆嫂,我上回大难不死,才有了今天,我可得好好的谢谢你呀!

阿庆嫂　那是您本身的造化。哟,您瞧我,净顾了说话了,让您二位这么干坐着。我去泡茶去,您坐,您坐!(进屋)

刁德一　司令!这么熟识,是什么人哪?

胡传魁　你问的是她?

　　　　(唱"西皮二六")

　　　　　　想当初老子的队伍才开张,

　　　　　　拢共才有十几个人、七八条枪。

　　　　(转"流水")

　　　　　　遇皇军追得我晕头转向,

　　　　　　多亏了阿庆嫂,她叫我水缸里面把身藏。

　　　　　　她那里提壶续水,面不改色,无事一样,

　　　　〔阿庆嫂提壶拿杯,细心地听着,发现敌人看见了自己,就若无其事地从屋里走出。

胡传魁　(接唱)

　　　　　　骗走了东洋兵,我才躲过大难一场。(转向阿庆嫂)

　　　　　　似这样救命之恩终身不忘,

　　　　　　俺胡某讲义气终当报偿。

阿庆嫂　(有意在敌人面前掩饰自己)胡司令,这么点小事,您别净挂在嘴边上。那我也是急中生智,事过之后,您猜怎么着,我呀,还真有点后怕呀!

　　　　〔阿庆嫂一面倒茶,一面观察。

阿庆嫂　参谋长,您吃茶!(忽然想起)哟,香烟忘了,我去拿烟去。(进屋)

刁德一　(看着阿庆嫂背影)司令!我是本地人,怎么没有见过这位老板娘啊?

胡传魁　人家夫妻"八·一三"以后才来这儿开茶馆,那时候你还在日本留学,你怎么会认识她哪?!

刁德一　　噉！这个女人真不简单哪！

胡传魁　　怎么，你对她还有什么怀疑吗？

刁德一　　不不不！司令的恩人嘛！

胡传魁　　你这个人哪！

刁德一　　嘿嘿嘿……

　　　　　〔阿庆嫂取香烟、火柴，提铜壶从屋内走出。

阿庆嫂　　参谋长，烟不好，请抽一支呀！

　　　　　〔刁德一接过阿庆嫂送上的烟。阿庆嫂欲为点烟，刁德一谢
　　　　　　绝，自己用打火机点着。

阿庆嫂　　胡司令，抽一支！

　　　　　〔胡传魁接烟。阿庆嫂给胡传魁点烟。

刁德一　　（望着阿庆嫂背影，唱"反西皮摇板"）

　　　　　　　这个女人不寻常！

阿庆嫂　　（接唱）

　　　　　　　刁德一有什么鬼心肠？

胡传魁　　（唱"西皮摇板"）

　　　　　　　这小刁一点面子也不讲！

阿庆嫂　　（接唱）

　　　　　　　这草包倒是一堵挡风的墙。

刁德一　　（略一想，打开烟盒请阿庆嫂抽烟）抽烟！

　　　　　〔阿庆嫂摇手拒绝。

胡传魁　　人家不会，你干什么！

刁德一　　（接唱）

　　　　　　　她态度不卑又不亢。

阿庆嫂　　（唱"西皮流水"）

　　　　　　　他神情不阴又不阳。

胡传魁　　（唱"西皮摇板"）

　　　　　　　刁德一搞的什么鬼花样？

阿庆嫂　　（唱"西皮流水"）

他们到底是姓蒋还是姓汪？

刁德一　（唱"西皮摇板"）

　　　　　我待要旁敲侧击将她访。

阿庆嫂　（接唱）

　　　　　我必须察言观色把他防。

〔阿庆嫂欲进屋。刁德一从她的身后叫住。

刁德一　阿庆嫂！

　　　　（唱"西皮流水"）

　　　　　适才听得司令讲，

　　　　　阿庆嫂真是不寻常。

　　　　　我佩服你沉着机灵有胆量，

　　　　　竟敢在鬼子面前耍花枪。

　　　　　若无有抗日救国的好思想，

　　　　　焉能够舍己救人不慌张！

阿庆嫂　（接唱）

　　　　　参谋长休要谬夸奖，

　　　　　舍己救人不敢当。

　　　　　开茶馆，盼兴旺，

　　　　　江湖义气第一桩。

　　　　　司令常来又常往，

　　　　　我有心背靠大树好乘凉。

　　　　　也是司令洪福广，

　　　　　方能遇难又呈祥。

刁德一　（接唱）

　　　　　新四军久在沙家浜，

　　　　　这棵大树有阴凉，

　　　　　你与他们常来往，

　　　　　想必是安排照应更周详！

阿庆嫂　（接唱）

　　　　垒起七星灶,

　　　　铜壶煮三江。

　　　　摆开八仙桌,

　　　　招待十六方。

　　　　来的都是客,

　　　　全凭嘴一张。

　　　　相逢开口笑,

　　　　过后不思量。

　　　　人一走,茶就凉……

〔阿庆嫂泼去刁德一杯中残茶,刁德一一惊。

阿庆嫂　（接唱）

　　　　有什么周详不周详!

胡传魁　哈哈哈……

刁德一　嘿嘿嘿……阿庆嫂真不愧是个开茶馆的,说出话来滴水不漏。
　　　　佩服!佩服!

阿庆嫂　胡司令,这是什么意思呀?

胡传魁　他就是这么个人,阴阳怪气的!阿庆嫂别多心啊!

阿庆嫂　我倒没什么!（提铜壶进屋）

胡传魁　老刁啊,人家阿庆嫂救过我的命,咱们大面儿上得晾得过去,
　　　　你干什么这么东一锒头西一棒子,叫我这面子往哪儿搁!你
　　　　要干什么,你?

刁德一　不是啊,司令,这位阿庆嫂眼观六路,耳听八方,胆大心细,遇
　　　　事不慌。咱们要在沙家浜久住,搞曲线救国,这可是用得着的
　　　　人哪。就不知道她跟咱们是不是一条心!

胡传魁　阿庆嫂?自己人!

刁德一　那要问问她新四军和新四军的伤病员,她不会不知道。就怕
　　　　她知道了不说。

胡传魁　要问,得我去!你去,准得碰钉子!

刁德一　那是,还是司令有面子嘛!

胡传魁　哈哈哈……

　　　　〔阿庆嫂机警从容，端着一盘瓜子从屋内走出。

阿庆嫂　胡司令，参谋长，吃点瓜子啊。

胡传魁　好……（喝茶）

阿庆嫂　……这茶吃到这会儿，刚吃出味儿来！

胡传魁　不错，吃出点味儿来了。——阿庆嫂，我跟你打听点事。

阿庆嫂　哦，凡是我知道的……

胡传魁　我问你这新四军……

阿庆嫂　新四军？有，有！

　　　　（唱"西皮摇板"）

　　　　　　　司令何须细打听，

　　　　　　　此地驻过许多新四军。

胡传魁　驻过新四军？

阿庆嫂　驻过。

胡传魁　有伤病员吗？

阿庆嫂　有！

　　　　（接唱"西皮流水"）

　　　　　　　还有一些伤病员，

　　　　　　　伤势有重又有轻。

胡传魁　他们住在哪儿？

阿庆嫂　（接唱）

　　　　　　　我们这个镇子里，

　　　　　　　家家住过新四军。

　　　　　　　就是我这小小的茶馆里，

　　　　　　　也时常有人前来吃茶、灌水、涮手巾。

胡传魁　（向刁德一）怎么样？

刁德一　现在呢？

阿庆嫂　现在？

　　　　（接唱）

听得一声集合令，

浩浩荡荡他们登路程！

胡传魁　伤病员也走了吗？

阿庆嫂　伤病员？

（接唱"西皮散板"）

伤病员也无踪影，

远走高飞难找寻！

刁德一　哦，都走了？！

阿庆嫂　都走了。要不日本鬼子"扫荡"了三天，把个沙家浜像篦头发
　　　　似地篦了这么一遍，也没找出他们的人来！

刁德一　日本鬼子人地生疏，两眼一抹黑。这么大的沙家浜，要藏起个
　　　　把人来，那还不容易吗！就拿胡司令来说吧，当初不是被你阿
　　　　庆嫂在日本鬼子的眼皮底下，往水缸里这么一藏，不就给藏起
　　　　来了吗！

阿庆嫂　噢，听刁参谋长这意思，新四军的伤病员是我给藏起来了。这
　　　　可真是呀，听话听声，锣鼓听音。照这么看，胡司令，我当初真
　　　　不该救您，倒落下话把儿了！

胡传魁　阿庆嫂，别……

阿庆嫂　不……

胡传魁　别别别……

阿庆嫂　不不不！胡司令，今天当着您的面，就请你们弟兄把我这小小
　　　　的茶馆，里里外外，前前后后，都搜上一搜，省得人家疑心生暗
　　　　鬼，叫我们里外不好做人哪！（把抹布摔在桌上，掸裙，双手
　　　　一搭，昂头端坐，面带怒容，反击敌人）

胡传魁　老刁，你瞧你！

刁德一　说句笑话嘛，何必当真呢！

胡传魁　哎，参谋长是开玩笑！

阿庆嫂　胡司令，这种玩笑我们可担当不起呀！（进屋）

刁德一　（看着隔湖芦荡，转身向胡传魁）司令，新四军伤病员没有走

远,就在附近!

胡传魁　　在哪儿呢?

刁德一　　看!(指向芦苇荡里)很有可能就在对面的芦苇荡里!

胡传魁　　芦苇荡?(恍然大悟)不错!来人哪!

　　　　〔刘副官、刁小三上。

胡传魁　　往芦苇荡里给我搜!

刁德一　　慢着!不能搜,司令,你不是这里的人,还不十分了解芦苇荡的情
　　　　形。这芦苇荡无边无沿,地势复杂,咱们要是进去这么瞎碰,那简
　　　　直是大海里捞针。再者说,咱们在明处,他们在暗处,那可净等着
　　　　挨黑枪。咱们要向皇军交差,可不能做这赔本的买卖!

胡传魁　　那依着你怎么办呢?

刁德一　　我叫他们自己走出来!

胡传魁　　大白天说梦话!他们会自己走出来?

刁德一　　我自有办法!来呀!

刘副官
刁小三　　有!

刁德一　　把老百姓给我叫到春来茶馆,我要训话!

刘副官
刁小三　　是!(下)

胡传魁　　你叫老百姓干什么?

刁德一　　我叫他们下阳澄湖捕鱼捉蟹!

胡传魁　　捕鱼捉蟹,这里头有什么名堂?

刁德一　　每只船上都派上咱们自己的人,叫他们换上便衣。那新四军
　　　　要是看见老百姓下湖捕鱼,一定以为镇子里头没有事,就会自
　　　　动走出来。到那个时候各船上一齐开火,岂不就……

胡传魁　　老刁,你真行啊!哈哈哈……

　　　　〔内响起群众的声音,由远而近。刘副官、刁小三上。

刘副官
刁小三　　报告!老百姓都来了!

刁德一　　好,我训话。

〔内群众抗议声。

刘副官
刁小三   站好了!……嗐!站好了!

刁小三   参谋长训话!

刁德一   乡亲们!我们是"忠义救国军",是抗日的队伍。我们来了,
         知道你们现在很困难,也拿不出什么东西来慰劳我们,也不怪
         罪你们,叫你们下阳澄湖捕鱼捉蟹,按市价收买!

         〔内群众抗议声。王福根:"长官,我们不能去,要是碰见日本
         鬼子的汽艇,我们就没命了!"……

刁小三   别吵!

刁德一   大家不要怕,每只船上派三个弟兄保护你们!

         〔内群众抗议声:"那也不去! 不敢去!"……

胡传魁   他妈的! 谁敢不去! 不去,枪毙!

         〔胡传魁、刁德一、刘副官、刁小三下。

         〔阿庆嫂急忙由屋内走出。

阿庆嫂   (唱"西皮散板")

                刁德一,贼流氓,

                毒如蛇蝎狠如狼,

                安下了钩丝布下网,

                只恐亲人难提防。

                渔船若是一举桨,

                顷刻之间要起祸殃。

         〔内群众抗议声。

阿庆嫂   (接唱)

                乡亲们若是来抵抗,

                定要流血把命伤。

                恨不能生双翅飞进芦荡,

                急得我浑身冒火无主张。

         〔内刁小三叫喊:"不去? 不去我就要开枪了!"

阿庆嫂　开枪？

　　　　（唱"西皮流水"）

　　　　　　若是镇里枪声响，

　　　　　　枪声报警芦苇荡，

　　　　　　亲人们定知镇上有情况，

　　　　　　芦苇深处把身藏。（欠身瞭望，看到断砖、草帽，灵机一
　　　　　　动）

　　　　　　要沉着，莫慌张，

　　　　　　风声鹤唳，引诱敌人来打枪！

　　　　〔阿庆嫂拿起墙根的断砖，上覆草帽，扔进水中，急忙躲进
　　　　屋里。

　　　　〔刁小三跑上。

刁小三　有人跳水！

　　　　〔胡传魁、刘副官急上。

　　　　〔刘副官、胡传魁开枪。刁德一闻声急上。

刁德一　不许开枪……唉！不许开枪！

　　　　〔阿庆嫂走到门旁观察。

胡传魁　为什么呀？

刁德一　司令！新四军听见枪声，他们能够出来么？

胡传魁　你怎么不早说哪！刁小三！

刁小三　有！

胡传魁　把带头闹事的给我抓起几个来！

刁德一　刘副官！

刘副官　有！

刁德一　所有的船只都给我扣了，我都把他们困死！

　　　　〔胡传魁、刁德一下。刘副官、刁小三随下。

　　　　〔阿庆嫂走到门外，思考，考虑下一步的战斗。亮相。

——幕闭

第五场 坚 持

〔紧接前场,芦苇荡里。天色阴暗,大雨将至。

〔幕启:郭建光和战士们在注视着沙家浜镇的情况。一战士上。

一战士 报告,枪响以后没有什么情况。

郭建光 还要监视沙家浜的方向。

一战士 是。(下)

郭建光 同志们,先去把芦棚修理好,叫重伤员住进去。告诉叶排长,我到前边去看看。

众战士 是!

〔郭建光下。

林大根 同志们,沙家浜打枪,到底是怎么回事?

一战士 枪一响,准是有敌人,不是鬼子就是汉奸。

小 虎 那沙家浜的乡亲们又要吃苦了!

张松涛 沙家浜要是还有敌人,咱们暂时就出不去,可是现在干粮、药品都没有了,这可是大问题呀!

〔郭建光上,观察战士的情绪。

小 虎 咱们干吗上这儿来呀?那会儿还不如留在沙家浜跟敌人拚一下子哪!

众战士 对!

班 长 你们这些想法,都是蛮干。要拚,也得等待命令!指导员不是叫咱们修芦棚吗?走,先修芦棚去。

众战士 走! 修芦棚去!(下)

〔郭建光目送战士下,转身,思索。

郭建光 (唱"二黄导板")

　　　　听对岸响数枪声震芦荡……

（转"回龙"）

　　这几天,多情况,勤瞭望,费猜详,不由我心潮起落似
　　长江。

（转"慢三眼"）

　　远望着沙家浜云遮雾障,

　　湖面上怎不见帆过船航?

　　为什么阿庆嫂她不来探望?

　　这征候看起来大有文章。

　　日、蒋、汪暗勾结早有来往,

　　村镇上乡亲们要遭祸殃。

（转"快三眼"）

　　战士们要杀敌人,冒险出荡,

　　你一言,我一语,慷慨激昂。

　　这样的心情不难体谅,

　　阶级仇民族恨燃烧在胸膛。

　　要防止焦躁的情绪蔓延滋长,

　　要鼓励战士,察全局,观敌情,坚守待命,紧握手中枪。

（转"原板"）

　　毛主席党中央指引方向,

　　鼓舞着我们奋战在水乡。

　　要沉着冷静,坚持在芦荡,

（转"垛板"）

　　主动灵活,以弱胜强。

　　河湖港汊好战场,

　　大江南自有天然粮仓。

　　漫道是密雾浓云锁芦荡,

　　遮不住红太阳(叫散)万丈光芒。

〔小虎内喊:"指导员!"急上。

小　虎　小王同志昏过去了!

〔班长背小王上,叶思中、小凌、众战士们同上。

众战士　小王! 小王……

郭建光　小凌,快! 看看他的伤口是不是恶化了!

小　凌　指导员,刚才看过了,伤口有点恶化,不要紧。他主要是打摆子,发高烧,再加上饿的。

郭建光　给他吃过药了吗?

小　凌　奎宁没有了!

郭建光　重伤员怎么样?

小　凌　伤口都有点恶化,药也快没有了!

叶思中　指导员,药品和干粮可是个大问题!

郭建光　是啊,我们一定要想办法。

众战士　小王,小王! 你好点了吗?

小　王　同志们,你们看,我这不是很好嘛! (踉跄地走了几步)

班　长　小王,你是饿了。我这有块年糕,你吃了吧。

小　王　不!

众战士　小王,你就吃了吧!

小　王　(激动地)同志们,指导员把干粮都省给重伤员吃了,指导员,你吃了吧。

郭建光　小王! (用手一挡,带着深厚的阶级友爱劝小王吃下年糕)同志们,药品和干粮都是个大问题呀,我相信地方党会千方百计地想办法,群众也会来支援我们。看来目前党和群众都有困难,不能马上来帮助我们,那我们怎么办? 难道说我们这支有老红军传统的部队,就被这小小的困难吓倒了吗?

众战士　不!

班　长　我们的红军爬雪山,过草地,那样的困难都战胜了。我们也一定能坚持下去!

众战士　对!

郭建光　对!

　　　　〔汽艇声。一战士上。

一战士　报告！湖面上发现汽艇！

郭建光　哦！继续监视！

〔一战士下。

郭建光　叶排长，带两个同志到前边警戒！

叶思中　是！跟我来！

〔叶思中、张松涛、一战士下。

郭建光　你们两个人照顾重伤员！

班　长
小　凌　是！（下）

郭建光　同志们！

众战士　有！

郭建光　作好战斗准备！

众战士　是！

〔众注视着汽艇声音方向，汽艇声渐渐转弱。

〔叶思中、张松涛、一战士上。

叶思中　指导员，汽艇往沙家浜开去了。

郭建光　根据情况判断，鬼子是撤退了，刚才响了一阵枪，现在又发现
汽艇……

叶思中　汽艇，只有日本鬼子才有啊。

郭建光　我看先派两个人过湖去侦察一下。

叶思中　对！

众战士　我去！我去！

郭建光　林大根、张松涛！你们两个人划船过去，找沙四龙或者阿福，
不要去找阿庆嫂。她的处境一定有困难。了解敌情以后，顺
便弄些草药。你们要小心谨慎地进去，悄悄地回来！

（唱"西皮二六"）

你二人改装划船到对岸，

镇西树下把船拴。

寻来草药医病患，

356

弄清敌情就回还。

同志们满怀信心将你们盼，

盼望着胜利归来的侦察员。

（转"流水"）

掌握敌情作判断，

我们就有主动权，

进退出没都灵便，

好与敌人巧周旋。

伤愈归队再请战，

回兵东进把敌歼，

战鼓惊天红旗展，

一举收复大江南。

林大根
张松涛　坚决完成任务！

郭建光　准备去吧！

林大根
张松涛　是！

〔林大根、张松涛下。

〔班长内喊："指导员！"持芦根、鸡头米跑上。小凌、一战士
随上。

班　长　指导员你看，这芦根、鸡头米不是可以吃吗？

郭建光　是可以吃呀！同志们，只要我们大家动脑筋想办法，天大的困
难也能够克服！毛主席教导我们：往往有这种情形，有利的情
况和主动的恢复，产生于"再坚持一下"的努力之中。同
志们！

（唱"西皮散板"）

困难吓不倒英雄汉，

红军的传统代代传。

毛主席的教导记心上，

坚持斗争，胜利在明天。

同志们！（纵身跃上土台）这芦苇荡就是前方，就是战场，我们要等候上级的命令，坚持到胜利！

众战士　对！我们要等待命令，不怕困难，坚持到胜利！

〔风雨骤起。

小　虎　大风雨来了！

郭建光　（英雄豪迈地鼓舞斗志，慷慨激昂地唱"唢呐西皮导板"）

要学那泰山顶上一青松！

〔电闪雷鸣。郭建光跳下土台，和战士共同与暴风雨搏斗。

众战士　（边舞边齐唱）

要学那泰山顶上一青松，

挺然屹立傲苍穹。

八千里风暴吹不倒，

九千个雷霆也难轰。

烈日喷炎晒不死，

严寒冰雪郁郁葱葱。

那青松逢灾受难，经磨历劫，

伤痕累累，瘢迹重重，

更显得枝如铁，干如铜，蓬勃旺盛，倔强峥嵘。

崇高品德人称颂，

俺十八个伤病员，要成为十八棵青松！

〔战士们顶风抗雨，巍然屹立，构成一组集体的英雄塑像。

——幕闭

第六场　授　　计

〔前场次日。春来茶馆。

〔暴雨才过，阴云郁结。

358

〔幕启：茶馆门外空无一人，屋里时时传来打麻将洗牌的声音。

〔阿庆嫂由屋内走出。

〔一青年上。

青　　年　阿庆嫂，你找我？

阿庆嫂　赵镇长和四龙他们回来了吗？

青　　年　没看见哪！

阿庆嫂　四龙要是回来，叫他来一趟。

青　　年　哎。（下）

〔刘副官上。

阿庆嫂　刘副官。

刘副官　阿庆嫂，刁参谋长在里头吗？

阿庆嫂　在里头看打牌哪。

刘副官　哦。

〔刘副官径自往屋里走，阿庆嫂略一思索，机警地随下。

〔刘副官、刁德一从屋内走出。

刁德一　什么事？

刘副官　邹翻译官找您。

刁德一　哦！

刘副官　皇军来电话问新四军伤病员的事。

刁德一　真逼命！咱们抓来的那些老百姓，都是一问三不知，新四军伤病员，太难找了！

刘副官　我看那个王福根……

刁德一　王福根？

刘副官　那天带头闹事的就是他！

刁德一　对！就在他身上打主意。

刘副官　您快去吧！邹翻译官马上要走，汽艇都准备好了。

刁德一　哎，你在这一带盯着，我一会就回来。

刘副官　参谋长，我还是躲着点好。这两天司令老是爱跟我发脾气，今儿手气又不好,回头再跟我来一通……

刁德一　你当司令发脾气是冲你吗?!　我心里有数,有我哪!

刘副官　(谄媚地)哎,我听参谋长的!

刁德一　到里头伺候着去!

刘副官　是!

　　　　〔刁德一下,刘副官进屋。

　　　　〔阿庆嫂从屋内走出,看天望水,心情沉重。

阿庆嫂　刁德一出出进进的,胡传魁在里头打牌。我出不去,走不
　　　　开。老赵和四龙给同志们送炒面,到现在还没回来。同志
　　　　们在芦荡里已经是第五天了。有什么办法,能救亲人脱
　　　　险哪!

　　　　(深沉地思考,唱"二黄慢三眼")

　　　　　　风声紧雨意浓天低云暗,

　　　　　　不由人一阵阵坐立不安。

　　　　　　亲人们粮缺药尽消息又断,

　　　　　　芦荡内怎禁得浪激水淹!

　　　　(转"快三眼")

　　　　　　他们是革命的宝贵财产,

　　　　　　十八个人和我们骨肉相连。

　　　　　　联络员身负着千斤重担,

　　　　　　程书记临行时托咐再三。

　　　　　　我岂能遇危难一筹莫展,

　　　　　　辜负了党对我培育多年。

　　　　　　昨夜里赵镇长与四龙去送炒面,

　　　　　　为什么到如今不见回还?

　　　　　　我本当去把亲人来见,

　　　　　　怎奈是,难脱身,有鹰犬,那刁德一他派了岗哨又扣船。

　　　　　　怎么办,怎么办,怎么办?

　　　　　　事到此间好为难……

〔耳旁仿佛响起《东方红》乐曲,信心倍增。

阿庆嫂　（接唱）

毛主席!

有您的教导,有群众的智慧,

我定能战胜顽敌渡难关。

〔沙奶奶、沙四龙上。

沙四龙
沙奶奶　阿庆嫂。

阿庆嫂　（一惊）四龙,你们回来了! 炒面送到了吗?

沙四龙　没有。昨儿晚上我和镇长刚划船出去,就被敌人发现了,我们
　　　　俩就跳水跑了,船也被他们给扣了。

阿庆嫂　镇长呢?

沙四龙　镇长一下水,就发了摆子,再加上感冒,正在发高烧,起不来
　　　　床,他叫我先来向你报告一下。

沙奶奶　阿庆嫂,你看该怎么办?

阿庆嫂　还是得想办法弄条船,给同志们送点干粮去!

沙四龙　要不今儿晚上,我去搞它一条……

阿庆嫂　（听见脚步声,急忙制止沙四龙的话。从脚步声中判定来的
　　　　是刘副官）刘副官来了,叫四龙装病,跟他借条船,就说送四
　　　　龙到城里看病。

〔沙四龙伏桌上装病。刘副官从屋内走出。

阿庆嫂　刘副官。

刘副官　阿庆嫂。（看见沙四龙）喉,这是谁呀?

阿庆嫂　沙奶奶的儿子。

刘副官　在这儿干什么哪?

阿庆嫂　病了。

沙奶奶　刘副官,这孩子病了,想跟您借条船,带孩子到城里看看病去。

刘副官　借船? 那哪儿行啊!

沙奶奶　阿庆嫂,您给求个人情吧!

阿庆嫂　是啊,刘副官,您瞧这孩子病成这样,咱们这儿又没有大夫,您就行个方便吧!

刘副官　阿庆嫂,不是我驳您的面子,我可作不了这个主。船,有的是,就在那边,一条也不能动,这是刁参谋长的命令。阿庆嫂,您可少管这路闲事,免得招惹是非。

阿庆嫂　唉,这孩子病得怪可怜的!

〔内串铃声。一伪军喊:"站住! 干什么的?"

〔内程谦明答:"我是看病的大夫!"

〔阿庆嫂、沙奶奶喜出望外,然而不形于色。

沙奶奶　哦! 大夫来了!

阿庆嫂　这就好了! 该着这孩子的病好。(向内)可别叫大夫走哇。(向刘副官)刘副官,就让那位大夫给孩子看看吧!

刘副官　不行!

沙奶奶　刘副官,既然您不肯借船,就请大夫给孩子看看病吧。

刘副官　不行!

阿庆嫂　是啊,刘副官,既然那位大夫来了,还真的让他走吗? 就给孩子看看吧!

刘副官　阿庆嫂,您是知道的,我在刁参谋长面前不好交代。参谋长说了,这个地方不准闲人来!

阿庆嫂　嗨! 这有什么大不了的事。别说参谋长啦,就是胡司令,这点面子也是肯给的!

刘副官　那好哇,司令在里头哪,您去跟他说说去。

阿庆嫂　这么点小事,就别去惊动他了。

刘副官　可是我作不了这个主啊!

〔胡传魁从屋内走出。

胡传魁　什么事啊?

刘副官　司令! 来了个大夫。阿庆嫂说,要让那位大夫给这孩子看看病。

胡传魁　看病?

阿庆嫂　噢,是这么回事:这孩子有病,正赶上那位大夫打这儿路过,我就多了一句嘴,说让那位大夫给孩子看看。刘副官说,胡司令这点面子是肯给的,就怕刁参谋长知道了,要让司令为难。他这么一说,吓得我也不敢求您了!

胡传魁　(向刘副官)刁参谋长放个屁也是香的?拿着鸡毛当令箭!

阿庆嫂　其实呀,也没刘副官什么事。刘副官还说,司令心眼好,为人厚道。我是怕真要是刁参谋长较起真儿来,我觉得怪对不住司令的。那么,就叫那位大夫……

胡传魁　看!

刘副官　是!(向内)嗨!请大夫过来!

阿庆嫂　我替孩子谢谢司令了!

沙奶奶　谢谢司令。

　　　　〔程谦明上。

阿庆嫂　大夫!
沙奶奶

程谦明　你们好啊?

阿庆嫂　好。
沙奶奶

沙奶奶　大夫,请过来诊脉吧!

程谦明　好好好。

　　　　〔程谦明与胡传魁相遇,胡传魁打量程谦明。程谦明态度十分安详。

阿庆嫂　(有意分散胡传魁的注意力)胡司令,这会儿手气怎么样啊?

胡传魁　背透了,四圈没开和,出来蹓蹓。

阿庆嫂　您这一蹓跶,手气就来了,呆会儿坐下,我管保您连和三把满贯!

胡传魁　好,借你的吉言,和了满贯我请客!

阿庆嫂　那您这客算请定了,快进去吧,都等着您扳庄哪!

胡传魁　哦,哈哈哈……(进屋)

刘副官　(向程谦明)你是哪来的?

程谦明　（沉着地）常熟城里，三代祖传世医。

刘副官　有"良民证"吗？

程谦明　有。

刘副官　拿来看看。

　　　　〔程谦明取"良民证"交刘副官。

　　　　〔阿庆嫂取过两杯茶。

阿庆嫂　刘副官，你们这两天真够辛苦的，沿湖一带派了岗，扣了船，不许老百姓下湖捕鱼，究竟出了什么事了？

刘副官　没什么，没什么，听说芦荡里有新四军……

阿庆嫂　新四军？那怎么不派兵去搜啊？

刘副官　参谋长说了，芦苇荡那么大，上哪儿搜去！不谈这个，不谈这个。（回头向程谦明）快瞧病，快瞧病。

阿庆嫂　大夫，这孩子的病……

程谦明　病家不用开口，便知病情根源。说得对，吃我的药。说得不对，分文不取。

刘副官　嗨嗨嗨，你先别吹，今儿个我倒要看看你有多大本事！

程谦明　这个病是中焦阻塞，呼吸不畅啊。

刘副官　等等。（向沙奶奶）他说得对吗？

沙奶奶　是啊，刚才还说胸口堵得慌哪！

刘副官　哦，他还有两下子！

程谦明　看看舌苔。（看沙四龙舌苔）胃有虚火，饮食不周。

沙奶奶　缺食啊！

程谦明　肝郁不舒，就容易急躁。

沙奶奶　是啊，着急着哪！

刘副官　嗨！头疼脑热的，着什么急呀！

程谦明　不要紧，我开个方子，吃上一剂药，就会好的！

　　　　〔刘副官注视程谦明，阿庆嫂、沙奶奶很着急。阿庆嫂想了想，走进屋内。

程谦明　（唱"西皮二六"）

病情不重休惦念，

心静自然少忧烦。

家中有人勤照看……

〔阿庆嫂从屋内走出。

阿庆嫂　刘副官，看什么哪？

刘副官　我对医道很有兴趣。（向程谦明）快开方！

程谦明　好了！

（接唱）

草药一剂保平安。

刘副官　拿来！（取过药方）

程谦明　见笑，见笑。

〔一伪军由屋内走出。

伪　军　刘副官，司令叫。（下）

刘副官　哎。（把药方放回桌上）阿庆嫂，替我盯着点，我这就来。

阿庆嫂　哎。

〔刘副官进屋。阿庆嫂急命沙四龙、沙奶奶注意敌人的动静。

程谦明与阿庆嫂小声交谈。

阿庆嫂　有不少乡亲被捕。

程谦明　哦！据我们得到的情报，胡传魁已经是死心塌地地投靠日

寇了。

阿庆嫂　那该怎么办？

程谦明　一定要拔掉这个钉子！我们的主力部队马上要过来了。

阿庆嫂　好。

程谦明　你了解一下敌人的兵力部署情况，过两天我派人来取情报。

阿庆嫂　伤病员同志们怎么办？

程谦明　立刻转移红石村！

阿庆嫂　是！

〔沙四龙咳嗽。刘副官从屋内走出。

刘副官　阿庆嫂，司令赢钱了，说你让他请客，叫我买东西去。

阿庆嫂	那好哇。
刘副官	（向程谦明）哎，你怎么还没有走啊？
程谦明	（收拾药箱）这就走。药要早吃，可不能过了今天晚上。
刘副官	快走，快走。
程谦明	这就走，这就走。
沙奶奶	大夫，天阴下雨，小心路滑！
阿庆嫂	是啊，坑坑洼洼的，要多加小心！
程谦明	不怕，你们照顾病人要紧哪！
刘副官	快走！

〔程谦明下。刘副官随下。

阿庆嫂	县委指示，要同志们转移红石村，现在还得想办法弄条船哪。
沙四龙	我倒有个主意。
沙奶奶	你有什么主意？
沙四龙	我溜下水去，砍断缆绳，推出一条船，不撑篙不使桨，船上没人，动静不大。只要推出半里路，大湖之中，烟雾弥漫，就更看不清了。到现在只能这么办了。
沙奶奶	阿庆嫂，他有一身好水性，让他去吧。
阿庆嫂	事到如今，也只好按他的办法去做了。四龙，你顺着那条小道找个僻静地方下水，可千万要小心哪！
沙四龙	阿庆嫂！

（唱"西皮快板"）

　　　四龙自幼识水性，

　　　敢在滔天浪里行。

　　　飞越湖水把亲人接应——

　妈！阿庆嫂！

　　　你们放宽心！

〔沙四龙、沙奶奶下。阿福上。

阿　福	阿庆嫂！
阿庆嫂	（一惊，回身）阿福，有事吗？

阿　福　昨儿晚上指导员派林大根、张松涛到我家里来过。

阿庆嫂　他们干什么来了？

阿　福　了解了胡传魁的情况,弄了点草药就走了。

阿庆嫂　你没给他们弄点干粮？

阿　福　弄了,他们都带走了。

阿庆嫂　好,你先回去吧!

阿　福　哎。(下)

　　　　〔阿庆嫂瞭望湖面。

阿庆嫂　(唱"西皮散板")

　　　　　　看小船破雾穿云渐无踪影,

　　　　　　同志们定能转移红石村。

　　　　〔阿庆嫂进屋,刘副官上。

刘副官　阿庆嫂,东西买来了。(追进屋)

　　　　〔刁德一、刁小三上。刘副官又从屋里走出。

刘副官　参谋长,邹翻译官哪?

刁德一　走了。刘副官,司令要结婚了。

刘副官　结婚? 女家是谁呀?

刁德一　邹翻译官的妹妹。

刘副官　不用说,是参谋长的大媒喽。

刁德一　嗨,派你一桩美差,到常熟城里办点嫁妆。

刘副官　(万分感激)是! 多谢参谋长!

　　　　〔刁德一若有所思,走向湖边高坡,用望远镜瞭望湖面。

刁德一　(急叫)喉! 这水面上仿佛是有条船!

刘副官　(大惊)船? 刮了一天大风,恐怕是把缆绳刮断了,空船漂出
　　　　来了。

刁德一　不对! 空船断缆是顺风顺水而来,怎么会逆风逆水而去哪?
　　　　船底下一定是有人!

刘副官　有人?

刁德一　来! 给我追这条船!

刘副官　是!

第七场　斥　敌

〔前场后不久。刁德一家的厅堂。

〔幕启：内刘副官、刁小三行刑声："快说，快说，说!"

〔胡传魁烦躁地喝着酒，刁德一敞领挽袖，神色凶狠而狼狈，手提皮鞭，踉跄而上。

刁德一　（念）新四军平安转移出芦荡,

胡传魁　（念）这皇军督催逼命可怎么搪!

〔内行刑拷问声。

刁德一　（念）抓来了一些穷百姓，拷问他们谁是共产党,

胡传魁　（念）问了半天，也没问出个名堂! 有一个招口供的没有？

〔内刘副官、刁小三答："没有。"

胡传魁　我说老刁啊，咱们不会枪毙他几个？

刁德一　我正琢磨着拿谁开刀呢。来呀，把王福根给我带上来!

〔内刘副官、刁小三答："是!"

〔刘副官、刁小三架王福根上。

胡传魁　说! 新四军的伤病员哪儿去了？

刁德一　只要你说出来这镇上谁是共产党，马上就放了你。

〔王福根怒指胡传魁、刁德一。二人惊恐后退。

王福根　你们这些骑在人民头上的汉奸! 走狗!

胡传魁　来呀! 当着那些个穷百姓把他枪毙了!

王福根　汉奸! 走狗! 打倒日本帝国主义! 打倒汉奸、走狗! ……

〔王福根被押下。

〔内王福根高呼口号："中国共产党万岁!""毛主席万岁!"

〔排枪声。

〔内刘副官、刁小三嚎叫：“你们瞧见没有？不说就像他这个样子——枪毙你们！快说！说！”

刁德一　刁小三，把那个新四军的家属刘老头枪毙！

〔内刁小三嚎叫：“刘老头出来！”

〔内高呼：“打倒汉奸卖国贼！”群众愤怒高呼口号。

〔排枪声。

胡传魁　来人哪！

〔刁小三上。

胡传魁　把那沙老太婆拉出去一块枪毙！

刁德一　慢着！把她给关起来！

刁小三　是！（下）

刁德一　司令！就是这沙老太婆不能毙！皇军点着名要她的口供，不要她的老命。留着她为的是追问出在幕后活动的共产党！

胡传魁　共产党！只怕是共产党坐在咱们对面，咱们也认不出来！

刁德一　司令，有一个人很值得怀疑。

胡传魁　谁？

刁德一　那天，刘副官冒冒失失地打了阵枪，在哪儿？扣下的船丢了一只，又在哪儿？都离春来茶馆不远！

胡传魁　你是说……

刁德一　阿庆嫂！

胡传魁　……

刁德一　太可疑了！

胡传魁　怎么？抓起她来？

刁德一　哪里哪里！司令的恩人哪能抓呀！司令不是派人请她去了吗？

胡传魁　我是请她帮着我办喜事的。

刁德一　等她来了，咱们问问她。

胡传魁　问问？怎么问？——“你是共产党吗？”

刁德一　哪能这么问！（耳语）怎么样？

胡传魁　　好,依着你! 来人!

　　　　　〔一伪军上。

胡传魁　　阿庆嫂来了,马上报告!

一伪军　　是! (下)

　　　　　〔胡传魁、刁德一下。

　　　　　〔一伪军内报:"阿庆嫂到!"

　　　　　〔阿庆嫂上,观察周围环境。

阿庆嫂　　(唱"西皮散板")

　　　　　　新四军反"扫荡"回兵东进,

　　　　　　沙家浜即将要重见光明。

　　　　　　胡传魁投敌寇把乡亲们蹂躏,

　　　　　(转"流水")

　　　　　　这一笔血债要记清。

　　　　　　奉指示探敌情十有九稳,

　　　　　　唯有这司令部尚未查清,

　　　　　　借题目入虎穴观察动静……

　　　　　〔胡传魁、刁德一更衣整容上。

胡传魁　　阿庆嫂!

阿庆嫂　　胡司令! 参谋长!

　　　　　(接唱"散板")

　　　　　　恭喜司令要成亲!

胡传魁　　你全知道了?

刁德一　　真是消息灵通!

阿庆嫂　　满镇上都知道了,刘副官通知各家各户"自愿"送礼了。

刁德一　　好,坐,泡茶!

　　　　　〔一伪军送茶上,即下。

阿庆嫂　　胡司令! 听说新娘子长得很漂亮啊?

胡传魁　　哦! 你也听说过?

阿庆嫂　　听说过! 常熟城里有名的美人嘛。人品出众,才貌超群,真是百里挑一呀!

胡传魁　哈哈哈……阿庆嫂你可真会说话。我今天找你就为请你帮助
　　　　我办喜事的,到了那天你可得多帮忙啊!

阿庆嫂　没什么,理当的。到了日子我一早就来,什么烧个茶递个水
　　　　的,我都行啊……

胡传魁　不!不!那些个粗活儿,哪能叫你干哪。你就等花轿一进门,
　　　　给我张罗张罗,免得出错。

阿庆嫂　行啊,行啊,花轿一进门,您就把新娘子交给我啦,我让她该应
　　　　酬的都应酬到了,亲戚朋友决挑不了眼去,胡司令您尽管
　　　　放心。

胡传魁　那好极了,他们家的老亲多,还爱挑个眼,有你当提调,那我就
　　　　放心了。

阿庆嫂　新房在哪儿啊?

胡传魁　就在后院。明天东西置办齐了,我一定派人去请你。

阿庆嫂　好,我一定来!

胡传魁　早点来!

刁德一　(以烟筒击案,厉声而问)那个沙老太婆招了没有?

　　　　〔内刘副官、刁小三答:"没招!"

刁德一　把她带上来!

阿庆嫂　胡司令,您这儿有事,我在这儿不方便,我走啦。

　　　　〔阿庆嫂转身欲下,刁德一拦住。

刁德一　阿庆嫂,我们办我们的事,你坐你的!

胡传魁　既然是参谋长留你,那你再坐坐!

阿庆嫂　好吧,(向胡传魁)那我就再坐坐。

　　　　〔阿庆嫂略一思索,胸有成竹,沉着地走向桌边,端然稳坐。

刁德一　把她带上来!

沙奶奶　(内唱"西皮导板")

　　　　　　且喜亲人已脱险……

　　　　〔沙奶奶上。

〔阿庆嫂、刁德一、胡传魁以不同的心情，不同的表情看着沙奶奶。

〔刘副官、刁小三上。

沙奶奶　（唱"西皮散板"）

粉身碎骨也心甘。

挺身来把仇人见——（见阿庆嫂坐在一边，心中一惊）

阿庆嫂为何在堂前？（略一思索，有所解悟）

只怕是敌人他来试探，

我必须保护她，把天大的事儿一身担！

胡传魁　沙老太婆，你到底招是不招？

沙奶奶　你要我招什么？

胡传魁　芦苇荡里的新四军是不是你儿子送走的？

沙奶奶　不知道！

胡传魁　那么你儿子哪儿去了？

沙奶奶　不知道！

胡传魁　你跟你儿子干的这些事，谁的主谋？谁的指使？

沙奶奶　我不知道！

胡传魁　他妈的，一问三不知，今天叫你尝尝我的厉害！

〔胡传魁举鞭欲打沙奶奶。刁德一制止。

刁德一　司令，何必着急哪！坐，坐。嘿嘿嘿……沙老太，你受委屈了。

好，坐坐坐，听我跟你说！

（唱"西皮摇板"）

沙老太休得要想不开，

听我把话说明白：

你不出乡里年纪迈，

岂能够出谋划策巧安排？

定是有人来指派，

她在幕后你登台。

到如今你受苦受刑难忍耐，

她袖手旁观稳坐在钓鱼台。

只要你说出她的名和姓,

刁德一我保你从此不缺米和柴!

怎么样,想明白了没有?

〔沙奶奶昂首不理。

刁德一　阿庆嫂,你劝她几句!

阿庆嫂　我?

刁德一　啊,你跟她是街坊,劝她几句嘛!(向胡传魁)啊?

胡传魁　对,阿庆嫂,你过去劝她几句。

阿庆嫂　好吧。既是刁参谋长这么看得起我,那我就试试看。不过这
　　　　老太太的脾气,我是知道的,恐怕也是要碰钉子的。(垂手走
　　　　过去,边走边想主意。走到沙奶奶身边,双手往胸前一搭)沙
　　　　奶奶,参谋长说,你儿子给新四军送船,是真的吗?

〔沙奶奶怒视三人。

阿庆嫂　沙奶奶,你就这么一个儿子,真舍得让他走吗?

沙奶奶　孩子大了,要走哪条路,由他自己挑!

胡传魁　你说,新四军对你有什么好啊?

沙奶奶　好!我说!我说!

(痛斥敌人,唱"二黄原板")

"八·一三",日寇在上海打了仗,

江南国土遭沦亡,

尸骨成堆鲜血淌,

满目焦土遍地火光。

新四军共产党来把敌抗,

历尽艰辛,东进江南,深入敌后,解放集镇与村庄。

红旗举处歌声朗,

百姓们才见天日光。

你们号称"忠义救国军",

为什么见日寇不发一枪?

我问你救的是哪一国?

為什么不救中国助东洋？

为什么专门袭击共产党？

你忠在哪里？义在何方？

你们是汉奸走狗卖国贼，

少廉无耻，丧尽天良！

胡传魁　住口！

刘副官
刁小三　胡说！

沙奶奶　（接唱）

你有理，敢当着百姓们讲，

纵然把我千刀万剐也无妨！

沙家浜总有一天会解放，

且看你们这些走狗汉奸（叫散）好下场！

胡传魁　拉出去，枪毙！

刘副官
刁小三　走！

〔刁德一急忙暗示刁小三：不能执行。刁小三领会。

〔沙奶奶昂首走下。刘副官、刁小三随下。

阿庆嫂　胡司令！

刁德一　慢动手！阿庆嫂有话说！

阿庆嫂　（款款地站起身来，若无其事地）……我该走啦。

〔刁德一、胡传魁垂头丧气。

阿庆嫂　您这是公事，我们可不敢随便插嘴呀！

胡传魁　不，不，今天要听听你的主意！

刁德一　是啊，司令要枪毙沙老太太，你跟她是街坊，能够见死不救吗？

阿庆嫂　沙奶奶会有人救的。

胡传魁　谁啊？

阿庆嫂　她儿子四龙给新四军送船，他就不救他的妈妈吗？再说新四军也一定会救沙奶奶的！

胡传魁　我马上枪毙了她，看他们救谁！

阿庆嫂　是啊,您要是枪毙了她,谁也就不来了。没人来救沙奶奶,您
　　　　可谁也就逮不着了!

胡传魁　哦!你说是要放长线钓大鱼,叫他们上钩?

刁德一　照你这么说,还是不毙沙奶奶的好哇?

阿庆嫂　枪把子在您手里,主意您自己拿,我不过是替司令着想啊!

胡传魁　对对对!

刁德一　好啊,阿庆嫂真是自己人。这么办,我们打算马上放了沙老太
　　　　太,请你把她送回去,你看好不好?

阿庆嫂　参谋长这么信得过我,我一定照办。

刁德一　那好,来啊!把沙老太婆放了!

　　　　〔内刘副官:"是。走!"

　　　　〔沙奶奶上。刘副官随上。

沙奶奶　要杀就杀,不用捣鬼!

胡传魁　老太婆,放你回去,别不识抬举!

刁德一　沙老太,没有你的事了。阿庆嫂,送她回去吧。

阿庆嫂　沙奶奶,走吧!

　　　　〔沙奶奶下。阿庆嫂随下。

刁德一　(向刘副官)盯着她们,看她们说些什么!

刘副官　是!(下)

胡传魁　老刁,你这里头变的是什么戏法呀?

刁德一　只要她们一热火,就证明是一起的,马上抓回来,一块审问!

　　　　〔内刘副官喊:"报告!"急上。

刘副官　报告!参谋长,打起来了!

刁德一　谁跟谁打起来了?

刘副官　沙老太婆跟阿庆嫂打起来了。

胡传魁　把沙老太婆给我抓回关起来!

刘副官　是!(下)

　　　　〔阿庆嫂上,头发略微散乱,一只鞋子被踏落。

阿庆嫂　哎呀!哎呀!好厉害的老太婆呀!出了门就跟我打起来啦。

嘴里"汉奸"、"走狗"一个劲地骂。喏,衣裳也撕破了,(坐)牙也打出血来了!看哪!(提上被踏落的鞋子)

胡传魁　老刁,别自作聪明了,这你明白的吧?阿庆嫂,打得不要紧吧?那么你帮我办喜事……

阿庆嫂　喜事尽管办!哼,瞎了眼的,她倒想算计我,那老太婆哪是我的对手,早就被我打得落花流水了!

刁德一　阿庆嫂,你多心了吧?

阿庆嫂　哼!我要是多心哪,就不在多心人面前管闲事了!

〔阿庆嫂以手绢掸鞋,昂首而坐。胡传魁瞪着刁德一,刁德一垂头丧气。

——幕闭

第八场　奔　　袭

〔前场三日后,黎明之前。野外。

〔幕启:沙四龙、叶思中上,侦察,下。

郭建光　(内唱"西皮导板")

　　　　月照征途风送爽……

〔郭建光上,抚枪亮相,英气勃勃,目光四射,巡视周围,转身招手,侧身亮相。突击排战士随上。

郭建光　(唱"西皮原板")

　　　　穿过了山和水、沉睡的村庄。

　　　　支队撒下包围网,

　　　　要消灭日寇、汉奸匪帮。

　　　　组成了突击排兼程前往,

　　　　(转"快板")

　　　　飞兵奇袭沙家浜。

将尖刀直插进敌人心脏,

打他一个冷不防。

管叫他全线溃乱迷方向,

好一似汤浇蚁穴,(叫散)火燎蜂房!

〔沙四龙、叶思中上。

叶思中　敌人的巡逻队!

小　虎　干掉他!

郭建光　(制止小虎,下令)隐蔽!

〔众隐蔽。

〔伪军巡逻队走过。

〔沙四龙、叶思中立起,巡视后,招手。郭建光等从土坡后"虎跳"跃出。

郭建光　叶排长,沙四龙!

沙四龙
叶思中　有!

郭建光　你们看!("跨腿","踢腿",侧身亮相)前面就是沙家浜,命你二人继续侦察!

沙四龙
叶思中　是!(下)

郭建光　前进!

〔突击排战士整装。

郭建光　(唱"西皮快板")

说什么封锁线安哨布岗,

我看他只不过纸壁蒿墙。

眼见得沙家浜遥遥(叫散)在望,

此一去捣敌巢擒贼擒王!

〔郭建光走"扫堂腿"、"旋子",与众战士组成前进塑像。

——幕闭

377

第九场　突　破

〔紧接前场，刁德一家后院墙外。

〔幕启：一伪军在站岗。

伪　军　司令结婚，请来皇军，叫我们加岗。唉！倒了霉了！

〔叶思中等上，将伪军擒获，拉下。

〔郭建光、阿庆嫂同上，后随突击排战士、民兵。

阿庆嫂　指导员，翻过了这道墙，就是刁德一的后院！

（唱"西皮快板"）

　　　　敌兵部署无更变，

　　　　送去的情报图一目了然。

　　　　主力都在东西面，

　　　　前门只有一个班。

　　　　民兵割断电话线，

　　　　两翼不能来支援。

　　　　院里正在摆喜宴，

　　　　他们猜拳行令闹翻天。

　　　　你们越墙直插到当院，

　　　　定能够将群丑（叫散）一鼓聚歼！

郭建光　沙四龙！

（唱"西皮散板"）

　　　　你带领火力组绕到前院，

　　　　消灭敌人的警卫班！

〔沙四龙带二战士下。

郭建光　（接唱，向阿庆嫂）

　　　　你迎接主力部队到镇边……

〔阿庆嫂带民兵下。

378

〔郭建光上墙,瞭望,回身招手,翻下。

〔众战士越墙。

——幕闭

第十场 聚 歼

〔紧接前场。

〔刁德一家院内。

〔幕启:黑田、胡传魁、刁德一上。二日寇士兵随上。邹寅生迎面上。

邹寅生 汽艇准备好了。

黑　田 电话不通,情况不好,小心!

〔炮声。

黑　田 哪里打炮?

胡传魁 不知道!

〔一伪军上。

一伪军 报告,新四军打到后院了!

黑　田 顶住! 顶住!(仓皇逃下)

〔开打,突击排消灭日伪军。郭建光弹无虚发,连毙敌众,最后把黑田踩在脚下,亮相。

〔突击排战士押俘虏过场。

〔程谦明率主力部队战士上。

〔阿庆嫂、赵阿祥率民兵上。

〔郭建光上,与程谦明、阿庆嫂等握手。

〔战士押黑田、邹寅生、胡传魁、刁德一上。

〔沙四龙扶沙奶奶上。

〔沙家浜群众和被救出狱的乡亲们上。

〔乡亲们看见胡传魁、刁德一等,怒不可遏,举铐欲打,郭建光拦阻。

郭建光　乡亲们！我们要把这些民族败类,交给抗日民主政府审判！

阿庆嫂　对！我们一定要公审他们。

胡传魁　你是……？

阿庆嫂　我是中国共产党党员！你们这些日本帝国主义者！民族败类！

郭建光　把他们押下去！

〔胡传魁、刁德一、黑田、邹寅生颓丧地低头,被押下。

〔郭建光、阿庆嫂等与沙奶奶会见。沙家浜镇的人民在毛主席和中国共产党的领导下,清除敌伪,重见光明。

——幕闭

（剧终）

注　释

①　本京剧剧本根据上海人民沪剧团集体创作、文牧执笔的沪剧《芦荡火种》改编,是作者与杨毓珉、薛恩厚、肖甲合作创作,原载《红旗》杂志 1970 年第六期,当时署名为"北京京剧团集体改编"。单行本由人民出版社 1970 年 9 月出版。初收《汪曾祺文集·戏曲剧本卷》,江苏文艺出版社,1993 年 9 月。

沙　家　浜(对白押韵本)①

人物表：郭建光——男，新四军某部连指导员

阿庆嫂——女，中国共产党党员，党的秘密工作者

沙奶奶——女，沙家浜群众积极分子

程谦明——男，中国共产党常熟县委书记

叶思中——男，新四军某部排长

班　长——男，新四军某部班长

小　凌——女，新四军某部卫生员

小　王——男，新四军某部战士

小　虎——男，新四军某部战士

新四军战士林大根、张松涛等人

沙四龙——男，沙奶奶的儿子，沙家浜基干民兵，后参加

　　　　　新四军

赵阿祥——男，沙家浜镇镇长

王福根——男，沙家浜基干民兵

阿　福——男，沙家浜革命群众

沙家浜群众老幼男女若干人

胡传魁——男，伪"忠义救国军"司令

刁德一——男，伪"忠义救国军"参谋长

刘副官——男，伪"忠义救国军"副官

刁小三——男，刁德一的堂弟

伪"忠义救国军"士兵若干人

黑　田——男，日寇大佐

邹寅生——男，日寇翻译

日寇士兵数人

场次：第一场　接　　应

第二场　转　　移

第三场　勾　　结

第四场　智　　斗

第五场　坚　　持

第六场　授　　计

第七场　斥　　敌

第八场　奔　　袭

第九场　突　　破

第十场　聚　　歼

第一场　接　　应

〔抗日战争时期。秋天。半夜。江苏省常熟县地区，日寇设置的一条公路封锁线。

〔幕启：沙四龙由树后拨开草丛上，侦察四周，脚下一绊，翻"小毛"，警惕地张望，回身向幕内招手。

〔阿庆嫂上，后随赵阿祥、王福根。

阿庆嫂　（唱"西皮摇板"）

程书记派人来送信，

伤员今夜到镇中。

封锁线上来接应……

〔沙四龙吹苇叶为联络暗号，无反应。沙四龙欲沿公路去寻找,阿庆嫂急忙制止。

阿庆嫂　（接唱）

　　　　　　须防巡逻的鬼子兵。

　　〔阿庆嫂拉着沙四龙,示意赵阿祥暂时隐蔽。王福根突然发
　　现远处草丛中人影一闪,急忙招呼阿庆嫂。

王福根　阿庆嫂,

　　　　草丛里有个人影忽隐忽现!

阿庆嫂　（侧耳细听）

　　　　是程书记!

　　　　他的脚步声沉着稳健。

　　　　〔程谦明上。

程谦明　阿庆嫂! 老赵。

阿庆嫂
赵阿祥　谦明同志!

阿庆嫂　怎么不见伤病员?

程谦明　都在后面。

阿庆嫂　谁负责带队?

程谦明　看! 红军战士郭指导员!

　　　　〔郭建光上,亮相。叶思中、小虎随上。

郭建光　（向叶思中）警戒。

程谦明　（给大家介绍）

　　　　这是镇长赵阿祥,

　　　　斗争中久经考验。

　　　　这就是阿庆嫂,

　　　　支部书记,又是联络员。

　　　　公开身份是,

　　　　开设春来茶馆。

　　　　她的丈夫阿庆,

　　　　是党的交通员。

郭建光　赵镇长！阿庆嫂！

阿庆嫂
赵阿祥　郭指导员！

　　　　〔互相热情握手。

程谦明　你们安心养伤，

　　　　争取早返前线。

　　　　我的社会职业是串乡行医，

　　　　任何情况下联系不会中断。

　　　　马上通过封锁线。

郭建光　叶排长，带队伍，争取时间！

叶思中　是！

小　虎　指导员，鬼子的巡逻队！

郭建光　隐蔽！

　　　　〔军民迅速隐蔽。

　　　　〔一支日本帝国主义的小分队极其凶恶、狡猾地巡逻而过。

　　　　〔沙四龙从树后出，矫健敏捷地翻"单蛮子"，急向日寇走去的
　　　　方向窥视。回身向阿庆嫂等招手，众上。沙四龙、赵阿祥等照
　　　　顾伤员们通过封锁线。郭建光、阿庆嫂与程谦明握手告别。

　　　　　　　　　　　　　　　　　　　　　　　　——幕闭

第二场　转　　移

　　　　〔前场十多天后。阳澄湖边，沙奶奶家门前。垂柳成行，朝霞
　　　　瑰丽。

　　　　〔幕启：沙奶奶正在缝补衣裳。小凌整理绷带、药品。小王在
　　　　折麻袋。

小　凌　小王，换药，快过来！

〔小王充耳不闻,仍埋头整理麻袋。小凌走过,强拉小王。

小　凌　每次换药,都是这样不痛快!

小　王　(挣开小凌)

　　　　药品这么缺,

　　　　应该对重伤员特别关怀。

　　　　我这点轻伤,

　　　　何必浪费绷带!

小　凌　你是轻伤员?

小　王　一不卧床,二不架拐。

小　凌　那,指导员带着轻伤员帮着老乡抢收粮食,

　　　　为什么把你留下补麻袋?

　　　　〔小王语塞。

小　王　我就不换!

小　凌　指导员叫你换的,

　　　　他刚才跟我再三交待!

　　　　〔小王无可奈何地同意换药。回身看见沙奶奶。

小　王
小　凌　沙奶奶!

沙奶奶　嗳!

　　　　小王,你们伤病员就应该听医生的话,

　　　　可不能由着性子来!

小　凌　沙奶奶都批评你啦,

　　　　你那倔脾气可得改改!

小　王　哼,沙奶奶说话总向着你,

　　　　她对你特别偏爱!

沙奶奶　你说我向着她,

　　　　我就向着她。

　　　　人家姑娘整天劳累,为了你们大家,

　　　　我就喜欢她!

小　王　那,赶明儿让四龙跟我们走,

把小凌给您留下。

我们拿姑娘换您个小子。

沙奶奶　好,说话算话!

沙奶奶这辈子养了四个儿子,

还就是缺个女儿呀!(坐)

〔小凌搬小凳坐沙奶奶身边。

小　凌　沙奶奶,您总说您有四个儿子,

怎么我们就看见四龙一人在家?

沙奶奶　(万分感慨,阶级仇恨涌上心头)

那都是过去的事,

还提它干什么!

小　王　沙奶奶,我们都想听听!

〔沙奶奶握小凌手。

小　凌　您说吧!

沙奶奶　(满腔仇恨,忍不住向亲人控诉一生的苦难。唱"二黄三眼")

说来话长……

想当年家贫穷无力抚养,

四个儿有两个冻饿夭亡。

遭荒年背上了刁家的阎王账,

为抵债他三哥去把活儿扛。

("原板")

刁老财(站起,更加愤慨地控诉)蛇蝎心肠忒毒狠,

他三哥,终日辛劳,遭受毒打,伤重身亡。

四龙儿脾气暴性情倔强,

闯进刁家论短长。

刁老财他说是夜入民宅,非偷即抢,

可怜他十六岁孩子也坐牢房。

新四军打下沙家浜,

386

我的儿出牢房他得见日光。

共产党就像天上的太阳一样！

小　凌　沙奶奶，您说得对呀！

沙奶奶　（接唱"二黄摇板"）

没有中国共产党，早已是家破人亡！

〔小王、小凌深受感动。

〔阿福端一碗年糕上。

阿　福　沙奶奶，我妈叫我给指导员送来一点年糕。

沙奶奶　（看看碗内）

我也蒸了两屉。

阿　福　我妈说，这是对咱们军队的一点心意。

沙奶奶　说得对！（揭开竹篮盖，示意阿福把年糕放进篮内）

呆会儿炒一下给他们吃。

阿　福　小王，李大娘等着你们的口袋，

好去藏粮食。

小　王　（一直沉湎在沙奶奶的痛苦的家史里，忽然想起，要找刁老财
去算账）

沙奶奶，您说的那个刁老财，

他在哪里？

沙奶奶　你还想着这件事哪？

刁老财死了！

�`，他还有个在东洋念书的儿子，

现在也不知道哪儿去啦！

小　王　没有听到他什么消息？

小　凌　（对沙奶奶）

小王就爱打破沙锅问到底。

（向小王）

李大娘还等着口袋藏粮食哪。

小　王　哦，我这就去。（与阿福同下）

〔沙奶奶提竹篮要去洗衣裳，被小凌发现。

小　凌　沙奶奶，您又去洗衣裳，

　　　　我去洗！

沙奶奶　指导员帮我们抢收粮食，

　　　　一夜没有休息，

　　　　我洗两件衣裳，还不应该吗？

小　凌　那我跟您一块儿去！

沙奶奶　好，走！

　　　　〔郭建光与叶思中乘船上，将稻谷搬下船。

郭建光　叶排长，

　　　　把沙奶奶的稻谷，

　　　　埋在屋后地下的缸里。

叶思中　是！（将稻谷挑到沙奶奶屋后）

　　　　〔郭建光顺手拿起扫帚打扫场院。劳动之后，面对江南景色，

　　　　他心情激动，思念战友，渴望尽快重新奔赴战场。

郭建光　（唱"西皮原板"）

　　　　　　朝霞映在阳澄湖上，

　　　　　　芦花放稻谷香岸柳成行。

　　　　　　全凭着劳动人民一双手，

　　　　　　画出了锦绣江南鱼米乡。

　　　　　　祖国的好山河寸土不让，

　　　　　　岂容日寇逞凶狂！

　　　　　　战斗负伤离战场，

　　　　　　养伤来在沙家浜。

　　　　　　半月来思念战友（转"二六"）与首长，

　　　　（"流水"）

　　　　　　也不知转移在何方。

　　　　（"快板"）

　　　　　　军民们准备反"扫荡"，

388

何日里奋臂挥刀斩豺狼?!

伤员们日夜盼望身健壮,

为的是早早回前方!

〔沙奶奶偕小凌上。

小　凌　指导员!

沙奶奶　指导员!

郭建光　沙奶奶!

小　凌　指导员,沙奶奶又给咱们洗衣裳,你瞧!

沙奶奶　这姑娘,这么点事也要打报告!

郭建光　哈哈哈……

〔小凌晾衣裳。

沙奶奶　同志们都回来了,没有累着?

郭建光　都是庄户出身,

摸熟了锄头镰刀!

沙奶奶　快坐下直直腰。

郭建光　哎。

沙奶奶　你看,这是阿福给你们送来的年糕。

郭建光　乡亲们待我们太好了!

〔沙四龙提了两条鱼、虾米、螃蟹上。

沙四龙　妈,我摸了两条鱼,

还有螃蟹、虾米。

沙奶奶　刚干完活就下湖?

沙四龙　好给指导员改善伙食。

沙奶奶　说得对,

拿来,我去收拾。

沙四龙　妈,您别动,

今天瞧我的手艺!

郭建光　哈……哈……

〔沙四龙进屋。

郭建光　沙奶奶,您坐。

〔叶思中从屋后上。

叶思中　指导员,又有几个同志申请归队。(递上申请书)

郭建光　我猜得出是谁!

（看申请书）

林大根、张松涛……

嗯,这几个可以考虑提前归队。

沙奶奶　提前什么?

郭建光　回部队呀?

沙奶奶　回部队? 那不行,不能回!

（唱"西皮摇板"）

同志们杀敌挂了花,

沙家浜就是你们的家。

乡亲们若有怠慢处,

说出来我就去批评他!

叶思中　沙奶奶……

〔郭建光用手一拦。

郭建光　沙奶奶叫咱们提意见。提意见……

沙奶奶,我给您提个意见哪!

沙奶奶　给我提意见? (爽朗地)好哇,提吧!

郭建光　好吧! 沙奶奶,您听着。

（接唱）

那一天同志们把话拉,

在一起议论你沙妈妈。

沙奶奶　(认真地)说什么来着?

郭建光　(接唱)

七嘴八舌不停口……

沙奶奶　哦,意见还不少哪!

郭建光　(接唱)

一个个伸出拇指把你夸!

〔郭建光、叶思中、小凌同笑。

沙奶奶　我可没做什么事呀!

郭建光　沙奶奶。

(亲切地,唱"西皮流水")

你待同志亲如一家,

精心调理真不差。

缝补浆洗不停手,

一日三餐有鱼虾。

同志们说:似这样长期来住下,

只怕是,心也宽,体也胖,路也走不动,山也不能爬,怎能

上战场把敌杀!

沙奶奶　(对叶思中等)哟! 你瞧他说的!

〔郭建光、叶思中、小凌同笑。

郭建光　(接唱)

待等同志们伤痊愈——

沙奶奶　(接唱)

伤痊愈,(亲热地)也不准离开我家。

要你们一日三餐九碗饭,

一觉睡到日西斜,

直养得腰圆膀又扎,

一个个像座黑铁塔,

到那时,身强力壮跨战马——

郭建光　(接唱)

驰骋江南把敌杀。

消灭汉奸清匪霸,

打得那日本强盗回老家。

等到那云开日出,家家都把红旗挂,

再来探望你这革命的老妈妈!

〔阿庆嫂、赵阿祥、王福根、阿福匆匆上。沙四龙闻声从屋里走出来。

阿庆嫂　指导员！

　　　　鬼子开始"扫荡"，

　　　　形势很紧张。

　　　　县委指示，

　　　　要同志们转移芦苇荡。

　　　　船和干粮，

　　　　我已经准备妥当。

郭建光　阿庆嫂，老赵，

　　　　通知民兵，

　　　　组织反"扫荡"。

　　　　镇上的乡亲，

　　　　疏散到附近村庄；

　　　　坚壁的粮食，

　　　　要注意保藏；

　　　　来不及坚壁的，

　　　　动员群众，带到外乡。

阿庆嫂　指导员，你们放心去吧，

　　　　就到咱们看好的地方。

　　　　县委有新指示，

　　　　我会进荡来报告情况。

　　　　沙奶奶，叫四龙、阿福送同志们一趟？

沙奶奶　嘿，不用商量！（进屋）

郭建光　叶排长！

　　　　通知大家，镇外集合，

　　　　立刻转移芦荡！

叶思中　是！

　　　　〔小凌收了晾晒的衣裳，与叶思中同下。

阿庆嫂　四龙,行船要隐蔽,

　　　　盖好艎板船舱,

　　　　有人问起,

　　　　就说过湖撒网!

沙四龙　哎。

　　　　〔沙奶奶提竹篮上。

沙奶奶　把这点年糕锅巴都带上。

　　　　早知道,该多预备点干粮。

　　　　这芦苇荡无遮无挡,

　　　　伤员同志们带病负伤……

郭建光　沙奶奶,

　　　　当年红军长征北上,

　　　　曾闯过雪山草地,天险乌江。

　　　　我们要发扬红军的传统,

　　　　千难万险无阻挡。

　　　　芦苇荡天地宽广,

　　　　正是开展游击战的好地方。

　　　　用不了多久,

　　　　我们一定会重新解放沙家浜!

　　　　四龙、阿福,咱们走!

　　　　〔郭建光、沙四龙、阿福走上土坡,回身向阿庆嫂等招手。

　　　　〔切光。

　　　　〔灯光转暗。炮声、枪声渐近,远处火光起。灯光渐亮。阿庆
　　　　嫂、赵阿祥扶老携幼,布置群众转移。日寇枪杀群众,群众愤
　　　　怒地挺身反抗。王福根勇敢地砍死一日寇,背起受伤的乡亲;
　　　　沙四龙夺得一支步枪,同下。日寇翻译邹寅生上。日寇大佐
　　　　黑田带日寇士兵上。

邹寅生　报告! 新四军没有,新四军伤病员也没有!

黑　田　你,去找"忠义救国军",新四军伤病员,叫他们统统的抓到!

邹寅生　是！

黑　田　开路！

——幕闭

第三场　勾　　结

〔距前场三天。伪"忠义救国军"司令部。

〔幕启：刁德一与邹寅生耳语。

刁德一　我看问题简单，

　　　　今天就可以拍板。

　　　　这位土匪司令，

　　　　徘徊于中日之间，

　　　　他想拉队伍，占地盘，

　　　　不能不投皇军做靠山。

邹寅生　我看这位胡司令还有点脚踩两只船，

　　　　现在这支队伍还是他说了算！

刁德一　他说了算？

　　　　用不了多久就得我说了算！

邹寅生　你可真有手腕！

　　　　〔刘副官上。

刘副官　报告，司令到！

刁德一　好。

　　　　〔胡传魁一副骄横凶狠相，上。

胡传魁　（唱"西皮散板"）

　　　　　　乱世英雄起四方，

　　　　　　有枪就是草头王。

　　　　　　钩挂三方来闯荡：

394

老蒋、鬼子、青红帮。

刁德一　我来介绍一下：

这位就是新近改编的"忠义救国军"的司令，

胡传魁，胡司令；

这位是日本皇军黑田大佐的翻译官，

邹寅生先生。

胡传魁　(大大咧咧地与邹寅生握手)好！坐，坐，坐！

邹寅生　胡司令，上回我跟刁参谋长通了电话，

共同围剿，双管齐下，

这回没有消灭新四军，

黑田大佐深表惊讶。

胡传魁　他爱怎么惊，怎么讶，

老子不怕！

姓胡的站起是个"人"，

躺下是个"大"，

他日本人虚张声势，

单叫我虎口拔牙？

我不能拿着鸡蛋碰石头，

这支队伍，我当家！

邹寅生　这支队伍是你当家，

可是皇军要当你的家！

刁德一　司令，黑田大佐要消灭咱们，

多亏了邹先生从中帮忙啊！

胡传魁　帮忙？他也不能光用话甜和人哪，

咱们这支队伍，要钱，要枪，要给养！

刁德一　这些，都好商量。

邹寅生　咱们要是谈妥了，

皇军命令你们驻防沙家浜。

刁德一　这可是个鱼米之乡。

胡传魁　沙家浜是共产党的地方，

　　　　新四军可是出没无常。

邹寅生　皇军也是势不可挡啊！

刁德一　司令，有奶就是娘，

　　　　背靠皇军，咱们干他一场，

　　　　就看你有没有这个胆量。

胡传魁　好！舍不了孩子套不了狼，

　　　　一言为定，

　　　　以后还望老兄多帮忙！（与邹寅生握手）

邹寅生　还有个小条件。

胡传魁　（向刁德一，不满地）

　　　　他怎么那么多名堂！

邹寅生　新四军有一批伤病员，

　　　　原来隐藏在沙家浜。

　　　　皇军要求胡司令一定把他们抓到。

刁德一　这没问题，包在我的身上！

胡传魁　既然是一块儿打共产党嘛，

　　　　这是小事一桩！

　　　　来人哪！

　　　　〔刁小三上。

刘副官
刁小三　有！

胡传魁　传我的命令：

　　　　今天下午，队伍开进沙家浜！

刘副官
刁小三　是！（下）

刁德一　司令，

　　　　您这回是暗投日本军，

　　　　明靠蒋介石，

　　　　左右逢源，

立于不败之地,

曲线救国,

风云一世!

胡传魁　他明也好,暗也好,

还不是全靠你刁参谋长来往传递。

这回到了你的老家,

你可以耀祖光宗,买田置地,

就是我这强龙也压不过你这地头蛇哟。

邹寅生　彼此,彼此!

邹寅生
胡传魁　哈哈哈……
刁德一

——幕闭

第四场　智　斗

〔日寇在沙家浜"扫荡"了三天,已经过境。

〔春来茶馆。设在埠头路口。台的左右各有方桌一张,方凳两个。日寇过后,桌椅茶具均遭破坏,屋外凉棚东倒西歪。地下有些断砖碎瓦,春来茶馆的招牌也被扔在地下。

〔幕启:阿庆嫂扶老携幼上。

老大爷　(对阿庆嫂)

谢谢你一路上照应。

阿庆嫂　应当的,都是老街旧邻。

老大爷　(看看遭到破坏的家乡,愤慨地)

看,叫他们糟踏成什么样了,

这帮畜生!

阿庆嫂　野火烧不尽湖边草,

狂风吹不倒万年松。

不管他们怎么烧杀抢劫,

阳澄湖水还是碧绿澄清。

群　众　对!

老大爷　来,咱们帮着收拾收拾。

阿庆嫂　我自己来,大家快回去安顿安顿。

〔阿庆嫂从地下把招牌拾起,放在桌上。众扶起翻倒的桌凳,
拣走破碎的茶具、砖瓦,支起凉棚。

老大爷　我们回去了。

阿庆嫂　谢谢你们。

（对老大爷）

您慢点走,

（掖好少妇怀抱婴儿的褓褓）

还没睡醒!

〔群众渐下。

阿庆嫂　谁家有什么难处,

跟赵镇长说一声。

群　众　哎。

〔群众下。

〔阿庆嫂掸净招牌上的泥土,对着观众,亮出招牌上的字样,
然后挂起招牌,打开放置茶具的柜子。

阿庆嫂　（唱"西皮摇板"）

敌人"扫荡"三天整,

断壁残墙留血痕。

逃难的众邻居都回乡井,

我也该打双桨迎接亲人。

〔沙奶奶、沙四龙迎面而来。

沙奶奶　阿庆嫂!

沙四龙　鬼子走了,该把同志们接回来了。

398

阿庆嫂　对！四龙,咱们马上动身！

　　　　〔内喊:"胡传魁的队伍快要进镇子了!"

　　　　〔群众跑上,告诉阿庆嫂:"胡传魁来了!"……赶快跑下。

　　　　〔赵阿祥、王福根上。

赵阿祥　大路上暴土扬尘,

　　　　胡传魁的队伍就要进镇。

阿庆嫂　他来了?

　　　　有多少人?

王福根　好几十人。

阿庆嫂　什么番号,什么旗帜,

　　　　有没有看清?

王福根　戴的是国民党的帽徽,

　　　　旗子上写的是"忠义救国军"。

阿庆嫂　国民党的帽徽,

　　　　"忠义救国军"?……

　　　　日本人前脚走,他后脚就到,

　　　　怎么会跟得这么紧?

　　　　他这回来,是路过,是长住,

　　　　还摸不准。

　　　　现在鱼龙混杂,

　　　　顽伪难分,

　　　　伤员同志先不能接,

　　　　今天晚上给他们送点干粮,报个信。

赵阿祥　四龙,你去准备船。

　　　　王福根,你去准备炒米粉。

沙四龙
王福根　是。

阿庆嫂　提高警惕,

　　　　不要走漏风声!

赵阿祥 沙四龙	是！

〔沙四龙扶沙奶奶下,赵阿祥、王福根分下。

〔阿庆嫂略一沉吟,走进屋内。

〔刁小三内喊:"站住!"

〔一妇女跑下。

〔内喊:"站住!"刁小三追逐一挟包袱的少女上。

刁小三	站住！老子们抗日救国,劳苦功高, 你得慰劳慰劳！

〔刁小三抢少女包袱。

少　女	你干嘛抢东西？
刁小三	抢东西？连人我都要！
少　女	（急中生计,求救地喊）阿庆嫂！

〔阿庆嫂急忙从屋里出来,护住少女。

阿庆嫂	得啦得啦, 本乡本土, 早晚见面, 一个孩子, 何必跟她纠缠。
刁小三	挡横是怎么着？

〔刘副官上。

刘副官	刁小三！刁小三！
阿庆嫂	喉,是老刘啊！
刘副官	（得意地）我现在当副官啦！
阿庆嫂	哦,当副官啦, 那您是大总管！
刘副官	刁小三,都是自己人, 你在这儿捣什么乱。
阿庆嫂	这位兄弟,初次见面,

在这儿跟我有点为难！

刘副官　（拉刁小三至一边）

这是阿庆嫂，

你怎么不长眼！

她救过司令的命！

刁小三　噢？我头回听见。

阿庆嫂，我刁小三有眼不识泰山，

您宰相肚里能撑船，

别跟我一般见识，

多多包涵啊！

阿庆嫂　没什么，一回生，二回熟，

抬头不见低头见，

我也不会倚官仗势，

背地里给人小鞋穿。

刘副官　人家阿庆嫂是厚道人，

最讲情面。

阿庆嫂　（向少女）回去吧。

少　女　他还抢我包袱哪！

阿庆嫂　包袱？他哪能要你的包袱啊！

（向刁小三）

跟她闹着玩哪，是吧，

（向刘副官）

啊？

刘副官　啊。（向刁小三）

闹着玩你也不挑个地点！

〔刁小三无可奈何地把包袱递给阿庆嫂。

阿庆嫂　（把包袱给少女）

拿着，要谢谢！

〔少女不满地下。

阿庆嫂　这姑娘,脾气倔。

刘副官　刁小三,司令参谋长就来,

　　　　你去接一接。

刁小三　阿庆嫂,回见!

阿庆嫂　回见!

　　　　〔刁小三凶横地、恨恨不满地下。

刘副官　他是我们刁参谋长的堂弟,

　　　　您可别介意。

阿庆嫂　没关系。

　　　　刘副官,您请坐,

　　　　水开了我就给您泡茶去,

　　　　您是稀客,

　　　　难得到我这小茶馆里。

　　　　〔阿庆嫂欲进屋,刘副官从后叫住。

刘副官　阿庆嫂,您别客气,

　　　　我这会不得闲,

　　　　司令一会就来,

　　　　我是奉命先来看看。

阿庆嫂　司令?

刘副官　就是老胡啊!

阿庆嫂　哦,老胡当司令,升了官了!

刘副官　人也兴旺,

　　　　枪也齐全,

　　　　鸟枪换炮,

　　　　时来运转了!

阿庆嫂　哦。(下决心进行侦察)

　　　　啊呀,那好啊!

　　　　刘副官,一眨眼你们走了不少日子。

刘副官　啊。

阿庆嫂　这回来了,可得多住些天。

刘副官　这回来了,就不走了!

阿庆嫂　……哦!

　　　　(断定他们是长住了,就故意表示欢迎的态度)

　　　　那好啊! 盼你们住上三五年!

　　　　〔内一阵脚步声。

刘副官　司令来了!

　　　　〔刘副官忙去迎接。阿庆嫂思考对策。

　　　　〔胡传魁、刁德一、刁小三上。四个伪军从土坡上走过。

胡传魁　嘿,阿庆嫂!

　　　　〔胡传魁脱斗篷。刘副官接住,下。

阿庆嫂　(回身迎上)

　　　　听说你当了司令啦,恭喜呀!

胡传魁　你好哇?

阿庆嫂　好啊,好啊,老没见了,真是稀遇!

胡传魁　买卖兴隆,混得可以?

阿庆嫂　托您的福,还算混得下去。

胡传魁　哦,哈哈哈……

阿庆嫂　胡司令,您这边请坐。

胡传魁　好好好,

　　　　我给你介绍介绍,

　　　　这是我的参谋长,姓刁。

　　　　本镇财主刁老太爷的公子,

　　　　刁德一。

　　　　〔刁德一上下打量阿庆嫂。

阿庆嫂　(发觉刁德一是很阴险狡猾的敌人,就虚与周旋地)

　　　　参谋长,

　　　　我借贵方一块宝地,

　　　　落脚谋生,

参谋长树大根深，

往后还求您多照应。

胡传魁　是啊，当方土地当方灵，

你还真得多照应。

刁德一　好说，好说。

〔刁德一脱斗篷。刁小三接住，下。

阿庆嫂　参谋长，您坐！

胡传魁　阿庆没有在家？

阿庆嫂　嗐，这个家容不下他！

胡传魁　上哪儿啦？

阿庆嫂　在上海跑单帮哪！

说啦，不混出个人样来，

不回家。

胡传魁　男子汉大丈夫是要有这么点志气。

阿庆嫂　您还夸他！

胡传魁　阿庆嫂，

我上回大难不死，

才能够飞黄腾达，

我可得好好谢谢你呀。

阿庆嫂　那是您本身的造化。

哟，您瞧我，净顾了说话，

我去泡茶。

您坐，您坐！（进屋）

刁德一　司令，这么熟识，是什么人哪？

胡传魁　你问的是她？

（唱"西皮二六"）

想当初老子的队伍才开张，

拢共才有十几个人、七八条枪。

（"流水"）

　　　　　遇皇军追得我晕头转向，

　　　　　多亏了阿庆嫂，她叫我水缸里面把身藏。

　　　　　她那里提壶续水，面不改色，无事一样，

　〔阿庆嫂提壶拿杯，细心地听着，发现敌人看见了自己，就若无其事地从屋里走出。

胡传魁　（接唱）

　　　　　骗走了东洋兵，我才躲过大难一场。（转向阿庆嫂）

　　　　　似这样救命之恩终身不忘，

　　　　　俺胡某讲义气终当报偿。

阿庆嫂　（有意在敌人面前掩饰自己）

　　　　　胡司令，

　　　　　这么点小事，

　　　　　您别老提它。

　　　　　那我也是急中生智，

　　　　　逼出了办法。

　　　　　事过之后，您猜怎么着，

　　　　　我呀，还真有点后怕。

　〔阿庆嫂一面倒茶，一面观察。

阿庆嫂　参谋长，您吃茶！

　　　　（忽然想起）

　　　　　哟，香烟忘了，我去拿！（进屋）

刁德一　（看着阿庆嫂背影）

　　　　　司令，

　　　　　我是本地人，

　　　　　这位阿庆嫂，怎么面生得很？

胡传魁　人家夫妻，"八一三"以后才到本镇，

　　　　　那时候，你还住在日本。

　　　　　你不认识这位茶馆老板娘，

　　　　　她也不认识你这位东洋留学生。

刁德一　这可不是个普普通通的女人!

胡传魁　你对她的来历还有什么疑问?

刁德一　不不不,司令的恩人!

胡传魁　你这个人哪!

〔阿庆嫂取香烟、火柴,提铜壶从屋内走出。

阿庆嫂　参谋长,烟不好,请抽一支呀!

〔刁德一接过阿庆嫂送上的烟。阿庆嫂欲为点烟,刁德一谢
绝,自己用打火机点着。

阿庆嫂　胡司令,抽一支!

〔胡传魁接烟。阿庆嫂给胡传魁点烟。

刁德一　(望着阿庆嫂背影,唱"反西皮摇板")

　　　这个女人不寻常!

阿庆嫂　(接唱)

　　　刁德一有什么鬼心肠?

胡传魁　(唱"西皮摇板")

　　　这小刁一点面子也不讲!

阿庆嫂　(接唱)

　　　这草包倒是一堵挡风的墙。

刁德一　(略一想,打开烟盒请阿庆嫂抽烟)抽烟!

〔阿庆嫂摇手拒绝。

胡传魁　人家不会,你干什么!

刁德一　(接唱)

　　　她态度不卑又不亢。

阿庆嫂　(唱"西皮流水")

　　　他神情不阴又不阳。

胡传魁　(唱"西皮摇板")

　　　刁德一搞的什么鬼花样?

阿庆嫂　(唱"西皮流水")

　　　他们到底是姓蒋还是姓汪?

刁德一　（唱“西皮摇板”）

　　　　我待要旁敲侧击将她访。

阿庆嫂　（接唱）

　　　　我必须察言观色把他防。

〔阿庆嫂欲进屋。刁德一从她的身后叫住。

刁德一　阿庆嫂！

　　　　（唱“西皮流水”）

　　　　适才听得司令讲，

　　　　阿庆嫂真是不寻常。

　　　　我佩服你沉着机灵有胆量，

　　　　竟敢在鬼子面前耍花枪。

　　　　若无有抗日救国的好思想，

　　　　焉能够舍己救人不慌张！

阿庆嫂　（接唱）

　　　　参谋长休要谬夸奖，

　　　　舍己救人不敢当。

　　　　开茶馆，盼兴旺，

　　　　江湖义气第一桩。

　　　　司令常来又常往，

　　　　我有心背靠大树好乘凉。

　　　　也是司令洪福广，

　　　　方能遇难又呈祥。

刁德一　（接唱）

　　　　新四军久在沙家浜，

　　　　这棵大树有阴凉，

　　　　你与他们常来往，

　　　　想必是安排照应更周详！

阿庆嫂　（接唱）

　　　　垒起七星灶，

铜壶煮三江。

摆开八仙桌，

招待十六方。

来的都是客，

全凭嘴一张。

相逢开口笑，

过后不思量。

人一走，茶就凉……

〔阿庆嫂泼去刁德一杯中残茶，刁德一一惊。

阿庆嫂　（接唱）

有什么周详不周详！

胡传魁　哈哈哈……

刁德一　嘿嘿嘿……

阿庆嫂真不愧是个开茶馆的，

说出话来滴水不漏，无懈可击，

佩服佩服！

阿庆嫂　胡司令，这是什么意思？

胡传魁　他就是这么个人，阴阳怪气！

阿庆嫂，别往心里去。

阿庆嫂　我倒不在意！（提铜壶进屋）

胡传魁　老刁啊，

咱们在江湖上闯荡，

为人要讲个外场，

你干什么这么东一榔头西一棒子，

叫我的面子往哪儿放！

刁德一　不是哦，司令，

这位阿庆嫂，

眼观六路，耳听八方，

胆大心细，遇事不慌，

408

咱们要在沙家浜久占,搞曲线救国,

这样的人大有用场。

胡传魁　嗯!

刁德一　要问问她新四军伤病员的去向,

她一定了如指掌。

胡传魁　要问,得我去,

你去,准得撞墙。

刁德一　那是啊,

还是司令叫得响!

〔阿庆嫂机警从容,端着一盘瓜子从屋内走出。

阿庆嫂　胡司令、参谋长,

吃点瓜子啊。

胡传魁　好……(喝茶)

阿庆嫂　……这茶吃到这会,刚吃出味儿来!

胡传魁　不错,吃出点味儿来了。

　　　　——阿庆嫂,我跟你打听点事。

阿庆嫂　哦,凡是我知道的……

胡传魁　我问你这新四军……

阿庆嫂　新四军? 有,有!

(唱"西皮摇板")

　　　　司令何须细打听,

　　　　此地驻过许多新四军。

胡传魁　驻过新四军?

阿庆嫂　驻过。

胡传魁　有伤病员吗?

阿庆嫂　有!

(接唱"西皮流水")

　　　　还有一些伤病员,

　　　　伤势有重又有轻。

胡传魁　他们住在哪儿？

阿庆嫂　（接唱）

我们这个镇子里，

家家住过新四军。

就是我这小小的茶馆里，

也时常有人前来吃茶、灌水、涮手巾。

胡传魁　（向刁德一）怎么样？

刁德一　现在呢？

阿庆嫂　现在？

（接唱）

听得一声集合令，

浩浩荡荡他们登路程！

胡传魁　伤病员也走了吗？

阿庆嫂　伤病员？

（接唱“西皮散板”）

伤病员也无踪影，

远走高飞难找寻！

刁德一　哦，都走了？！

阿庆嫂　都走了，

要不日本人“扫荡”三天，

也没找出他们的人。

刁德一　日本人人地生疏，

耳目不灵，

这么大的沙家浜，

哪里不能藏起个把人。

就拿胡司令来说吧，

当初叫日本人追得入地无门，

被你阿庆嫂往水缸里一藏，

不就瞒过了日本人的眼睛！

阿庆嫂　　噢,听刁参谋长这意思,

　　　　　是我藏起了新四军?

　　　　　这可真是,

　　　　　听话听声,

　　　　　锣鼓听音,

　　　　　照这么看,胡司令,

　　　　　我当初不该救您,

　　　　　倒落下了话把儿啦!

胡传魁　　阿庆嫂,别……

阿庆嫂　　不!

胡传魁　　别别别……

阿庆嫂　　不不不!

　　　　　胡司令,

　　　　　今天当着您的面,

　　　　　就请你们弟兄,

　　　　　把我这小小的茶馆,

　　　　　里里外外,

　　　　　前前后后,

　　　　　都搜寻搜寻,

　　　　　省得人家疑心生暗鬼,

　　　　　叫我们里外不好做人哪!

　　　　　(把抹布摔在桌上,掸裙,双手一搭,昂首端坐,面带怒容,反
　　　　　击敌人)

胡传魁　　老刁,你瞧你!

刁德一　　说句笑话嘛,何必当真!

胡传魁　　参谋长是开玩笑。

阿庆嫂　　胡司令,这种玩笑,我们可不敢担承!(进屋)

刁德一　　司令,新四军伤病员没有走远,

　　　　　就在附近!

胡传魁　在哪儿？

刁德一　对面的芦苇荡，

　　　　藏得下万马千军！

胡传魁　芦苇荡？（恍然大悟）

　　　　不错，来人哪！

　　　　〔刘副官、刁小三上。

胡传魁　往芦苇荡里给我搜！

刁德一　慢着，不能搜！

　　　　司令，你不是这里的人，

　　　　对芦苇荡的情况还不十分了解。

　　　　这芦苇荡地势复杂，

　　　　有如汪洋大海。

　　　　咱们瞎碰乱闯，

　　　　他们严阵以待，

　　　　那可净着挨黑枪，

　　　　钻口袋。

　　　　咱们要向皇军交差，

　　　　可不能做这种赔本的买卖！

胡传魁　那依着你怎么办？

刁德一　我叫他们自己走出来！

胡传魁　大白天说梦话！

刁德一　我自有办法！

　　　　来呀！

刘副官
刁小三　有！

刁德一　把老百姓给我叫到春来茶馆，

　　　　我要训话！

刘副官
刁小三　是！（下）

胡传魁　你叫老百姓干什么？

412

刁德一　我叫他们下阳澄湖捕鱼捉蟹！

胡传魁　捕鱼捉蟹？

刁德一　每只船上都派上咱们的人，

　　　　叫他们换上老百姓的穿戴。

　　　　那新四军看见老百姓下湖捕鱼，

　　　　一定以为镇子里已经是太平世界。

　　　　他们放松了警惕，

　　　　就会自动走出来。

　　　　到那时各船一齐开火，

　　　　岂不就……

胡传魁　老刁，你真有能耐！哈哈哈……

　　　　〔内响起群众的声音，由远而近。刘副官、刁小三上。

刘副官
刁小三　报告！老百姓都来了。

刁德一　好，我训话。

　　　　〔内群众抗议声。

刘副官
刁小三　站好了！……嘻，站好！

刁小三　参谋长训话！

刁德一　乡亲们！

　　　　我们是"忠义救国军"，

　　　　成立以来，深受民众爱戴。

　　　　此次，为了抗日救国，

　　　　开到沙家浜来。

　　　　体念你们生活困难，

　　　　并不要求慰劳招待。

　　　　希望你们下阳澄湖捕鱼捉蟹，

　　　　一律按市价收买！

　　　　〔内群众抗议声。

　　　　〔王福根："长官，我们不能去，要是碰见日本鬼子的汽艇，我们就没命了!"

刁小三　别吵!

刁德一　大家不要担心,

　　　　每只船上派三个弟兄保护你们!

　　　　〔内群众抗议声:"那也不去! 不敢去!"

胡传魁　他妈的!

　　　　谁敢不去?

　　　　不去,

　　　　枪毙!

　　　　〔胡传魁、刁德一、刘副官、刁小三下。

　　　　〔阿庆嫂急忙由屋内走出。

阿庆嫂　(唱"西皮散板")

　　　　　　刁德一,贼流氓,

　　　　　　毒如蛇蝎狠如狼,

　　　　　　安下了钩丝布下网,

　　　　　　只恐亲人难提防。

　　　　　　渔船若是一举桨,

　　　　　　顷刻之间要起祸殃。

　　　　〔内群众抗议声。

阿庆嫂　(接唱)

　　　　　　乡亲们若是来抵抗,

　　　　　　定要流血把命伤。

　　　　　　恨不能生双翅飞进芦荡,

　　　　　　急得我浑身冒火无主张。

　　　　〔内刁小三叫喊:"不去? 不去我就要开枪了!"

阿庆嫂　开枪?

　　　　(唱"西皮流水")

　　　　　　若是镇里枪声响,

　　　　　　枪声报警芦苇荡,

亲人们定知镇上有情况,

芦苇深处把身藏。(欠身瞭望,看到断砖、草帽,灵机一动)

要沉着,莫慌张,

风声鹤唳,引诱敌人来打枪!

〔阿庆嫂拿起墙根的断砖,上覆草帽,扔进水中,急忙躲进屋里。

〔刁小三跑上。

刁小三　有人跳水!

〔胡传魁、刘副官急上,开枪。

〔刁德一闻声急上。

刁德一　不许开枪!……唉,不能开枪!

〔阿庆嫂走到门旁观察。

胡传魁　为什么?

刁德一　那新四军听见枪响能够上当吗?

胡传魁　你怎么不早讲?

刁德一　真没想到会发生这种情况!

胡传魁　刁小三!

刁小三　有!

胡传魁　把带头闹事的,

都给我捆上!

刁德一　刘副官!

刘副官　有!

刁德一　扣船封港,

我把他们都困死在芦苇荡!

〔胡传魁、刁德一下。刘副官、刁小三随下。

〔阿庆嫂走到门外,思考,考虑下一步的战斗,亮相。

——幕闭

第五场　坚　　持

〔紧接前场,芦苇荡里。天色阴暗,大雨将至。

〔幕启:郭建光和战士们在注视着沙家浜镇的情况。一战士上。

战　士　报告!枪响以后,

没有什么情况,

湖面上平静异常。

郭建光　继续监视沙家浜方向。

战　士　是!(下)

郭建光　同志们!

沙家浜接连打了几枪,

看样子咱们一时不能离开芦苇荡。

大家要做好思想准备,

应付各种意外的情况。

先把破损的芦棚修好,

叫重伤员住进去养伤。

告诉叶排长,

我到前面去一趟。

众战士　是!

〔郭建光一阵晕眩,脚下打晃。

张松涛　指导员!

〔郭建光摆了摆手,昂首走下。

林大根　同志们,

沙家浜的枪声,

到底是怎么回事?

战士甲　不像是民兵,

战士乙　准是有敌人。

战士甲　不是汉奸部队，

战士乙　就是国民党杂牌军！

小　虎　沙家浜的乡亲，

　　　　灾难又不轻啊！

张松涛　咱们既无干粮，又无药品，

　　　　也很叫人揪心啊。

　　　〔郭建光上，观察战士的情绪。

小　虎　咱们干嘛在这儿困着，

　　　　不如冲出去和敌人拼一拼！

众战士　对！

班　长　不行，

　　　　不能硬拼！

　　　　不是叫咱们修芦棚吗，

　　　　走，执行命令！

众战士　走！（下）

　　　〔郭建光目送战士下，转身，思索。

郭建光　（唱"二黄导板"）

　　　　　听对岸响数枪声震芦荡……

　　　　（"回龙"）

　　　　　这几天，多情况，勤瞭望，费猜详，不由我心潮起落似

　　　　　长江。

　　　　（"慢三"）

　　　　远望着沙家浜云遮雾障，

　　　　湖面上怎不见帆过船航？

　　　　为什么阿庆嫂她不来探望？

　　　　这征候看起来大有文章。

　　　　日、蒋、汪暗勾结早有来往，

　　　　村镇上乡亲们要遭祸殃。

（"快三眼"）

戦士们要杀敌人,冒险出荡,

你一言,我一语,慷慨激昂。

这样的心情不难体谅,

阶级仇民族恨燃烧在胸膛。

要防止焦躁的情绪蔓延滋长,

要鼓励战士,察全局,观敌情,坚守待命,紧握手中枪。

（"原板"）

毛主席党中央指引方向,

鼓舞着我们奋战在水乡。

要沉着冷静,坚持在芦荡,

（"垛板"）

主动灵活,以弱胜强。

河湖港汊好战场,

大江南自有天然粮仓。

漫道是密雾浓云锁芦荡,

遮不住红太阳（叫散）万丈光芒。

〔小虎内喊:"指导员!"急上。

小　虎　小王昏过去了!

〔班长背小王上。叶思中、小凌、众战士同上。

众战士　小王! 小王!

郭建光　（对小凌）

会不会是伤口恶化了?

小　凌　伤口倒无关紧要。

他主要是饿的,

再加上打摆子发高烧。

郭建光　奎宁没有了?

小　凌　本来就带的很少。

418

〔郭建光沉吟。

众战士　小王！小王！

小　王　你们干嘛？——哦，我刚才摔了一跤。

众战士　你好点了吗？

小　王　你们看，我很好！（踉跄地走了几步）

班　长　你是饿了，

　　　　我这有块年糕。

小　王　不！

众战士　小王，你就吃了吧！

小　王　不，有人比我更需要。

众战士　谁？

小　王　指导员！

　　　　他这几天都吃得很少。

　　　　把干粮都省给了重伤员，

　　　　还不叫我们知道。

班　长
小　凌　指导员！

小　王　指导员，我代表全体同志，

　　　　请求你吃了这块年糕！

郭建光　小王，你吃了吧，

　　　　你身体不好！

　　　　是啊，粮缺，药尽，

　　　　问题不少。

　　　　我相信，地方党会千方百计想办法，

　　　　乡亲们绝不会把我们忘掉。

　　　　但是，现在对岸有敌情，

　　　　不能马上送到。

　　　　难道我们这支有老红军传统的队伍，

　　　　就被小小的困难吓倒？

班　长　众人拾柴火焰高，

　　　　江南遍地都是宝，

　　　　只要大家想办法，

　　　　没有过不去的独木桥！

郭建光　对！

　　　　〔汽艇声。一战士上。

战　士　报告，湖面上发现汽艇一艘。

郭建光　监视它有没有登陆的征候！

　　　　〔战士下。

郭建光　叶排长，带两个人到前面，

　　　　警戒进荡的路口！

叶思中　是！（招手）

　　　　〔叶思中、张松涛、一战士下。

郭建光　（对班长、小凌）

　　　　你们两个人照顾重伤员！

班　长
小　凌　是！（下）

郭建光　同志们！准备战斗！

　　　　〔众注视着汽艇声音方向。汽艇声渐渐转弱。

　　　　〔叶思中、张松涛、一战士上。

叶思中　汽艇绕过芦荡，

　　　　一直开往沙家浜。

郭建光　根据种种迹象，

　　　　鬼子已经结束"扫荡"，

　　　　刚才响了一阵枪，

　　　　现在又有汽艇开到沙家浜……

叶思中　汽艇只有日本人才有啊。

郭建光　这说明一个情况：

　　　　对岸已有顽军驻防，

他们和日寇有来往。

叶思中　这个分析,很恰当。

郭建光　我看,先派两个人过湖侦察一趟。

叶思中　对!

众战士　我去!

　　　　我去!

郭建光　林大根、张松涛!

　　　　乘着这密雾浓云,天色阴暗,

　　　　你们解缆划船,直达对岸。

　　　　找四龙和阿福,

　　　　不要去春来茶馆。

　　　　阿庆嫂至今不来,

　　　　她的处境一定有困难。

　　　　你们这次任务很艰巨,

　　　　也很危险,

　　　　一定要谨慎小心,

　　　　保证安全!

　　　　(唱"西皮二六")

　　　　　　你二人改装划船到对岸,

　　　　　　镇西树下把船拴。

　　　　　　寻来草药医病患,

　　　　　　弄清敌情就回还。

　　　　　　同志们满怀信心将你们盼,

　　　　　　盼望着胜利归来的侦察员。

　　　　("流水")

　　　　　　掌握敌情作判断,

　　　　　　我们就有主动权,

　　　　　　进退出没都灵便,

　　　　　　好与敌人巧周旋。

　　　　　　伤愈归队再请战，

　　　　　　回兵东进把敌歼，

　　　　　　战鼓惊天红旗展，

　　　　　　一举收复大江南。

林大根
张松涛　　坚决完成任务！

郭建光　　准备去吧！

林大根
张松涛　　是！（下）

　　　　　〔班长内喊："指导员！"持芦根、鸡头米跑上。小凌、一战士
　　　　　　随上。

班　长　　指导员，你看！

郭建光　　鸡头米，芦根！

　　　　　　同志们！

　　　　　　赣南游击，

　　　　　　川北长征，

　　　　　　口里吃的是什么？

　　　　　　树皮草根。

　　　　　　心里装的是什么？

　　　　　　革命精神。

　　　　　　鸡头米解饿充饥，

　　　　　　芦根香甜脆嫩，

　　　　　　水国江南，

众战士　　取之不尽。

郭建光　　有了这些东西，

　　　　　　我们就可以战胜饥饿，

众战士　　坚持斗争！

郭建光　　毛主席教导我们：

　　　　　　往往有这种情形，

　　　　　　有利的情况和主动的恢复，

产生于"再坚持一下"的努力之中!

(唱"西皮散板")

困难吓不倒英雄汉,

红军的传统代代传。

毛主席的教导记心上。

坚持斗争,胜利在明天。

〔风雨骤起。

小　虎　大风雨来了!

郭建光　(英雄豪迈地鼓舞斗志,慷慨激昂地唱)

(" 唢呐西皮导板")

要学那泰山顶上一青松!

〔电闪雷鸣。郭建光和战士共同与暴风雨搏斗。

众战士　(边舞边齐唱)

要学那泰山顶上一青松,

挺然屹立傲苍穹。

八千里风暴吹不倒,

九千个雷霆也难轰。

烈日喷炎晒不死,

严寒冰雪郁郁葱葱。

那青松逢灾受难,经磨历劫,伤痕累累,瘢迹重重,

更显得枝如铁,干如铜,蓬勃旺盛,倔强峥嵘。

崇高品德人称颂,

俺十八个伤病员,要成为十八棵青松!

〔战士们顶风抗雨,巍然屹立,构成一组集体的英雄塑像。

——幕闭

第六场 授 计

〔前场次日。春来茶馆。

〔暴雨才过，阴云郁结。

〔幕启：茶馆门外空无一人。屋里时时传来打麻将洗牌的声音。

〔阿庆嫂由屋内走出。

〔一青年上。

青　年　阿庆嫂！

阿庆嫂　没有看见沙四龙和赵镇长？

青　年　我们都在盼望。

阿庆嫂　看见四龙，

　　　　叫他赶快来一趟。

青　年　哎。（下）

〔刘副官上。

刘副官　阿庆嫂，刁参谋长在不在？

阿庆嫂　在里头看打牌哪。

刘副官　哦。

〔刘副官径自往屋里走，阿庆嫂略一思索，机警地随下。

〔刘副官、刁德一从屋内走出。

刁德一　什么事？

刘副官　邹翻译官请您马上回去。

　　　　皇军来电话查问新四军伤病员，

　　　　催得很急。

刁德一　抓来的老百姓都是一问三不知，

　　　　新四军伤病员，叫我哪儿找去！

刘副官　我看那个王福根……

刁德一　王福根？

刘副官　那一天是他带头闹事！

刁德一　对！就在他身上打主意。

刘副官　您快回去吧，

　　　　那可是军机大事！

　　　　〔刁德一转身欲走，刘副官欲随下。

刁德一　你在这一带盯着，

　　　　不要离开岗位，

　　　　春来茶馆周围，

　　　　必须严加戒备。

刘副官　参谋长，

　　　　司令这两天老是跟我发脾气，

　　　　今天手气又背……

刁德一　你当司令发脾气是冲你吗？

　　　　我心里有数，不会叫你吃亏！

刘副官　哎，我听参谋长的。

刁德一　到里面点点烟，倒倒水！

刘副官　是！

　　　　〔刁德一下。刘副官进屋。

　　　　〔阿庆嫂从屋内走出，看天望水，心情沉重。

阿庆嫂　大雨初停，

　　　　阴云不散。

　　　　亲人们困在芦苇荡里，

　　　　已经是第五天了。

　　　　老赵和四龙去送炒面，

　　　　不知是否遇到阻拦。

　　　　敌人戒备森严，

　　　　我处境困难，行动不便，

　　　　有什么办法，

能救亲人脱险哪!

（深沉地思考,唱"二黄慢三眼"）

　　　风声紧雨意浓天低云暗,

　　　不由人一阵阵坐立不安。

　　　亲人们粮缺药尽消息又断,

　　　芦荡内怎禁得浪激水淹!

（"快三眼"）

　　　他们是革命的宝贵财产,

　　　十八个人和我们骨肉相连。

　　　联络员身负着千斤重担,

　　　程书记临行时托咐再三。

　　　我岂能遇危难一筹莫展,

　　　辜负了党对我培育多年。

　　　昨夜里赵镇长与四龙去送炒面,

　　　为什么到如今不见回还?

　　　我本当去把亲人来见,

　　　怎奈是,难脱身,有鹰犬,那刁德一他派了岗哨又扣船。

　　　怎么办,怎么办,怎么办?

　　　事到此间好为难……

〔耳旁仿佛响起《东方红》乐曲,信心倍增。

阿庆嫂　（接唱）

　　　毛主席!

　　　有您的教导,有群众的智慧,

　　　我定能战胜顽敌渡难关。

〔沙奶奶、沙四龙上。

沙四龙　阿庆嫂!
沙奶奶

阿庆嫂　（一惊）四龙,你们回来了。

　　　炒面?

沙四龙　　没有送到。

阿庆嫂　　船呢？

沙四龙　　丢了！

　　　　　昨天晚上,我和镇长刚划船出去,

　　　　　就遇到敌人的游动哨,

　　　　　我们躲避不及,

　　　　　只好跳水跑了。

阿庆嫂　　镇长呢？

沙四龙　　镇长打摆子,发高烧,

　　　　　叫我先来报告。

沙奶奶　　阿庆嫂,你看该怎么好？

阿庆嫂　　丢了炒面事小,

　　　　　没有船,咱们就像是捆住了手脚啊。

沙四龙　　要不,今天晚上我去搞它一条！

阿庆嫂　　(听见脚步声,急忙制止沙四龙的话。从脚步声中判定来的
　　　　　是刘副官)

　　　　　刘副官来啦,

　　　　　叫四龙装病,

　　　　　跟他借条船。

　　　　　就说进城瞧病。

　　　　　〔沙四龙伏桌上装病。刘副官从屋内走出。

阿庆嫂　　刘副官。

刘副官　　阿庆嫂。(看见沙四龙)

　　　　　喂,这是谁呀？

阿庆嫂　　沙奶奶的儿子,四龙。

刘副官　　在这儿干什么哪？

阿庆嫂　　病啦。

沙奶奶　　刘副官,这孩子发热头疼,

　　　　　打算带他进城看看病。

想跟您借条船。

刘副官　借船？那哪儿行啊！

沙奶奶　阿庆嫂，您给求个人情。

阿庆嫂　刘副官，您就发发善心吧！

刘副官　阿庆嫂，我可担不起这个责任。

　　　　船，一条也不能动，

　　　　这是刁参谋长的命令！

阿庆嫂　唉，这孩子病得不轻。

　　　　〔内串铃声。一伪军喊："站住！干什么的？"

　　　　〔内程谦明答："我是看病的大夫！"

　　　　〔阿庆嫂、沙奶奶喜出望外，然而不形于色。

沙奶奶　哦！大夫来了！

阿庆嫂　该着这孩子病情好转。

　　　　可别叫大夫走哇。

　　　　（向刘副官）

　　　　就请大夫给孩子看看吧。

刘副官　不行。

沙奶奶　既然大夫来了，

　　　　您就行个方便吧。

阿庆嫂　开个方子就走，

　　　　用不了多大时间。

刘副官　阿庆嫂，

　　　　刁参谋长有言在先，

　　　　今天全镇戒严，

　　　　不许闲人出入。

阿庆嫂　嗐，这好办。

　　　　别说是参谋长，

　　　　就是胡司令，也不能不给这点情面。

刘副官　那好，司令在里头，

　　　　　您去跟他谈谈。

阿庆嫂　县官不如现管，

　　　　　何必一定要通过他这一关。

刘副官　可我官卑职小，

　　　　　手里无权哪！

　　　　〔胡传魁从屋内走出。

胡传魁　什么事啊？

刘副官　司令，来了个大夫，

　　　　　阿庆嫂说，要让他给这孩子看看。

胡传魁　看病？

阿庆嫂　噢，是这么回事：

　　　　　这孩子有病，

　　　　　正赶上大夫路过镇边，

　　　　　我就多了一句嘴，

　　　　　说让那位大夫给孩子看看。

　　　　　刘副官说，

　　　　　胡司令倒是肯给这点情面。

　　　　　就怕刁参谋长知道了，

　　　　　要叫司令为难。

　　　　　他这么一说，

　　　　　吓得我想求您也不敢啦。

胡传魁　（向刘副官）

　　　　　刁参谋长放个屁也是香的？

　　　　　拿着鸡毛当令箭！

阿庆嫂　其实呀，也没刘副官什么事，

　　　　　刘副官还说司令心眼好，为人慈善。

　　　　　我是怕刁参谋长真要是较起真来，

　　　　　要给司令添麻烦。

　　　　　那么，就叫那位大夫……

胡传魁	看！
刘副官	是！（向内）嗨，请大夫过来！
阿庆嫂	我替孩子谢谢司令啦！
沙奶奶	谢谢司令！
	〔程谦明上。
阿庆嫂 沙奶奶	大夫！
程谦明	你们好啊？
阿庆嫂 沙奶奶	好。
沙奶奶	大夫，请过来诊脉吧！
程谦明	好好好。
	〔程谦明与胡传魁相遇，胡传魁打量程谦明。程谦明态度十 　分安详。
阿庆嫂	（有意分散胡传魁的注意力）
	胡司令，这会儿手气怎么样啊？
胡传魁	背透了，
	四圈没开和，
	出来转转！
阿庆嫂	您这一转悠，
	手气就来啦。
	呆会儿坐下，
	我管保您连和三把满贯！
胡传魁	好，和了满贯我请客！
阿庆嫂	喉，叫弟兄们也跟着喜欢。
	快进去吧，
	那三家都等得不耐烦啦！
胡传魁	哦，哈哈哈……（进屋）
刘副官	（向程谦明）
	你是哪来的？

程谦明　常熟县城。

刘副官　有"良民证"吗？

　　　　〔程谦明出示"良民证"。

刘副官　相片是你本人？

　　　　〔阿庆嫂取过两杯茶。

阿庆嫂　刘副官，你们这两天真够辛苦，

　　　　派双岗，扣渔船，搜查住家店铺，盘问来往行人，

　　　　究竟出了什么事情？

刘副官　没什么，听说芦荡里有新四军……

阿庆嫂　新四军？那怎么不派兵去搜啊？

刘副官　参谋长说，进去瞎碰，那是大海里捞针。

　　　　不谈这个，不谈这个，

　　　　快瞧病！快瞧病！

阿庆嫂　大夫，这孩子的病……

程谦明　病家不用开口，

　　　　我先看看脉息。

　　　　说得对，吃我的药，

　　　　说得不对，分文不取。

刘副官　嗨嗨嗨，你先别吹，

　　　　我倒要看看你有多大本事。

程谦明　这个病是中焦阻塞，

　　　　气短神虚。

刘副官　等等！（向沙奶奶）他说得对吗？

沙奶奶　是啊，刚才还说胸口里憋气。

刘副官　哦，他还有两下子！

程谦明　看看舌苔。（看沙四龙舌苔）

　　　　胃有虚火，饮食不济。

沙奶奶　缺食啊。

程谦明　肝郁不舒，

就容易起急。

沙奶奶　　是啊,着急着哪!

刘副官　　头疼脑热的,着什么急呀!

程谦明　　不要紧,我开个方子,

今天煎服一剂。

药到病除,

明天就能痊愈。

〔刘副官注视程谦明,阿庆嫂、沙奶奶很着急。阿庆嫂想了

想,走进屋内。

程谦明　　(唱"西皮二六")

病情不重休惦念,

心静自然少忧烦。

家中有人勤照看……

草药一剂保平安。

〔阿庆嫂从屋内走出。

刘副官　　拿来!(取过药方)

程谦明　　见笑,见笑。

〔一伪军由屋内走出。

伪　军　　刘副官,司令叫。

刘副官　　哎。(把药方放回桌上)

阿庆嫂,我去应一卯。

替我盯着点。

阿庆嫂　　哎,你快去瞧瞧。

〔刘副官进屋,阿庆嫂急命沙四龙、沙奶奶注意敌人的动静。

程谦明与阿庆嫂小声交谈。

阿庆嫂　　胡传魁追查新四军,

逮捕了不少乡亲。

程谦明　　哦!

据我们得到的情报,

432

　　　　　　　胡传魁已经死心塌地地投靠了日本人。

阿庆嫂　那该怎么办?

程谦明　一定要拔掉这颗钉子!

　　　　我们的主力部队跳出敌人的包围,

　　　　很快就要回兵东进。

阿庆嫂　好!

程谦明　你了解一下敌人的兵力部署,

　　　　想办法把情报送到县城。

阿庆嫂　伤员同志们怎么办?

程谦明　立刻转移红石村!

阿庆嫂　是!

　　　　〔沙四龙咳嗽。刘副官从屋内走出。

刘副官　阿庆嫂,司令赢钱了,

　　　　特别高兴。

　　　　说你让他请客,

　　　　叫我去买果子点心。

阿庆嫂　那好哇。

刘副官　(向程谦明)

　　　　哎,你怎么还没有走啊?

程谦明　(收拾药箱)这就走。

　　　　药要早吃,不能耽误。

阿庆嫂　过不了两个时辰。

刘副官　快走,快走。

程谦明　这就走,这就走。

阿庆嫂　大夫,天阴下雨,

　　　　路滑难行。

　　　　摆渡过桥,

　　　　多加小心。

程谦明　常来常往,不用担心,

你们照顾病人要紧！

〔程谦明下。刘副官随下。

阿庆嫂　县委指示，

要同志们转移红石村。

一定要弄到一条船，

否则寸步难行。

沙四龙　我倒有个主意。

沙奶奶　快说出来听听！

沙四龙　待我跳下水去，

砍断缆绳，

悄悄推出一条船，

不撑篙，不使桨，不会有动静。

大湖之中，

烟雾迷蒙，

只要推出半里路，

敌人就再也看不清。

沙奶奶　让他去吧，

他有一身好水性！

阿庆嫂　这是个办法，

大白天，敌人不会看得很紧。

四龙，你顺着那条小道找个僻静地方下水，

可千万要小心哪！

沙四龙　阿庆嫂！

（唱"西皮快板"）

四龙自幼识水性，

敢在滔天浪里行。

飞越湖水把亲人接应——

妈！阿庆嫂！

你们放宽心！

〔沙四龙、沙奶奶下。

〔阿福上。

阿　福　阿庆嫂！

阿庆嫂　（一惊，回身）

　　　　阿福，

　　　　有什么事情？

阿　福　昨天晚上，

　　　　风雨正紧，

　　　　林大根、张松涛，

　　　　敲开了我家的后门。

阿庆嫂　哦，他们来了？

阿　福　他们弄了点草药，了解了敌情。

阿庆嫂　你没给他们弄点干粮？

阿　福　他们带走一些炒米粉。

阿庆嫂　回去谢谢你妈，

　　　　可别告诉旁人！

阿　福　哎。（下）

阿庆嫂　（瞭望湖面，唱"西皮散板"）

　　　　　看小船破雾穿云渐无踪影，

　　　　　同志们定能转移红石村。

〔阿庆嫂进屋，刘副官上。

刘副官　阿庆嫂，东西买来了！（追进屋）

〔刁德一、刁小三上。刘副官又从屋内走出。

刘副官　参谋长，邹翻译官呢？

刁德一　走了，这个催命鬼！

　　　　刘副官，司令要结婚了。

刘副官　结婚？女家是谁？

刁德一　邹翻译官的妹妹。

刘副官　不用说，是参谋长的大媒。

刁德一　派你一桩美差。

刘副官　我尽力而为。

刁德一　到常熟城里办点嫁妆。

刘副官　多谢参谋长栽培！

〔刁德一若有所思，走向湖边高坡，用望远镜瞭望湖面。

刁德一　唻！这水面上仿佛是有条船！

刘副官　（大惊）船？不会。

哦，一夜大雨，

浪打风吹，

大概是漂出一只空船，

刁德一　不对！

空船断缆，

只能是顺风顺水。

怎么会逆流而上呢？

来！给我追！

——幕闭

第七场　斥　　敌

〔前场后不久。刁德一家的厅堂。

〔开幕前传出刘副官、刁小三行刑拷问声："快说！快说！说！"

〔幕启：胡传魁烦躁地喝着酒。刁德一敞领挽袖，手提皮鞭，踉跄而上，神色凶狠而狼狈。

刁德一　（念）新四军平安转移出芦荡。

胡传魁　（念）这皇军督催逼命可怎么搪！

〔内行刑拷问声。

刁德一　（念）抓来一些穷百姓，

拷问他们谁是共产党。

胡传魁　（念）问了半天，

也没问出个名堂！

有一个招口供的没有？

〔内刘副官、刁小三答："没有！"

胡传魁　老刁，咱们不会枪毙他几个？

刁德一　带王福根！

〔内刘副官、刁小三答："是！"

刁德一　就从他身上下手！

〔刘副官、刁小三架王福根上。

胡传魁　说，芦苇荡里的新四军转移到什么地方？

什么人把他们送走？

〔王福根昂首不答。

刁德一　镇子上谁是共产党，

谁负责，谁为首？

只要你如实招供，

马上给你自由！

〔王福根怒指胡传魁、刁德一。二人惊恐后退。

王福根　你们这些骑在人民头上的汉奸！走狗！

胡传魁　来呀！当着那些穷百姓把他枪毙了！

王福根　汉奸！走狗！

打倒日本帝国主义，

打倒汉奸，走狗！

〔王福根被押下。

〔内王福根高呼口号："中国共产党万岁！""毛主席万岁！"

〔排枪声。

〔内刘副官、刁小三嚎叫："你们瞧见没有？不说就像他这个

样子，枪毙你们！说！快说！"

刁德一　刁小三！

把那个新四军家属刘老头枪毙!

〔内刁小三嚎叫:"刘老头出来!"

〔内高呼:"打倒汉奸卖国贼!"群众愤怒高呼口号。

〔排枪声。

胡传魁　来人哪!

〔刁小三上。

胡传魁　把沙老太婆拉出去一块枪毙!

刁德一　慢着! 把她关起来!

刁小三　是!(下)

刁德一　司令,沙老太婆不能毙!

胡传魁　为什么?

刁德一　皇军指着名要她的口供,

她和新四军有联系。

留着她为的是追问出幕后活动的共产党!

胡传魁　共产党? 哪有那么容易!

只怕共产党坐在咱们对面,

咱们也不认识!

刁德一　有一个人,

很值得怀疑。

胡传魁　谁?

刁德一　那天,刘副官冒冒失失地打了阵枪,

在哪里?

扣下的船丢了一只,

又在哪里?

都与春来茶馆有关系!

胡传魁　你是说?

刁德一　阿庆嫂!

胡传魁　……

刁德一　太可疑了!

胡传魁　怎么,抓起她来?

刁德一　哪里哪里!

　　　　司令的恩人,

　　　　怎能不留余地。

　　　　司令不是派人去请她去了吗?

胡传魁　我是请她来帮着办喜事的。

刁德一　等她来了,咱们问问她,

　　　　给她个突然袭击!

胡传魁　问问,怎么问? ——"你是共产党吗?"

刁德一　哪能这么直来直去!

　　　　(与胡传魁耳语)怎么样?

胡传魁　好,依着你!

　　　　来人!

　　　　〔一伪军上。

胡传魁　阿庆嫂来了,马上报告!

伪　军　是!(下)

　　　　〔胡传魁、刁德一下。

　　　　〔一伪军内报:"阿庆嫂到!"

　　　　〔阿庆嫂上,观察四周环境。

阿庆嫂　(唱"西皮散板")

　　　　　　新四军反"扫荡"回兵东进,

　　　　　　沙家浜即将要重见光明。

　　　　　　胡传魁投敌寇把乡亲们蹂躏,

　　　　("流水")

　　　　　　这一笔血债要记清。

　　　　　　奉指示探敌情十有九稳,

　　　　　　唯有这司令部尚未查清,

　　　　　　借题目入虎穴观察动静……

　　　　〔胡传魁、刁德一更衣整容上。

胡传魁　阿庆嫂！

阿庆嫂　胡司令！参谋长！

　　　　（接唱"散板"）

　　　　　　恭喜司令要成亲！

胡传魁　你全知道啦？

刁德一　真是消息灵通！

阿庆嫂　刘副官通知各家各户"自愿"送礼，

　　　　满镇上都已经哄动。

刁德一　好，坐。泡茶！

　　　　〔一伪军送茶上，即下。

阿庆嫂　胡司令，听说新娘子是有名的美人，

　　　　您可真有福分！

胡传魁　哦，你也听说过？

阿庆嫂　听说过！

　　　　人品出众，

　　　　才貌超群，

　　　　真是百里挑一。

胡传魁　哈哈哈，阿庆嫂你说话真叫人受听！

　　　　我今天找你就为请你帮助我办喜事，

　　　　到了那天，你可得多费心啊！

阿庆嫂　没什么，理当的。

　　　　到了日子，我一早登门，

　　　　什么烧个茶递个水的，

　　　　我都行……

胡传魁　不！不！

　　　　那些粗活，

　　　　有他们底下人、勤务兵。

　　　　你就等花轿一进门，

　　　　帮我照应照应。

阿庆嫂　行啊,行啊。

　　　　鞭炮一响,

　　　　花轿临门,

　　　　您就把新娘子交给我啦,

　　　　我领着她应酬行礼,拜见亲人,

　　　　长幼尊卑,

　　　　恰如其分!

胡传魁　那好极了!

　　　　她们家老亲多,

　　　　别叫人笑话寒碜。

　　　　有你当提调,

　　　　那我一百个放心!

阿庆嫂　新房在哪儿呀?

胡传魁　就在后院西厅。

阿庆嫂　东西都置办齐了?

胡传魁　请你来看看还缺少什么应用物品。

阿庆嫂　我听信就来。

胡传魁　一言为定!

刁德一　(以烟筒击案,厉声而问)

　　　　沙老太婆招了没有?

　　　　〔内刘副官、刁小三答:"没招!"

刁德一　把她带上来!

阿庆嫂　胡司令,您这儿有事,

　　　　有话改天再说。

　　　　我走啦。

　　　　〔阿庆嫂转身欲下,刁德一拦住。

刁德一　我们办我们的事,

　　　　你尽管坐!

胡传魁　既然是参谋长留你,

那你再坐坐！

阿庆嫂　好吧，

　　　　（向胡传魁）

　　　　那我就再坐坐。

　　　　〔阿庆嫂略一思索，胸有成竹，沉着地走向桌边，端然稳坐。

刁德一　把她带上来！

沙奶奶　（内唱"西皮导板"）

　　　　　　且喜亲人已脱险……

　　　　〔沙奶奶上。

　　　　〔阿庆嫂、刁德一、胡传魁以不同的心情，不同的表情看着沙奶奶。

　　　　〔刘副官、刁小三上。

沙奶奶　（唱"西皮散板"）

　　　　　　粉身碎骨也心甘。

　　　　　　挺身来把仇人见——（见阿庆嫂坐在一边，心中一惊）

　　　　　　阿庆嫂为何在堂前？（略一思索，有所解悟）

　　　　　　只怕是敌人他来试探，

　　　　　　我必须保护她，把天大的事儿一身担！

胡传魁　沙老太婆，你到底招是不招？

沙奶奶　没有什么好招！

胡传魁　芦苇荡里的新四军是不是你儿子送走的？

沙奶奶　不知道！

胡传魁　那么你儿子哪儿去啦？

沙奶奶　不知道！

胡传魁　你们干的这些事，谁的主谋，谁的指使？

沙奶奶　我不知道！

胡传魁　他妈的！一问三不知，

　　　　今天我给你个厉害瞧瞧！

　　　　〔胡传魁举鞭欲打沙奶奶，刁德一制止。

刁德一　司令,何必着急哪!

坐,坐。

我来给她开导开导。

(对沙奶奶)

好,坐坐坐。

沙老太,听我跟你说!

(唱"西皮摇板")

　　沙老太休得要想不开,

　　听我把话说明白:

　　你不出乡里年纪迈,

　　岂能够出谋划策巧安排?

　　定是有人来指派,

　　她在幕后你登台。

　　到如今你受苦受刑难忍耐,

　　她袖手旁观稳坐在钓鱼台。

　　只要你说出她的名和姓,

　　刁德一我保你从此不缺米和柴!

怎么样,想明白了没有?

〔沙奶奶昂首不理。

刁德一　(突然)阿庆嫂,你劝她几句!

阿庆嫂　我?

刁德一　啊,你跟她是街坊,

说话比我们有利。

(向胡传魁)啊?

胡传魁　对,阿庆嫂,你过去劝她几句。

阿庆嫂　好吧。

既是刁参谋长这么看得起我,

我就去试试。

不过这老太太的脾气我是知道的,

恐怕也要碰钉子。

（垂手走过去，边走边想主意。走到沙奶奶身边，双手往胸前一搭）

沙奶奶，参谋长说你儿子给新四军送船，

有没有这回事？

〔沙奶奶怒视三人。

阿庆嫂　沙奶奶，你就这么一个儿子，

真舍得让他去吗？

沙奶奶　孩子大了，

要走哪条路，随他自己！

胡传魁　你说，新四军对你有什么好啊，

一个一个这么死心塌地！

沙奶奶　好！我说！我说！

（痛斥敌人，唱“二黄原板”）

“八一三”，日寇在上海打了仗，

江南国土遭沦亡，

尸骨成堆鲜血淌，

满目焦土遍地火光。

新四军共产党来把敌抗，

历尽艰辛，东进江南，深入敌后，解放集镇与村庄。

红旗举处歌声朗，

百姓们才见天日光。

你们号称“忠义救国军”，

为什么见日寇不发一枪？

我问你救的是哪一国？

为什么不救中国助东洋？

为什么专门袭击共产党？

你忠在哪里？义在何方？

你们是汉奸走狗卖国贼，

444

少廉无耻,丧尽天良!

胡传魁 住口!

刘副官
刁小三 胡说!

沙奶奶 (接唱)

　　　你有理,敢当着百姓们讲,

　　　纵然把我千刀万剐也无妨!

　　　沙家浜总有一天会解放,

　　　且看你们这些走狗汉奸(叫散)好下场!

胡传魁 拉出去,枪毙!

刘副官
刁小三 走!

　　〔刁德一急忙暗示刁小三:不能执行。刁小三领会。

　　〔沙奶奶昂首走下。刘副官、刁小三随下。

阿庆嫂 胡司令!

刁德一 慢动手!

　　　阿庆嫂有话说!

阿庆嫂 (款款地站起身来,若无其事地)

　　　……我该走啦。

　　〔刁德一、胡传魁垂头丧气。

阿庆嫂 您这是公事,

　　　我们可不敢随便开口。

胡传魁 不,不,今天要听听你的主意。

刁德一 是啊,我们的事情很扎手。

　　　司令要枪毙沙老太婆,

　　　你能够见死不救?

阿庆嫂 这事儿不用我出头,

　　　沙奶奶会有人救。

胡传魁 谁?

阿庆嫂 她儿子给新四军送船,

445

不会高飞远走；

新四军和沙奶奶情深谊厚，

也不会一去不回头。

胡传魁　我马上枪毙了她，

看他们怎么救！

阿庆嫂　是啊，您要是枪毙了她，

谁也就不来救了。

没有人来救沙奶奶，

您可谁也抓不到手啦！

胡传魁　哦，你是说要放长线钓大鱼，

叫他们上钩？

刁德一　照你说，还是不毙沙奶奶的好哇？

阿庆嫂　枪把子在您的手。

我不过是看评书掉泪，

替司令担忧啊！

胡传魁　对对对！

刁德一　好哇！阿庆嫂真是自己人，

够朋友！

这么办，我们打算马上放了沙老太太，

请你送她走。

阿庆嫂　参谋长有事相求，

我哪能摇头摆手。

刁德一　希望你看风使舵。

阿庆嫂　我一定顺水推舟！

刁德一　那好，来啊，把沙老太婆放了！

〔内刘副官："是。走！"

〔沙奶奶上。刘副官随上。

沙奶奶　要杀就杀，

不用捣鬼！

刁德一 沙老太,没有你的事了。

　　　　阿庆嫂,送她走吧。

阿庆嫂 沙奶奶,

　　　　走吧!

　　　　〔沙奶奶手梳乱发,略一思索,昂然走下。

　　　　〔阿庆嫂与胡传魁、刁德一点头告别,翩然退下。

刁德一 (向刘副官)

　　　　盯着她们,

　　　　看她们说些什么!

刘副官 是!(下)

胡传魁 老刁,你变的什么戏法?

刁德一 这叫做"欲擒故纵"。

　　　　只要她们一亲近,

　　　　就证明是一起的人。

　　　　马上抓回来,

　　　　一块儿审问!

　　　　〔内刘副官喊:"报告!"急上。

刘副官 报告! 参谋长,打起来了!

刁德一 谁跟谁打起来了?

刘副官 沙老太婆跟阿庆嫂打起来了。

胡传魁 把沙老太婆给我抓回关起来!

刘副官 是!(下)

　　　　〔阿庆嫂上,头发略微散乱,一只鞋子被踏落。

阿庆嫂 哎呀! 哎呀!

　　　　好厉害的老太婆呀,

　　　　出了门就跟我拳打脚踢,

　　　　嘴里"汉奸"、"走狗"一个劲的骂,

　　　　好说歹说都不依。

　　　　喏,衣服也撕破了,

牙也打出血来了，

看哪！（提上被踏落的鞋子）

胡传魁　老刁！不要自作聪明，

还是收起你的锦囊妙计！

阿庆嫂，打得不要紧吧？

那么你帮我办喜事……

阿庆嫂　喜事尽管办，

这没有什么了不起！

瞎了眼的，

她想跟我过不去。

那老太婆哪是我的对手，

早就被我打得一败涂地！

刁德一　阿庆嫂，你多心了吧？

胡传魁　我真觉得过意不去！

阿庆嫂　哼，我要是多心哪，

就不在多心人面前管闲事了！

〔阿庆嫂以手绢掸鞋，昂首而坐。胡传魁瞪着刁德一，刁德一
垂头丧气。

——幕闭

第八场　奔　　袭

〔前场三日后，黎明之前。野外。

〔幕启：沙四龙、叶思中上，侦察，下。

郭建光　（内唱“西皮导板”）

月照征途风送爽……

〔郭建光上，抚枪亮相，英气勃勃，目光四射，巡视周围，转身

招手,侧身亮相。突击排战士随上。

郭建光 （唱"西皮导板"）

穿过了山和水、沉睡的村庄。

支队撒下包围网,

要消灭日寇、汉奸匪帮。

组成了突击排兼程前往,

（"快板"）

飞兵奇袭沙家浜。

将尖刀直插进敌人心脏,

打他一个冷不防。

管叫他全线溃乱迷方向,

好一似汤浇蚁穴,（叫散）火燎蜂房!

〔沙四龙、叶思中上。

叶思中 敌人的巡逻队!

小　虎 干掉他!

郭建光 （制止小虎,下令）隐蔽!

〔众隐蔽。

〔伪军巡逻队走过。

〔沙四龙、叶思中立起,巡视后,招手。郭建光等从土坡后"虎跳"跃出。

郭建光 叶排长,沙四龙!

叶排长
沙四龙 有!

郭建光 你们看!

（"跨腿"、"踢腿"、侧身亮相）

前面就是沙家浜。

那里的人民,水深火热,

渴望解放。

命你二人,继续侦察,

探明情况。

突击排流水疾风，

插到镇旁，

配合主力，

消灭匪帮，

定要叫革命的红旗，

飘扬在阳澄湖上！

沙四龙
叶思中　是！（下）

郭建光　前进！

〔突击排战士整装。

郭建光　（唱"西皮快板"）

说什么封锁线安哨布岗，

我看他只不过纸壁蒿墙。

眼见得沙家浜遥遥（叫散）在望，

此一去捣敌巢擒贼擒王！

〔郭建光走"扫堂腿"、"旋子"，与众战士组成前进塑像。

——幕闭

第九场　突　　破

〔紧接前场，刁德一家后院墙外。

〔幕启：一伪军在站岗。

伪　军　司令结婚，请来皇军。

叫我们加岗，唉！倒了霉了！

〔叶思中等上，将伪军擒获，拉下。

〔郭建光、阿庆嫂同上，后随突击排战士、民兵。

450

阿庆嫂　　指导员，翻过了这道围墙，

　　　　　　　就是刁德一的后院！

　　　　　（唱"西皮快板"）

　　　　　　　敌兵部署无更变，

　　　　　　　送去的情报图一目了然。

　　　　　　　主力都在东西面，

　　　　　　　前门只有一个班。

　　　　　　　民兵割断电话线，

　　　　　　　两翼不能来支援。

　　　　　　　院里正在摆喜宴，

　　　　　　　他们猜拳行令闹翻天。

　　　　　　　你们越墙直插到当院，

　　　　　　　定能够将群丑（叫散）一鼓聚歼！

郭建光　　沙四龙！

　　　　　（唱"西皮散板"）

　　　　　　　你带领火力组绕到前院，

　　　　　　　消灭敌人的警卫班！

　　　　　〔沙四龙带二战士下。

郭建光　　（接唱，向阿庆嫂）

　　　　　　　你迎接主力部队到镇边……

　　　　　〔阿庆嫂带民兵下。

　　　　　〔郭建光上墙，瞭望，回身招手，翻下。

　　　　　〔众战士越墙。

　　　　　　　　　　　　　　　　　　　——幕闭

451

第十场　聚　歼

〔紧接前场。

〔刁德一家院内。

〔幕启：黑田、胡传魁、刁德一上。二日寇士兵随上。邹寅生迎面上。

邹寅生　汽艇准备好了。

黑　田　电话不通，情况不好，小心！

〔炮声。

黑　田　哪里打炮？

胡传魁　不知道！

〔一伪军上。

一伪军　报告，新四军打到后院了！

黑　田　顶住！顶住！（仓皇逃下）

〔开打，突击排消灭日伪军。郭建光弹无虚发，连毙敌众，最后把黑田踩在脚下，亮相。

〔突击排战士押俘虏过场。

〔程谦明率主力部队战士上。

〔阿庆嫂、赵阿祥率民兵上。

〔郭建光上，与程谦明、阿庆嫂等握手。

〔战士押黑田、邹寅生、胡传魁、刁德一上。

〔沙四龙扶沙奶奶上。

〔沙家浜群众和被救出狱的乡亲们上。

〔乡亲们看见胡传魁、刁德一等，怒不可遏，举铐欲打，郭建光拦阻。

郭建光　乡亲们！

　　　　我们要把这些民族败类，

交给抗日民主政府审判!

阿庆嫂　对,我们要公审他们,

对他们的罪恶要彻底清算!

胡传魁　你是……?

阿庆嫂　我是中国共产党党员!

你们这些日本帝国主义者,

无耻汉奸!

郭建光　把他们押下去!

〔胡传魁、刁德一、黑田、邹寅生颓丧地低头,被押下。

〔郭建光、阿庆嫂等与沙奶奶会见。沙家浜镇的人民在毛主席和中国共产党的领导下,清除敌伪,重见光明。

——幕闭

(剧终)

注　释

① 本京剧剧本是在京剧剧本《沙家浜》基础上,由作者与杨毓珉执笔将对白部分改为押韵体。据北京京剧团 1975 年 5 月修改本编入。此剧本曾在《中华文学选刊》2011 年六月号上刊登。